돈황
문학
사전

지은이

전홍철(全弘哲, Chun, Hong-Chul)은 1960년 서울 출생. 한국외국어대학교 중국어과를 졸업하고, 동 대학원에서 돈황 강창문학 연구로 박사학위를 받았으며, 현재 우석대학교 유통통상학부(중국학) 교수로 있다. 중국 남경대학, 산동사범대학 초빙 교수를 지냈으며, 현재는 온주(溫州)대학 동아문화연구소 겸직 교수, 산동사대 국제문화교류학원 해외대학원 지도교수를 맡고 있다. 주로 돈황학과 중국 문화에 대한 글을 쓰고 있다. 주요 저서와 역서로는『돈황 강창문학의 이해』,『돈황과 동아시아문학』,『중국통을 향해 걷다』,『당대 변문(唐代 變文)』등이 있다.

이용재(李容宰, Lee, Yong-Jae)는 연세대학교 중어중문학과를 졸업하고, 동 대학원에서「王維詩의 官과 隱 硏究」로 문학박사 학위를 취득했으며, 현재 가산불교문화연구원 연구원으로 있다. 주요 논저와 역서로는「變文과 變相圖의 相關性 硏究」,『敦煌文獻總覽』,『高麗大藏經과 敦煌佛敎文獻 對照目錄』,『동양과 서양, 그리고 미학』,『중국인의 디아스포라』등이 있다.

돈황문학사전

초판 인쇄 2013년 5월 10일 **초판 발행** 2013년 5월 15일
지은이 전홍철 이용재 **펴낸이** 박성모 **펴낸곳** 소명출판 **출판등록** 제13-522호
주소 서울시 서초구 서초동 1621-18 란빌딩 1층
전화 02-585-7840 **팩스** 02-585-7848 **전자우편** somyong@korea.com **홈페이지** www.somyong.co.kr

값 24,000원
ISBN 978-89-5626-867-5 93820
ⓒ 전홍철 이용재, 2013

제17굴에서 돈황 문서를 조사 중인 폴 펠리오(Paul Pelliot)

敦煌 第17屈(藏經洞)에서 發見된 寫卷

敦煌曲譜(伊州)와 唐傳五弦譜

敦煌本 茶酒論(S.406)

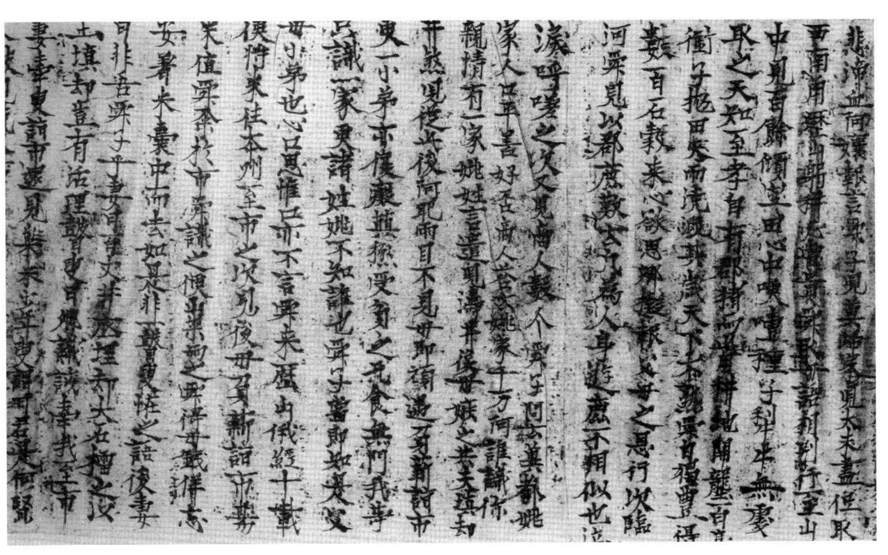

敦煌本 舜子至孝變文一卷(P.2721)

敦煌本 悉達太子修道因緣(S.3711)

敦煌本 阿彌陀經講經文(P.3210)

敦煌本 韓擒虎話本(S.2144)

　감숙성(甘肅省)의 서쪽에 위치한 오아시스 도시인 '돈황(敦煌, Dunhuang)'은 어떤 곳일까? '돈황(敦煌, Dunhuang)'의 '돈(敦)'은 '크다(大也)', '황(煌)'은 '성대(盛也)하다'는 뜻으로, 돈황 두 글자에는 '엄청 나게 크고 휘황찬란하다'는 의미가 내포되어 있다. 옛 도시 '돈황'에 도대체 무엇이 있었길래 그리 대단하고 휘황찬란했었을까? 환지구적 문명 교류의 통로요 실크로드의 전략적 요지인 돈황의 보물은 바로 세계 최대의 불교 보고 '막고굴(莫高窟)'과 사막의 영원한 꽃 '돈황벽화(敦煌壁畵)' 그리고 미스터리가 가득한 '돈황문서(敦煌文書)'이다.

　미스터리가 가득한 '돈황문서(敦煌文書)'는 지금으로부터 100년 전 고대 중국의 국제무역 도시였던 돈황(敦煌) 막고굴(莫高窟)에서 대량으로 발굴되었다. 전 세계 중국학 연구자들을 깜짝 놀라게 한 미스터리 문헌들은 발견 후 정리되는 과정에서 '돈황문서(敦煌文書)'로 불렸으며, 이로부터 '돈황학(敦煌學)'이 탄생하게 된다. 돈황에서 우연히 발견된 문서들은 이후 고대 중국의 역사, 음악, 미술, 체육, 음식 등 각 분야에서 수수께끼로 남아 있던 수많은 의문들을 해결해주는 마법의 열쇠가 되었으며, 중국문학사 분야도 마찬가지였다.

　일반적으로 돈황문학이라고 하면 단지 돈황문학의 정화(精華)로 평가되는 변문(變文)과 돈황가사(敦煌歌辭) 정도만 있는 것으로 생각한다. 하지만 실제로 돈황문헌들을 하나하나 자세히 살펴보면, 돈황문헌에 내장(內藏)되어 있는 문학과 관계된 문헌들의 수량과 규모는 상상을 훨씬 초월한다. 그 속에는 변문(變文)과 가사(歌辭) 뿐만 아니라 시·소설·산문·문학비평·찬(讚)·게송(偈頌)·사(詞) 등 다양한 문학 장르가 아울러 있으며 숨겨진 보석 같은 문학 작품들이 밤하늘 별처럼 수없이 많다. 한마디로 돈황문헌은 중국문학의 숨겨진 보고인 것이다.

　방대하고 다양한 돈황문헌 속에서 진귀한 돈황문학 자료들을 수집하고 체계적으로 정리하는 것은 국내의 중국문학 연구자들에게 대단히 의미 있고 중요한 일이다. 무엇보다 일본, 중국 등 다른 나라와 비교해 국내 돈황문학 연구는 현재까지도 여전히 학문적으로 커다란 공백지대요 척박한 불모지로 남아 있기 때문에 더욱 그러하다. 국내 돈황문학 연구가 낙후되어 있는 가장 큰 이유는 돈황문학 문헌에 대한 무지와 무관심 그리고 가치와 중요성에 대한 몰이해 때문이다. 따라서『돈황문학사전』의 출간은 돈황문학에 대한 국내 연구자들의 관심과 흥미를 새롭게 유발하고 침체 상태에 놓여있는 한국 돈황문학 연구에 새로운 계기와 동력이 될 수 있을 것이다.

　필자 2인이 돈황문서(敦煌文書)와 깊은 인연을 맺게 된 것은 10년에 걸친『돈황변문교주(敦煌變文校注)』(黃征·張涌泉 校註, 中華書局) 번역 작업과 돈황 문서와 한국의 고려대장경(高麗大藏經)을 대조 연구하는 프로젝트에 참여하면서였다. 특히 고려대장경과 돈황의 불교문헌을 대조한 목록집을 작성하는 작업을 위해 3만여 점이 넘는 돈황문헌 필사본들을 직접 접한 것은『돈황문학사전』을 출간하는 결정적인 계기를 만들어 주었다.

　이 사전을 편찬하는 작업을 하면서『영국 소장 돈황문헌—한문불경 이외의 자료(英藏敦煌文獻－漢文佛經以外部分』(四川人民出版社, 1990),『프랑스 소장 돈황서역문헌(法藏敦煌西域文獻)』(上海古籍出版社, 1998),『돈황유서 최신목록(敦煌遺書最新目錄)』(黃永武 主編, 台灣：新文丰出版公司, 1986.9),『러시아 소장 돈황문헌(俄藏敦煌文獻)』(上海古籍出版社, 1993),『돈황유서 총목록색인 신편(敦煌遺書總目錄索引新編)』(敦煌硏究院 編, 中華書局, 2000) 등 현재까지 나와 있는 돈황문헌의 도록집(圖錄集)과 목록집(目錄集)들을 모두 열람(閱覽)하였다. 이러한 과정을 거쳐 대략 2,246개에 달하는 문학관련 문헌들을 목록화할 수 있었다. 목록을 수집하던 초기에는 수집한 문학관련 목록들을 장르별로 체계적으로 분류하여 소개하는 간단한 형태의 목록집을 만드는 것을 목표로 했었다. 하지만 목록집을 작성하는 과정에서, 문학관련 목록을 단순히 나열하는 목록집 형태만으로는 돈황문학의 다양한 양상과 정확한 면모를 알리기에는 많이 부족하고 불충분하다는 사실을 깨닫게 되었다. 이에 단순한 목록의 제시 형태에서 한 걸음 더 나아가 돈황문학 문헌에 대해 조금이라도 더 상세하고 더 많은 정보와 지식을 제공하는 사전을 편찬해야겠다고 생각했다. 이에 필자는『돈황문학(敦煌文學)』(顔廷亮 主編, 甘肅人民出版社, 1989),『돈황문학개론(敦煌文學槪論)』(顔廷亮 主編, 甘肅人民出版社, 1993),『돈황의 문학문헌(敦煌の文學文獻)』(金剛照光 編, 大東出版社, 平成2年),『돈황학대사전(敦煌學大辭典)』(季羨林 主編, 上海辭書出版社, 1998),『돈황시가도론

(敦煌詩歌導論)』(項楚 著, 巴蜀書社, 2001),『돈황가사총편(敦煌歌辭總篇)』(任半塘 編, 上海古籍出版社, 2006),『돈황변문교주(敦煌變文校注)』(黃征, 張涌泉 校注,中華書局, 1997),『돈황소설합집(敦煌小說合集)』(張涌泉 主編, 浙江文藝出版社, 2012) 등 돈황문학에 대한 여러 전문 연구서들을 참고하여 돈황문학 문헌의 각 개별 목록마다 간단한 해제나 설명을 첨가하는 방식을 택하였다. 이 해제나 설명은 돈황문학의 실상을 구체적으로 파악하고, 돈황문학 문헌의 가치와 의미를 이해하는데 적지 않은 도움을 줄 수 있을 것이다.

이 사전을 편찬하는 과정은 간단치 않았다. 우선 방대한 수량의 돈황문헌들을 하나하나 열람하여 문학과 관계된 문헌들을 추출하고 수집하는 일 자체가 상당한 시일이 걸리는 작업이었다. 여기에 각 개별 문헌목록 항목들에 설명을 가미하는 작업 역시 엄청난 인내와 수고를 필요로 했다. 이 책을 편찬하는 과정에서 이와 같은 어려움과 지리함으로 인해 힘겨웠던 것이 사실이었지만, 한편으로 국내에서는 아직까지 어느 누구도 하지 않은 일인 돈황문학 목록을 작성했다는 점에서 뿌듯함과 희열을 느꼈다. 이와 같은 뿌듯함과 희열이 없었다면 본서를 작성하는 그 힘든 과정과 시간들을 아마도 견뎌내지 못했을 것이며, 그간 들였던 정성과 수고가 헛되지 않아 이렇듯 출간의 결실을 보게 되어 기쁘기 그지없다. 아무쪼록 돈황문학에 대한 작은 결실인 본서가 중국문학 연구자들에게 돈황문학에 대한 관심과 흥미를 불러일으키고, 국내의 낙후되고 침체된 작금의 상황을 돌파하여 돈황문학 연구가 한층 더 활성화되고, 진전된 연구 성과물들이 풍성하게 생산될 수 있는 계기로 작용할 수 있기를 조심스레 기대해 본다.

이 사전을 편찬하는 과정에서 가장 안타깝게 느꼈던 것은, 각 개별 문헌들에 관련된 설명을 첨가하는 일을 감당하기에는 시간상의 부족 등 여러 면에서 제약과 한계가 많았다는 점이다. 좀 더 시간적 여유가 있고 좀 더 많은 인력(人力)이 본서의 편찬과정에 참여했더라면 지금 보다는 훨씬 더 완정하고 체계적이며 풍부한 내용을 담은 사전이 만들어졌을 터이나 그러지 못해 대단히 아쉽다. 그리고 이런 점에서 본서에는 부족하고 미진한 부분들이 상당히 많음을 인정하지 않을 수 없으며, 부족한 점과 오류 등에 대해서는 여러 연구자들이 아낌없는 비판과 지적을 해주시길 바란다. 본서는 다만 돈황문학 문헌의 본격적 연구의 시작을 열고 그 첫걸음을 내딛은 일에 불과할 따름이며, 조속한 시일 내에 본서보다 더 완전하고 체계적인 돈황문학 안내서가 나올 수 있기를 간절히 바란다.

끝으로 본서가 세상에 빛을 볼 수 있게 해주신 소명출판 측에 진심으로 감사를 드린다. 최근 몇 년간 돈황 관련 서적을 꾸준히 출판해주고 있는 소명출판에서 본서가 갖는 가치와 의미를 인정하여 흔쾌히 출판하는 결정을 해주지 않았다면, 본서는 아마도 사장(死藏)되고 말았을 것이다. 필자의 지난날의 노력과 수고가 헛되지 않게 해주신 소명출판 측에 이 자리를 빌려 다시 한 번 감사드린다.

2013년 5월
필자 일동

I

돈황문학 개론

1. '돈황문학'이란 무엇인가

1900년대 초 중국 甘肅省 敦煌의 莫高窟 藏經洞에서 대량의 寫本이 발견된 일은 인류의 문화사와 지식사에 있어 세계적인 사건이었다. 불교·역사·문학·천문·의학·지리·언어학 등 다양한 분야를 망라한 문헌자료들을 풍부하게 내장하고 있는 돈황 사본은 인류의 위대한 문화유산이자 무한한 학술적 가치를 가진 자료들의 무궁한 보고로써, 진귀하고 새로운 문헌자료들을 우리에게 제공해줌으로써 역사·문명교류사·종교사·사회사·예술사 연구에 획기적 발전을 가져왔으며 인식을 새롭게 하는 전기를 마련해 주었다. 그리고 돈황 사본에 대해 전문 연구를 수행하는 돈황학은 세계적인 학문 영역으로 확고하게 자리 잡게 되었다.

　　이와 같이 소중한 가치를 갖는 돈황 사본의 주요 구성 부분이자 핵심 영역을 차지하는 것이 바로 돈황문학 문헌이다. 돈황 사본에는 詩歌·變文·話本·歌辭·民歌·賦 등 다양한 형태와 내용을 지닌 진귀하고 새로운 문학 자료가 대량으로 포함되어 있는데, 이 돈황문학 문헌들은 불교 문헌을 제외한 돈황 사본 내에서 그 수량에 있어서도 상당한 비중을 차지하고 있을 뿐만 아니라 문학 연구의 새로운 불모지로 지대한 가치를 지니고 있다. 또한 그 가치와 위상으로 인해 돈황문학 문헌들은 발견 직후부터 세계 여러 학자들의 관심과 주목의 대상이 되었고 그에 관한 활발한 연구들이 이루어져 왔다. 그리고 지난 100여 년이 넘는 연구의 역사를 거쳐 오면서, 돈황문학 분야는 이미 훌륭한 연구 성과와 업적들이 많이 축적되어 있다.

　　그러나 중국·일본·러시아 등을 포함한 세계 여러 지역에서 그동안 돈황문학 문헌에 대해 다양한 연구를 활발히 진행해 온 것과는 달리, 한국에서 돈황문학은 일부 소수의 학자들을 제외하고는 그동안 학계의 관심이나 주목을 거의 받아오지 못했다. 돈황문학에 대한 연구 성과, 연구 수준, 연구자의 규모 역시 세계의 여타 지역과 비교해 아직은 한참 뒤떨어져 있고 낙후된 실정이다. 국내에서 문학 문헌을 포함한 돈황 사본에 대한 관심이 현재까지 이처럼 저조하고, 관련 연구가 많이 부족한 원인은 여러 가지로 설명할 수 있을 것이다. 필자의 생각에 그 가장 주된 이유의 하나로 무엇보다 "돈황 사본" 원천 자료에 대한 접근성의 한계를 들 수 있다. 돈황 사본 원천자료를 직접 소장하고 있는 영국·프랑스·중국과는 달리, 그와 같은 원천자료가 거의 없는 한국의 경우 그 동안 돈황 사본에 대한 직접적 접근이 원천적으로 불가능하였고, 볼 수 있거나 활용이 가능한 돈황 사본의 양도 매우 제한적일 수밖에 없었다. 그리고 돈황 사본과 관련된 한국의 열악한 연구 환경은 국내 학자들이 돈황 사본에 대해 관심을 갖고 전문적인 연구를 진행할 수 없게 만든 객관적 원인의 하나였다. 그렇지만 돈황 사본 원천자료에 대해 접근이 어려웠던 그동안의 장애나 난점은 머지않아 상당부분 해소될 것으로 보인다.

우선 지난 2008년부터 고려대장경연구소는 한국연구재단의 지원 하에 고려대장경과 돈황 사본의 DB와 이미지 자원을 상호 신속하고 효율적으로 대조할 수 있는 전산시스템을 구축하는 연구 과제를 수행해오고 있다. 바로 이 전산화된 대조시스템의 구축이 완료되면 누구라도 돈황 사본의 이미지를 직접 열람할 수 있는 길이 열리게 되며, 이에 따라 돈황 사본 자료에 대한 접근이 여의치 못했던 장애와 어려움은 상당부분 제거될 수 있을 것이다. 또 2010년 고려대 민족문화연구원은 세계 7번째로 '국제둔황프로젝트 서울센터(IDP Seoul)'를 출범시켰다. IDP(International Dunhuang Project)는 20세기 초 둔황 장경동 및 실크로드 유적에서 출토된 각종 유물들을 고해상도의 디지털 이미지로 제작, 웹상에서 자유롭게 감상하도록 제공하고 교육 연구 활동을 촉진하는 국제협력 프로젝트로 향후 국내 돈황학 연구의 활성화에 크게 기여할 것으로 판단된다.

그 외에도 이제까지 국내에서 돈황문학 분야의 저작과 번역서 출간이 미미했으나 차츰 늘어나고 있다. 무엇보다 『敦煌變文校注』(黃征·張涌泉 校注, 中華書局, 1997) 한글번역본(『돈황변문교주』, 전홍철·정병윤·정광훈 공역, 소명출판, 2013)의 출간은 국내 돈황문학과 비교문학 연구의 촉매제 역할을 할 것이며, 서구 돈황문학 연구의 권위자인 Victor H. Mair의 대표 저작 『唐代 變文 — 중국 백화소설과 희곡의 발생에 끼친 불교의 공헌에 관한 연구』와『그림과 공연』 등이 번역 출판된 것도 주목할 만한 성과이다.

또한 중국에서 돈황 사본의 실물 이미지를 볼 수 있는『法藏敦煌西域文獻』(上海古籍出版社, 1998),『英藏敦煌文獻－漢文佛經以外部分』(四川人民出版社, 1990),『俄藏敦煌文獻』(上海古籍出版社, 1993)과 같은 대형 도록들이 속속 출판되었는데, 이 도록을 통해서도 돈황 사본의 원본 이미지들을 직접 살펴볼 수 있게 되었다. 이처럼 여러 측면에서 돈황 사본 연구를 위한 기반과 환경이 날로 좋아지고 있으므로, 향후 국내에서의 돈황학 연구도 비약적인 발전의 계기를 맞이할 수 있을 것으로 보인다.

이제까지 국내에서 돈황문학에 대한 관심이 그동안 그다지 높지 않았던 또 하나의 중요 이유로 돈황문학 문헌의 정확한 실체와 가치에 대해 많은 연구자들이 아직 잘 인지하지 못하고 있다는 점을 들 수 있다. 돈황 사본은 전 세계적으로 그 수량이 55,000개에 달할 정도로 워낙 방대하며, 그 엄청난 수량과 규모로 인해 돈황 사본을 목록화하고 체계적인 기준에 따라 상세하게 정리·분류하는 작업은 여전히 많이 부족한 편이다. 그리고 돈황 사본에 대한 정리와 분류 및 목록화 작업이 부족한 탓에, 많은 학자들은 그동안 돈황 사본 안에 구체적으로 어떠한 문헌들이 얼마나 있으며, 그 내용은 무엇이며, 또 각 개별 돈황 사본들이 어떤 가치를 갖고 있는지 잘 알 수 없었다.

물론 기존에 돈황문학 문헌과 관련한 목록서나 전문 연구서들이 전혀 없는 것은 아니며, 오히려 상당히 많이 있다.[1] 그렇지만 기존의 돈황

---

[1] 현재까지 나온 돈황문학 문헌에 관련된 목록 중 문학 문헌 전체를 대상으로 집대성한 목록으로는 金剛照光의「敦煌出土文學文獻分類目錄附解說」(1971)이 유일하다. 이 목록서들은 돈황문학 문헌에 대해 분류 및 著錄을 달아놓고 있을 뿐 아니라, 해설 부분에서는 1970년대 이전에 발표된 대량의 연구 논저들도 함께 수록해놓고 있어 연구자들에게

문학 목록서나 전문 연구서들은 문학 관련 문헌들의 수집과 목록 편찬의 과정에서 많은 자료들이 누락되어 있거나, 아니면 變文·詩歌·敦煌歌辭와 같은 특정 개별 장르에 대해 목록 편찬 및 정리 작업을 해놓은 것이다. 따라서 돈황 사본 내에 존재하는 다양한 문학 관련 문헌들을 총망라하여 그것을 일목요연하게 정리하고 분류하여 소개한 총목록은 아직 없는 실정이다. 연구의 원천 자료들을 수집하고, 자료 현황을 상세하고 체계적으로 소개하는 총목록을 작성하는 작업이 모든 학문 연구에 있어 가장 중요한 첫 시발점이 된다는 점을 감안할 때, 총목록이 부재하는 작금의 상황은 심히 안타까운 일이다. 이에 필자는 『敦煌遺書最新目錄』(黃永武 主編, 台灣 新文丰出版公司, 1986.9), 『法藏敦煌西域文獻』(上海古籍出版社, 1998), 『英藏敦煌文獻─漢文佛經以外部分』(四川人民出版社, 1990), 『俄藏敦煌文獻』(上海古籍出版社, 1993), 『敦煌遺書總目索引新編』(敦煌研究員 編, 中華書局, 2000)과 같은 돈황 사본에 관한 주요 목록집에 근거해, 돈황 사본에서 문학과 관련된 모든 문헌 자료를 선별·수집·추출해내고, 이들 문학 문헌들을 형태별(장르별)로 정리하고 분류한 돈황문학사전을 편찬함으로써, 향후 국내 연구자들의 돈황문학에 대한 관심을 제고하고 관련 연구가 활성화되고 촉진되는 계기를 마련하는 데 도움이 되고자 한다.

많은 도움을 주고 있다. 하지만, 이 목록은 수록한 문헌의 수량이 상당히 제한적이고, 많은 돈황문학 문헌들이 누락되어 있다는 점이 그 한계이다. 이 목록을 제외한 여타의 문학 문헌 관련 목록들로는 關德棟의 「變文目」(『中央日報』 1948年 4月 3日), 周紹良의 「敦煌所出變文現存目錄」(『敦煌變文匯錄』, 上海出版公司, 1954年 初版; 1955年 增訂版), 向達의 「現存敦煌所出俗講文學作品目錄」(『燕京學報』 16, 1934; 『唐代長安与西域文明』, 三聯書店, 1957), 「敦煌所出俗講文學作品目錄」(『文史雜志』 3/9-10, 1943)을 들 수 있다. 이러한 주요 목록 이외에 敦煌詩歌, 變文, 歌辭, 賦 등의 여러 장르에 걸쳐 전문적인 정리 및 수집을 한 연구서들이 이미 많이 나와 있다. 하지만 이러한 저서들은 모두 특정 장르에 대한 전문 연구서이지 돈황문학 전체를 대상으로 한 것은 아니므로, 돈황문학 문헌 전체의 현황을 파악하는 데는 한계가 있다.

1) 정의와 범위

방대한 양의 돈황 사본에서 문학과 관계된 문헌들을 추출·분류하
여 돈황문학사전을 편찬하기 위해서는 우선적으로 '돈황문학'이라는
개념을 정의하고, 돈황문학의 대상과 범위를 확정하는 일이 선행되
어야 한다. 다양한 영역을 포괄하고 있는 돈황 사본은 매우 복잡한 양
상을 띠고 있어, 돈황 사본에서 문학 문헌의 범주에 속하는 문헌들을
선별해 내는 일, 해당 문헌들이 어떤 문학 장르에 귀속되는지를 결정
하는 일, 문학 문헌들을 어떻게 분류할 것인지 등등의 문제는 실상 그
리 간단치 않은 문제이며, 따라서 개념 정의와 범위를 정확하게 확정
하지 않으면 사전 편찬에 있어 오류나 착오가 발생하는 것을 피할 수
없기 때문이다. 이에 여기서는 먼저 '돈황문학'의 개념과 그 범위를 설
정해 보기로 한다.

이미 한 세기가 넘는 역사를 지닌 돈황문학 연구사에 있어 '돈황문
학'이라는 용어가 본격적으로 등장하고 하나의 보편적 용어로 정착된
것은 기실 그다지 오래되지 않는다.[2] 그리고 이 돈황문학 개념은 현재
까지도 그 내포적 함의와 외연에 있어 여전히 모호하며, 개념적 정의
를 둘러싼 논쟁과 토론이 지속되고 있는 개념이기도 하다. 돈황문학
연구의 초창기에서 1970년대까지만 해도 돈황문학 연구자들 사이에

---

[2]　'돈황문학'이라는 개념 내지 용어가 최초로 등장한 것은 王利器가 1955년에 발표한 「敦煌
文學中的'韓朋賦'」(『文學遺産增刊』第一輯)였으며, 그 후 張錫厚 역시 자신의 저서를 『
敦煌文學』(上海人民出版社, 1955)이라고 명명하였다. 하지만 이들은 해당 용어를 단순
히 논문제목이나 書名으로 사용한 것이었고, 특별한 문학적 개념이나 술어의 성격을 지닌
것은 아니었다. 본격적인 문학적 개념 내지 학술 용어로서 '돈황문학'을 제시한 최초의 학
자는 周紹良이라 할 수 있으며, 그의 관점을 계승한 顔廷亮이 자신이 주편한 『敦煌文學』
(甘肅人民出版社, 1989)에서 이 용어를 하나의 보편적 개념으로 정착시켰다.

는 돈황문학을 총칭하는 용어나 개념이 특별히 존재하지는 않았으며, '돈황문학'보다는 오히려 '돈황 속문학'이라는 용어가 돈황 사본에 소재하는 문학 자료들을 지칭하는 명칭으로서 훨씬 보편적으로 사용되었다. 王國維·鄭振鐸·向達·傅藝子 등의 많은 돈황문학 연구자들이 돈황문학 관련 논문이나 저작들의 제목에서 '돈황 속문학'이라는 용어를 사용했으며,[3] 이에 따라 '돈황 속문학'이라는 용어가 매우 유행하게 되었다. 물론 이 용어를 사용했던 초기의 학자들이, 해당 용어를 돈황 사본에 소재하는 문학 문헌 전체를 총칭하는 용어로 사용한 것은 아니었다. 그러나 해당 용어를 사용한 학자들이 돈황 사본에는 속문학에 속하지 않는 다양한 문학 문헌들도 있다는 사실을 명확하게 강조하거나 지적하지 않은 채 이 용어를 널리 사용하고, 또 당시의 돈황문학 연구자 대부분이 돈황문학 가운데 속문학에 속하지 않은 문학작품에 대해서는 거의 언급하지 않거나 연구를 하지 않았는데, 이와 같은 실정은 많은 사람들에게 은연중에 돈황 사본에는 오직 속문학 범주에 속하는 작품들만 존재하는 듯한 오해와 착각을 불러일으켰다. 그리고 일련의 문학사 저작들, 예컨대 영향력이 컸던 游國恩의 『중국군학사』 제2책 역시 돈황문학을 논하면서 돈황 속문학만 소개하고 있을 뿐 여타의 문학에 대해서는 전혀 언급하지 않았는데, 이와 같은 사례들은 돈황문학에 대한 사람들의 착각과 오해를 더욱 강화시켰다. 그리하여 '돈황 속문학'이라는 개념이 부지불식간에 돈황문학의 대상과 범위를

3　예를 들면 1920년 발표된 王國維의 유명한 논문인 「敦煌發見唐朝之通俗詩及通俗小說」(『東方雜誌』 17권 8호), 鄭振鐸이 1929년에 발표한 「敦煌的俗文學」(『小說月報』 20권 3기), 向達의 「記倫敦所藏的敦煌俗文學」(『新中華』 5권 3기, 1937), 傅藝子의 「敦煌俗文學之發現及展開」(『中央亞細亞』 1권 2기, 1942)를 들 수 있다. 이 중 王國維의 논문이 '敦煌 俗文學'이라는 용어가 유행하는데 결정적 영향을 끼쳤다.

총칭하는 용어로 고착되었다. 이 용어와 유사한 개념으로 '돈황 민간문학'·'돈황 통속문학' 등의 용어들도 사용되었다. 물론 '돈황 속문학'·'돈황 민간문학'이라는 용어를 돈황 사본에 있는 문학 자료를 총칭하는 개념으로 삼게 된 데에는 그럴만한 이유가 있었으며, 어찌 보면 필연적인 추세이기도 했다. 왜냐하면 돈황 사본에는 그것을 통해 발견되기 전에는 그 존재를 전혀 알 수 없었던 變文·曲子詞·話本 등의 새로운 양식의 문학 문헌들이 대량으로 출현하였고, 이 문학 양식들이 문학사에서 갖는 가치와 의미가 매우 지대했으므로 당시 학자들이 그와 같은 문학 양식에 관심과 초점을 집중했던 것도 사실은 자연스러운 일이었다. 그래서 '돈황 속문학' 용어의 보편적 사용은 돈황 속문학 문헌이 갖는 중요성과 가치를 강조한다는 측면에서 본다면 그 나름의 장점도 있으며, 또 '돈황 속문학'이라는 용어가 돈황 사본에 내재하는 문학 문헌 전체를 대변하게 된 것도 불가피한 현상이라 말할 수도 있다. 하지만 '돈황 속문학' 내지 '돈황 민간문학'이라는 용어는 결정적 문제점과 심각한 한계를 갖고 있다. 그것은 엄격히 말해 '돈황 속문학' 용어가 지칭하는 대상과 범위가 돈황문학 문헌 전체 가운데 단지 일부에 해당하는 속문학 작품에만 국한되기 때문에, 그것으로는 돈황 사본 내에 포함된 방대한 규모의 문학 관련 문헌 전체를 결코 다 포괄해 낼 수 없다는 점이다. 사실 돈황 사본에는 속문학 자료보다 오히려 詩賦·小說·散文 등과 같은 正統文學 및 偈·訟·讚文 등과 같은 다른 양식의 문학 자료들이 훨씬 많이 소재하는데, '돈황 속문학' 개념은 바로 그와 같은 다양하고 풍부한 문학 자료들을 배제하는 결과를 낳고 있는 것이다. 그 결과 '돈황 속문학' 개념은 사람들에게 돈황 사본에는 단지 속문학 관련 자료만 소재한다는 착각과 돈황문학에 대한 편협한 인식을 가져왔으며, 돈황문학 연구도 오직 속문학에만 편중되고 속문학에는 귀속되지 않는 여타의 자료들은 사람들의 뇌리에서 망각하게 만든 기형적 현상을 낳았던 것이다. 따라서 돈황문학의 전체 대상을 총칭하는 용어로 삼기에는 '돈황 속문학' 내지 그와 유사한 의미의 용어들은 상술한 결정적 한계와 문제점을 지니고 있으며, 이에 따라 돈황 사본에 소재하는 문학 자료 전체를 포괄해 낼 수 있는 새로운 용어가 필요하게 되었다. 그것이 바로 '돈황문학'이라는 용어이다.

과거 돈황문학 연구가 가졌던 문제점을 감지하고 돈황문학의 내용과 범위 등에 대해 더욱 전면적이고 새로운 관점을 제시한 학자는 周紹良이었다. 그는 「敦煌文學芻議」라는 글에서 다음과 같이 지적하고 있다.

(과거에) 돈황문학에 대해 언급할 때면, 언제나 曲子詞·詩歌·變文·話本小說·俗賦 등과 같은 몇몇 장르에서 벗어난 일이 없었다. 사실 이러한 것들로 돈황문학을 개괄하는 것은 매우 부족하다.

(과거) 돈황문학에 대한 인식은 상당히 협소했으며, 돈황문학의 범위를 새롭게 확대할 필요가 있다. 만약 한걸음 더 나아가 연구를 해본다면, 돈황문학에는 다음의 몇 가지 측면이 포괄된다.

1. 敦煌文學: 傳統文學, 民間文學

2. 敦煌文學: 邊塞文學, 中原文學

3. 敦煌文學: 官府文學, 寺廟文學

…… 이상의 3가지 분류는 서로 착종되어 있고 서로 침투하고 있다고 말할 수 있으며, 이렇게 해야지만 비교적 완전한 '돈황문학'을 구성할 수 있다.[4]

4　周紹良, 「敦煌文學芻議」, 『甘肅社會科學』, 1988年 第1期.

그는 또한 같은 글에서 "우리의 생각에 과거의 돈황문학에 대한 인식은 매우 편협한 편이었다. 이제부터 우리는 상술한 관점에 근거해 돈황문학의 범위를 새롭게 확대해야 한다," "돈황문학에 대한 연구가 단지 속문학 방면에만 국한되어서는 안 된다. 전통문학에 대한 연구 역시 돈황문학에서 제외되어서는 안 된다"는 점을 지적하였다. 주소량의 이러한 주장과 지적은 돈황문학 연구사에 있어 매우 획기적인 것이었으며, 돈황문학에 대한 학자들의 인식과 이해의 폭을 확장시켜 주었다는 의미를 갖는다. 그 후 돈황문학에 대한 주소량의 위와 같은 새로운 인식과 관점을 계승하여, 돈황문학이라는 학술용어와 개념을 본격적으로 제기하고, 그것을 돈황문학 연구사에 있어 보편적 개념으로 정착시킨 사람은 顔廷亮이었다. 그는 『敦煌文學槪論』에서 돈황문학 용어에 대해 최초로 정의를 내렸는데, 그는 돈황문학을 다음과 같이 정의하였다.

> 이른바 '돈황문학'이란 바로 敦煌遺書에 보존되어 있거나 혹은 단지 敦煌遺書에만 보존되어 있는 모든 문학작품들 중에서 唐·五代·宋初 시기의 문학작품들을 지칭한다.[5]

이후 그는 柴劍虹과 함께 집필한 『敦煌學大事典』의 돈황문학 항목에서 다음과 같이 그 정의를 다시 수정하고 있다.

> 돈황문학은 莫高窟에 남아 있거나 혹은 莫高窟에만 보존되어 있으며, 唐

---

5   顔廷亮 主編, 『敦煌文學槪論』, 甘肅人民出版社, 1993, pp.3~4.

・五代・宋初의 시기를 위주로 하는 문학작품 및 이와 상호 관련이 있는 문
학 현상과 이론을 지칭한다.[6]

후에 그는 張彦珍과 공동 저술한 『西陲文學遺珍』에서 다음과 같이
그 정의를 또 수정하였다.

> 이른바 돈황문학이라는 것은 敦煌遺書에 보존되어 있거나 혹은 敦煌遺書
> 에만 보존되어 있으며 唐・五代・宋初를 주된 창작시기로 하고, 敦煌 지역
> 을 그 주요 창작 지역으로 삼고 있는 문학작품을 지칭한다.[7]

그리고 顔廷亮은 위의 정의가 갖는 4가지 요점을 다음과 같이 설명
하고 있다. 첫째, 주로 敦煌遺書에 보존되어 있는 것을 의미한다. 다시
말해 돈황유서에 보존되어 있는 작품들로만 제한되지는 않으나, 그
러나 주요한 부분은 돈황유서에 보존되어 있는 작품들이다. 둘째, 주
로 돈황유서에만 보존되어 있는 문학작품을 의미한다. 즉, 돈황유서
에 한정되지는 않지만, 주로 돈황유서에 남아 있는 문학작품을 의미
한다. 셋째, 唐・五代・宋初를 주요 창작 시기로 하는 문학작품들이
다. 다시 말해 주요한 부분은 唐・五代・宋初에 창작된 작품들이다.
그렇지만 이 시기로만 한정되지는 않으며, 唐 이전이나 回鶻 시기 이
후의 작품들도 돈황문학에 포함된다. 넷째, 돈황 지역을 그 주된 창작
지역으로 삼는 문학작품을 지칭한다. 다시 말해 그 주요 부분은 돈황
지역에서 창작된 작품이 된다. 하지만 여기에 한정되지는 않으며, 돈

6 　季羨林 主編, 『敦煌學大辭典』, 上海辭書出版社, 1998, pp.520.
7 　顔廷亮, 張彦珍, 『西陲文學遺珍』, 甘肅人民出版社, 2000.

황 이외의 지역에서 창작된 문학작품 및 돈황 지역에서 유전된 문학작품도 포함된다.

이상과 같은 顔廷亮의 돈황문학 개념에 대한 정의는 모호하고 엄밀하지 못하다는 일부 학자들의 지적을 받고 있고 여전히 쟁론의 대상이 되고 있지만, 그럼에도 불구하고 안정량의 이와 같은 정의는 돈황 사본 내에 존재하는 모든 복잡하고 다양한 문학 문헌 중에 그 어떠한 영역도 누락시키지 않으려는 의도에서 나온 것이었고, 돈황문학에 대한 우리의 이해와 인식을 속문학이라는 협소한 울타리에서 벗어나 돈황문학 문헌 전체로 확대하려는 의도와 목표를 가진 것으로, 돈황문학에 대한 과거의 연구가 지나치게 속문학에만 매몰되고 편중되었던 한계를 타파하여 돈황문학의 범위나 내용 등을 한층 확장시키고, 돈황문학에 대한 인식에 있어 새로운 지평을 열어주었던, 그야말로 돈황문학 개념의 형성에 있어 획기적 의의를 갖는 것이었다. 그리고 그의 정의는 현재 돈황문학에 대한 가장 일반적이고 보편적 정의로써 대부분의 학자들이 대체로 동의하고 있으며, 가장 보편적으로 사용되는 정의이기도 하다. 필자 역시 안정량의 돈황문학에 대한 개념 정의를 수용하여, 본서에서도 돈황문학 문헌을 "돈황 사본에 소재하는 문헌들 중에 문학적 특성을 구비한 모든 문헌"으로 정의하고자 한다. 물론 돈황문학에 대한 이와 같은 정의는 다소 모호하여 엄밀성이 부족하고, 너무 광범위하다는 비판을 피하기 힘들 것이다. 따라서 상당한 異論과 토론의 여지가 있다. 그럼에도 불구하고 필자가 여기서 이와 같은 정의를 채택한 데에는 그럴만한 이유가 존재한다. 본서를 편찬함에 있어 그 주안점을 엄격하고 세밀한 정의에 근거해 문학 문헌을 엄밀하게 선별해 내는 것에 두지 않았다. 그 이유는 비록 다소 광

범위하고 모호해도 개념적 정의를 폭넓게 설정함으로써, 문학적으로 유의미한 자료들을 될 수 있는 한 최대로 많이 수집하여 학자들에게 좀 더 많은 문학 문헌 자료들을 소개하기 위해서였다. 돈황문학 자료의 수집대상의 폭을 넓혀 많은 자료를 수집하려면 돈황문학 개념을 확대하지 않을 수 없으며, 또한 개념 정의가 광의적일수록 그에 관련된 자료의 폭과 범위도 넓어질 것이기 때문이다.

2) 형태와 분류

돈황 사본에서 문학 문헌에 속하는 문헌들을 선별·정리하여 사전을 만들기 위해서는, 첫 단계로 돈황문학에 대한 개념적 정의를 내리는 일이 필요하며 그 다음으로 돈황문학 문헌의 범위와 대상을 확정하는 일이 이루어져야 한다. 그렇다면 어떠한 체제의 작품들과 어떤 성격을 지닌 문헌들이 돈황문학 문헌의 범위와 대상에 포함되는 것인가? 과거 오랫동안 돈황문학에 대한 학자들의 인식과 이해의 폭이 상당히 협소하였을 때 돈황문학의 범위는 매우 협소하였으며, 또한 단지 몇몇 소수의 문학체제만 돈황문학 범주에 포함되었다. 그러나 돈황 사본에 소재하는 문학 관련 문헌 전체를 총체적으로 검토해 보면 돈황문학 문헌의 범위가 우리의 예상을 뛰어넘어 대단히 풍부하며, 그것의 체제와 형태 역시 매우 복잡다기한 양상을 띠고 있음을 알게 된다. 일찍이 周紹良은 중국문학사에 있어 가장 오라된 詩文總集인 『文選』의 문체 분류법에 근거해 돈황 사본에 존재하는 다양한 형태의 문학 문헌을 30개의 유형으로 제시한 적이 있으며,[8] 顔廷亮은 『敦煌文

學』에서 주소량의 관점을 계승한 바탕위에 그것을 수정·보완하여 돈황문학의 범위와 내용으로 다음과 같은 총 27개 문체 유형을 제시한 바 있다.[9]

①表·疏, ②書·啓, ③狀·牒·帖, ④書儀, ⑤契約, ⑥傳記(行狀 포함), ⑦雜記, ⑧題跋, ⑨論·說, ⑩文·錄, ⑪揭·頌, ⑫贊·箴, ⑬碑·銘, ⑭祭文, ⑮賦, ⑯詩歌, ⑰邈眞贊, ⑱詞(曲子詞), ⑲佛曲, ⑳俚曲小調(民間歌曲, 阿郎偉 포함), ㉑變文, ㉒講經文(押座文, 解座文 포함), ㉓因緣(緣起, 因緣記 포함), ㉔小說, ㉕話本, ㉖詩話, ㉗詞文.

돈황문학 문헌에 대한 안정량의 위와 같은 범위 설정은, 돈황 사본에 존재하는 문학 관련 문헌을 그 어떤 영역도 제외하지 않고, 돈황문학 전체를 포괄하고자 한 상당히 대담하고도 참신한 시도였다. 그의 이러한 범주 설정은 폭넓고 다양한 범위에 걸쳐 있는 돈황문학의 다원적이고 복잡다기한 전체 면모를 매우 훌륭하게 드러내고 있다. 또한 과거의 돈황문학 연구에서는 돈황문학에 포함되지 않았거나 중시되지 않았던 문학 장르들과 수많은 작품들을 돈황문학에 새롭게 귀속시킴으로써 돈황문학의 내용과 범위를 그 이전보다 한층 더 풍성하게 만들어 주었다. 주소량과 안정량의 돈황문학에 대한 이러한 포괄적 접근방식은 돈황문학에 대한 우리의 인식과 시야에 큰 비약과

---

8 周紹良이 제시한 30개 文體는 ①表疏, ②書啓, ③狀, ④牒帖, ⑤書儀, ⑥契約, ⑦傳記, ⑧題跋, ⑨論說, ⑩文錄, ⑪頌箴, ⑫碑銘, ⑬祭文, ⑭賦, ⑮詩, ⑯偈贊, ⑰邈眞贊, ⑱歌謠, ⑲曲子詞, ⑳佛曲, ㉑阿郎偉 ㉒民間曲詞辭, ㉓變文, ㉔講經文 ㉕因緣(緣起), ㉖押座·文·解座文, ㉗小說, ㉘話本, ㉙詩話, ㉚詞文이다.
9 顔廷亮,『敦煌文學』, 甘肅人民出版社, 1989, pp.12~15.

전환의 계기를 가져다 준 매우 중요한 연구 성과였다. 필자 역시 돈황문학사전을 편찬함에 있어 원칙적으로 돈황문학에 대한 안정량의 관점을 돈황 사본 중에서 문학 문헌을 선별하는 판단 기준 및 문학 문헌의 범위를 설정하는 준거점으로 삼았다. 그 이유는 안정량의 견해가 돈황문학 문헌의 다원적이고 복잡한 실태와 방대한 전체 규모를 가장 적확하게 포착한 매우 유효하고 적절한 견해라고 여겨졌기 때문이다. 또 돈황문학의 다양한 스펙트럼을 잘 보여주는 그의 견해는 기존에 詩歌·變文·歌辭 등과 같은 협소한 장르에만 집중되어 왔던 우리들의 관심과 주의를 보다 다양한 장르와 넓은 영역으로 인도하는 뛰어난 장점이 있기 때문이다.

물론 돈황문학의 범주와 대상을 설정함에 있어 주소량과 안정량의 관점에 문제점이나 오류가 전혀 없는 것은 아니다. 두 사람은 모두 『文選』의 文體 관념에 입각하여 돈황 사본에 포함된 문학 문헌들의 범위와 대상을 설정하고 있는데, 이들이 근거한 『文選』의 문체 관념은 중국의 전통적 '文' 관념에 기반을 두고 있다. 『文選』이 표방하는 '文' 관념은 그 지시 범위가 대단히 넓은 광의적 의미의 '文' 관념으로, 오늘날의 '순수문학' 관념과는 많은 차이가 있다. 따라서 『文選』의 '文' 관념 및 문체 분류에 근거해 돈황문학 문헌을 추출할 경우 자칫 그 범위가 지나치게 확대될 위험이 있으며, 비문학 작품과 문학 작품 사이의 경계와 구분이 불분명해질 가능성이 크다. 실제로 周紹良과 顔廷亮이 『文選』에 근거해 돈황문학의 범주에 속한다고 제시한 유형 가운데는 表·疏, 書·啓, 書儀, 狀·牒·帖, 契約, 雜記 등의 경우와 같이 엄격히 말해 오늘날의 純粹文學 범주에는 속하지 않는 장르나 형태들이 많다는 오류와 문제점이 보인다. 이에 따라, 필자는 돈황문학사전을 편찬함에 있어 주소량과 안정량이 제시한 돈황문학 범위의 기준과 큰 틀은 기본적으로 수용하면서도, 그들의 관점이 노정하는 오류와 문제점은 탈피하고 부족한 부분은 보충하여, 다음과 같이 문학 문헌의 범위 및 선별 원칙을 견지하였다.

① 안정량이 돈황문학에 포함시킨 碑·銘·狀·牒·表·疏·書·公文書·啓·論·契約文·祭文·題記·社司轉帖 등의 문헌들은 엄격히 말해 '문학성'을 갖는 문학작품이라기보다는, '실용성'이 강한 응용문에 해당한다. 그리고 실제로도 돈황 사본 안에 다수 존재하는 이러한 문헌들은 간단한 문자 기록에 불과할 뿐, 문학작품으로는 간주할 수 없는 것들이 거의 대부분이다. 따라서 필자는 위 문체에 속하는 문헌들 전부를 문학 문헌의 범주 내로 모두 수용하지는 않고, 이러한 문헌들 중에서 문학성을 구비하고 있어 문학적 가치가 있다고 평가받는 문헌들만 소개의 차원에서 본 돈황문학사전에 선별적으로 포함시켰다. 반면 書儀의 경우는 당시 서신 작성의 모범이 되는 편지들을 모아놓은 서신 모음집의 일종으로, 문학성 및 문학적 가치가 높다고 판단하여 모두 문학의 범주에 포함시켰다.

② 돈황 사본에는 發願文·燃燈文·臨壙文·懺悔文·勸善文·願齋文·廻向文·祈願文·唱道文 등과 같은 佛事應用文(釋文)과 여러 亡文·社文·啓請文 등과 같이 佛敎儀禮를 위해 지어진 佛敎儀禮文들도 다량으로 존재한다. 이러한 문헌들도 넓게 보면 산문에 속한다고도 할 수 있으나, 이들 역시 문학성보다는 종교성이 훨씬 강하므로 문학 문헌의 범위에서는 제외하였다.

③ 돈황 사본에는『周易』·『孝經』·『禮記』·『論語』 등의 經典類 및 『老子』·『莊子』·『列子』·『淮南子』 등의 諸子書들도 많이 있으며, 이

들은 중국문학에서는 전통적으로 先秦散文으로 간주되어 왔다. 하지만 이 문헌들을 본서에서는 문학작품(哲理散文)이라기보다는 철학서로 간주하여 문학 문헌에서 제외하였다. 아울러 이들 諸子書에 대한 주석서나 集解類·諸子語錄 역시 문학 문헌의 범주에서 제외하였다.

④ 돈황 사본에는 『尙書』·『春秋』·『左傳』·『史記』·『漢書』 등의 역사서도 존재한다. 이들 역시 문학적 작품(歷史散文)으로 간주할 수도 있겠으나, 본서에서는 이들을 문학작품이라기보다는 史書로 간주해 문학 문헌의 범주에서 제외하였다.

⑤ 돈황 사본에는 「開蒙要訓」, 「武王家敎」, 「百行障」 등과 같은 童蒙書들이 대량으로 존재한다. 일부 학자들은 이들 문헌들도 '돈황문학'의 범주 속에 포함시키기도 하나, 이 문헌들은 그 본질적 성격이 아동교육을 위한 童蒙書들이고 문학 텍스트에는 해당되지 않으므로 본 돈황문학사전에서는 제외하였다. 다만 아동용 독서물중에서 「太公家敎」는 四言詩의 형태로 된 童蒙書이고, 「新集嚴父敎」는 五言詩의 형태로 된 童蒙書인데 이들은 그 형식이 詩歌로 되어 있어 詩歌에 귀속시켰다.

⑥ 돈황 사본에는 『毛詩訓詁傳』·『文選』·『文心彫龍』·「詩格」 등과 같은 중국문학사에 있어 중요한 문학 비평서나 주석서 자료들도 존재하는데, 顔廷亮과 周紹良 등은 이들을 돈황문학의 범주에 포함시키지 않고 있다. 하지만 예를 들어 돈황 사본에 있는 『문심조룡』의 경우 현존하는 『문심조룡』 판본 가운데서도 그 시기가 가장 오래된 것으로 그 가치가 상당히 높다. 이러한 예를 통해 알 수 있듯 문학비평에 관련된 문학 자료들 역시 문학사적으로도 매우 중요하므로, 필자는 본 돈황문학사전에다 포함시켰다.

⑦ 돈황문헌에 다수 존재하는 類書의 경우 엄격히 말한다면 문학의 범주에 속하지는 않지만, 이들 類書에는 문학 연구에 활용할 만한 중요 자료나 정보들이 많이 함유되어 있다. 따라서 문학 연구를 위한 참고자료로서의 가치가 대단히 높기 때문에, 본서에서는 이들을 소개하는 일이 의미 있다고 생각되어 포함시켰다.

⑧『玉篇』등의 字書,『切韻』·『音義』등과 같은 언어·문자학에 관련된 문헌도 제외하였다. 또한 占星書와 같은 天文·曆法에 대한 문헌, 지리학에 관한 문헌, 역사·사회·의학 등에 관한 문헌도 문학 문헌의 범위에서 모두 제외하였다.

이상에서 언급한 선정 기준을 통해 필자는 돈황 사본에 내재하는 문학 문헌의 범위와 대상을 다음과 같이 선정하였다.

① 詩歌, ② 偈·頌, ③ 詞(曲子詞), ④ 佛曲, ⑤ 俚曲小調(民間歌曲), ⑥ 邈眞贊, ⑦ 書·書儀, ⑧ 論·說, ⑨ 文·錄, ⑩ 讚(贊)·箴, ⑪ 碑·銘, ⑫ 祭文, ⑬ 賦, ⑭ 傳記, ⑮ 雜記, ⑯ 詩歌, ⑰ 變文, ⑱ 講經文(押座文, 解座文 포함), ⑲ 因緣(緣起, 因緣記 포함), ⑳ 小說, ㉑ 話本, ㉒ 詩話, ㉓ 詞文, ㉔ 文學批評類, ㉕ 儺文, ㉖ 類書類

이상과 같이 돈황문학의 범위를 확정하고 나면, 그에 수반되어 이처럼 다양하고 복잡한 돈황문학의 제 유형을 어떻게 분류할 것인가 하는 문제가 제기된다. 그러나 실상 돈황 사본에 들어있는 문학 문헌들은 대단히 혼란스럽고 복잡한 양상을 띠고 있어, 그것을 일정한 기준에 따라 분류하는 문제는 돈황문학 연구에 있어서도 상당한 난제의 하나이다. 그리고 이 문제는 앞으로도 지속적으로 검토하고 논의를 심화시켜 가야야 할 연구 과제이기도 하다.

　돈황문학은 다양한 기준에 의해 여러 가지 방법으로 분류가 가능하다. 이전에는 돈황문학을 그 내용과 소재에 근거하여 아문학과 속문학으로 구분하기도 했고, 또 돈황문헌의 실제적 기능이나 용도에 따라 순문학과 실용문학으로 분류하기도 했었다. 종교적 의식의 유무에 근거하여 불교문학과 비불교문학 등의 범주로 분류하기도 하며, 또한 해당 작품이 생산된 지역을 기준으로 돈황의 향토문학과 중원문학으로 분류하기도 했다. 또 혹자는 공연 형식에 따라 돈황문학을 ① 講經文, ② 變文, ③ 話本, ④ 詞文, ⑤ 俗賦, ⑥ 議論文, ⑦ 曲子詞, ⑧ 詩歌의 8 부류로 분류하기도 하였다.[10] 그리고 현재 중국학자들 사이에서는 돈황문학의 형식적 특징을 기준으로 크게 ① 講唱類, ② 曲辭類, ③ 詩賦類, ④ 小說類, ⑤ 散文類, ⑥ 雜著類의 6대 범주로 분류하는 방법이 가장 널리 통용되고 있는 분류법이다.[11] 일본의 돈황문학 연구자인 金剛照光은 형태론적 분류에 입각하여 敦煌文學을 크게 ① 韻文體, ② 散文體, ③ 講唱體類로 구분하고 삼대 범주 아래에 각 개별적인 하부 장르를 귀속시키고 있다.[12] 이와 같은 다양한 분류법 중에서도 필자는 문학의 가장 기본적인 분류법을 채택한 金剛照光의 3대 형태 분류법이 가장 무난하고 타당하다고 생각되어, 이를 본서의 문학문헌의 기본적인 분류 방법으로 채택하였다. 즉, 우선 모든 돈황문학문헌을 그 형식적 특성에 근거하여 크게 ① 운문 형식으로 된 것, ② 산문 형식으로 된 것, ③ 운문과 산문의 결합 형식(곧 講唱形式)으로 된

10　王小盾,「敦煌文學与唐代講唱藝術」,『中國社會科學』, 1994年 第03期.

11　위 6대 분류는 顔廷亮 主編,『敦煌文學槪論』, 甘肅人民出版社, 1993, pp.80~87에서 행해진 분류이다.

12　金剛照光 編,『敦煌の文學文獻』, 大東出版社, 平成2年, pp.6~14.

것의 3대 부류로 나누고, 그 아래에 각 형식에 해당되는 세부 장르나 하위 문체들을 귀속시켰다. 이러한 방법에 따라 앞에서 열거한 돈황 문학 문헌들을 분류해 보면 다음과 같다. 우선 첫 번째 대분류 항목에는 운문 형식으로 된 모든 문학 문헌이 속하며, 이 운문 형식의 하부 장르들로는 詩歌, 偈・頌, 敦煌歌辭[13](詞・曲子詞・佛曲・俚曲小調 등이 포함된다), 讚(贊)文, 邈眞贊[14]이 해당된다. 이러한 세부 장르들은 모두 四言・五言・七言・雜言 등과 같은 일정한 격식을 지닌 운문으로 창작되었다는 공통적 특징을 갖는다. 돈황문학의 두 번째 대분류 항목에는 산문 형식으로 된 문학작품들이 포함된다. 그리고 이것의 하부 장르에는 전통 文人賦와 敦煌 俗賦[15]를 포함하는 賦, 六朝의 志人, 志怪小說, 唐의 傳記, 話本[16] 및 돈황 사본에 다수 존재하는 靈驗記, 感應記, 入冥記 부류를 포함하는 小說類, 그리고 書・書儀・論・說・文・錄・碑・銘・祭文・題跋文・題記・功德記와 같은 雜記類, 人物傳記(行狀 포함)

---

13 敦煌歌辭란 돈황 사본 중에서 歌唱에 활용되었던 詩歌 작품을 총칭하는 말이다. 돈황 사본에는 唐・五代 敦煌 지역에서 불렸던 民間歌辭를 볼 수 있으며, 이전에는 敦煌曲子詞・敦煌曲・佛曲・俚曲小調・俗曲・小曲 등으로 불리었다. 任二北은 이러한 명칭들은 後代의 詞曲과 혼동되므로, 이들을 敦煌歌辭로 通稱할 것을 주장하였다.

14 邈眞贊은 敦煌에서 흥성했던 文體로 인물 畵像에 대한 讚을 말하며, 歸義軍 시기에 많이 지어졌다. 형식은 一言四句, 四言을 중심으로 하면서, 六言도 혼용한다. 序文은 대개 四六文體로 이루어졌으며, 죽은 자의 畵像과 그 생애를 頌讚하는 文體이다.

15 俗賦는 일명 故事賦라고도 하며, 韻文 형식으로 고사를 이야기하는 賦로 중국의 전통 문인들이 창작한 文人賦와는 그 내용과 형식에 있어 상당한 차이점을 보인다. 俗賦는 變文과 마찬가지로 敦煌 民間文學의 일종이며, 辭賦가 通俗化된 결과의 산물이다. 俗賦는 變文처럼 창작 목적이 대중들에게 고사를 공연하는 데에 있어, 많은 학자들이 俗賦를 變文의 일종으로 간주하기도 한다. 그러나 俗賦는 「晏子賦」,「燕子賦」의 예처럼 원 제목이 모두 '賦'로 되어 있으며, 필자는 원 사본의 定名을 존중해야 한다는 입장에서 이들을 '賦'에 포함시켰다.

16 기존에 많은 학자들은 돈황 사본의 話本 역시 講唱文學의 한 형태로 보아, 講唱文學의 하위 범주에 귀속시켜 왔다. 돈황 사본의 話本은 공연 예술의 底本으로 활용되면서 講唱文學과 공통된 성격을 공유하는 측면도 있지만, 이 話本들은 宋代 이후 번성한 話本小說의 선구가 되는 작품들이기 때문에 여기서는 小說에 귀속시켰다.

등의 일반 돈황 산문 작품들이 포함된다. 이들의 공통점은 모두 押韻이나 對句를 활용하지 않은 자유로운 散體 혹은 四六駢麗文의 형태로 지어진 산문이라는 점을 들 수 있다. 마지막 세 번째 대분류 항목으로는 운문과 산문이 결합된 형식으로 지어진 講唱文學을 들 수 있으며, 돈황문학 문헌 중에는 變文, 講經文(押座文·解座文 포함), 因緣(緣起)類, 詩話, 詞話와 같은 하부 장르들이 여기에 귀속된다. 강창문학에 속하는 이와 같은 장르들은 모두 說唱의 형태로 문학 수용자들과 만나는 작품들이며, 모두 대중들에게 연행하기 위해 지어진 작품들로서 구두 상에서도 이야기와 노래를 섞어가며 공연하였고 공연의 底本 텍스트 역시 운문과 산문의 결합 형태로 이루어졌다는 공통적 특징을 갖는다. 그리고 3가지 대분류 항목 중 그 어디에도 귀속시키기 어려운

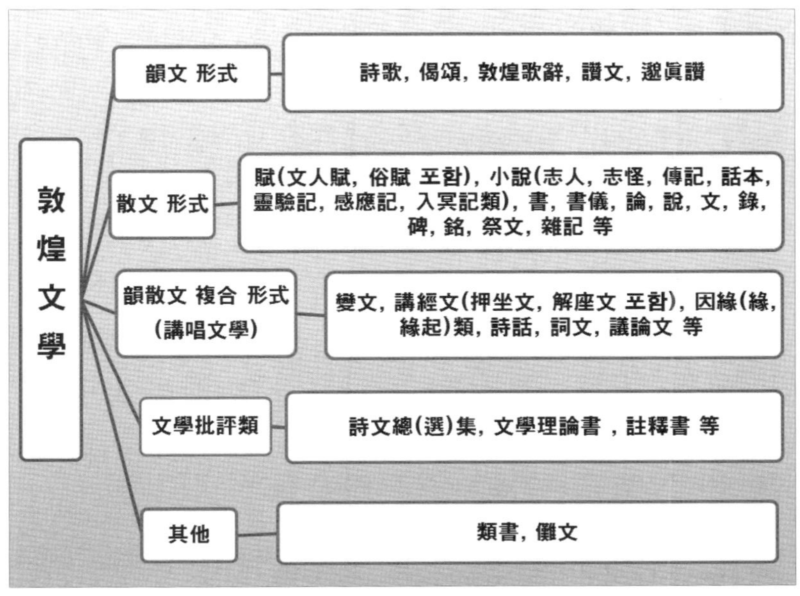

[그림 1] 敦煌文學 文獻의 分類

문학비평류는 독립된 별도의 분류 항목으로 설정했으며, 여기에는 『文選』·『玉臺新詠』과 같은 詩文總集과 選集,『文心雕龍』과 같은 문학 이론서,『毛詩鄭箋』 등의 주석서를 귀속시켰다. 마지막으로 문학 연구의 참고자료로서의 가치가 큰 類書類와 돈황에서 매우 유행했던 俚曲小調인 儺文은 그 특수한 성격을 존중하여 기타 항목으로 분류하였다. 이상에서 논의한 돈황문학 문헌들의 분류를 圖示해보면 [그림 1]과 같다.

3) 주요 특징

돈황문학은 매우 복잡하고 다원적인데, 본 절에서는 돈황문학의 중요한 특징과 성격은 무엇인지에 대해 서술하고자 한다. 지금까지는 민간성, 향토성 그리고 종교성이 돈황문학의 주요한 특징으로 자주 언급되어 왔다.[17] 이는 아마도 돈황 사본이 세상에 처음 그 모습을 드러내었을 때, 사람들의 관심과 초점이 모두 고대 중국의 여타 문헌이나 전적에서는 전혀 볼 수 없었던 變文·講經文 등의 몇몇 소수 장르에 경도되어 있었고, 또 이러한 작품들은 내용적으로든 형식적으로든 확실히 상술한 세 가지 특징적 경향성을 갖고 있기 때문에, 자연히 시간이 오래 경과되면서 민간성, 지역성, 종교성이 돈황문학에 대한 보편적 인상으로 굳어진 듯하다. 그러나 돈황문학에서는 이 3가지

---

17 예를 들면 顔廷亮과 柴劍虹은 『敦煌學大辭典』(季羨林 주편, 上海辭書出版社, 1998)의 돈황문학 항목을 서술하면서 돈황문학의 특징으로 민간성, 종교적 색채, 지역성, 실용성, 과도적 특성을 들고 있다.

특성을 갖지 않는 작품들도 많이 있을 뿐 아니라, 돈황문학에 대한 연구와 인식이 심화되어 감에 따라 민간성, 지역성 그리고 종교성이라는 3가지 특성만으로는 더 이상 돈황문학의 본질적인 특질과 성격을 충분하게 포괄해 낼 수 없게 되었다. 그렇다면 돈황문학이 지닌 특유하고 본질적인 특징은 무엇인가?

첫째, '돈황문학'은 '다층적 문화의 문학'이다. 주시하듯 중국 전통문학에서 문학 작품의 창작, 수용과 소비와 전파, 작품에 대한 가치 평가와 미적 판단의 중심 주체는 엘리트 지식인 곧 사대부나 정통 문인들이었다. 이들 사대부나 정통 문인이 중국문학과 문화의 중추적인 창조자였으며, 이들이 자신들의 뚜렷한 미적 기준과 가치관을 갖고 중국문학과 문화의 형성과 발전에 크게 공헌하고 기여했다는 점은 부인할 수 없는 분명한 사실이다. 하지만 다른 한편으로 이들은 중국의 전통문학과 문화에 있어 문화 권력과 헤게모니를 장기간 동안 장악했던 집단으로, 자신들의 미적 기준과 가치관에 미치지 못하거나 부합되지 않은 문학 작품이나 문화현상에 대해서는 경시하고 억압하는 태도를 갖고 있었다. 詩賦나 散文이 아니면 문학의 大雅之堂에 오르지 못해 小說이나 戱曲 등의 통속문학이 문학으로 정당한 인정을 받지 못했던 사실이나, 그들의 미학적 규범이자 기준인 '전아'함과 '장중'함을 갖추지 못한 작품들은 비루하고 천속한 작품으로 경시받아온 사례가 문학과 문화에 대한 사대부 지식인들의 그와 같은 태도를 잘 보여준다. '돈황문학'의 많은 작품들이 단지 돈황 사본 내에만 존재할 뿐, 후대의 그 어떤 전적에도 남아 있지 않은 경우가 많다는 사실도 문화적 엘리트인 사대부들의 미학적 가치관이나 태도와 밀접히 연관되어 있다. 곧 매우 통속적이고 천근한 돈황문학이 정통 지식인이나 문인들의 미적 기준에 부합될 수 없었고, 그리하여 그들은 돈황문학 작품들을 그다지 높게 평가하지 않았으며 더 나아가 그것을 '단순한 오락물'로 치부하여 경시하고 배척하는 태도를 보였다. 이 때문에 '돈황문학'은 그들의 손에 의해 기록되지도 않았던 것이다. 정통 사대부들은 비단 '돈황문학'에만 그러했던 것이 아니라, 중국 고대의 많은 전적과 문헌에 대한 가치 평가와 수용에 있어서도 그들만의 특정한 취향과 취사선택의 기준을 가지고 있었다. 따라서 현재 전해오는 많은 문헌이나 서책은 사실은 문학과 문화의 주류 담론과 권력을 장악했던 그들에 의해 여과되고 선택된 일면적인 문화와 문학작품들이며, 따라서 그러한 것들에만 의지하여 과거문화의 양상과 면모를 총체적으로 파악하는 일은 그리 쉽지 않은 일이다. 반면에 돈황 사본에 보존된 문학 작품들은 매우 다원적이고 복잡한 양상을 보여준다. 곧, 돈황문학 문헌에는 문체로는 詩・賦・文・小說과 같이 전통적이고 익숙한 문학 장르도 존재할 뿐 아니라, 變文・講經文과 같이 새롭고 통속적인 문학 양식도 존재한다. 작가의 신분과 계층에 있어서도 제왕, 전통문인, 승려, 도사, 여인, 學郞, 歌妓와 樂工 등 위로는 최상층 계층인 제왕과 고급 관료로부터 아래로 하층의 일반 민중에 이르기까지 다양한 작가 계층이 혼재한다. 작품 내용의 측면에서도 종교 의식(佛敎儀式)을 농후하게 표출한 작품이 있는가 하면, 세속적 생활을 반영한 작품들도 있다. 풍격의 측면에서도 雅正하고 전아한 풍격의 작품이 있는가 하면, 대단히 통속적인 작품도 있으며 또 두 가지 풍격을 겸비한 작품도 있다. 이처럼 돈황 사본에 내재하는 문학 문헌과 작품들은 매우 다면적이고 다층적인 현상을 보여준다. 돈황문학에는 상층의 고급문화도 존재하고, 일반 서민들이 즐기던 하층의 대중문화도 존재한다. 따라서 돈황 사본이 대변하는 문화나 문학은 결코 단지 정통 엘리트 혹은 일반 서민과 같은 그 어떤 특정 계층이나 특정 문화에만 국한되지 않는다. 더 정확히 말하면 '돈황문학'은 엘리트 문화와 하층문화와 같은 다양한 문화가 함께 공존하고 혼재하는 장이고, 다양한 미적 기준들과 가치관이 착종되어 있고, 모든 미학적 규범들과 기준들이 모두 수용되어 있는 공간인 것이다. 돈황문학이 현시하는 이와 같은 다원적이고 복합적인 특징을 우리는 '다층 문화의 문학'이라 명명할 수 있을 것이다.

둘째, 돈황문학은 전형적인 '사본시대의 문학적 유산'이다. 인류 문명의 전파 방식은 구두에서 필사로, 필사에서 활자본으로, 다시 오늘날의 전자화 시대로 변천되어 왔다. 그리고 이러한 매체변화는 매번 인류와 삶과 문화, 관념에 급격한 변동을 가져왔다. 그러나 우리가 후대에 생겨난 전파 매체의 영향아래 생성된 산물로 그 이전 시대의 산물을 평가하는 것이 언제나 타당하고 옳은 것만은 아니다. 예를 들어 우리들은 이미 인쇄 활자본에 친숙하고 길들여진 편인터, 만약 우리가 활자본 시대의 사유방식으로 사본시대의 산물을 고찰한다면 다소의 오해나 오류는 피할 수 없게 된다. 오래 전에 많은 문학 연구자들이 종종 활자 인쇄본 시대의 문학작품에 대한 관념으로 사본을 위주로하는 돈황문학을 이해해 왔으며, 그 과정에서 오해나 그릇된 인식이 자주 발생했다. 예를 들면 P.2492 사본은 처음에는 『白香山詩集』으로 여겨졌는데, 이는 바로 인쇄본 시대의 別集·總集에 대한 관념으로 變異性이 상당히 많은 寫本時代의 텍스트를 판단한 예이다. 하지만 나중에 이 사본에는 白居易의 詩 뿐만 아니라 李季蘭의 逸詩도 있으며, 岑參의 「招北客詞」가 수록된 Дx.03865 사본과 서로 合轍이 가능함을 알게 되었으며 그리하여 이전의 주장은 그 성립 근거를 잃게 되었다. 또 다른 예로 P.3620과 P.3812 두 사본에 수록된 「無名歌」를 들 수 있다. 어떤 학자들은 P.3812 사본의 「無名歌」 앞에 殷濟라는 署名이 적힌 「悲春」 詩 한 수가 있는 것을 근거로 「無名歌」의 작자가 殷濟이거나, 아니면 「無名歌」라는 시 제목을 근거로 無名氏의 작품으로 간주해왔다. 이러한 생각 역시 인쇄 활자본 시대의 문학 작품의 엄정한 판각 규칙, 곧 동일한 작가의 작품은 동일한 서책의 한 자리에 모으고, 작품에는 제목이 달려있어야 한다는 규정과 관념의 영향을 받은 것이다. 반면 필사본의 경우 일반적으로 작품의 작자, 표제는 흔히 결여되며, 설령 작자의 서명과 제목이 있는 경우라 할지라도 그 서명의 상황에 변화가 상당히 많다는 점, 그리고 상당히 자의적이고 임의적으로 이루어지는 사본의 필사 방식을 전혀 모르는 것이다. 게다가, 해당 작품의 원본에 題名이 없거나 전승과정에서 소실되었을 경우, 前人들이 그것을 정리할 때는 종종 해당 편의 首句를 제목으로 삼았는데, 『詩經』이나 漢代 樂府가 바로 그와 같은 경우에 해당한다. 그리고 만약 작품의 작가를 여전히 알고 있는 경우라면 늘 작가의 이름으로 작품 제목을 삼는데, 「戚夫人歌」, 「李延年歌」 등이 그러한 경우에 해당한다. 「無名歌」역시 이와 같은 유형의 제목 명명 방식에 속하며, 따라서 「無名歌」는 바로 唐代 和尙이었던 무명의 작품인 것이다. 바로 이와 같이 수많은 사본으로 이루어진 敦煌 문헌들은 사본시대의 전형적 유산으로 사본시대의 필사 형태는 대단히 복잡하고 다양한 형태를 갖고 있으며, 그것은 인쇄 활자본과는 상당히 다른 특징을 보여준다. 따라서 우리가 돈황문학 문헌을 고찰할 경우 그것이 사본시대의 문학임을 충분히 고려해야 하며, 정형화되고 규격화된 인쇄활자본 시대의 문학 관념으로 돈황문학 사본들을 고찰해서는 안 될 것이다.

　또한 '돈황문학'의 문헌들은 사본시대의 흔적으로 사본 말미에 종종 '題記'가 있는 것이 많다. 이 題記는 주로 筆寫의 시기, 筆寫의 장소, 筆寫의 목적과 筆寫者의 신분을 그 내용으로 담고 있다. 이러한 題記가 제공하는 정보들은 인쇄 활자본에서는 찾아볼 수 없는 것들이다. 인쇄 활자본의 牌記나 版口 등에도 판각한 사람의 이름이 종종 들어있지만, 그것이 제공하는 주요 정보는 대부분 판각과 관련된 제도화된 정보들로서, 간혹 문학작품의 전파와는 연관이 있을 수 있어도 그들을 문학작품의 수용자나 향유자로 간주하기는 어렵다. 그러나 사본의 필사자는 대체로 문학작품의 향유자·수용자라 간주할 수 있으며, 또한 題記의 내용에 근거하여 그들이 문학의 수용 과정에서 어떠한 의향과 의도를 지니고 있었는지도 검토해 볼 수 있다. 따라서 돈황 사본에 기록된 題記는 당시의 문학작품들이 누구에 의해 어떠한 방식으로 수용되었는지를 알려주는 중요한 정보가 된다. 이 밖에도 사본은 裝幀 형식에 있어서도 인쇄 활자본 책자와 차이를 보인다. 사본의 주요한 裝幀 형식은 卷軸裝이고, 인쇄 활자본의 형식은 冊葉裝이다. 그리고 이러한 두 유형의 서적 裝幀 형식에 있어 가장 근본적인 차이점은 冊葉裝이 卷軸裝과 비교해 가볍고 工巧하며 휴대가 간편하다는 것이다. 과거에는 줄곧 冊葉裝은 宋代 인쇄술이 점차로 유형한 이후에야 생겨난 것으로 인식해 왔었다. 그러나 돈황 사본의 절대 다수가 卷軸裝의 형태로 되어 있지만, 그 밖에도 冊葉裝·折裝·梵夾裝 등의 다양한 裝幀 형식도 존재한다. 하지만 돈황 사본에서 冊葉裝 형태가 흥기하게 된 데에는 달리 생각해 볼 점이 있다. 즉 돈황 사본에서 冊葉裝 정장 형식이 흥기하게 된 데에는 그것의 형태가 가볍고 공교로워 휴

대하기에 편한데, 이와 같은 형태가 늘 불경을 가까이 두고 암송해야 하는 불교도나 또는 늘 문학 작품을 습작하거나 모범적 문학작품을 암기해야 하는 문학도에게는 아주 편리한 書冊 형식이었기 때문이다. 그리고 敦煌 冊葉裝 寫本의 이와 같은 용도는, 이후 인쇄 활자본 시대에 보편화된 冊葉裝 서책들의 용도와는 전혀 다른 것이었다. 이와 같이 사본시대의 문헌은 그 필사 습관, 題記의 내용, 裝幀 형식과 용도 등에 있어 인쇄 활자본 시대의 문헌들과는 매우 다르며, 동시에 인쇄 활자본에는 없는 중요 정보들을 우리에게 제공해준다. 그러므로 사본을 위주로 하는 돈황문학을 연구할 때, 그와 같은 정보와 자료들을 잘 활용한다면 당시 문학 작품의 전파와 수용, 문학 현상 등에 대해 새롭고 심화된 인식을 가져올 수 있을 것이다.

셋째, 돈황문학은 문학의 일상생활에서의 실제적인 쓰임과 사회에서의 실제적 활용을 중시한 문학이다. 돈황문학이 후대의 문학과 구별되는 뚜렷한 특징의 하나로 그것의 강한 '실용적 성격'을 들 수 있다. 현존하는 많은 돈황문학 작품들은 순수한 심미적 감상이나 예술적 향유를 위해서가 아니라, 현실생활에서의 특정한 쓰임과 실제적 용도를 위해 창작되었는데 돈황문학의 이와 같은 농후한 실용성은 여러 예를 통해 확인할 수 있다. 예컨대 講經文·變文 등은 원래 심미적 향유를 위한 문학텍스트로 창작된 것이 아닌, 불교 사원에서 法會나 俗講의 자리에서 포교의 목적에서 지어진 것이거나 아니면 특정한 명절이나 의례를 거행할 때 사용하기 위해 지어진 것이다. 예를 들어 P.3808 「長興四年中興殿應聖節講經文」은 그 제목 및 "이로부터 大乘이 만든 공덕의 讚을 시작하며 삼가 황제폐하께 존호를 장엄하여 바칩니다(以此開讚大乘所生功德, 謹奉上[莊]嚴尊號皇帝陛下)" 등의 구절을 통해, 해당 작품이 後唐의 明宗 황제의 생일날 거행된 講經을 위해 창작된 작품임을 알 수 있다. S.6551의 「佛說阿彌陀經講經文」에도 "우리의 성천가한 대회골국을 바라보니(睹我聖天可汗大迴鶻國)" 등의 구절이 있는데, 이를 통해 본 講經文이 于闐國王 李聖天 등을 포함한 대소 귀족과 관원들이 거행했던 祈福法會에 사용되었음을 알 수 있다. S.3491의 「破魔變」과 「頻婆娑羅王後宮綵女功德意供養塔生天因緣變」에도 각각 "엎드려 바라옵건대 우리 부주 복야께서는(伏惟我府主僕射)," "[삼가 바라옵건대] 우리 부주 태보께서는 천년만년(我府主主太保千秋萬歲)" 등의 致語가 보이는데, 고증에 의하면 이 두 작품은 府主에서 歸義軍 節度使 曹議金을 위한 공덕법회에서 講唱되었던 작품이다. 그리고 S.2614의 「大目乾蓮冥間求母變文」은 7월 5일 우란분회에서 공연되었던 작품이었다. 이와 같은 실용성은 비단 종교적인 작품뿐만 아니라, 세속적 내용의 變文 역시 마찬가지였다. 예를 들어 P.2553 「王昭君變文」의 마지막 부분에 "유세차 모월 모일 삼가 맑은 술을 차려 漢의 공주 왕소군의 영령에 제를 올립니다(維年月日, 謹以清酌之奠, 祭漢公主王昭軍(君)之靈)"라는 제사 용어가 보이며, P.5039 「孟姜女變文」에도 孟姜女가 亡夫를 위해 염송하는 "모년 모월 모일 …… 여러 가지 맛있는 음식을 차려 삼가 제를 올리니 …… (文祭曰: 某年某月某日, …… 庶羞之奠, 敬祭……)"라는 제사 용어가 있으며, S.2144 「韓擒虎話本」에도 "술을 바치며 제사를 올리며 말하기를(酒祭而言曰)"이라는 제사 용어가 보인다. 이러한 제사 용어는 이 變文 작품들이 순수하게 대중의 오락물이나 예능물로 창작된 것이 아니라, 본래는 다른 의도와 목적 즉 祭祀를 위해 지어진 것임을 암시한다. 이 외에도 敦煌 민간에 유행했던 곡조인 「兒郎偉」도 歲暮에 악귀를 쫓는 의식을 거행할 때나 혹은 건축물의 上樑儀式, 그리고 결혼식 障車 의식에 吟誦되었던 노래의 일종이었다. 더 나아가 敦煌詩歌, 특히 승려들의 詩歌 작품 대부분은 吟誦하기 위해, 다시 말해 기억이 용이한 詩歌의 형식을 이용해 대중들에게 불교 교리를 선전하거나 勸善을 위해 지어진 작품들이다. 또한 돈황문학에 다량으로 존재하는 祭文, 碑文, 書, 啓, 銘文, 「太公家教」와 같은 童蒙物이나 佛教儀禮文 등도 모두 일상생활 의례 내지는 종교적 의례의 필요성에 따라 지어진 것들이다. 이러한 예들 역시 돈황문학의 강한 실용적 특성을 선명하게 보여준다. 이처럼 돈황문학은 문학의 쓰임과 활용성을 매우 강조하는 특성을 지니고 있는데, 이는 문학작품 자체의 심미성과 예술성, 무목적성을 강조하는 오늘날의 순수문학적 사유와는 대비되는 돈황문학의 독특한 특성이라 할 수 있다. 그리고 현실 속에서 다양한 용도로 활용되었던 돈황문학을 통해, 우리는 문학이 현실사회에서 어떻게 활용되었고 또 어떤 경우와 상황 하에 활용되었는지에 대한 이해와 인식을 심화시킬 수 있다.[18]

넷째, 돈황문학은 '구비문학'으로서의 특성을 가지고 있다. 문자를 사용하기 이전이나 문자를 사용할 수 없었던 사회에서 인간의 문화적 전승과 전파의 가장 유력한 수단은 언어와 기억에 기반을 둔 구술행위였다. 그 후 이러한 구술문화 단계로부터 문자가 창안되고 문자가 주요한 전달과 전파의 수단으로 사용되면서, 인간은 '문자문화' 내지 '기록문화' 단계로 진입하게 된다. 그런데, 인간의 문화가 구술문화의 단계에서 문자문화로 전이하는 과정에서 봉착하게 되는 문제점의 하나는 구술 문화를 구성하는 중요한 요소인 구연자, 구연자의 어투,

---

18   이상의 돈황문학에 대한 특성은 楊明璋, 『敦煌文學與中國古代的諧隱傳統』(新文豊出版社, 民國100年 3月)의 第二章 「敦煌文學之特質」 참조.

몸짓, 표정에서부터 구연 장소, 구연의 구체적 정황, 구연대상, 청중이나 수용자들의 반응, 구연의 목적 등과 같은 구연 상황(Context)이 문자로 기록되는 과정에서 모두 소실되고 단지 '구술내용(text)'만 남게 된다는 점이다. 그리고 이는 문자로 기록된 문학이 갖는 큰 한계이자, 기록문학이 만들어내는 문화적 손실이 아니라 할 수 없다. 돈황문학은 바로 인간 문화가 구비문화에서 문자문화로 이동해가던 초창기의 문학 자료로서, 돈황문학에는 구비문학의 특성과 흔적들이 아주 선명하게 보존되어 있다. 예를 들면 돈황 강창문학의 대표 유형인 講經文·變文·詞文·詩話·緣起 등은 모두 원래는 당시 구연의 방식으로 연행되었던 대중연예나 공연물의 底本이었으며,[19] 敦煌의 俗賦 역시 사물을 화려하게 묘사하는 전통적 文人賦와는 완전히 다른, 구어를 통해 고사를 연행하던 대중연예의 일종이었다. 돈황문학의 수많은 曲子詞는 순수하게 가창을 위한 또는 노래로 공연되었던 歌妓藝術의 전형적인 형태였다. 예를 들면 敦煌歌辭 總集인「雲謠集」은 원래 노래로 부르기 위해 지어진 것이며, 그 속에 포함된 대다수의 작품이 酒宴에서 행해진 노래경연의 과정에서 나온 작품들이다. 이외에도 심지어 가장 대표적인 독서물이자 문학 감상물로 기능했던 詩歌 역시 '구연성'에서 예외는 아니어서, 돈황시가는 뚜렷한 講唱藝術 및 구비문학의 특징을 가진다. 일반적으로 돈황시가는 대체로 4가지 특징을 갖고 있다고 거론되는데, 첫째가 뚜렷한 향토성이다. 둘째 돈황시가는 특수한 작가계층을 갖는데, 승려의 작품들과 민간가요가 큰 비중을 차지한다는 점이다. 셋째는 白話를 사용하여 作詩한다는 점인데, 「王梵

志詩」가 그 대표적인 예이다. 네 번째는 시가의 체제가 다양하다는 점인데, 歌訣體·偈讚體·九相觀體·重句聯章·定格聯章體 등의 다양한 체제가 사용되고 있다. 이 중에서 최소한 두 번째, 세 번째, 네 번째의 특성은 돈황시가가 구술을 예술적 전파의 주요 수단으로 삼았던 특성과 밀접한 관련이 있다. 승려의 작품들은 종종 吟唱에 사용되었다. 예를 들어 丹遐和尙의 「玩珠吟」, 洞山和尙의 「神劍歌」 등은 모두 명확하게 '吟'과 '歌'로 제목을 삼고 있다. 민간의 시가 작품들도 어떤 것은 '歌謠'이고, 어떤 작품들은 講唱의 흔적들이 남아 있다. 예를 들어 P.2005, P.2695의 사본에 수록된 頌世의 작품은 '歌謠'라 칭하고 있으며, 「少年老翁相問嘆詩」는 대화체로 된 작품이며, 「咏月詩」 6首와 悟眞의 「百歲詩」 10首는 각각 "一團白玉海東升"과 "一生身" 句를 반복구로 활용하여 聯章體를 이루며, 「池臺樓觀非吾宅詩」에는 "君不見閻浮流轉暫時間"라는 講唱 용어가 삽입되어 있는데, 이러한 작품들은 모두 講唱 과정에서 운문으로 암송하거나 혹은 가창할 때 사용되었던 시가들이라 판단할 수 있다.[20]

　이상에서 열거한 많은 사례가 입증해주듯, 돈황문학은 구비문학을 기록한 자료로서, 돈황문학의 거의 모든 장르가 구비문학의 유산이라 말해도 무방할 정도로 구비문학성이 매우 강하다. 그리고 이는 이후 문자로 기록된 문학과는 뚜렷이 대별되는 특성의 하나이다. 이와 동시에 구비문학의 유산인 돈황문학 자료를 통해, 우리는 기록문학을 통해서는 알 수 없는 여러 정보 곧 구연자, 구연의 장소, 구연의 방식, 구연대상, 구연의 목적 등등과 같은 구비문학의 전승 상황 등에 관

20　王小盾, 「敦煌文學與唐代講唱藝術」, 『中國社會科學』, 1994年 第3期 참조.

한 중요한 정보를 알 수 있을 것이다.

다섯째, 돈황문학은 '과도기 문학'으로서의 특성을 갖는다. 돈황문학의 이러한 '과도기적 특성'은 시・공간의 두 측면에서 모두 표현되고 있다. 돈황문학은 시간적으로는 중국문학이 魏晉・南北朝 시대로부터 宋으로 넘어가는 과도적 시기의 문학에 해당하며, 그것은 이전 시대의 문학을 계승하고 이후 시대의 문학을 새롭게 열어준 역할을 하였다. 공간적으로는 域外文學, 즉 西域文學과 中原文學 사이의 교량으로 표현된다. 그리고 이 두 가지 과도적 특징은 돈황문학의 내용과 형식상에 있어 모두 체현되고 있다.

4) 가치와 의의

20세기로 전환되던 무렵 돈황문학 문헌이 출현한 것은 문학사적으로도 대단히 중요한 의미를 갖는다. 돈황문학 문헌의 극적인 발견은 문학연구에 있어 신기원을 개척할 수 있게 한 획기적인 사건이었고, 그것의 재발견으로 인해 중국문학사를 완전히 새롭게 서술하고 또 문학에 대한 기존의 인식과 이해를 근본적으로 재구성하지 않을 수 없게 되었다. 이처럼 돈황문학 문헌은 중국문학사 및 중국문학 연구에 있어 다방면으로 매우 중요한 가치와 지대한 의의를 갖는 데, 여기서는 그 중 특히 중요한 가치와 의미에 대해 서술해보고자 한다.

첫째, 돈황문학 문헌과 문학 자료들이 갖는 중요성과 가치로 무엇보다 돈황문학은 문학의 새로운 보고이자 무한한 광맥이라는 점을 들 수 있다. 3,000수에 달하는 詩歌, 80편이 넘는 變文, 2,000수가 넘는

敦煌歌辭, 34편의 賦, 그리고 대량으로 남아 있는 散文 등이 보여주듯 돈황문학에는 우리의 상상을 훨씬 뛰어넘는 엄청난 수량과 다양한 형태의 문학 자료들이 內藏되어 있다. 이처럼 돈황문학은 그것이 소장하고 있는 자료의 풍부한 수량적 측면이나 유형의 다양성 측면에 있어 여타 일반적인 문학문헌들이나 소규모 전적들을 훨씬 능가하고 있어, 그야말로 문학문헌 자료들이 한 곳에 방대한 규모로 집중되어 있는 문학 자료의 새로운 보고인 것이다. 우리는 돈황문학 문헌을 통해 문학 문헌의 자료들을 거의 무한하게 제공받을 수 있으며, 돈황문학 자료들은 중국문학에 대한 연구와 논의들을 한층 다원적이고 풍성하게 해줄 수 있는 새로운 원천이다. 게다가 돈황문학 문헌이 문학 자료로서 더욱 가치 있고 귀중한 이유는 그 내부에 邈眞讚・讚文・感應記 등과 같이 그동안 우리에게 잘 알려져 있지 않았던 새로운 장르, 또는 「王梵志詩」나 韋莊의 「秦婦吟」과 같이 돈황문헌의 발견 전까지 그 존재 자체를 전혀 몰랐던 작품, 또는 『全唐詩』나 『全唐文』과 같은 기존의 문학 전적들에는 수록되지 않았거나 佚失된 문학작품들이 대량으로 內藏되어 있다는 점이다.[21] 이처럼 새롭고 진귀한 文學 자료들을 상당량 보존하고 있어, 돈황문학 문헌은 기존 문학연구의 공백지대나 부족한 점을 보충해주고, 문학작품의 校勘이나 輯佚에도 매우 유용한 자료가 된다. 이들 돈황문학 문헌 자료를 활용할 수 있게 됨으로써, 중국문학 연구에 대한 이해의 폭과 심도를 확대할 수 있는 길이

---

[21] 가장 대표적인 예로 P.2555 『詩文集』을 들 수 있다. 본 사권은 敦煌本 詩文選集의 殘卷인데, 寫卷의 정면에 唐代 시인의 詩 173수, 文 2편이 초록되어 있고, 배면에는 唐代 시인의 詩 32수가 초록되어 있어 도합 詩 205편, 文 2편이 모아져 있다. 이 가운데 171수의 詩와 1편의 文은 『全唐詩』와 『全唐文』에도 수록되지 않은 佚詩와 佚文들이어서 唐代 逸失된 詩文의 寶庫가 되고 있다.

열리게 되었다.

　둘째, 돈황문학은 속문학의 풍부한 보고이다. 돈황문학은 그 안에 포함된 많은 작품이 민간에 그 기원을 두고 있으며, 또 거기에는 變文, 曲子詞, 話本 등 민간문학 장르에 속하는 작품들이 대량으로 남아 있다. 이와 같이 돈황문헌에서 속문학 장르와 속문학 작품들이 대량으로 발견되어짐으로써 학자들은 중국문학사 연구에 있어 기존의 전통 문인 및 그들에 의한 시문과 같은 雅文學 중심의 문학관에서 탈피하여 문학의 발전과정에 있어 속문학이 갖는 역할을 재인식하게 되었고, 속문학이 갖는 중요성과 위상을 재평가하게 되었다. 이에 따라 돈황문학은 속문학에 대한 연구가 본격화되고 활성화되는 전기를 마련해주었다.

　셋째, 돈황문학 문헌에는 문학사에 있어 장기간 풀리지 않았거나 의문으로 남아 있던 여러 난제들을 해명해주는 귀중한 자료들이 상당히 많다. 돈황문학 문헌들이 발견되기 이전에 중국문학 연구자들은 중국문학사에 있어 몇 가지 중요한 문제들, 예들 들면 宋代의 詞의 급작스런 흥기와 유행, 話本과 같은 白話小說의 등장, 鼓詞와 彈詞, 寶卷과 같은 民間 講唱藝術의 기원과 발전과정 등의 문제에 있어 명확한 해답을 제시하거나 명확한 인식을 가질 수 없었다. 그래서 이와 같은 문제들은 문학사 연구의 未題이자 難題로 남아 있었다. 그러나 돈황문학 문헌에서 變文·曲子詞·話本과 같은 새로운 문학 장르들이 발견됨으로써 학자들은 후대의 詞·話本小說·講唱藝術의 기원이 다름 아닌 돈황문학에 있음을 비로소 알게 되었고, 동시에 그와 같은 문학 장르들이 이후 어떤 발전 맥락을 거쳐 왔는지를 온전하고 분명하게 파악할 수 있게 되었다.

넷째, 돈황문학은 불교문학의 무궁한 보고이다. 돈황 지역은 인도에서 발생한 불교가 중국으로 들어오는 교통의 요충지대에 위치한 고대 불교의 성지였고, 불교의 영향력이 매우 강했던 지역이었다. 이와 같은 지리적·문화적 환경요인에 의해 돈황에서 생성되고 발전된 문학은 자연히 불교의 영향을 많이 받을 수밖에 없었는데, 실제로 돈황문학 작품은 내용이나 작품제재를 불교에서 취해 온 작품이 절반 이상을 차지할 만큼 불교문학의 비중이 막대하다. 그 뿐 아니라 돈황문학은 문학형식에 있어서도 偈·頌·讚文·和請·禪詩·佛教詩歌·佛教民謠·佛教傳記·佛教說話·講唱文·變文 등과 같이 불교와 깊이 관련된 다양한 자료들이 內藏되어 있어, 불교문학의 형성과 전개·발전양상을 이해하고 그에 관한 연구를 심화시키는 데 중요한 원천 자료로서의 가치를 갖는다. 이처럼 돈황문학은 불교문학의 거대한 淵叢이 되고 있으며, 이를 통해 불교문학의 내용과 형태, 불교가 중국문학에 끼친 영향 등과 같은 문제에 있어 새로운 연구와 인식이 가능해졌다. 더 나아가 비록 불교가 절대적 비중을 점하고는 있지만, 돈황문학에는 또한 불교문학 이외에도 다양한 종교문학, 곧 「大秦景敎三威蒙度贊」, 「下部讚」과 같은 道敎·儒敎·景敎·摩尼敎 등의 여러 다양한 종교문학도 함께 공존하고 있다. 이런 점에서 돈황문학은 종교문학의 거대한 보고라 말할 수 있다.

다섯째, 돈황문학은 외래의 문화와 문학이 한·중·일 동아시아에서 전파되는 과정과 그 영향을 살필 수 있는 문헌들이 많이 있다. 주지의 사실이지만 돈황은 그 지정학적 위치가 西域文化가 중국으로 이입되는 교통의 요충지에 위치해 있었기 때문에, 돈황문학에는 그 기원을 인도나 서역에 둔 작품들이 상당히 많다. 그리고 인도나 서역에서

기원하는 문학들은 돈황을 거쳐 차후 동아시아로 전파되는 과정에서
동아시아의 문학의 발전과 변화에 커다란 영향을 끼쳤다. 그 대표적
사례를 들어보면 불교의 영향 하에 중국에서 먼저 탄생한 돈황 강창
문학과 歌辭는 이후 동아시아 전역으로 전파되어 한국에서는 '불교계
강창문학'과 '高麗歌辭', 일본에서는 '모노가타리(物語)'와 '와카(和歌)'
라는 상호 유사한 문학 장르를 탄생시켰다. 그리고 그 기원을 인도와
중앙아시아에 두고 있는 變文은 중국에서는 鼓詞와 彈詞, 寶卷과 같은
詩贊系文學으로 계승되었고, 한국의 판소리와 일본의 노(能)·조루리
(淨瑠璃)·분라쿠(文樂)와 깊은 연관성을 보이는 講唱藝術을 탄생시켰
다. 이처럼 돈황문학은 예술양식 뿐만 아니라 그 내용의 측면에서도
동아시아 문학 전반에 상당한 영향을 끼쳤다. 따라서 돈황문학 문헌
과 자료들은 인도와 西域의 이질적 외래문화가 어떤 경토를 통해 동
아시아에 전파·수용되었으며, 차후 동아시아 각국에서 어떻게 변용
되었는지를 파악하는데 매우 중요한 문학 자료가 된다. 동시에 이는
돈황문학의 매우 중요한 가치의 하나이다.

5) 국내 연구 현황과 과제

1900년 돈황문헌이 발견된 이래로, 세계적 학문인 돈황학 연구의
역사는 이미 한 세기를 거쳐 왔다. 돈황문학 역시 발견 직후부터 세계
여러 학자들의 높은 관심과 주목을 받으면서 이미 일찍부터 관련 연
구가 시작되었고, 또 지금도 활발한 연구가 진행되고 있다.[22] 돈황문

22　중국을 위시한 외국에서의 敦煌學에 대한 연구 성과들은 鄭阿財 主編, 『1907~1997 敦煌

학에 대한 연구는 이미 풍부한 연구 성과를 축적해 왔으며, 돈황학의 여러 학문 분야 중에서도 그 연구 성과가 가장 두드러진 분야는 아마도 돈황문학일 것이다. 이처럼 해외에서는 돈황문학에 대한 연구가 돈황학의 핵심 영역을 이루고 돈황학 발전에 중추적 역할을 담당하고 있는 반면, 국내의 경우 돈황문학은 현재까지도 그에 관한 관심이 매우 저조한 편이며, 그에 대한 관련 학술연구도 연구의 미답지로 남아 있는 상황이다. 물론 돈황 사본은 원천자료에 대한 접근이 용이하지 않고 또 돈황 사본이 가진 특유의 해독상의 어려움으로 인해, 선뜻 연구에 그 뜻을 두기가 용이한 대상은 아니다. 그럼에도 불구하고 돈황문학 문헌이 갖는 중요성과 가치를 생각할 때, 국내 중문학계의 돈황문학에 대한 철저한 무관심과 무지, 연구의 후진성은 대단히 안타까운 일이다. 바로 이와 같은 문제의식에서 필자는 여기에서 국내에서의 돈황문학에 대한 연구현황을 반성적으로 점검해보고, 국내 돈황문학에 대한 연구 수준을 한 단계 제고하기 위한 향후 과제에 대해서 언급해보고자 한다.

　현재까지 국내에서 이루어진 돈황문학에 대한 연구 성과들을 간단히 살펴보면 다음과 같다. 우선 돈황학과 관련해 지금까지 국내에서 출판된 단행본은 역서를 포함해 총 21권이 있는데 그 중에서 문학과 관계된 저서로는 차주환의 『敦煌詞文學論考』(서울대 출판부, 2004), 조명화의 『佛敎와 敦煌의 講唱文學』(이회문화사, 2003.10), 이수웅의 『敦煌文學과 藝術』(建國大學校出版部, 1990)과 『敦煌文學』(日月書閣, 1986), 全弘哲 의 『敦煌과 동아시아문학』(신성출판사, 2010), 『돈황 강창문학의 이해』(소명출판,

---

研究論著目錄』, 『1998~2005 敦煌硏究論著目錄』에 잘 모아져 있다.

2011)의 6권에 불과하다. 학위논문의 경우 역시 상황은 비슷하여 2011년 현재 총 25편의 돈황학 관련 학위논문이 제출되었으나, 그 중 10편만이 돈황문학 관련 논문에 해당한다. 그나마 그 중 7편은 석사학위 논문이고, 박사학위 논문은 박완호의 「敦煌話本小說硏究」(全南大 大學院 博士論文, 1996), 유태규의 「敦煌講史變文硏究: 春秋와 漢代의 歷史故事를 中心으로」(成均館大 大學院 博士論文, 1994), 全弘哲의 「敦煌 講唱文學의 敍事體系와 演行樣相 硏究」(韓國外國語大 大學院 博士論文, 1995)의 3편에 불과한 실정이다. 더욱 안타까운 사실은 연구에 있어 일정 정도의 수준과 질을 담보하는 박사학위논문의 경우 1996년 이후 지난 10여 년 동안 단 1편도 제출되지 않고 있는데, 이와 같은 현실은 국내 연구자들의 돈황문학에 대한 냉담함과 무관심, 또 중국문학 연구에 있어 여전히 未踏地로 남아 있는 국내 돈황문학 연구의 실태를 적나라하게 보여준다. 다만 학술지 논문의 경우는 그런대로 매년 돈황문학과 관계된 논문이 지속적으로 발표되고 있는데, 지금까지 총 49편의 소논문들이 발표되었다. 그렇다면 국내의 돈황문학 연구가 노정하는 문제점과 해결해야 할 과제는 무엇일까?

우선 국내의 경우 돈황문학 연구에 종사하는 연구자의 수나 축적된 연구 성과가 여전히 매우 미미하다는 점을 들 수 있다. 중국은 물론 일본, 대만의 경우도 모두 돈황학 관련 전문 연구소가 있고 또 돈황학에 종사하는 연구자들이 상당히 많다. 그리고 그에 따라 해마다 수십 편에 달하는 돈황문학 관련 논문들이 여러 돈황학 관련 학술지에 발표되고 있으며, 논문의 질적 수준도 매우 높은 편이다. 따라서 우리에게는 돈황문학에 대한 학자들의 관심을 제고시켜, 그에 종사하는 전문 연구자 집단을 양성하고 연구자의 수를 늘이는 일이 무엇보다 시

급한 실정이다. 이와 더불어 돈황학 관련 연구자들 간의 네트워크를 구축해 학자들 간의 다각적인 교류를 확대하는 일도 수반되어야 한다. 이러한 일이 선행될 때, 돈황문학에 대한 연구의 질적 수준도 향상될 수 있을 것으로 보인다.

둘째, 돈황문학에 대한 연구시야와 대상을 확대할 필요가 있다. 현재까지 나온 국내 연구 성과의 대부분은 變文, 歌詞, 俗賦, 話本과 같은 이른바 돈황 속문학 특히 강창문학과 관련된 연구들이다.[23] 물론 이와 같은 문학 장르가 돈황문학에서 가장 중요한 위상과 지위를 차지하는 것임은 부인할 수 없다. 하지만 돈황문학에는 그러한 속문학 장르만 있는 것은 아니다. 앞서 강조했듯 그 외에도 詩賦, 文言小說, 文學批評書, 일반 산문 등 다양한 장르들이 아울러 존재하며, 더 나아가 偈頌, 邈眞讚, 讚文, 學郎詩, 朋友書儀, 佛敎 感應記처럼 문학적으로 매우 중요함에도 불구하고 아직 기초적인 연구조차 안 되어 있는 분야가 매우 많다. 최근 해외의 경우는 기존에 속문학에만 편중되어 왔던 현상에서 벗어나 점차 더욱 다양한 장르와 작품으로 연구의 영역과 시선을 넓혀가고 있으나, 국내의 경우는 여전히 속문학에만 매몰되어 있다. 따라서 이와 같은 편중과 편식에서 벗어나 돈황문학의 다양한 문헌 자료들에 대한 다각적인 연구가 이루어져야 할 것으로 생각된다.

셋째, 돈황의 여러 예술 장르에 대한 통합적 연구가 이루어져야 한다. 문학을 포함한 돈황예술은 상호간에 밀접한 관련을 맺고 있다. 敦煌의 대표적 예술 장르인 벽화와 문학 특히 變相圖와 變文은 상호 불

---

23 필자가 조사해 본 결과 지금까지 나온 돈황문학 관련 논문 총 58편 중에 敦煌詩歌에 관한 것 1편, 敦煌賦에 관한 것 1편을 제외한 모든 논문들이 敦煌 俗文學에 대한 것이었고, 그 중에서도 講唱文學의 대표적 文學 양식인 變文에 관한 논문이 가장 많은 수량을 차지하고 있다.

가분의 깊은 연관을 맺고 있으며, 敦煌의 음악과 敦煌歌辭는 밀접하게 관련되어 있다. 따라서 돈황문학 연구의 경우 돈황문학을 문학이라는 제한된 영역 속에 분리시켜 고립적으로 연구하기보다는, 관련된 다른 예술 장르와 연관 지어 연구할 때 돈황문학의 진정한 면모와 참된 가치가 한층 더 잘 드러날 수 있다.

넷째, 학제 간의 공동 연구를 강화해야 한다. 돈황문학에 대한 기존 연구는 오직 문학이라는 지나치게 고립적이고 폐쇄적인 입장에서만 연구를 진행해 왔다. 하지만 돈황문헌은 개별적인 하나의 문헌이 다방면의 학술영역에 동시적으로 연관되는 경우가 많다. 그러므로 이제는 돈황문학 문헌을 문학이라는 고립적이고 폐쇄적 영역 안에서만 진행해 온 기존의 연구는 지양하고, 불교와 문학, 문학과 미술, 문학과 음악, 문학과 역사학 등과 같이 상호 관련 있는 분야의 학자들이 함께 공동 연구를 진행하게 될 때 돈황문헌에 대한 좀 더 가치 있고 수준 높은 연구 성과가 나올 수 있다.

마지막으로 비교문학적 측면에서의 연구가 심화되어야 한다. 앞서 언급했듯 돈황문학은 한·중·일 동아시아 삼국의 문학 발전과 전개 과정에 커다란 영향을 미쳤다. 돈황문학은 동아시아에 전파되고 수용되는 과정에서 작품 내용과 형식 모두에 있어 각국 국민문학에 깊은 영향을 주었고 심대한 흔적을 남겼다. 變文과 한국의 판소리, 敦煌歌辭와 高麗의 佛敎歌辭, 그리고 이야기의 원형을 돈황 사본에 두고 있는 朝鮮시대의 佛典小說「금송아지전」 등이 그러한 상관관계를 잘 보여준다. 이처럼 敦煌文獻은 동아시아 삼국의 문학과 아주 밀접한 관계를 맺고 있지만, 이러한 상호 밀접한 관련성을 포착해내고 비교하는 비교문학적 연구는 아직 국내에서는 본격적으로 이루어지지 않고 있다. 돈황문학 문헌의 가치를 한층 더 잘 조명하기 위해, 돈황문학과 한·중·일 삼국 문학과의 비교문학적 연구는 매우 긴요한 연구 과제가 아닐 수 없다.

이상에서 국내에서의 돈황문학 연구가 갖는 한계와 과제에 대해 간단히 언급하였다. 한국의 돈황문학 연구는 아직 초보적 단계에 머물러 있다고 해도 과언은 아니며, 앞으로 가야할 길이 멀다. 필자가 돈황문학사전을 기획하게 된 데에도, 국내 돈황학 연구의 낙후된 현실에 대한 인식이 크게 작용하였다. 본서가 침체된 국내의 돈황문학 관련 연구를 촉진시키고, 학자들의 돈황문학에 대한 관심을 높이는 데 조금이나마 도움이 되기를 기대해 본다.

2. 돈황문학 문헌의 통계적 분석

지금까지 우리는 돈황 사본에 다양한 종류의 문학 자료들이 많이 존재한다는 사실은 알고 있으나, 돈황 사본에 존재하는 문학 문헌의 수량과 비율이 구체적으로 얼마나 되고, 또 다양한 문학 장르들은 각각 얼마나 존재하는지 등과 같은 돈황문학 문헌 자료들의 구체적인 수량과 세부적인 분포 현황에 대해서는 잘 알지 못해왔다. 따라서 돈황문헌 자료를 다양한 각도에서 통계적으로 분석해보는 작업은 돈황문학 문헌의 분포 현황과 특징을 알 수 있는 유효한 방법이 되며, 또한 이와 같은 통계적 분석은 돈황문학에 대한 여러 유의미하고 새로운 정보들을 연구자들에게 제공해줄 수 있을 것이다. 이에 본 장에서는 다양한 각도 곧 ① 돈황 사본 중 문학 문헌의 비율 및 소장처별 분석, ② 각 개별 문학 장르에 대한 통계적 분석, ③ 작가층, ④ 雅文學과 俗文學, ⑤ 宗教文學과 世俗文學, ⑥ 敦煌 현지의 鄕土文學과 中原文學이라는 6가지 측면에서 돈황문학 문헌에 대해 통계적 분석을 시도해보고자 한다. 다만 통계적 분석을 본격적으로 진행하기 전에, 먼저 한 가지 사항을 언급하고 넘어가고자 한다. 사실 돈황 사본에 내장되어 있는 문학 관련 문헌들에 대한 정확한 통계는 아직은 완벽하게 이루어지기 어렵다. 그 이유는 돈황 사본은 전 세계적으로 한문사본만 대략 55,000개가 존재하는데, 현재까지 약 절반이 조금 넘는 사본들만 정리와 검토가 끝나 공개된 상태이며 그 나머지 사본들은 아직 정리와 분석 작업이 이루어지지 않아 여전히 미공개 상태로 있다. 돈황문학 작품의 경우도 현재까지도 지속적으로 새로운 작품들이 속속 발견되고 있고, 어떤 작품이 언제 어떻게 새롭게 발견될 지는 예단하기 어려운 상황이다. 또 문학 문헌의 범주를 어떻게 설정하느냐에 따라 문학 문헌 자료의 수량이 달라질 것이므로, 자연히 통계의 결과도 달라질 수 있을 것이다. 본서의 통계적 분석은 고려대장경연구소 敦煌 프로젝트 연구팀이 과제 수행을 위해 확보한 자료만을 통계 조사의 대상으로 삼아 작성한 것으로,[24] 그 통계적 수치는 어디까지나 대략적인 것에 불과할 뿐 엄밀하고 정확한 것은 되지 못한다. 따라서 여기서 제시하는 여러 통계적 수치는 상당히 유동적이고 불완전한 것임

---

[24] 고려대장경연구소의 敦煌 프로젝트 연구팀이 확보한 敦煌 漢文 寫本은 스타인본 9,065개 사본, 펠리오본 7,102개 사본, 北京本 9,337개 사본, 러시아본 5,254개 사본을 합해 총 30,758개이다. 이 글은 확보된 사본들을 대상으로 문학 문헌에 대해 통계적 분석을 시도한 것이다.

을 미리 밝혀둔다. 그러나 비록 다소 미비하며 정확하지 못한 단점은 존재하지만, 그럼에도 불구하고 필자가 수행한 통계적 분석은 현재까지 세계적으로 공개된 모든 돈황 사본을 수집하고 그에 대해 진행한 통계적 분석을 기초로 해 작성한 것이므로, 나름대로 돈황문학 문헌의 다양한 분포 현황 및 통계적 정보들에 대한 대강의 윤곽과 정황은 충분히 제공해 줄 수 있을 것이다.

1) 소장처

돈황 사본 중 문학 문헌의 수량은 대략 얼마나 되며, 전체 돈황 사본에서 돈황문학 문헌이 점유하는 비중은 얼마나 될까? [표1]은 이에 대한 통계적 분석의 결과이다.

[표 1]을 보면, 필자가 확보한 총 30,758개의 돈황 사본 가운데 문학 문헌 사본은 총 2,246개로 전체 돈황 사본 중에 약 7.3%를 점하고 있어, 돈황 사본 전체를 통해 볼 때는 문학 문헌이 점유하는 비중은 상당히 미미해 보인다. 이는 돈황 사본에서 불교와 관계된 문헌들이 절대다수를 이루어 돈황문헌 전체의 약 77% 정도가 불교 내지 불교와 관련된 문헌들에 속하며, 그 나머지 23% 정도만 역사 · 문학 · 지리 · 사회 · 천문역법 등의 비불교 문헌들로 구성되어 있다는 사실에서 기인한 결과이다. 그러나 돈황 사본 가운데 절대 다수를 차지하는 불교문헌을 제외한 비불교 문헌들 가운데 문학 문헌이 점유하는 비중을 살펴보게 되면 상황은 확연히 다른 양상을 보여준다. [표 1]을 보면 전체 30,758의 사본 중 약 77%를 차지하는 불교 문헌을 제외한 나머지 23%

[표 1] 敦煌寫本 중 文學文獻의 分布現況

敦煌 寫本 總 卷子 數	敦煌 文學 卷子 數	전체 敦煌 文獻 중 文學 文獻의 비율(%)	非佛敎 文獻의 卷子 數	非佛敎 敦煌 文獻 中 文學 文獻의 비율(%)
약30,758	2,246	약7.30	7,149	약31.42

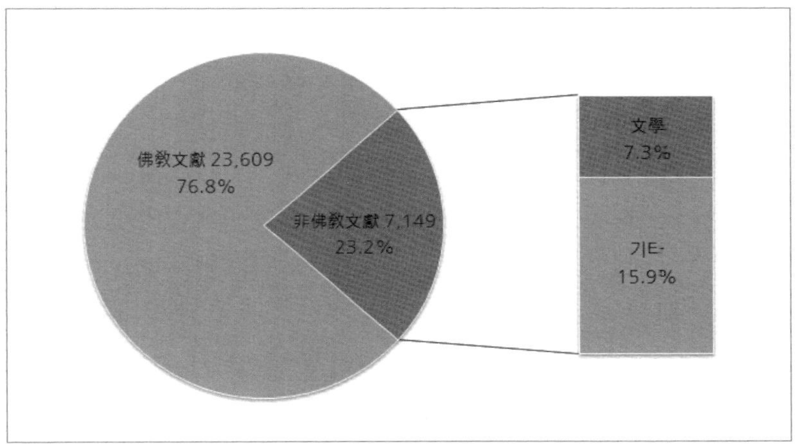

[그림 2] 敦煌寫本 중 文學文獻의 分布現況

에 해당하는 7,149개 사본이 비불교 문헌에 속하는데, 이 비불교 문헌들 중에 문학 문헌이 차지하는 비율을 살펴보게 되면 그 비중이 대략 31.42%에 달해 비불교 문헌의 1/3 이상을 차지하고 있음을 확인할 수 있다. 이러한 통계조사를 통해 돈황문학 문헌이 그 단순 수치에서도 2,246개로 적지 않으며, 또 돈황문헌 내에서 점하는 비중과 중요성이 상당히 높다는 점을 알 수 있다. 따라서 돈황문학 문헌이 돈황문헌의 중요하고 핵심적인 구성 부분이 되는 이유를 이상과 같은 통계를 통해서도 확인할 수 있다.

다음으로 돈황문학 문헌의 4대 소장처별 소장 현황을 살펴보면 [표 2]와 같다.

[표 2] 敦煌文學文獻의 所藏處別 分布現況

소장처	스타인본	펠리오본	북경본	러시아본	총계
卷子 數	780	1, 145	93	228	2, 246
비율(%)	34.7	51.0	4.1	10.2	100

현존하는 돈황 사본은 그 대부분이 영국국립도서관, 프랑스국립도서관, 중국의 北京圖書館, 러시아의 성 페테르부르그 동방학 연구소에 소장되어 있으며, 이 4곳이 돈황 사본의 4대 소장처가 되고 있다. 돈황 문학 사본의 4대 소장처별 소장 상황을 살펴보면 프랑스 도서관에 소장된 펠리오본이 1,145개 사본으로 그 수량이 가장 많고 비율상에서도 51.0%를 차지하고 있음을 알 수 있다. 뿐만 아니라 일반적으로 펠리오본의 경우 돈황 사본 가운데서도 학술적 가치가 가장 높은 자료들로 평가받고 있는데, 문학의 경우도 예외는 아니어서 수량도 수량이지만, 다양한 장르에 걸쳐 진귀한 자료들이 가장 많이 소장되어 있다. 그 다음으로 많은 문학 문헌을 보유한 소장처는 영국도서관 소장의 스타인본으로 대략 780(34.7%)개의 문학 관련 사본이 보존되어 있으며, 펠리오본의 경우와 마찬가지로 소장한 문학 문헌의 장르상의 스펙트럼 역시 다양하다. 중국 北京本의 경우는 소장한 문학 문헌의 수량이 매우 적어 겨우 93개의 사본만이 보관되어 있을 뿐이며, 「八相變」같이 다른 소장처에서는 발견되지 않는 變文 작품을 제외하면 소장 문헌의 가치 역시 다른 소장처와 비교해 그다지 높지 않은 편이다. 러시아본의 경우 그 동안에는 소장 문헌들이 완정한 사본은 적고 거의 殘片들로 이루어져 있어 돈황문헌 연구에 있어 그리 주목받지 못했었다. 그러나 이 러시아본에도 제법 많은 228개의 문학 사본들이 보존

되어 있을 뿐 아니라, 소장 문헌들 가운데는 다른 소장처에는 찾아볼 수 없는 희귀한 문헌들이 많다는 점에 그 가치가 있다.

2) 형태 · 장르

앞서 '돈황문학의 제 형태 및 분류' 항목에서 상술했듯이, 돈황문헌은 다양한 문체와 장르들로 구성되어 있다. 그렇다면 돈황문학을 구성하는 다양한 각 세부 장르들의 구체적 수량은 얼마나 도며, 또 각 세부 장르들은 전체 돈황문학에서 각각 어느 정도의 비율과 비중을 차지하고 있을까? 돈황문학에서 중요한 위상과 위치를 차지하고 있는 장르는 어떠한 것이었을까? 이와 같은 사항들을 알아보기 위해 돈황문학 문헌에 소재하는 각 세부 장르별 통계와 비중에 대해 통계적 조사를 진행해 보았으며, [표 3]은 조사로부터 얻은 결과이다.

[표 3] 敦煌文學文獻의 장르별(文體別) 分布現況

장르〔文體〕		卷子 數	총계 및 비율(%)
韻文形式	詩歌	506	1, 283 (57.1)
	偈 · 頌	141	
	敦煌歌辭	216	
	佛教讚文	326	
	邈眞讚	94	
散文形式	賦	51	568 (25.2)
	小說	75	
	書儀	160	
	書 · 啓 · 狀	52	

장르〔文體〕		卷子 數	총계 및 비율(%)
	雜記(功德記, 高僧巡禮記 등이 포함)	63	
	碑銘	34	
	祭文	33	
	人物傳(行狀 포함)	20	
	題跋	21	
	論・說	16	
	表・疏	15	
	雜文	12	
	文集	6	
	序文	6	
	誄・箴	2(誄, 箴 각1)	
	錄	1	
	判文	1	
運散文 複合形式 (講唱文學)	變文(詩話, 詞文 포함)	143	228 (10.2)
	講經文	40	
	因緣(緣起・緣)類	26	
	押座文・解座文	19	
文學批評類	毛詩	8	59 (2.6)
	毛詩鄭箋	6	
	毛詩正義	2	
	毛詩故訓傳	11	
	文選	20	
	文心雕龍	1	
	玉臺新詠	1	
	明詩論	1	
	(佚名)詩文選集	1	
	詩格	1	
	音義書(毛詩音, 楚辭音, 文選音)	7	
其他	類書類	87	108 (4.9)
	儺文	21	
총계		2, 246	2, 246 (100)

[표 3]을 통해 제시된 통계적 자료를 통해 우리는 돈황문학에 대한 여러 가지 유의미한 정보를 유추해 낼 수 있다. 우선 무엇보다 사본의 卷子 수가 2,246개에 달하는 돈황문학 문헌의 수량은 그것이 문학의 엄청난 보고임을 계량적 수치로서 증명하고 있다. 또 다른 한편으로 위 표를 보게 되면 돈황문학 문헌 내에서 적어도 1개 이상의 사권을 보유하고 있는 장르 항목이 詩歌부터 類書에 이르기까지 도합 39개 장르나 되고 있는데, 이러한 사실은 돈황문학 문헌이 장르상에 있어 얼마나 폭넓은 스펙트럼에 걸쳐 있고 또 얼마나 다양한 형태의 문학 문헌들을 아우르고 있는지를 여실하게 보여주고 있다.

둘째, 형태에 따른 문학의 분류인 3대 분류의 기준에 따른 통계 상황을 살펴보면, 운문형태로 이루어진 문학 장르들이 전체 돈황문학에서 57.1%의 압도적인 비중을 점하고 있음을 알 수 있다. 운문 형식의 뒤를 이어 산문 형식의 문학 장르들이 25.2%를 차지하고 있어 역시 그 비중이 상당히 높음을 보여준다. 반면 돈황문학을 대표하는 문학 양식으로 널리 알려져 있는 강창문학의 경우 전체 돈황문학 중에서 그 비중이 10.2%에 불과하여, 그 점유율이 예상보다는 그다지 높지 않다는 사실을 알 수 있다. 또한 개별적 각 세부 장르의 수량과 비중을 살펴보면, 시가가 506개로 개별 장르 전체 중에서 22.5%를 차지하고 있으며, 그 뒤를 이어 역시 운문양식인 佛敎讚文(14.5%), 敦煌歌辭(9.6%)의 순으로 이어지고 있다. 이러한 통계적 사실은 비록 강창문학이 당시 민중들 사이에서 유행하고 애호를 받았던 장르였고 또 중국문학의 전통 양식과는 완전히 이질적인 새로운 양식으로 그 중요성이 높다 해도, 돈황문학을 전체적으로 조망해 볼 경우 돈황문학의 주류를 형성하고 절대적 비중을 차지한 문학 형태는 여전히 운문이었으며,

그리고 제 장르 중에서 가장 중요하고 핵심을 이루었던 장르는 바로 다름 아닌 22.5%의 점유율을 차지하는 시가였음을 알 수 있다. 그리고 이는 돈황문학에 대한 우리의 기존의 인식을 재고하게 만든다.

셋째, 산문형식의 분포 상황을 살펴보면, 순수문학에 속하는 장르인 賦와 小說의 수량보다는 書·啓·狀·書儀·判文·錄·雜記·表·疏와 같은 실용적 목적을 위해 지어진 산문의 수량이 압도적으로 많음을 확인할 수 있다. 사실 필자의 통계표에 제시된 이러한 실용 산문들은 敦煌 문헌에 소재하는 모든 실용적 산문을 추출한 것이 아니라 그 중에서 문학적 가치가 있다고 인정되는 문헌만을 추출한 수치이다. 그럼에도 불구하고 그 수량이 순수문학을 훨씬 능가하고 있다는 사실은, 돈황문학의 강한 실용적 성격을 확고하게 입증해주고 있다.

넷째, 돈황 민간에서 유행했던 민간의 연예 오락물인 變文은 약 80편 작품, 143개의 寫卷이 현존하고 있다. 이와 같은 變文의 사권 수량은 돈황문학의 개별적 장르들 중에서 그 점유 비율이 6.4%에 달할 정도로 높은 편이며, 다양한 개별 장르 가운데 5번째로 사권 수가 많다. 이러한 통계 수치는 變文이 당시의 대표적인 민간 오락예술로서 얼마나 성행하였고, 대중의 애호를 받았는지를 잘 보여주고 있다.

3) 작가층

돈황문학의 대부분 작품들 그 중에서도 특히 曲·詞·變文과 같은 장르에 속하는 작품들은 敦煌의 민간 무명작가들의 창작이거나, 아니면 작자 성명이 佚失되어 작자에 대한 정확한 정보나 성명을 파악하기 힘들다. 그리고 돈황문학 문헌의 이러한 사정은 문학 연구에 있어 상당히 중요한 질문들 예를 들어 '돈황문학은 주로 어떠한 계층에 의해 생산되어 졌는가', '돈황문학을 주도적으로 이끌었던 작가 계층은 누구였던가', '돈황의 문단에서 핵심적이고 중심적 위치를 차지했던 작가나 인물은 누구인가' 등의 질문에 대한 대답을 찾기 어렵게 한다는 아쉬움을 우리에게 주고 있다. 그러나 비록 돈황문학 문헌의 일부이기는 하지만, 돈황문학 문헌에는 다행히 題記나 작자의 서명을 통해 작가가 누구인지를 알 수 있는 문헌들, 연구자들의 연구와 고증에 의해 작자가 누구인지 확인된 문헌들, 또 작품의 내용에 비추어 작가가 어떤 계층에 속한 인물인지 명확히 알 수 있는 문헌들이 남아 있어, 상술한 문학사적 중요 문제에 대한 해답을 규명할 수 있는 실마리와 단서를 제공해준다. 이에 필자는 돈황문학 문헌의 題記와 署名, 학자들의 고증과 연구를 참고하여 돈황문학 문헌에 등장하는 작가들에 대해 초보적인 조사를 해보았으며, 그들이 속한 신분과 계층에 대해 조사해 보았다. 이는 돈황문학이 주로 어떠한 계층에 의해 형성되고 주도되었는지를 확인하려는 시도의 일환이었으며, 그 결과 [표 4]와 같은 통계적 결과를 얻을 수 있었다.

통계표 [표 4]는 돈황문학 문헌 가운데 題記, 作者 署名, 학자들의 고증과 연구, 작품 제목을 통해 작가의 신분이나 계층을 분명하게 확인할 수 있는 총 310명의 작가 계층을 분류해본 결과이다. 이 통계적 결과를 통해, 우리는 먼저 돈황문학의 작가를 구성하는 계층이 위로는 唐 玄宗과 같은 황제 및 재상과 같은 고급 관료에서부터, 아래로는 하급문인이나 學郞이나 女道士에 이르기까지 그 작가 계층의 범위가 매우 다양하고 폭이 넓음을 알 수 있다. 이 통계는 작자의 성명을 명확히

[표 4] 돈황문학 작가 계층의 통계적 분석표

작가 계층의 분류	수량	비중(%)
帝王	8	2.6
高位官僚	5	1.6
下級官僚	46	14.8
文人	91	29.4
僧侶	138	44.5
女道士	3	1.0
女流文人	2	0.6
學郞(童)	17	5.5
합계	310	100

알 수 있는 경우만을 대상으로 삼아 조사한 결과일 뿐이며, 기실 돈황 문학 문헌에는 위 통계에는 포함되지 않은 다수의 무명의 작가 계층들 곧 無名의 士卒과 그의 가족들의 작품, 歌妓, 婦女, 敦煌의 民間藝人 등과 같은 계층이 창작한 작품들도 상당수 존재한다.[25] 그러므로 이러한 작가 계층까지 고려할 경우 돈황문학의 작가 계층은 더욱 넓게 확장될 수 있으며, 대단히 폭넓고 다양한 신분이나 계층에 속하는 인물들이 돈황문학의 작가 계층을 구성하고 있다는 사실을 알 수 있다. 그리고 이 점은 돈황문학의 매우 중요한 특징이자 가치의 하나이기도 하다.

두 번째 위 통계표에서 그 비중이 가장 큰 계층은 승려들로 그들은 여러 작가계층 가운데서도 44.5%의 압도적인 비중을 점하고 있고 그 다음으로 하급 문인 계층이 29.4%로 역시 높은 비중을 차지하고 있음

---

25 돈황문학의 다양한 작가 계층에 대한 상세한 분석은 邵文實, 『敦煌邊塞文學硏究』(甘肅 教育出版社, 2007), pp.3~126 및 顔廷亮 主編, 『敦煌文學槪論』(甘肅人民出版社, 1993) pp.89~106에 잘 나와 있다.

을 볼 수 있는데, 이와 같은 통계를 통해 승려 계층과 하급 문인들이 돈황문학의 주요한 작가 계층을 형성하고 있음을 유추할 수 있다. 나아가 돈황문학 가운데 문인작품으로 알려진 작품들 대부분이 高適, 劉希夷, 岑參, 白居易 등과 같은 唐代 시인들의 작품임을 감안할 때, 사실상 돈황 현지에서 문학작품의 창작에 가장 중요한 역할을 담당했고 가장 많이 작품들을 생산했던 계층은 바로 다름 아닌 승려들이었다고 말할 수 있다.

위 통계표에서 우리가 주목해야 할 또 하나의 중요한 사항은 돈황문학의 주요한 계층으로 활동한 學郎이다. 이들은 주로 불교 사원에서 과거준비를 위해 공부하던 학생들을 지칭하는데, 이들은 돈황의 승려들과 더불어 돈황 사본의 주요한 抄寫者였을 뿐 아니라, 동시에 돈황문학 텍스트의 중요한 생산자들이기도 하였다. 비록 위 통계표의 경우에는 學郎이 5.5%의 비중을 차지하고 있어 그리 높은 비율을 보여주지는 않으나, 사실 무명작으로 알려진 많은 돈황문학 작품들이 다름 아닌 이들에 의해 창작되어졌다. 이런 점에서 學郎 역시 돈황문학의 주요한 작가 계층이자 돈황문학의 발전에 상당한 역할을 했던 중요 인물군임에는 틀림없으나, 아쉽게도 이들의 작품이나 문학 활동은 지금까지 그다지 관심이나 주목의 대상이 되어오지 못했다. 따라서 향후에는 이들의 작품과 문학 활동에 대해 많은 연구가 필요하다 하겠다.

마지막으로 돈황 현지에서 가장 왕성한 창작활동을 전개하고 또 돈황문단에 있어 중요한 인물이나 작가는 누구였는지를 알아보기 위해, 돈황 현지의 작가들 중에 작품이 2수 이상 전해지는 작가와 작품의 수량에 대해 통계적 조사를 해보았다. 『敦煌文學槪論』에는 돈황 현

[표 5] 주요 敦煌 作家의 作品 數

작가	작품 수	작가	작품 수
悟眞	31	張球	16
靈俊	13	寶良騎	10
郭奉達	8	道眞	8
張文徹	6	楊繼恩	5
杜太初	5	利濟	4
慧菀	4	張景球	3
辯章	3	善來	3
張永	2	孔明亮	2
保宣	2	張富千	2
智嚴大師	2	第六禪師	2
張議潮	2	氾唐彦	2
璆林	2	李顒	2

지의 주요 작가 26인의 이름과 그들의 주요 작품들이 제시되어 있는데,[26] 필자는 이 책을 참조하고 또 여타 연구 성과를 바탕으로 하여 돈황 현지 작가에 대한 조사를 수행하였으며, [표 5]는 그 통계적 조사의 결과이다.

[표 5]는 中原作家를 제외한 돈황 현지의 작가들 중에 그 작품 수량이 2편 이상이 되는 작가들과 그 작품 수량을 조사해 본 것이다. 이 [표 5]를 통해 우리는 돈황 현지의 많은 작가들 중에서도 가장 많은 작품을 남기고 있는 사람은 돈황 현지의 名僧이였던 悟眞이며, 무려 31개나 되는 그의 작품이 현존하고 있음을 확인할 수 있다. 그 다음으로 많은 작품이 남아 있는 작가는 돈황 현지의 하급관료이자 문인이었던 張球로 16편의 작품이 남아 있으며, 역시 돈황 지역의 승려였던 靈俊

---

26   顔廷亮 主編, 『敦煌文學槪論』, 甘肅人民出版社, 1993, pp.89~106.

이 13편, 그리고 다시 하급 관료이자 문인이었던 竇良驥가 10편, 郭奉達과 道眞이 각각 8편의 작품이 전해지고 있음을 볼 수 있다. 이러한 통계적 사실로부터 우리는 이들이 돈황의 문단에서 중요하고 유명한 작가들이었음을 알 수 있으며, 그 중에서도 특히 승려였던 悟眞이 압도적인 그의 현존 작품수가 증명하고 있듯 돈황 지역 문단에서 가장 유명하고 핵심적인 영수 인물이었음을 확인할 수 있다.

4) 雅文學과 俗文學

일반적으로 돈황문학은 속문학과 관련된 진귀한 자료들의 풍성한 보고라 알려져 있다. 하지만 앞에서도 살펴보았듯이 돈황문학에는 단지 속문학만 존재하지는 않으며, 시문과 같은 중국 전통문학 내지 아문학에 관한 자료들도 상당히 많이 내장되어 있다. 그래서 아문학과 속문학은 돈황문학을 분류하는 중요한 2대 범주이자 기준이 되기도 한다. 그렇다면, 돈황문학 전체에서 아문학과 속문학이 점유하는 비율은 각각 어떻게 되는가? 그리고 돈황문학 전체에서는 양자 중 어떤 문학이 우위나 우세를 점하고 있을까? 하는 질문이 우리의 흥미를 불러일으킨다. 돈황문학 문헌에 존재하는 다양한 문체와 종류 중에서 아문학의 범위에는 중국의 대표적 전통문학 장르인 詩와 文人賦, 文學批評類, 그리고 일반 敦煌文(여기에는 騈儷文과 散體 散文의 형식으로 작성된 書, 書儀, 題跋, 碑·銘, 錄, 題記 등의 모든 산문 형태가 포함된다)을 포함시켰다. 그리고 전통문학과 대별되는 속문학에는 講唱文學(變文, 講經文, 因緣類, 押座文), 俗賦, 승려들의 偈頌, 敦煌歌辭, 그리고 돈황 민간에서

[표 6] 敦煌文學 중 雅文學(傳統文學)과 俗文學(民間文學)의 分布現況

분류항목	卷子數	점유 비율(%)
雅文學(傳統文學)	897	55.7
俗文學(民間文學)	713	44.3
합계	1, 610	100

유행했던 小調歌曲의 일종인 儺文을 포함시켰다.[27] 이러한 분류 기준에 따라 돈황문학 안에서의 전통문학과 속문학의 점유 비율에 대해 통계적 조사를 수행해 본 결과, [표 6]과 같은 통계를 얻을 수 있었다.

[표 6]을 살펴보면, 아문학 및 속문학 장르의 문헌을 합한 총 1,610개의 문학 사권 중에 아문학의 범주에 속하는 것이 897개로 전체의 55.7%를 차지하고 있으며, 속문학의 범주에 속하는 것은 713개로 44.3%를 차지하고 있어 아문학에 속하는 장르들이 속문학보다 그 비중이 조금 더 높다는 사실을 확인할 수 있다. 이와 같은 사실은 무엇을 의미하는 것인가? 그것은 곧 돈황문학에서 우위를 점하고 있고, 더욱 많이 창작되었던 것은 속문학이 아니라 전통문학이었음을 보여주는 것이며, 돈황문학에서 문화적·문학적 헤게모니를 장악했던 문학은 실상은 俗文學이 아니라 전통문학이었음을 알려주는 것이다. 이와 같은 통계적 결과는 '돈황문학은 속문학을 중심으로 한다'는 돈황문학에 대한 기존의 관점을 수정할 필요성을 우리에게 제기하고 있는 것이며, 아울러 그것은 돈황문학에 있어 우리의 관심이나 시야를 속문학 뿐 아니라 전통문학의 영역으로 두루 확장해 가야 함을 요구하고 있는 것이다. 하지만 다른 한편으로 돈황문학에서 속문학 역시 그 비

---

27   雅文學과 俗文學에 대한 필자의 분류는 楊雄, 「論敦煌文學的內容及分類」(『學術論壇』, 2004년 第6期) 에서의 분류를 참조하였다.

중이 44.3%로 전통문학과 거의 어깨를 나란히 하고 있는데, 이는 아문학이 우월한 위상과 압도적 비중을 점하는 중국의 문학 전통에서는 찾아보기 힘든 사례에 속한다. 이는 敦煌 지역에서의 속문학이 가진 강력한 힘과 영향력을 여실히 반영하고 있으며, 이런 점에서 우리는 돈황 속문학이 갖는 의미와 중요성을 부정하거나 평가절하해서는 안 될 것이다.

5) 종교문학과 세속문학

돈황은 고대 중국에서 어느 지역보다도 불교가 매우 흥성했던 불교 성지였으며, 불교는 돈황인들의 삶과 사회, 문화 전반에 심대한 영향을 미쳤다. 돈황문학도 불교의 영향력과 지배력으로부터 예외일 수는 없었다. 돈황문학은 작품의 소재나 내용의 상당 부분을 불교 내지는 불경에서 차용해 오고 있을 뿐 아니라, 變文・講經文・佛敎讚文・偈 등의 불교문학 장르가 증명하고 있듯이 문학 장르상에 있어서도 불교와 밀접한 관련을 맺고 있다. 이와 같이 돈황문학은 불교라는 토양에서 배태되고 육성된 문학이라 할 수 있으며, 불교로부터 많은 자양분을 얻고 있다. 강한 '불교적 성격' 내지 '종교성'이 돈황문학의 가장 중요한 특성이 된 연유도 여기에 있다. 그렇다면 돈황문학에 미친 불교의 영향력은 과연 어느 정도였는가? 불교문학은 전체 돈황문학에서 과연 얼마만큼의 비율을 차지하고 있는가? 이 문제를 확인해 보려는 의도에서 필자는 돈황문학 문헌을 불교의 영향하에 생성된 종교문학(여기에는, P.3866「涉道詩」와 같은 道敎文學도 포함시켰다), 그리고 종교문학과는 상호 대척적 위치에 있는 세속문학의 양대 범주로 대별하여 문헌들을 분류하고 각 문학 유형이 각기 어느 정도 비율을 점하고 있는지에 대한 통계적 조사를 실시해보았다. 필자는 수집한 돈황문학 사본들을 대략적으로 일별해 본 다음, 불교적 관념이나 사상을 작품의 주제의식으로 삼고 있거나 불교로부터 제재나 소재를 취해온 작품을 불교문학의 범위에 귀속시키고, 반면에 불교나 여타의 종교와는 아무 상관없이 순수하게 인간의 일상적인 사상과 생활, 감정을 다루고 있는 작품은 세속문학에 귀속시키는 기준에 따라 돈황문학 문헌들을 '종교문학'과 '세속문학'이라는 양대 범주로 구별하고 통계적 분석을 진행하였다. 원래 본 분류 항목에 대한 통계조사는 돈황문학의 개별적 작품 하나하나의 내용에 대한 엄밀하고 철저한 파악이 선행된 다음에야 정확한 통계가 가능할 것이다. 하지만 필자의 통계는 개별 문학 사권에 대해 대략적이고 거칠게 검토한 결과로부터 도출한 것이다. 따라서 필자의 통계가 정확하고 엄밀한 것은 아니며 통계 수치가 유동적일 수 있음은 미리 밝혀둔다. 비록 필자가 작성한 통계 조사가 정확한 수치와 비율을 나타내지는 못해도, 그러나 돈황 사본 내에서 세속문학과 종교문학 각각의 분포와 점유율이 어느 정도인지에 대한 대체적 정황과 정보를 파악하는 데에는 그다지 큰 문제는 없으리라 생각한다. 다음의 [표 7]은 필자가 돈황문학에 포함된 종교문학과 세속문학의 수량과 비율을 조사해 본 결과이다.

[표 7]은 필자가 확보한 자료 총 2,246개의 돈황문학 문헌 중에 문학작품에는 해당되지 않는 문학비평류와 類書類를 제외한 나머지 2,099개의 돈황문학 사권들을 宗敎文學과 세속문학이라는 양대 기준으로 구별해 보고, 그 각각의 卷子數와 비율에 대해 조사해 본 통계이다. 이

[표7] 敦煌文學 중 宗敎文學과 世俗文學의 分布現況

분류항목	卷子 數	비율(%)
世俗文學	951	45.31
宗敎文學	1, 148	54.69
합계	2, 099	100

통계조사 결과를 살펴보게 되면, 전체 2,099개의 문학 사권 중 종교문학의 범위에 속하는 사권은 1,148개로 전체의 54.69%를 차지하고 있으며, 반면 세속문학의 범주에 속하는 사권은 949개로 전체의 45.31%를 차지하고 있어 종교문학이 점하는 비율이 세속문학이 점하고 있는 비율보다도 높음을 확인할 수 있다. 이러한 통계 조사 결과는 불교가 돈황문학에 끼친 지배력과 영향력을 매우 잘 보여주고 있으며, 불교문학이 돈황문학 전체에서 중추와 중심을 형성하고 있음을 계량적 수치로서 강하게 뒷받침하고 있다. 이처럼 돈황문학은 불교와 불교문학이 없다면 그 성립과 존재가 어려울 정도로 불교와 불가분의 관련을 맺고 있다. 돈황문학을 배태하고 형성한 근원적인 힘이자 근간으로 작용한 것이 불교였다는 사실을, 우리는 위의 통계 조사를 통해 재확인 할 수 있다.

6) 中原文學과 鄕土文學

많은 돈황문학 연구자들이 돈황문학의 또 하나의 뚜렷하고 주요한 특징으로 제시하는 것이 '지역성', 곧 '향토성'이다.[28] 이는 돈황문학이

---

28 '鄕土性'을 돈황문학의 특성으로 최초로 제시한 사람은 周紹亮이다. 그리고 그는 돈황문

돈황 지역에서 생성되고 발전한 만큼, 돈황 현지의 고유하고 강한 지역적 색채와 특성을 그 내부에 농후하게 함유하고 있음을 설명하는 말이다. 바로 이와 같은 돈황문학의 '향토성'이라는 특성에 주목하여 필자는 돈황문학에 있어 돈황 현지의 향토문학과, 그와는 대별되는 중원문학에 대해 통계적 분석도 시도해 보았다. 돈황문학 전체에서 돈황 현지에서 생성된 향토문학은 과연 구체적으로 어느 정도의 비중과 중요성을 차지하고 있으며, 또 중원문학의 비중과 비율은 어느 정도인지를 구체적 수량을 통해 파악해 보고자 했기 때문이다. 필자는 돈황의 향토문학의 범위를 돈황 현지에서 생산되거나 돈황 인물에 의해 생성된 작품, 또 돈황의 풍속·인물·정경 등에 대해 노래한 작품들로 설정하였다. 반면 鄕土文學에 대별되는 중원문학은 중국의 문화적 중심지였던 중원지방이나 중원의 인물에 의해 생산된 문학 텍스트가 돈황 지역으로 유입해 들어간 경우로 설정하고 양 문학에 대한 통계적 조사와 분석을 수행하였으며, [표 8]은 이 조사를 통해 얻은 통계적 결과이다.

[표 8] 敦煌文學 중 鄕土文學과 中原文學의 分布現況

분류항목	卷子 수	점유 비율(%)
敦煌의 鄕土文學	1,821	약 84.4
中原文學	336	약 15.6
합계	2,157	100

학 전체는 '鄕土文學'과 '中原文學'의 두 부류로 분류될 수 있다고 하였다. 필자가 돈황문학에 대해 '鄕土文學'과 '中原文學'이라는 범주로 나누고 이에 대해 통계적 분석을 시도한 것은 周紹亮의 분류를 참고한 것이다.

[표 8]은 필자가 확보한 총 2,246개의 돈황문학 문헌 자료 중에서 類書를 제외한 나머지 2,157개의 사권들을 '향토문학'과 '중원문학'이라는 기준에 의거해 분류하고 구분해 본 결과를 나타낸 것이다. 위 통계결과를 보게 되면 총 2,157개의 사권 가운데 돈황의 향토문학이 1,821개 사권으로 84.4%의 점유율을 차지하고 있어, 불과 336개 사권에 15.6%의 점유율을 보이는 중원문학을 그 수량과 점유율 면에서 단연 압도하고 있음을 확인할 수 있다. 즉, 돈황문학에 있어 절대적 비중을 점하고 있고 돈황문학 작품의 대부분을 형성하고 있는 것은 향토문학인 것이다. 그리고 이러한 통계적 분석은 농후한 향토성과 강렬한 지역적 색채를 갖는 돈황문학의 특성을 강력하게 뒷받침해 주고 있다. 더 나아가 이러한 통계결과는 비록 중원을 중심으로 하는 중국문학이 변방의 돈황문학에 미친 영향력을 완전히 부정할 수는 없겠지만, 돈황문학을 발전시키고 흥성시킨 주체는 어디까지나 돈황인 자신들이었으며, 그들은 중원문학과는 다른 자신들만의 독자적이고 특유한 돈황문학의 세계를 구축하고 개척해 나갔음을 입증해주고 있다.

Ⅱ

韻文類

---

1. 詩歌

前吉州館驛巡官合劉廷堅詩 二首

S.76v

「觀岳壽寺松因果留題」(칠언 8구), 「寓止觀中因書感懷一首」(칠언 8구)의 2수가 수록되어 있는데, 하나는 佛寺를 또 다른 한 작품은 道觀을 묘사한 작품이다. 본문은 "觀岳壽寺松因果留題 前吉州館驛巡官將仕郎前守常州晉陵縣尉劉廷堅上. 植來高節幾經霜, 濃翠穿雲出上方. 花界靜標千樹秀, 禪心閑對四時涼. 根蟠蘇石龍形老, 乳滴金沙琥珀香. 爲愛奇材看不盡, 題詩留在遠公房. 寓止觀中因書感懷一首 廷堅. 伯陽宮館好烟霞, 知換浮生幾歲華. 雖訪靈芝

不遠, 未峰眞訣道還賒. 玉淸難測無窮景, 金露能催有限花. 直待總抛榮辱了, 始應親近得仙家."

寶像嵯峨面政東詩 二首　S.214v

시명 및 작자명은 미상이며, 제1수의 首句가 "寶像嵯峨面政東"이다.

讚六宅王坐化詩　S.223 ДХ01563

弘遠 찬. 문헌의 정식 명칭은 '牛街內供奉紫大德弘遠讚 讚六宅王坐化詩'이며, 시의 형식은 칠언절구이다. 시 앞에 "大唐聖主, 表及司空, 及之百宮 ……"로 시작하는 發願文이 있는데, 이 發願文과 문헌의 명칭에 근거할 때 본 시는 晩唐 시기에 필사된 것임을

알 수 있다. Д X01563에도 '讚六宅王坐化詩' 5수가 있는데, 작자의 이름은 쓰여 있지 않다. 시문은 "郎君坐化儼同生, 夜啓金門奏內庭. 宣賜法衣從潤澤, 殊奇剃髮爲魂靈."

羅什法師讚詩　S.276 S.6631v P.2680 P.4597

사권(寫卷)의 원 제목은 '羅什法師讚'으로 되어 있으며, 讚文이 먼저 나오고 그 뒤에 '詩'라는 제목만 달고 본시가 초록(抄錄)되어 있다. 오언 12구의 형식이다.

當身勇猛無敵詩　S.289

시의 원제목은 '當身勇猛無敵'이며, 작자명은 없다. 육언 25구로 되어 있다.

三春欲末殘句　S.343v

시의 잔구(殘句)로 보이며, 2행에 걸쳐 잡사되어 있다. 시의 수구가 "三春欲末千花□"이다.

千迴萬轉夢難成詩　S.361v

작자명 및 편명은 없으며, 단지 '千迴萬轉夢難成' 1행만 잔존(殘存)한다.

長新窮中草詩　S.361v

작자명 및 편명은 미상이며, 시의 형식은 오언 4구. 시의 수구가 '長新窮中草'이다.

三月三日範[泛]龍舟詩　S.361v

칠언 4구로 된 2수의 시가 초록되어 있다. 시제 및 작자명은 없으며, 시의 수구가 "三月三日範[泛]龍舟"로 시작한다.

李存勖詩五首　S.373

李存勖 찬. 「皇帝癸未年, 膺運滅梁再興(缺) 迎太后七言詩」, 「北京西山童子寺七言」, 「南嶽山七言」, 「幽州盤山七言」, 「幽州石徑山」의 칠언시 5수가 초록(抄錄)되어 있다.

玄奘詩　S.373

「大唐三藏題西天舍眼塔」(칠언), 「題尼蓮河七言」(七言), 「題半偈舍身山」(칠언), 「題童子寺五言」(오언), 「題中岳山七言」(칠언)의 5수의 시가 초록되어 있다. 이 詩들은 후인이 玄奘이라는 이름에 假託해 지은 것이다.

鳴鍾振響覺羣迷詩　S.381

작자 및 시제는 미상이다. 원 사권의 「龍興寺毗沙門天王靈驗記」 뒤에 초록되어 있으며, "本寺大德僧日進附□抄"라는 서명이 있다. 칠언시(4구) 1수와 오언시(4구) 1수가 초록되어 있으며, 시 다음에 "咸通十四年四月廿六日題記耳也"라는 제기가 있다. 칠언시 본문은 "鳴鍾振響覺羣迷, 聲振十方無量土. 一切含識知聞, 救拔衆生長夜苦," 오언시 본문은 "聞鐘臥不起, 護法善神嗔. 現世福德薄, 來世受蛇身."

軷汜嗣宗和尙詩幷序　S.390

5언 8구의 형식으로 되어 있으며, 시문은 "滄海誰知竭, 耆山豈料崩. 法門梁棟折, 儒苑藝皆空. 辭却淸凉院, 早游日月宮. 此生難再會, 何世睹眞容"이다.

李嶠襍詠　S.555 P.3738

敦煌本 詩集注本으로, 작자는 張庭芳이다. 2종 사권이 현존하는데, 두 사권의 필적이

서로 같은 것으로 보아 이 두 사권은 동일한 사권의 잔편인 듯하다. ① S.555: 殘詩 17행. 「銀」詩의 끝부분 3구부터 「布詩」까지 모두 6수의 시와 시구 3구가 잔존한다. ② P.3738: 6행만 잔존하며, 「羊」末 2句, 「兎」와 「鳳」을 읊은 시 각 1수, 그리고 「詠鶴詩」의 시작부 2구절이 남아 있다.

唐人選唐詩(一) S.555v

敦煌本 唐詩選集의 잔권이다. 李義府가 侍宴에서 詠鳥한 시, 宋之問이 벽상에 그려진 鶴을 노래한 시, 王勃의 「幽居」, 「寺中觀臥像」, 樊鑄의 「前鄉貢進士樊鑄上禮部李侍郞詩」 9수를 포함한 총 34수의 시가 들어있다.

學郞詩1首(高門出貴子詩) S.614

北8317(玉字091)v

돈황 민간시가이다. 본시는 S.614 「兎園策府第一並序」의 사권 끝에 부기되어 있으며, "己巳年四月六日學生索廣益題詩"라는 題記가 있다. 오언으로 되어 있으며, "高門出貴子, 好木出良才, 男兒不(以下缺)"의 3구만 잔존한다. 北8317v(玉字091v)에도 보인다.

讀史編年詩卷上并序 S.619

작자명은 미상이며, 수제는 '讀史編年詩卷上并序'로 되어 있다. 본 시는 사람이 태어나서 죽을 때까지의 인생을 100歲로 나누고 각 단계마다 해야 할 일을 칠언율시로 읊

은 訓蒙의 성격을 지닌 시이다. 본 「讀史編年詩」는 趙嘏가 지은 것으로 元·明 교체기에 이미 일실되었다고 하나, 바로 본 돈황본 잔권(殘卷)이 세상에 전해지고 있는 것이다. 서문은 "編年者, 十三代史開自初生至百歲, 其詩以編紀名人百年之迹, 其有不盡擧一年之事, 而復雜以釋老者, 蓋唯詩句之所在, 七言八句, 凡百一十○○, 帝王之必有異也備之, 帝○○○知, 故略(缺)"로 되어 있으며, 본 사권에는 1세부터 28세까지 모두 101행이 남아 있다.

欲宜抽身直上飛詩四首 S.619v

작자명 및 시의 편명은 미상이다. 칠언절구 4수가 초록되어 있다. 제1수의 수구가 "欲宜抽身直上飛"이다.

沈侍郞等詩五首 S.619v

본 사권에는 沈侍郞, 王建郞中, 白侍郞이 각각 「百家碎金」을 찬한 3수의 시와 「谷校十五弟次韻」(칠언8구), 「又訓酬詩」(칠언8구) 2수의 시, 총 5수의 시가 초록되어 있다.

殘詩 S.620v

작자 및 편명은 미상이며, 칠언절구이다.

假讀百車經詩 S.646

작자 및 편명은 미상. 본 사권은 오언8구로 된 시 1수, 칠언과 오언을 혼용하고 있는 시 1수, 모두 2수의 시가 초록되어 있다. 내용은 승려를 조롱하는 내용을 담고 있다. 제1수의 시문은 "假讀百車經, 心亂恒無定. 分

別說是非, 吾我三毒盛. 如蛇出窟游, 恒與萬物競. 雖然讀藥方, 終歸不差病,” 제2수의 시문은 “世有愚痴不肯信, 福德賊心薄行迹. 終日乞衣食擎袋, 傍村走步知何去. 入手不還他, 口是老白賊. 死後安角尾, 世世還他力.”

揚州顒禪師與女人贈答詩

S.646 S.2672 S.3441

본 작품은 顒禪師와 女人이 주고받은 증답시 4수이다. 서두에 “揚州顒禪師游山遇石室, 見一女人獨枕一床, 贈詩一首”라는 서문이 있고, 서문 다음에 스님과 여인이 주고받은 화답시 4수가 나온다. 시의 형태는 오언절구. 본 연작시는 각 사권 간에 문자 상에 있어 약간 차이가 있다. 시 본문은 “師曰: ‘床頭安紙筆, 終是樂追尋. □□懸明鏡, 將知不照心’. 女兒答曰: ‘紙筆題般若, 非爲俗人書. □□鏡裏像, 才知色體虛’. 師又答曰: ‘般若無文字, 何須紙筆□. 離縛還成縛, 除迷却被迷’. 女又答曰: ‘文字卽解脫, 無非是般若. □外見道人, 知君是迷者’.”

秦婦吟

S.692 S.5476 S.5477 S.5834.
P.2953 P.2700 P.3381 P.3780 P.3910

韋莊이 찬한 字數가 1천 6백여 자에 달하는 장편시이다. 9종 사권이 현존하고 있다. P.3381이 현존하는 가장 이른 시기의 사본이다. 이 사본에는 “秦婦吟 右補闕 韋莊 撰,” “天夏五年乙丑歲(905年)十二月十五日敦煌郡金光明寺學仕張龜寫”라는 제기가 있

다. 이는 본시가 지어진 “中和癸卯春三月(883)”과는 불과 20여년 떨어진 시대이다. S.5834는 殘卷. P.3910에는 ‘補闕 韋莊 撰’이라는 서명과 “癸未年二月六日淨土寺(沙)彌趙員住左手書”라는 제기가 있다. S.692에는 “貞明五年(919)己卯歲四月敦煌郡金光(明)寺學仕郞安友盛寫記”라는 제기가 있다.

今日寫書了詩(1)   S.692

본 시는 S.692「秦婦吟」의 권말에 “貞明五年(919)己卯歲四月十一日燉煌郡金光明寺學士朗安友盛寫記”라는 제기와 함께 부기되어 있다. 시의 수구가 “今日寫書了”이며, 오언절구의 형식이다.

春至人仙(先)覺詩   S.713v

작자명은 미상이며, 수구가 ‘春至人仙(先)覺’으로 시작한다. 시의 형식은 오언절구이다.

學朗大歌張富千詩   S.728v

시 제목은 없으며, 시의 수구가 “學郞大歌(哥)張富千”으로 시작하고 있다. 시의 형식은 칠언절구이며, 시 다음에 ‘李再昌’이란 題字가 있는데, 본 시는 그가 學郞 張富千을 놀리고 희롱하는 내용이다.

失名詩   S.788

『英藏目錄(非佛敎文獻部分)』에서는 본 사권을 ‘失名詩’라 정명(定名)하고 있으나, 본시는 高適의 「燕歌行」이다.

高適詩集   S.788 P.3862

敦煌本 詩人專集. 2종 사본이 현존한다. ①

P.3862: 잔권.「答候少府」부터「同呂判官
從大夫破洪濟城迴登積石軍七級浮圖作」
까지 36題, 51首의 작품이 수록되어 있으
며, 首尾 모두 殘缺된 부분이 있다. ②S.788:
殘卷. 高適의「古大梁行」후반부 "(遺)墟但
見狐狸行" 句이하부터「燕歌行」全篇이 수
록되어 있다. 본 사권은 아마도『高適詩
集』의 잔권으로 추정된다.

一生獨立不增移詩二首 S.796

편명 및 작자명은 미상이다. 칠언시의 형식
이며, 제1수의 수구가 '一生獨立不增移'로
시작한다. 시 본문은 第1수는 "一生獨立不
增移, 元□春冬不着衣. 面上尋常帶嗔色,
不知心中恨阿誰," 제2수는 "莫言炙手大復
熱, 必盡須臾灰亦滅. 借問雲宵富貴人, 阿
□從頭命不絕." 두 수의 시 이외에 제3수도
있으나, 제3수는 미쳐 필사(筆寫)를 다 끝
마치지 못한 상태이다.

百歲詩 S.930 P.2748 P.2847 P.3054
P.3681 P.3821 P.4026v

唐 和尙 悟眞 찬. S.930에는 小序가 부기되
어 있다. P.3821에는 시제가 '百歲詩拾首'
로 되어 있으며, 서문이 없는 것을 제외하면
10수 모두 완정하다. P.2748, P.3054, P.4026v
에는 제목이 모두 '國師唐和尙百歲書'로 되어
있다. 시문 앞에 "河西都僧統賜紫沙門悟眞,
年逾七十, 風疾相兼, 動靜往來, 半身不遂.
思億一生所作. 有爲實事, 難竟寸陰, 無爲理

中, 窃行缺少, 獨被習氣, 繫在輪迴. 自責身
心, 裁詩十首, 雖非佳妙, 狂簡斐然, 散慮攄
懷, 暫時解悶, 鑑識君子, 矜勿誚焉"이라는
서문이 있으며, 그 뒤 "幼齡割愛愿投眞, 未
報慈顔乳哺恩. 子欲養而親不待, 孝順終始
一生身"(제1수)의 예처럼 칠언절구로 된
10수의 시로 구성되어 있다.

興木望休黃詩 S.1040v

편명 및 작자명은 미상이며, 시의 형식은 오
언8구로 이루어져 있다. 시의 수구가 "興木
望休黃"로 시작한다.

嘲沙門詩 S.1084v

본 시는 사권 안에 2번 중복 초사되어 있으
며, 칠언6구의 형식이다. 무명 學郞의 시로
추정된다. 오늘날의 打油詩와 매우 유사하
여, 해학적이고 풍자적인 작품이다. 중복
필사된 작품 사이에는 西域文字 5행과「占
法」1행이 필사되어 있다. 시문은 "沙彌淸
奴實實隴, 但見學仕本房誦. 不如聞法取夷
外, 朽那酕波爛籠籠山. 誰議師主眞心敎, 是
休鈍濁百隴衆."

少老問答詩
S.1339v S.2049 P.2129v P.3600

S.1339v 사권은 수미가 완정하다. S.1339
의 정면에는「孔子馬頭卜法」이 필사되어
있고, 본시는 배면(背面)에 초사되어 있다.
칠언시 2수가 초록되어 있는 데, 제1수의 표
제(標題)는 '少年問老', 제2수의 표제는 '老

翁答曰'로 되어 있다. 『英藏敦煌文獻』에서는 '少老問答詩'라 정명하고 있는데, 여기서는 이를 따른다. 이 시는 P.3600과 S.2129v에도 보이나, S.2129v의 순서는 "老翁答少曰"이 앞에, "少儿答老翁曰"이 뒤에 위치한다. 그밖에 S.2049와 P.2544 『唐詩叢抄』에도 이 시가 들어있다.

臥輪禪師看心法　S.1494 P.3018

시 앞에 서문이 부기되어 있다. 칠언과 오언을 혼용하고 있으며, 시 전체는 20구로 구성되어 있다. 작자는 臥輪이며, 선시의 일종이다.

五蔭山中詞　S.1494

시제 및 작자명은 없다. 총 5수로 구성되어 있으며, 매 수는 칠언절구로 되어 있다. 제1수만 소개하면 "五蔭山中多有寶, 險峻叢林無有道. 盤回宛轉迷不開, 自受貧窮飢渴惱."

定意定識定心難詩　S.1631

원 사권에 편명 및 작자명은 없다. 시의 형식은 칠언절구이며, 불교적 내용을 담고 있는 白話詩이다. 시 본문은 "定意定識定心難, 款款迴意向心看. 恣[仔]細思尋無一物, 只爲無物是心安."

白鷹呈神詩二首並序　S.1655v

杜太初 찬. 서문과 더불어 칠언시 2수가 초록되어 있다. 서문에서 "蓋群臣道泰, 所惑異瑞呈祥. 尙書秉節龍沙, 潛膺數彰. 多現理

人安邊之術, 萬張卒不盡言. 且說目下靈通, 自古不聞者矣……謹上白鷹詩一首"라고 작시의 동기와 시 제목을 밝히고 있다. 제1수는 칠언율시이며 시문은 "奇哉日昌靈聖峰, 所感逞世不聞. 尙書德備三邊靜, 八方四海盡歸促. 白鷹異俊今來現, 雪雨新成力更雄. 平原狡兔深藏影, 爭能路上思其踪"이다. 제2수는 칠언절구로 시문은 "白鷹玉爪膺靈祇, 筆盡難成聖所稀. 遠眺碧霄鶻馬動, 攪羽搦落雪花飛."

五蔭山中三佛堂詩　S.1674

본 시는 S.1674의 「禮懺文」 안에 들어 있으며, 형식은 칠언 8구이다. 시 본문은 "五蔭山中三佛堂, 智者于中坐道場. 愚人欺狂漫覓佛, 終日竟夜想四方. 不知己身是眞佛, 俗身求佛不相當. 縱使千佛引經敎, 不免六賊腸中藏."

送却丁未舊歲詩　S.1815

작자 및 편명은 미상. 시의 수구가 "送却丁未舊歲"이다.

日日(月?)長相望詩　S.1824v

작자 및 편명은 미상이며, 오언 4구의 형태. 시의 수구가 "日日(月?)長相望"이며, 애정시에 해당한다.

小來不學文字名詩　S.1931v

시가 잔편으로 "小不學文字名"의 제2구와 제4구만 잔존하며, 나머지는 결락되어 있다.

古賢集　S.2049 S.6208v P.3113 P.3174

P.3960 P.4972

9종 사권이 현존하며, 그 중 P.3174가 가장 완정한 사본이다. 작자명은 일실되었다. 「古賢集」은 秦王, 孔子, 子夏, 顔淵 등 古人들의 행적을 칠언으로 쓴 長篇 詠史詩이면서 訓蒙書의 성격을 갖는다. 시의 형식은 칠언 80구이다.

古詩文抄 S.2049v

敦煌本 唐詩選集. 작자의 이름을 명기하지 않은 것이 많으며, 편명(篇名) 역시 다른 것이 있는데 예를 들면 본 사권의 「洛陽篇」은 劉希夷의 「白頭吟」이며, 「漢家篇」은 高適의 「燕歌行」이다. 본 사권에는 「洛陽篇」, 「漢家篇」, 「長安少年無怨途」1首, 李白詩, 「昭君詩」, 「秦王無道枉殺人」, 「酒賦」, 「錦衣篇」, 「老人相嘆問詩」, 「藏鉤詩」, 「河南縣尉盧竫龍門賦」, 「北邙篇」 등의 시문이 초록(抄錄)되어 있다.

殘片詩(□□□□出世塵.

庫藏本来非常用詩) S.2092v

잔편이며, 모두 4행에 8구가 남아 있으나 사권 상단의 구절들은 모두 4글자 정도씩 잔결되어 있어, 완전한 구절은 4구뿐이다. 불교적 내용의 시이며, 시 잔문은 "(上缺)出世塵. 庫藏本來非常用, (上缺)常作意, 道路峥巌實苦身, (上缺)佩塵, 世世相遇善知識, (上缺)人, 精勤苦行實難求, 王位(下缺)."

贈請師詩三首並序 S.2104v

모두 3수의 시(칠언시 2수, 오언시 1수)가 초록되어 있으며, 작자는 미상이다. 제1수는 무제(칠언8구)이고 제2수(칠언4구)와 제3수(오언4구)의 시는 「七夕乞巧詩」이며, 시 앞에 각각 서문이 있다. 다만 제1수 앞의 서문의 경우 앞부분이 결락되어 있다. 제1수는 다음과 같다. "身到敦煌有多時, 每無管領接括稀. 寂寞如今不清說, 苦樂如斯各自知. 思量鄉井我心非, 未曾一日展開眉. 耐得清師頻管領, 似逢親識是人非," 제2수는 "七夕佳人喜夜晴, 各將花果到中庭. 爲求織女專心座, 乞巧樓前直至明," 제3수는 "乞巧望天河, 雙雙竝綺羅. 不猶針眼小, 只要月明多."

亡名和尚「絶學箴」 S.2165 S.5692

사언시의 형태로 된 箴文이며, 작자는 後周의 亡名 화상이다. 시문은 총 64구로 이루어져 있으며, "誠之箴, 誠之箴, 無多慮, 無多知"로 시작하고 있으며, 그 나머지는 모두 사언으로 되어 있다. 내용은 絶學無慮를 주장하고 있으며, "長死長絶, 無相無形, 無姓無名, 無貴無賤, 無辱無榮, 無大無小, 無重無輕, 教怡賢哲, 斯道利貞"의 불교적 사상을 선양하고 있다. S.5692의 경우 수제는 '亡名和尚絶學箴'이며, 끝부분이 결락되어 있다.

儒童說五典詩 S.2165v

작자는 미상이며, 시제 역시 없다. 여기서의 시제는 시의 수구에 근거하여 정명한 것이다. 이 시는 오언시이며, 모두 12구로 이루어져 있다. 내용은 유가의 五典과 불교의 三宗은 서로 동일하며 융합될 수 있음을 내세우고 있다. 이 시는 S.2073 「廬山遠公話」의 결미 부분에도 보인다.

無事將投入綱羅詩二句 S.2277

시의 잔편이며, "無事將投入綱羅, 求飛數步計如何, 願逢(下缺)"만 잔존한다.

修道詩 S.2295v

讚禪門詩一首 S.2503

시제는 '讚禪門詩一首'이며, 칠언 4구의 형식이다. 사권 말미에 "丁卯年二月廿三日沙門明慧記"라는 제기가 있는 것으로 보아, 작자는 明慧로 추정된다. 시문은 "丈六雄迹三世欽, 菩提理絶去來今. 欲升彼岸無學道, 一切都緣草心計."

文盈師兄好念經詩 S.2646v

단지 칠언으로 된 시구 2행만 잔존한다. 시구 내용은 "文盈師兄好念經, 過□了後沒人情."

玉顔思不見詩 S.2689v

시제는 없으며, 시의 수구가 "玉顔思不見"이다. 본 사권에는 본 시 다음에 상당한 여백을 둔 다음 "僧日進"이라는 인명이 보이는데, 筆跡이 시와 동일한 것으로 보아 본 시는 僧 日進이 지은 것으로 보인다. 시 본문은 "玉顔思不見, 悶坐嘆文章. 愁恨鄕思照(早), 更逢孤夜長. 邊庭衣□冷, 憶□□中

香. 客語何以處, 交兒□□□."

三囑歌 S.2702v

歌行體 古詩. 작자는 미상이며, 사권에 시의 제목도 없다. 본시는 원 사권의 「天帝釋劫阿修羅女榜題」와 「天帝釋竊織師婦俗文」 사이에 필사되어 있으며, 모두 16구로 이루어져 있다. 내용은 3가지 부탁을 담고 있는데, 첫 번째가 부모를 공손하게 모실 것, 두 번째가 형제간에 화목할 것, 세 번째가 중생과 가축을 아끼고 사랑할 것이다. 내용이 통속적이고 이해하기 쉬우며, 불교의 윤회와 인과응보 사상에 의지해 사람들을 교화하는 통속적 가요이다.

珠英學士集 S.2717 P.3771v

敦煌本 唐詩選集으로, 2종 사권이 현존한다. 두 사권은 필적이 같으며, S.2717 사권의 馬吉甫 詩 앞에 "珠英學士集" 1행이 쓰여 있는데, 이를 통해 두 사권이 『珠英士學集』의 잔권임을 알 수 있다. ① P.3711v에는 戴元希 「太子文學河南□□□聲詩」 2首, 「贈皇甫侍御赴都」 1首, 房元陽의 詩 2首, 楊齋哲의 詩 2首, 胡皓의 「春悲行」(五言), 「渝州逢故人一首」, 「感春一首」, 「奉天田明府席餞別」(七言), 「答徐四蕭關別醉後見投」(七言)를 포함한 詩 7首, 喬備의 「雜詩」, 「秋夜巫山」 詩 2首, 魏奉古의 「長門怨」 등이 초록되어 있다. ② S.2717은 『珠英集』의 第四와 第五 부분으로 沈佺期 10首, 李適 3首, 崔湜 9首, 劉知

幾3首, 王無競7首, 馬吉甫3首의 시가 남아 있다.

定後吟 S.2944 P.2279

2종 사권이 현존한다. S.2944는 수제가 '融禪師定後吟'으로 되어 있다. P.2279의 경우 「花嚴經關脉義記一卷」 다음에 본시가 초록되어 있으며, 시제 아래 '命禪師作'이라는 서명이 부기되어 있다. 시는 오언을 위주로 하면서, 삼언과 칠언도 혼용하고 있다. 총 287자에 59구로 이루어진 불교시이다.

開寶三年(970)八月節度押衙知司書手馬文斌呈詩牒 S.2973

牒文 안에 칠언시 1수가 들어 있으며, 시문은 "希奇寶象獸中王, 猛獲雄心世不當. 四足端然如玉柱, 雙牙利劍若金鋩. 立觀峭峻成山岳, 動必搖形見者慌. 但以聲名告醜類, 從今何敢作災殃."

心海集 S.3016 P.2295

敦煌本 詩歌集. 『心海集』은 승려들이 지은 勸善·修道·成佛에 관한 시들의 집대성으로, 2종 사본이 현존한다. ①S.3016: 「迷執篇」(七言 4句) 7수, 「解語篇」(七言 4句)51首, 「勸苦篇」(七言 4句)7首, 「至道篇」(七言 4句)11首, 「菩提」(五言 4句)42首, 총 118수가 잔존하며 그 중 95수가 실존한다. ②P.2295: 『心海集·至道篇』(5言4句) 30수 중에 29수가 남아 있다.

五更轉, 勸諸人揭, 行路難 S.3017

위 세 작품은 第六禪師 某氏와 그의 修道人들이 지은 시문인데, 앞 두 작품은 第六禪師가 지은 것이며, 뒤의 「行路難」은 衆人들이 지은 작품이다. 이 작품들은 서로 긴밀하게 결합되어 있어서 분리할 수 없는 작품들이다. 본사권의 앞 부문간 초록해보면 "(前缺)五更隱在五陰山, 叢林斗暗侵半天, 元想道師結跏坐, 入定虛凝證涅槃, 生死皆是幻無有, 此岩非彼岸, 三世共作一刹那, 影見世間出三界, 或人達此理, 眞如行住坐臥皆三昧. 第六禪師默然更可轉, 卽作勸諸一偈:勸君學道莫言說, 言說行恒空, 不斷食痴愛坐禪, 浪用功, 用功計法數, 實是大愚庸, 俱得無心想, 自合太虛空. 貴賤等蒙禪師偈語, 兼與五更轉, 把得尋思, 卽愛慕禪師, 不知爲計, 留得共住修道. 貴賤等各自四維, 各作行路難一首"('行路難一首'라는 편명아래 제1수~제4수까지 총 4首의 오언시가 초록되어 있는데, 이 중 제4수는 앞부분 2구만 잔존한다.)

學郞詩(今日書他智) S.3287

작자명 및 편명은 없으며, 오언 4구의 형식이다. 본시는 S.3287의 「千字文一卷」과 「王羲之類書論」 사이에 작은 글씨로 필사되어 있으며, 본시의 수구가 "今日書他智"이다. 이 시는 어느 악동 학생이 동학의 「千字文」에다 몰래 쓴 打洴詩의 일종이다.

勸善文(1) S.3287 北8412(海字051)

利涉法師 찬. 北8412에서는 제목이 '利涉禪師勸善文'으로 되어 있고, S.3287에는 '李涉禪師勸善文'으로 되어 있는데 李涉은 利涉의 誤字이다. 칠언 22구의 형식이며, 선업을 쌓을 것을 권하는 불교시가로 P.3521의 水和尙이 지은 「勸善文」과는 내용과 대상이 많이 다르다.

詩九首(賀大夫十五郎加官 等)　S.3329v

「賀大夫十五郎加官」 등 칠언시 9수가 초록되어 있다. 본 사권은 S.6161v와 서로 이어진다. 제1수와 제2수는 모두 하단부가 잘려져 있다. 제2수는 시제가 「奉差官」으로 되어 있으며, 수구가 "海晏河淸好瑞年"으로 되어 있다. 제4수는 "此生不復從君游, □□□□車已番, 君聞見改□□□, □□不能通巨路, 姸辭□□獨行吟." 제5수는 "□中三樹梨花開, 爭向悉多不忍看, 有□如□君不□, 東風□□□墀□." 제6수는 "三十年來帶玉□, □□危冷隔河山, 十里花開蜂子到, 花間□□不辭難, 元或若交(敎)知家苦, □繼□□□展顔, 遙□敦煌緣相國, 廻輪爭(怎)敢□臺飧." 제7수는 "聖馬庚申降此□, 正在□□睿化年, 從□弃番□大化, 大中二年□(이 5글자는 원래 작은 글씨로 적힌 注에 속한다) 河隴獻唐天"이다. 이 다음에도 4구가 더 있는데, 이 시에 속하는 지 여부는 판단하기 어렵다.

莫道今朝大其哉詩一首　S.3393

칠언 4구. 본시는 S.3993의 「王凡志詩一卷」의 미제(尾題) 다음에 잡사(雜寫)되어 있으며, 수구가 "莫道今朝大其哉"이다.

五言詩　S.3663

오언 20자에, 草書體로 잡사되어 있다. 편명은 「五言詩」로 되어 있으며, 작자명은 없다. 시의 수구가 "可可随宜紙"이다.

今日好風光詩　S.3713

시가의 잔편이다. 편명 및 작자명은 없으며, 단지 2구만 남아 있다. 형태는 오언시이며, 시의 수구가 "今日好風光"이다.

郎君須立身詩　S.3724v

편명 및 작자명은 없으며, 오언 37자가 남아 있다. 시의 수구가 "郎君須立身"이다.

離合詩圖四首(日日昌樓望等)　S.3835v

편명 및 작자명은 없다. 시가 그림의 형태로 되어 있으며, "日日昌樓望"로 시작되는 시를 포함해 모두 4수의 圖詩가 있다. 본시는 離合詩의 일종이다.

詠二十四節氣詩　S.3880 P.2624

2종 사본이 현존한다 ① S.3880: 사권의 말미에 "甲申年夏日上旬寫記," "元相公撰 李慶君書"라는 제기가 있다. 본 사권은 先集에서는 中氣를 노래하고, 再集에서는 節氣를 노래하고 있는데, 中氣 앞의 5수의 시가 결락되어 있다. ② P.2624: 원 제목은 '盧相公詠廿四氣詩'로 되어 있다. 본시는 24 절기를 오언시의 형태로 노래한 총 24수로 구성된 연작시이며 시제는 '立春, 雨水, 驚蟄, 春分, 淸明……' 등의 24절기를 따르고 있다. 두 사본에서 본 시의 작자를 元相公 혹은 盧相公이라 한 것은 사실은 가탁한 것이며, 이 연작시는 응당 佚名詩로 간주해야 한다.

新集嚴父敎　S.3904 S.4307 S.4901v S.10291v P.3797

5종 사권이 현존한다. 오언시 9수로 구성되어 있으며, 訓蒙의 성격을 가진 家訓詩의 일종이다. S.4307에는 "雍熙三年(986)歲次丙戌七月六日, 安參謀學侍[士]郞□□興寫嚴父敎記之耳 丁亥年(雍熙四年, 986)三月九日定難坊巷學郞李□□自手書記之耳"라는 제기 및 서명이 있다.

奉和李中承聽祁侍御彈琵琶二首　S.3946

시가의 잔편으로, 겨우 1행만 잔존한다.

罹亂慈悲詩　S.4037

모두 2수로 이루어져 있으며, 각 수의 형식은 칠언 8구이다.

崔氏夫人訓女文　S.4129 S.5643 P.2633

돈황 민간 문학으로, 작자는 미상이다. 본편의 제목은 '崔氏夫人訓女文'으로 되어 있으나, 실제로는 칠언으로 된 운문이다. 본 작품은 모두 32구로 되어 있는데, 오언으로 된 1구, 육언으로 된 3구를 제외한 나머지 구절들은 모두 칠언으로 되어 있으며 압운을 한 통속 시가이다. 시가의 내용은 "欲語三思然後出," "路上逢人須斂手," "家語莫向外人傳" 등의 구절에서와 같이 최씨 부인이 출가하는 여식에게 여인이 지켜야 할 예법을 가르치고 있는 것이며, 고대 '女誡'류 시가의 대표작이다. 현존하는 사권은 3개인데, P.2633에는 문미에 '白侍郞贊' 일부와 시 2수가 부기되어 있으며, '上都李家印 崔氏夫人一本'이라는 제목이 있다. S.5643은 제목이 '崔氏夫人訓女文'으로 되어 있다.

贊崔氏女　P.2633

본 시가는 「崔氏夫人訓女文」의 뒤에 부기되어 있으며, 칠언시의 형태로 2수로 이루어져 있다. 사권의 앞에는 "白侍郞贊 崔氏善女"라는 말이 있으며, 사권 말미에는 '上都李家印 崔氏夫人一本'이라는 제목이 있다. 제1수는 "亭亭獨步□枝花, 紅臉靑娥不是夸. 作將喜貌爲愁貌, 未慣離家往婚家," 제2수는 "拜別高堂日欲斜, 紅巾拭漏貴新花. 徒來生處却爲客, 今日隨夫始是家"로 되어 있다. 결혼식을 거행하기 전 신부를 송별하는 작품으로 보인다.

學郞詩三首　S.4129

시 편명이나 작자명은 없으며, 무명 學郞이 지은 시로 추정된다. "不知學郞有才志"로 시작하는 시 등 모두 3수가 초록되어 있으며, 각 시는 칠언 4구의 형식으로 이루어져 있다.

璟枝詩　S.4327

원 사권의 「師師讜語話」 뒤에 초록되어 있으며, 작자의 서명이나 시제는 없다. 형식은 칠언 8구이다.

李相公嘆真身詩 S.4358

편명은 「李相公嘆真身詩」이며 작자명은 일실되었다. 시의 형식은 칠언 8구이다.

奉送盈尚書詩三首 S.4359v

"奉送盈尚書盧潘讚 維大梁貞明伍年四月日押牙厶乙首(手)寫流通"라는 제기가 있다. 시 대부분이 돈황지역의 정황을 표현한 것이 많으며, 형식은 시보다는 曲子詞에 더 가깝다.

詩二首 S.4444v

「再遊山陰先寄郡中友人」, 「贈秀峰上人」(칠언율시)의 칠언시 2수가 초록되어 있으며, 시제는 모두 매 수의 끝부분에 적혀 있다. 원 사권에 작자의 서명은 없으나, 두 편의 시 가운데 「贈秀峰上人」은 고증에 의할 때 唐 시인 張祜의 작이다.

明月夜照當街詩 S.4444v

시제는 '明月夜照當街'이며, 작자명은 없다.

圓鑒大師雲辯上君王詩十首 S.4472

左街僧錄 圓鑒大師 雲辯 찬. 칠언율시 10수로 되어 있다.

九九乘法歌訣 S.4569

본 歌訣은 아이들이 구구단을 외우기 쉽도록 노래로 만든 것이다.

薩訶上人寄錫雁閣留題並序 S.4654

본 사권의 수제는 '薩訶上人寄錫雁閣留題並序'로 되어 있으며, 장편의 서문 다음에 칠언 사운(四韻)을 활용한 칠언율시가 부기되어 있다. 원 사권에 시제는 없다. 시의 내용은 돈황 지역의 경치를 묘사하고, 돈황 지역 백성들의 전쟁이 사라진 안락하고 평화로운 삶에 대한 소망을 반영하고 있다.

三危極目條(眺)丹霄詩二首并序及延鍔和詩 S.4654

총 4수의 시가 수록되어 있는데, 앞의 2수는 칠언절구이며, 앞에 "(前缺)巡禮仙嵒, 經宿屆此. 況巖泉聖地, 昔傳公之舊蹟; 月窟神踪, 仿中天之(鷟)岭. 三危峭峻, 映寶閣以當軒; 碧水流泉, 饒[繞]金池而泛艶. 中春景氣, 猶希同[彤]雲, 偶有所思, 裁城[成]短句"라는 서문이 부기되어 있다. 시제는 없으며, 시의 수구가 "三危極目條(眺)丹霄"(칠언절구)이다. 그 뒤를 이어 七言詩 「延鍔和詩」(칠언8구)와 五言詩 「又, 璭彦不揆荒無(蕪)聊申.長行五言口號」(오언8구)시가 수록되어 있다. 본 사권에 수록된 이상의 4 작품은 모두 紀遊詩에 해당한다.

贈悟眞等法師詩抄 S.4654v

돈황시가의 잔편이다. 본 사권에는 여러 승려들이 悟眞 법사가 長安에서 敦煌으로 돌아올 때 장안의 승려들이 悟眞 법사에게 증정한 여러 편의 시들이 초록되어 있다.

夜臥涅槃莊詩二首 S.4654v

시제 및 작자명은 없으며, 3행에 46자가 남아 있다.

淸風吊入惠休房詩 S.4654v

敦煌昔日舊時人詩四首 S.4654v

칠언시이다. 원 사권에는 작자 이름이 쓰여 있지 않으나, 본 작품은 僧 悟眞의 「悟眞輒成韵句」이다.

買去城南今草園詩 S.4669v

시의 잔문(殘文)으로, 겨우 1행만 잔존한다. 수구가 '買去城南今草園'이다.

七言詩 二首 S.4701

작자 및 편명은 없다. 첫 구가 '法師尋常人模樣'으로 시작하는 시와 '法師適來極口謗'로 시작하는 시 2수가 수록되어 있다. 두 시 모두 칠언 4구의 형식이다.

勸善文 S.5019

수제가 '勸善文'으로 되어 있으며, 20행이 잔존한다. 형식은 전편이 칠언을 활용한 칠언시의 형태이다.

背若人造筆先看頭七言句 S.5073

시의 잔구이다. 작자명 및 시제는 없으며, 잡사해 놓은 듯한 "背若人造筆先看頭, 腰粗尾細似箭鏃"의 칠언 2구절만 잔존한다.

五言贈牛女詩一首 S.5139v

돈황의 민간시가이다. 시제는 '五言五言贈牛女'임. 잡사 형태로 적혀 있어, 시 본문의 판독이 어렵다.

康大娘遺書一道 S.5381v

돈황 민간시가이다. 문헌명칭은 '遺書一道'로 되어 있지만, 형태는 오언시로 이루어져 있다. 본문은 "日落西山昏, 孤男流一群, 剪刀幷桁尺, 賤妾□隨身. 合[盒]今殘裝[妝]粉, 流[留]且與後人, 有情憐男女, 無情亦任君. 黃錢無用時, 徒勞作微塵. 君但努力, 康大娘遺書一道. 吾聞時光運轉, 春秋有生煞之斯[期], 人命無常, 夭老鬼亡之路."

上皇勸善斷肉文 S.5541 北8412(海字051)

본시는 S.5541의 「十二月禮佛名」의 뒤에, 北8412의 「釋氏雜文稿」 뒤에 초록되어 있다. 제목은 아마도 후대의 승인이 가탁한 듯 하며, 제목은 '文'으로 되어 있지만 실제로는 오언 16구로 된 시이다.

佚題詩 S.5558

편명 및 작자명은 없다. 『英藏敦煌文獻(漢文佛經以外部分)』에서는 본 사권을 「勸善文」으로 정명하고 있으나, 이는 오류이다. 본 시가는 칠언 4구의 형태로 인생무상과 권선을 주제로 한 불교시가이다. 시의 수구가 "池臺樓觀非吾宅"으로 시작한다.

香巖嗟世三傷吟 S.5558

불교시가이다. 시제는 '三傷'으로 되어 있으나 실제로는 '二傷', 곧 '一傷鷄刀鳥'와 '二傷疊巢燕'만 있다. 모두 오언을 위주로 하여 칠언도 혼용하고 있으며, 1수는 30구, 제2수는 24구로 이루어진 장편시들이다. 사권에 "龍興寺和尙香巖"이라는 서명이 있다.

觀音禮詩 S.5559 S.5650 P.3828

불교시가이다. 모두 25수로 이루어져 있으며, 매 수는 칠언 4구. 관세음보살의 神通力을 頌讚하는 장편시가로, 실제로는 『妙法蓮華經』의 「觀世音菩薩普門品」을 칠언시로 개작한 것이다.

洪種(鐘)振(震)香(響)覺羣名(迷)詩

S.5573

殘詩. 2행에 21자만 잔존한다. 편명 및 작자명은 없다. 수구가 "洪種(鐘)振(震)香(響)覺羣名(迷)"로 시작한다.

煙塵動處心如虎詩 S.5575

칠언 율시. 시제 및 작자명은 미상이다. 시의 수구가 "煙塵動處心如虎"로 시작한다.

自慚學識寮(了)無聞詩 S.5575

칠언 8구. 편명 및 작자명은 없으나, 승려의 작품으로 추정된다. 시의 首句가 "自慚學識寮(了)無聞"으로 시작한다.

方角書(詩)一首 S.5644

원 제목은 '方角書一首'이나, 실제는 오언시이다. 36자의 글자를 가로 세로 각각 6글자씩 정사각형의 모양으로 한 편의 시를 써 놓은 것이다. 시의 방향은 정중앙에서부터 바깥쪽을 향해 한 글자씩 읽으면 되며, "江南遠客跧止"句부터 시작하여 "鯨滅靜陽關"句로 끝난다.

道情詩如意園四首 S.5648

원 사권에 시제 및 작자명은 없다. 본 시들은 사권의 앞뒤 2곳에 보이며 대략 4수 정도이다. 사권의 앞부분은 모호하여 알아보기 힘들며,「鶴辭林去羽初成」詩(칠언절구),「得道眞僧不易逢」詩(칠언절구),「常思黑客王宮居」詩(이 시는 겨우 제1구만 판독이 가능하다),「四角詩」등의 시가 있다. 사권의 뒷부분에는 「得道眞僧不易逢詩」(3구만 잔존),「知命愁難人」,「草書歌」(칠언),「老僧詩」(칠언),「游仙詩」(칠언4구),「方角詩」의 6수의 시가 초록되어 있다. 이 시들은 한 사람에 의해 쓰여진 것이 아니며, 당시 돈황 지역의 學童이 잡사한 시들로 보인다.

出門逢白霜詩 S.5648

원 사권에 시제 및 작자명은 없다. 필사의 형태가 方形으로 된 것이 1수, 圓形으로 필사되어 있다.

得道眞僧不易逢詩 S.5648

칠언절구.

草書歌 S.5648

시제는 '草書歌'. 칠언 8구. 시문은 "草書四海共傳名, 變得千般筆下生, 白練展時聞鬼哭, 紫毫揮處見龍驚. 收縱屈曲如蛇走, 放點徘徊□鳥行, 遙望遠山煙霧卷, 寒光透出滿天明."『全唐詩』에 미수록되어 있으며, 내용상으로 볼 때 唐 大曆 연간에 張謂 등이 지은 37수의 「懷素草書歌」 중의 한 작품으로 추정된다.

小游仙詩一首 S.5648

시제는 '小游仙詩一首'로 되어 있다. 사권에 작자명은 쓰여 있지 않으나 이 시는 여도사演懿의 작품으로 알려져 있다. 도교 계통의 시가이다.

老僧詩　S.5648

시제는 '老僧詩'로 되어 있으며, 시 다음에 "癸酉年六月"이라는 5자가 있다. 칠언율시이며, 시 본문은 "淸風引入慧休房, 獨坐衰容對旭陽. 百八水精安臂在, 一條藜杖倚門傍. 黃金錚骨連腰細, 白髮眉毛覆眼長. 自小持齋今已老, 見人無力下禪床."

山僧歌　S.5692

칠언을 위주로 하면서, 3言을 혼용. 작품 내에 4言으로 된 偈頌 1수(39句), 오언으로 된 偈頌 1수(12句)가 들어 있다. 범가(梵歌)의 영향을 많이 받은 시이다.

今朝寫盡天者名詩　S.5711v

시제 및 작자명은 기록되어 있지 않으며, 시의 수구가 "今朝寫盡天□名, 乍別大人三兩□"로 시작한다.

郎君須立身詩　S.5711v

시제 및 작자명은 없으며, 시의 수구가 郎君須立身, 莫非酒家親으로 시작한다.

此院有侗劉法和詩　S.5711v

시제 및 작자명은 없으며, 시의 수구가 "此院有侗劉法和"이다.

閻浮男子女人身詩　S.5712

殘詩. 시제 및 작자명은 없으며, 시의 수구가 "閻浮男子女人身"이다. 20字 정도만 殘存한다.

悼詩　S.5744

四威儀　S.5809 S.6631 P.2680

「行威儀」, 「住威儀」, 「坐威儀」, 「臥威儀」의 4수로 구성되어 있으며, 각 수는 칠언8구의 형식이다. 현존하는 사권은 3종류이며, 그 중 S.6631이 가장 완정하고 깨끗하다. 또한 본 사권에는 '四威儀'라는 총제목 외에, 行威儀, 住威儀, 坐威儀, 臥威儀라는 각 편의 제목이 달려 있다. S.5809는 잔권이라 판독이 어려우며, 총 제목은 일실되었고, '坐禪師讚', '臥禪師讚', '行禪寺讚', '住禪師讚'이라는 각 편 제목만 있다. P.2680 역시 사권이 깨끗한 편이며, 각 편의 제목 역시 S.6631과 동일하다. 내용은 行·住·坐·臥의 네 측면에서 참선과 불도를 배우는 일에 끊임없이 노력하는 스님들의 위의와 규범을 묘사하고 있다.

嘲胡僧詩三首　S.5873 S.8658

제1수에는 "法師眼子深棟棟"句, 제2수에는 "因何耽雙胡兮眼"라는 구절이 있는데, 胡僧의 깊히 패인 눈과 높은 코를 비웃는 듯 하다. 제2수 다음에 "戊午年靈圖寺倉, 小有斛斗, 出便于人, 名目具如後"라는 1행이 있다.

陳子昂集　S.5971 S.9432 P.3590

敦煌本 詩集殘卷. 현존 3종 사본. ①S.5971:

잔권.『陳子昂集』卷八의 일부가 초록. S.9432,
P.3590과 서로 참조 가능하다. ②S.9432: 잔권
현존『陳子昂集』卷八의 일부 초록. ③P.3590:
수제는 '故陳子昂集拾卷'으로 되어 있다.

勸孝歌 S.6074

사언으로 된 고시이다. 본 사권은 수미 모
두 결락되어 있으며, 31행만 잔존한다. 시
문은 "憶我其兒, 遙見母來, 或在欄車. 搖頭
弄腦"부터 "汝初小時, 非吾不長, 但吾生汝,
不而本無"까지 96구가 남아 있으며, 내용
은 자녀에 대한 부모의 은애 및 자녀가 성장
하여 가정을 이룬 후에 부모에게 효순하지
않은 패역 행위를 서술하면서 효행을 권하
는 것을 주제로 삼고 있다. 당시의 童蒙의
독서물이다.

五言詩(殘片) S.6075

수미 모두 결락. 시제 및 작자명은 미상이
다. 오언시의 잔편으로 9행이 잔존하며, 그
이하 부분은 모두 결락이다.

詩九首 S.6161v

시 잔편. 「賀大夫十五郎加官」等 시의 잔
편. S.3379v와 S.1156v를 참조.

敦煌廿詠 S.6167v P.2690 P.2748v P.2983

P.3870 P.3929

6종 사권이 현존한다. 序文: "仆到三危, 向逾
二紀. 略觀圖錄, 粗覽山川. 古迹靈奇, 莫可
详究. 聊申短咏, 以諷美名云尔矣." P.3870
권말에 "咸通十五年(871)十一月廿日學生

劉文端寫記"라는 제기가 있는데, 이는 이
시가 초사된 시기의 하한선을 알려주며 본
시의 창작은 아마도 그 보다 훨씬 오래 전에
이루어졌을 것이다. 본시는 오언율시로 돈
황 지역의 명승지 곧 三危山, 白龍堆, 莫高
窟, 貳師泉, 渥洼池天馬, 陽關戍, 水精堂, 玉
女泉, 瑟瑟監, 李廟, 貞女臺, 安城祆, 墨池咏,
半壁樹, 三攬草, 賀拔堂, 望京門, 相似樹, 鑿
壁井, 分流泉의 20곳의 풍경을 노래한 작품
이다. 작자는 張球로 추측되고 있다. P.2983
은 수제는 '敦煌貳拾詠'으로 되어 있으며,
「三危山咏」을 포함한 6수가 초록되어 있
다. P.3929의 경우 수제는 '沙州燉煌古蹟廿
詠幷序'로, 미제는 '沙州燉煌古蹟廿詠'으로
되어 있다.

(唐)宮詞 S.6171

작자는 미상이며, 수미 모두 잔결이다. 49
행이 잔존하며, 매 행은 25자 내외이다.
"…… 看新圖, 教坊因進翻來曲"부터 시작하
여 "教人把箸喂櫻桃, 寄 ……"에서 끝나고 있
다. 殘詩를 포함하여 39首가 남아 있으며, 칠
언시의 형식이다. 시 다음에 약간의 공백을
두고 "壬申年正月十五日僧智見記"라는 제
기가 있다. 본 宮詞는 唐代 궁정생활을 제제
로 하여 쓰여진 시 모음집이다. 참고로 제1
수, 제2수를 초록해보면 다음과 같다. 제1수
는 "美人皆看內園中, 猶自風流着退[褪]紅, 爲
睹[賭]金釵爭百草, 急行遣却玉籠葱," 제2수

는 "生忽勿進繁紋紗, 當□□連一朵花, 宣下
當時休遣織, 近來宮里斷奢華."

讚碎金詩四首 S.6204

칠언절구 연작시. 위 시들은 S.6104「字寶
碎金幷序」 다음에 초록되어 있으며, 각각
「沈侍郎讚碎金」, 「白侍郎 同前」, 「吏部郎
中王建 同前」, 「白侍郎寄 盧協律」이란 제
목으로 4수의 시가 초록되어 있으며, 모두
7언절구로 되어 있다. 시 다음에 "壬申年正
月十一日僧知貞記"라는 제기가 있다. 참고
로 其一을 초록해보면 "墨寶三千三百餘, 展
開勝讀兩車書. 人間要字應來盡, 呼作零金
也不虛."

同光二載(九二四)汝南薛彦俊七言
詩 S.6204

칠언시(7언 4구) 2수가 초록되어 있다. 제
기는 "同光貳載, 沽[姑洗之月, 冥[萛]生壹拾
貳葉, 迷愚小子汝南薛彦俊, 殘[淺]水之魚,
不得精妙之詞, 略詠七言." 본 시 역시 당시
에 유행했던 學郎詩의 하나이며, 분발하여
勤學할 것을 다짐하는 내용이다.

詩十首 S.6234

본 사권의 정면에는 「失題」, 「因國十一求
乾脯」, 「問友人疾」, 「酒泉太守」, 「秋日戎
葵」, 「翌月」, 「西州」, 「酒泉」 등의 시편이
초록되어 있으며, 배면에 「甘州」 1편이 초
록되어 있다.

此法實玄妙詩 S.6454

시제 및 작자명은 미상이며, 시의 수구가
"此法實玄妙"로 시작한다. 형식은 오언8구
이다. 시 본문은 "此法實玄妙, 免汝九祖役
(?), 是其人不受, 令人與道隔, 非人而取受,
現世被考責, 死墮三途, 萬劫具無益."

前生修福今得聞詩 S.6531

작자 및 시제는 없으며 시의 수구가 "前生
修福今得聞"으로 시작하고 있으며, 7言 4
句의 형식이다. 시 본문은 "前生修福今得
聞, 努力修道莫生嗔, 願我來世無上道, 死
後便得涅槃身"

九相觀詩幷序(一) S.6631v

돈황 불교시가. 九相詩는 사람이 태어나서
죽을 때까지의 과정과 단계를 九相으로 나
누어 설명한 시. 敦煌寫本에는 계통이 다른
3종류의 九相詩가 있다. 本寫卷이 첫번째
계통을 이룬다. 本寫卷은 首尾完整. 尾題
는 "九相觀詩一本"이다. 서문과 더불어 嬰
孩相, 童子相, 盛年相, 衰老相, 病患相, 死相,
脝脹相, 燦壞相, 白骨相의 순서로 9수의 詩
가 적혀있으며, 매 1首는 5言 12句로 이루어
져 있다. 작자는 未詳이다.

衆生苦惱業隨前詩二首 S.6923v

작자 및 시제는 없으며, 각 시 모두 칠언8구
로 되어 있으며, 시의 수구가 제1수는 "衆生
苦惱業随前," 제2수는 "出離塵迹是釋門"이
다. 내용은 "마음을 닦고 착한 일을 가까이
할 것을 주문하는 내용(修心近善)"이다.

贈禪師居山詩　S.6923v

시 제목은 '贈禪師居山'으로 되어 있으며,
칠언율시이다. 시 본문은 "深山寂靜最身
貞, 故窟龕幽與岫平. 高嶺巍峩峰萬仞, 青松
溪畔水流行. 野鳥異毛悲峭壁, 虎嘯岩前每
頻聽. 免受人間煩惱苦, 坐禪修道伏龍神."

辭親願出家詩　S.8252

시의 잔편. 시제는 '辭親願出家'로 되어 있
다. 본 사권은 2행에 15자 정도만 잔존하며,
파손으로 인해 상단부의 글자가 결락되어
있다.

□隨萬鏡恒流轉詩　S.8252

시의 잔편이며, 시제는 '□隨萬鏡恒流轉'
로 되어 있으며, 3행에 걸쳐 21자 정도 잔존
한다. 寫本의 파손으로, 상단부의 글자가
결락되어 있다.

學郎詩(南[田]) 如不學文　S.8448

殘詩. 시제와 작자명은 미상. 본 시는 "南
[田]如不學文" 1구만 잔존한다.

清清河邊草詩　S.8448

殘詩. 시제 및 작자명은 미상. "清清河邊草,
遙知水上紋"의 2句만 잔존한다.

嘴赤脚亦赤詩　S.8671

敦煌詩歌 殘片. 2行에 25자 정도 잔존. 수구
가 "嘴赤脚亦赤"로 시작된다.

何言秋草節詩　S.8689v

敦煌詩歌 殘片. 寫卷의 상태가 안 좋아 판독
하기 어렵다.

辯章 依韻奉酬悟眞詩　S.9414

敦煌詩歌 殘片. 원 시는 본래 辯章이 지은
「依韻奉酬悟眞詩」이며, 오언 4구로 되어
있으나, 본 사권의 경우는 원시의 끝 3글자
가 잔결. 본래 본 사권에는 시제 및 작자가
기록되어 있지 않으며, P.3720에 근거하여
定名한 것이다.

殘詩　S.11564v

돈황시가 잔편으로, 3행 5字만 잔존한다.
S.3329의 잔편으로 추정된다.

王齲(冷)然「夜光篇詩」等　S.12098

敦煌詩歌 殘片. 본 사권에는 王齲然의「夜
光篇詩」등이 초록.

老子化胡經玄歌卷第十　P.2004

敦煌詩歌. 수제는 '老子化胡經玄歌卷第十'
으로 되어 있다. 『老子化胡經玄歌卷』第十
에는「化胡歌」8首,「尹喜哀嘆」5首,「上皇
老君哀歌」7首,「老子十六變詞」18수 모두
합해 38首의 시가 초록되어 있으며 오언이
위주가 되고 있다.

從塞北起煙塵詩　P.2119v

敦煌詩歌. 시제 및 작자명은 없다. 4행 56자
이며, 칠언 8구의 형식이다.

沙州都督府圖經附詩　P.2005 P.2695

본 시는 원사권「沙州都督府圖經」뒤에 부
기되어 있다. 小序: "神皇聖氏, 生於文王之
祖也, 生於后稷, 故詩人所謂生人尊祖也."
내용은 측천무후의 神功德政을 칭송하고

있다. 10章으로 分章되어 있으며 모두 사언으로 이루어져 있다. 시 권말에 "唐右載初元年四月, 風俗使於百姓間, 采得前件歌謠, 具狀上訖"라는 제기가 있으며, 이를 통해 본 시가 초당의 민간 가요라는 것을 알 수 있다.

永嘉證道歌　P.2104v

唐 永嘉 玄覺 찬. 大正藏 第四十八册에도 수록되어 있다. 玄覺은 처음에는 천태종을 배웠으나, 그 후 禪宗六祖 慧能의 설법을 듣고는 후에 禪門으로 개종하고 본 시가를 지었다. 文은 모두 247구이며, 매 구는 대부분이 7자, 모두 합해 1814자(일설에는 267구에 1817자라고 함이다. 고체시(古体诗)의 체재를 활용하고 있으며, 4구 혹은 6구로 일해(解)로 삼고, 51해로 나누어서 깨달음의 경지의 요체를 드러내고 있다. 찬술 연대는 神龍 5년(705) 경으로 추정된다.

自從塞北起煙塵詩一首　P.2119v
P.3107v

시제 및 작자명은 없으며, 칠언 8구의 형식. 시 본문은 "自從塞北起煙塵, 禮樂詩書惣不存. 不見父兮子不子, 不見君惠臣不臣. 暮聞戰鼓雷天動, 曉首帶甲似魚鱗, 偸生時餉過誰知, 久後不成身□□." P.3107은 본 시의 잔권으로, 제1구만 필사되어 있다.

神龜一首　P.2129v

시의 형식은 오언 8구. 시의 미제는 "敢上「神龜」一首"로 되어 있다. 해학적이고 풍자적인 시의 하나이다.

道禪師 勸善文(3)　P.2130

제목은 '勸善文'으로 되어 있으나, 시가이며 정토종 예찬문의 일종이다.

破魔變文末詩三首　P.2187

본 시들은 원 사권 「破魔變一卷」의 미제 앞에 초록되어 있으며, 미제 다음에는 "天福九年甲辰祀黃鐘之月蒦生十葉, 冷凝呵筆而寫記," "居淨土寺釋門法律沙門愿英寫"라는 제기가 있다. 破魔變文은 S.3491에도 보이는데 이 사권이 수미가 완정하지만 본 시는 없다. 따라서 이 시는 破魔變文에 원래부터 있던 시가 아니라, 강경하는 소승이 보충하여 쓴 것이며, 작자는 곧 원영(愿英)이다. 3수의 시 모두 칠언 8구의 형식으로 되어 있으며, 시 앞에 서문 "但某乙禪河滴(嫡)派, 象(勇)猛晚修, 學 無道(導)化之能, 謬處贊揚之位. 身心戰灼, 悚惕何安? 輒述荒蕪, 用申美德"이 있다. 제1수를 소개해보면 다음과 같다. "自從僕射鎮一方, 系統旌幢左(佐)大梁. 致(至)孝人(仁)慈起舜禹, 文萌(明)宣略邁殷湯. 分茅烈(列)士憂三面, 旰食臨朝念一方. 經上分明親說着, 觀音菩薩作仁王."

衛元嵩 十二因緣六字歌詞　P.2385v

衛元嵩 찬. 본 시는 無生緣, 行緣, 識緣, 色緣, 六入緣, 觸緣, 受緣, 取緣, 有緣, 生緣, 老死緣

의 12因緣을 주제로 지어진 연작시이며, 모두 12수로 구성. 매 수는 육언8구로 이루어져 있다.

白居易詩集　P.2492

敦煌本 詩人專集. 白居易 詩集의 잔권이다. 사권의 양식은 修珍折葉裝本. 8.5장이 남아 있으며 반장마다 10행씩 필사, 또 每行은 10~22字. 本 사권에는 「奇元九微之」, 「上陽人」, 「百錬鏡」, 「兩珠閣」, 「華原磬」, 「草茫茫」, 「天可度」, 「時女粧」, 「道州民」, 「別母子」, 「胡旋女」, 「司天臺」, 「毘明春」, 「撩綾歌」, 「賣炭翁」, 「折臂翁」, 「塩商婦」(본시는 1행만 잔존) 等 16수의 白居易 詩와 元微之의 和答詩 「和樂天韻同前」 1수가 초록되어 있다.

學郎詩(幸思比是老生兒)　P.2498

五代의 시가. P.2849「李陵蘇武往還書」의 권말 제기 "天成三年(928)戊子歲正月七日, 學郎李幸思書記" 다음에 부기되어 있다. 형식은 7언 4구이며, 내용은 발분하여 勤學할 것을 다짐하는 내용이다. 시문은 "幸思比是老生兒, 投師習業棄無知. 父母偏憐昔愛子, 日諷萬幸不滯遲."

五言詩一首　P.2530

본시는 원 사권의 『周易』卷第三 다음에 부기되어 있으며, 敦煌本 시제는 '五言'이라고만 되어 있다. 시 본문은 "無山下淚洽, 秦地斷長川. 語似靑江上, 分首共妻然. 相憑

書今日, 口語不知年. 願君□住馬, □渝欲動□." 시 다음에 "顯慶五年(660)五月十四日午時記, 五年六月十一日題此□□一首"라는 제기가 있으며, 이를 통해 이 작품은 初唐의 邊塞詩라는 것을 알 수 있다.

詩文集　P.2544

敦煌人이 찬한 唐詩人 詩文選集의 하나. 殘卷. 본 사권에는 1) 劉長卿이 撰한 「酒賦」 2) 「錦衣篇」, 「漢家篇」, 「老人篇」 等 3) 「老人相問曉歎詩」 4) 「龍門賦」, 河南尉盧靖撰. 5) 「北邙篇」, 「蘭亭序」 등의 시문이 필사되어 있다.

唐人選唐詩(一)　P.2552 P.2567

敦煌本 唐詩選集. P.2552와 P.2567의 양 사권은 실제로는 하나의 사본이 찢어지는 바람에 둘로 나뉜 것이다. P.2552에는 唐代 시인들의 시 44수가 초사되어 있고, P.2567에는 王昌齡, 孟浩然, 李白, 岑參, 冷朝光, 將維翰, 鄭遙初, 王諲, 朱灣, 李商隱 等 唐代 시인들의 시 74수, 落蓄詩人들의 시 72수, 총 181수의 詩와 文 2편, 賦 2편이 수록되어 있어 唐人詩文選集의 대표작이 되고 있다.

詩文殘片　P.2553P(1)v

본 잔편은 P.2553P(1)「太公家敎」의 배면에 필사되어 있으며, 시문의 잔편으로 추정되나 사권의 상태가 좋지 못해 판독이 어렵다.

輕須火急赴平爐詩兩首　P.2554v

敦煌詩歌 殘片. 두 수의 시가 초록되어 있다. 시제는 없으며, 제1수는 "輕須火急赴平爐"로 시작하며, 제2수는 "杞筆提書未增時"로 시작한다.

詩文集 P.2555

敦煌本 詩文選集의 잔권이다. 사권의 정면에 唐代 시인의 시 173수, 문 2편이 초록되어 있고, 배면에는 唐代 시인의 시 32수가 초록되어 있어 도합 시 205편, 文 2편이 모아져 있다. 이중 171수의 시와 1편의 文은 『全唐詩』 내지 『全唐文』에도 수록되지 않은 佚詩와 佚文들이며, 본 사권은 唐代 일실된 詩文의 寶庫이다. 安雅 「王昭君詩」, 孔璋 「代李邕死表」, 「胡笳十九拍」, 劉長卿 「高興歌」, 孟浩然 「閨情」, 岑參 「江行遇梅花之作」, 肅州刺史 劉臣 「璧答南蕃書」, 馬雲奇 「白雲歌」, 「懷素師草書歌」, 「臨王羲之尙書宣示帖」, 「詠物詩」 16首, 落蕃詩人들의 작품 72수 등이 수록되어 있다.

七九歌 P.2566

칠언 4구. 본시는 사권 『妙法蓮華經』의 상단부에 우측으로 좌측의 방향으로 낙서 형태로 적혀 있음. 시 본문은 "一二三四五六七, 萬物茲[滋]生于此日, 江南鳴雁負霜迴, 水底魚兒帶氷水." 본 시는 『全唐詩』 卷663에 수록된 羅隱의 「京中正月七日立春詩」와 문자만 약간 다를 뿐, 매우 유사하다.

肇法師如與羅什書 P.2580v

사권의 제목은 '書'로 되어 있으나, 그 내용은 오언고시로 이루어져 있다. 본문 내용은 "左手携干戈, 右次臨深谷. 橫山埠倒出, 披衣來擲躅. 天虧西北角, 地缺東南涯. 水流恒不去, 玉□不霑霞"

白雀歌幷進表 P.2594v P.2864v

장편의 칠언고시이며, 시 앞에 시를 지어 받치게 된 연유를 설명하는 表文과 더불어 '三楚漁人臣張永進上'이라는 서명이 있다. 시문은 2단락으로 나누어지며, 총 116구로 이루어져 있다. 앞 단락 104구에서는 돈황지역에 근자에 상서로운 일이 많이 일어나는 것은 한 국가를 세울 수 있는 징조임을 서술하고 있으며, 후반부에서는 頌辭 12구로 결론을 맺고 있다. 돈황 지역의 향토시가이다.

錦衣篇 P.4994 + S.2049(合本) P.2544 P.2598v P.2748v

현존 4개 사권. ① P.2544: 본시는 원사권인 '唐人選唐詩' 안에 수록되어 있다. ② P.2598: '新集文詞九經抄'의 배면에 시 9행이 초록되어 있으며, '錦於篇'이라는 제목이 붙어 있다. 唐五代 西北方의 音은 止攝과 遇攝을 혼동하여, '於'자와 '衣' 두 글자를 서로 대체하고 했으므로 '錦於篇'이 곧 '錦衣篇'이다. 본 사권에는 시의 전반부 半首만 남아 있으며, "悲風還度李陵台"句의 "悲風"에서 끝나고 있다. 그 이후로는 단락을 바꿔 "篇篇則去本之速"부터 "明主計論論邊庭苦" 시구까지 중복필사하고 있다. 본 사권의 정면에 쓰여진 『新集文詞九經抄』의 권말에 題記 "新集文詞九經抄一卷, 陰賢君書記本"이 있으며, 배면에는 또 다른 題記 "中和三年 (883)四月十七日未侍(時)書了, 陰賢君書" 가 있다. ③ P.2748 : 錦衣篇의 "瓢者抓也可 为叛"구까지 초록되어 있다.

寫書不飲酒詩 P.2621 P.2937v P.3305v

현존 3종 사권. ① P.2621 : 본 시는 원 사권 學郎 賈義의 『事林』의 권말 제기 다음에 부기되어 있으며, 시 본문은 "寫書不飲酒, 恒日 筆頭乾. 且作隨疑(宜)過, 卽與後人看." ② P.2937v : 시 수구가 '寫書不飲酒'로 시작하고 있으며, 17자 1행만 남아 있다. 尾部 가 缺落. ③ P.3305v : 시제는 없으며, 수구가 "寫者 不飲酒詩"로 시작된다. 본 시가 여러 인물 및 여러 사본에 초록되고 있는 것으로 볼 때, 당시 매우 유행했던 시였음을 알 수 있다.

詩五首 P.2622

본 시는 원 사권의 「吉凶書儀」 권말 제기 "大中十三年(859)四月四日午時寫了" 다음에 부기되어 있으며, 칠언 4구로 되어 있다. 작자명은 기록되어 있지 않으나 무명의 學郎이 지은 것으로 추정된다. 제1수는 수구가 "今照[朝書字筆頭乾"으로 시작하며, 제2수는 수구가 "竹長林靑鬱鬱"으로 시작된다. 그밖에 학랑이 지은 "遮莫千金與萬金"으로 시작하는 格言詩도 있고, "山頭一隊錄陵雲"

으로 시작하는 文人詩도 초사되어 있다.

四月某日貧士張某啟竝獻七言詩 一首 P.2623v

서찰과 함께 그 뒤에 칠언율시 한 수가 부기되어 있다. 서찰 다음에 "四月□日貧士張 某啟 謹題七言之吟獻上 某伏垂聖覺"라는 말이 나오고, 그 다음에 시가 나온다. 시제에는 1수로 되어 있으나, 실제로는 칠언율시 1수, 칠언절구 1수 씩 모두 2수의 시가 있다.

楊滿川詠孝經壹拾捌章 P.2633 P.3386 + P.3582(合本) P.3910

본 시는 『孝經』의 장절에 근거하여 開宗明義, 天子, 諸侯, 卿大夫, 士人, 庶人, 三才, 孝治, 聖治, 紀孝行, 五刑, 廣要道, 廣至德, 廣揚名, 諫諍, 感應, 事君, 喪親 等의 18 주제로 나누고 그에 대해 노래한 것이다. 매 수는 모두 오언 8구의 형식이며, 訓蒙詩의 일종이다. 3종 사본이 현존한다. ① P.3386 + P.3582(合本) : 수제는 '楊滿川詠孝經壹拾捌章'으로 되어 있으며 제목 아래에 '一名滿山'이라는 4글자가 있다. 미제는 '楊滿山詠孝經十八章'으로 되어 있다. ② P.2633 : 수제는 '楊蒲山詠孝經壹拾捌章'으로 되어 있으며, 第一 開宗明義章에서 第十一 五刑章까지 초록되어 있다. 시 다음에 "辛巳年正月五日氾員昌, 韓賓上"라는 서명이 있다. ③ P.3910

五言詩三首 P.2640

본 사권에 작자명은 없으나 한 작품은 唐 시인 虞世南의 「怨歌行」이다. 이 시는 모두 오언 14구로 이루어져 있으며, 宮怨을 주제로 하고 있다. 알 수 있는 또 하나의 작품은 五言樂府古詩 「五言擬費昶秋夜聽擣衣」로, 모두 50구나 되는 장편이다.

修龕短句幷序(四首) P.2641v

돈황 승려 道眞 찬. 본 사권에는 「是一首」(칠언12구) 「某人述」(칠언8구), 「依韻」(칠언8구), 「某又述」(칠언8구) 등 4수의 시가 초록되어 있다. 시 앞에 서문이 부기되어 있다.

上曹都頭詩幷序 P.2641v

돈황 승려인 道眞 찬. 시 앞에 서문이 있으며, 형식은 칠언8구이다.

시문은 "譙國門傳縉以紳, 善男卽是帝王孫. 文商碑背題八字, 武盛弓(弱)重六鈞. 旣出四門觀生老, 便知六賊不相親. 夜逈將心登峻嶺, 必定菩提轉法輪."

乙亥年四月八日翟奉達七言詩二首 P.2668

翟奉達 작. 칠언4구의 시 2수가 수록. 제기는 乙亥年(915)四月八日布衣翟奉達因施主淸恙, 故造經勾[句], 而述七言, 如南, 慶豊同來執硯." 시 다음에 또 "秀來[才]覩了, 勿爲惡誚, 愚[智]□□, 卽當正道"라는 제기가 또 있다. 시문은 "三峗聖迹實嵯峨, 至心往禮到彌陀. 巖谷號爲禪岩寺, 赤言漠[莫]高異名多."(제1수), "燉煌□人臨此法, 龕龕聖瑞接雲霞. 愿其再同堯舜日, 使主黎人拜國家."

述凡情 P.2671

작자는 알 수 없으나 내용상 불교 스님의 작품으로 추정되며, 형식은 오언 12구이다.

唐人詩集 P.2672

敦煌本 唐詩選集의 일부로 추정된다. 본 사권의 정면에 「胡桐樹」, 「焉耆」, 「番禾縣」, 「金河」, 「閑吟」, 「平涼堡」, 「嘉麟縣」, 「鐵門關」, 「自述」, 「塞上逢友人」, 「述懷寄友人」, 「特牛沙」 등 12수의 시가 초록되어 있으며, 배면에는 「重陽」, 「自述」의 2수의 시가 초록되어 있다. 본 사권과 S.6234는 수록된 시들의 언어와 풍격, 시대적 분위기, 시에 표현된 志趣와 감정 등의 관점에서 볼 때 동일한 사람에 의해 편찬된 것으로 보인다.

詩四首 P.2672v

무명의 스님이 지은 것으로 보이는 「皈依於燈下感覺」(오언8구), 王昭君의 고사를 읊은 「咏永超女婿」(칠언율시)시를 포함한 4수의 시가 초록되어 있다.

唐詩文叢鈔(一) P.2673

敦煌本 殘詩集. 「龍門賦」, 「王昭君」, 「北邙篇」의 詩文과 宋之問의 「過韶州靈鷲廣果二寺」(오언배율, 총 34구), 「江上覉情」(오언율시)의 시가 초록되어 있다. 본 사권에 초록된 宋之問의 2수의 시는 모두 『全唐詩』에는 미수록된 佚詩들이다.

殘詩集　P.2677

敦煌本 詩歌集의 잔본으로 추정되며,「野燒篇」이 초록되어 있다.

詩十一首　P.2687(B)

敦煌 詩歌集의 잔편이다.「獨鶴篇」,「嵩岳聞笙」,「上已浮江宴」,「落花篇」 等 총 11수의 시가 초록되어 있다.

僧詩二首　P.2690v

王克茂詩四首　P.2700v

문헌 앞부분에 작은 글씨로 "倫人王克茂謹上"이라는 말이 있으며,「五言觀和尙行高」(오언8구),「七言觀神淸骨氣峻」(칠언8구),「五言觀德重貌實」(오언8구),「五言觀落潮漁」(오언8구)등 4수의 시가 抄錄되어 있다.

學郎詩(讀誦須勤苦)　P.2746

본 시는 본 사권의「孝經一卷」의 권말에 附記되어 있으며,「孝經一卷」卷末 郭□(風+蓋)□(風+至) 題記에 "歲至庚辰, 月造季秋, 日逮第三, 寫詩竟記, 後有餘紙, 輒造五言拙詩一首"라고 하고 있다. 본 시는 오언 4구이며, 수구가 "讀誦須勤苦"이다. 시의 내용은 발분하여 근면하게 공부할 것을 다짐하는 내용이다.

殘詩文集　P.2748v

본 P.2748v는 여러 편의 시와 문이 함께 초록되어 있는 것으로 보아 시문집의 잔권으로 추정된다. 본 사권에는「思越人二首」, 「春閨怨」, 高適「燕歌行」,「古賢集」,「大漢行」, 魏奉吉의「長門怨」,「國師唐和尙百歲書」,「大中四年七月廿日狀」,「王昭君怨諸詞人連句王昭君怨」(총 28구),「沙州燉煌二十詠幷序」,「錦衣篇」이 초록되어 있다. 원 사권은 수미 모두 잔결이며, 제기도 없다. "代越人一枝花一盞花"구절부터 시작해,「錦衣篇」의 "瓢瓢者抓也, 可爲勻叛"에서 끝난다. 모두 192행이며, 매 행은 17자 정도 된다. 제16행에 수제 '燕歌行一首'가 있으며, 제17행에 다시 '燕歌行一首' 제목을 중복 필사한 다음 이어서 "漢家烟塵在東北"구절부터 초록하여 제28행 "今猶憶李將軍"구절에서 끝나고 있다. 그 다음부터는 『古賢集』 等을 초록하고 있는데, 모두 제목만 있고 작자명은 없다. 제94행 다음에「橫紙直書文件」한통이 있는데, 그 안에 "大中四年七月廿日, 天德以下七人至"라는 말이 있으며 아쉽게도 그 이하 부분은 찢겨져 없어졌다. 하지만 이 말은 본 사권의 필사시기를 고증하는 중요한 자료가 된다.

七言詩一首幷序　P.2761v

唐代에 지어진 七言詩이다. 작자는 미상이고 시제도 없다. 시 앞에 143자로 된 서문이 있는데, 젊은 영웅호걸이나 노년의 영웅호걸 모두 무예를 믿고서 자신을 과시하지 말았어야 했다는 고사를 서술하고 있다. 그리고 서문 말미에서 "古云道'齒剛則折, 舌柔

則長', 經中之不載虛言, 書內之具傳此事, 終 要曉示後人. 因題一首之七言, 聊申四韻 之八句"라고 하고 있다. 그 뒤에 8구로 된 칠언시가 나오는데, 시문은 "少年老伴自皆 殊, 旣有雄豪莫可欺. 黃鶴縱然夸遍撻, 老鶴 逢者盡能追. 今時武藝難求得, 往日人間見 者希. 不料自家無寸效, 題名傳與後來知."

詩九首 P.2762v

본 사권에는 ① 「夫字爲首尾」(칠언 20구) ② 「咏史超女婿」(칠언8구), ③ 「贈王□□」(칠 언8구), ④ 「贈獨孤巡官」(칠언절구), ⑤ 「又 巡官王中丞」(칠언절구), ⑥ 「贈陰端公」(칠 언8구), ⑦ 「皈依於燈下感覺」(오언8구), ⑧ 「贈中丞十五日加章服」(칠언8구) ⑨ 「夢回 職鴻分靑段字咏志」(칠언절구) 등 9수의 시 가 초록되어 있다. 사권 끝에 "龍紀二年(890) 二月十九日心中"이라는 서명이 있다.

七絶詩三首 P.2803

본시들은 "天寶九載九月十二日, 十七日索 秀玉牒下"아래에 초록되어 있다. 원 사권 에 天寶 연간의 문서 및 景福二年에서 建寧 三年까지의 狀牒도 포함하고 있으므로, 이 시들은 唐 昭宗시에 쓰여진 시이다. 그 중 한 수의 시를 소개하면 "故人聞道雁傳書, 雁去雁來音信希. 一抱遠戌楊[陽]關外, 白 髮逢秋未□歸."

六言詩一首 P.2807v

작자 및 제목은 일실되었다. 시의 형식은 육언 10구로 이루어져 있으며, 수구가 "如 來是我和尙"으로 시작하는 불교 시가이다.

七律詩一首 P.2807v

시제 및 작자명은 없으며, 불교적 내용을 담고 있다. 시문은 "三五年來復盛唐, 去年 新賜紫羅裳. 千華坐(座)上宣佛敕, 萬歲樓 前贊我皇. 談始(士)休夸登御昔(席), 道門 虛設坐龍床. 聖衆莫羨靈山會, 只是眉間未 放光."

十根歌 P.2813 P.3113

칠언으로 된 불교 가요이다. 본 가요는 두 사권 모두 「法體十二時」 다음에 초록되어 있다. 작자와 원 제목은 모두 알 수 없으며, 여기서는 제목에 근거하여 정명했다. 시 본 문은 "一根前生不修福, 二根托生在地獄. 三根前頭無敬路, 四根火宅難出頭, 五根不 遇差[善]之議, 六根虛然一世□. 七根貪著 多五欲, 八根一生爲因從. 九根命似當風燭, 十根死去不孤殘."

蔡琰 胡茄十八拍 P.2845v

장편의 騷體 敍事詩.

道眞題壁詩 P.2941

시 앞에 있는 서문에 의할 때 본 시는 五代, 北宋시기의 돈황 승려인 道眞의 작이다. 모 두 4수이며, 제1수는 칠언12구, 제2수는 '某 又述'이라는 제목에 칠언8구, 제3수는 '依 韻'이라는 제목에 칠언8구, 제4수는 '某人 述'이라는 제목에 칠언8구로 되어 있다. 본 시는 莫高窟 제108굴의 남쪽 벽에 있는 제기에도 보인다.

禪詩 P.2952v

諸雜書篇詠月詩五首 P.2973

사권의 원 제목은 '諸雜書篇詠月詩'이며, 작자명은 일실되었다. 22행에 걸쳐 「詠月詩」와 그에 화답한 칠언절구 5수가 초록되어 있다. 제1행에 「詠月詩」라는 제목이 적혀 있으며, 제2수부터 제6수까지는 모두 시 앞에 "同前"이라는 말로 시제를 대신하고 있다.

五言詩四首 P.2976

高適詩 P.2976

본 사권에는 高適의 詩 「封丘作」, 「自薊北歸」, 「宴別郭校書」, 「奉贈賀郎」, 「訓李別駕」가 초록되어 있다.

樊鑄七言詩一首 P.2976v

작자는 樊鑄.

七言詩二首 P.2987v

시제 앞에 "禪月大師"라는 말이 나오며, 두 시는 모두 禪月 대사 곧 貫休의 시가이다. 제1수는 貫休의 「懸水精水珠」이며, 제2수는 「趙國不買卜」시이다. 두 시 모두 형식은 칠언율시이다.

七言詩 P.2995

작자명 및 시제는 미상이다. 동 사권의 「姓氏書」잔문 다음에 초록되어 있다. 칠언 5구로 되어 있으며, 시문은 "沙彌天生道理多, 人名不得解人何. 從頭至尾沒用姓, 急若

索字不得者. 沙彌沙彌頭拙疏." 내용은 沙彌를 조롱하는 내용이며, 아마도 學士의 즉흥적인 작품으로 보인다.

九想觀詩(2) P.3022

불교시가이다. 본 사권은 오언 16구만으로 '九相'의 전 과정을 개괄하고 있다는 점에서, 다른 「九想觀詩」들과는 차이를 보인다.

燉煌僧同題詩鈔 P.3052

본 사권에는 돈황 승려 金髻와 利濟가 서로 화답한 시 2수가 초록되어 있다. 利濟의 시는 오언율시이며, 金髻의 시는 칠언율시이다. 利濟의 시만 소개해 보면, "良牧思弘化, 吾師重契經. 欲開三草喻, 先列四花名. 瑞色浮春日, 和風引梵聲. 坐承方便理, 咸得悟無生."

大唐天福三年歲次己亥五月六日張富郎詩 P.3054v

칠언절구이며, 작자는 學郎 張富郎이다.

七言詩一首 P.3054v

石女無夫主詩 P.3065

雜言體로 이루어진 불교 시가이며, 작자명 및 시제는 없다. 본 시는 모두 26구로 이루어져 있는데, 전 13구는 오언으로 되어 있고, 후 13구는 삼언과 칠언의 雜言體로 되어 있다. 본 시는 上海博物館48(41379)에도 보인다.

五言詩 P.3108

詩二首　P.3156(P1)v

칠언으로 이루어진 선시. 작자는 미상이며, 시의 제목도 없다. 시는 칠언8구로 되어 있다. 시문은 "般若波羅自不多, 談空說道戀娑婆. 欲陳其事無人聽, 眼對長空口唱歌. 能觀自在是禪那, 風不垂前水不波. 有情欲拔三涂苦, 無意將身人乃阿."

唐詩叢鈔詩七首(二)　P.3195

敦煌本 詩總集. 42행이 잔존한다. 제1수는 잔결이며, 高適, 馮侍徵의「美人怨」, 魏奉古의「長文怨」,「燕歌行」等 7수의 시가 초록되어 있다.

五言詩一首　P.3197v

원 사권에 시제 및 작자는 쓰어 있지 않다. 이 시의 앞에 盧茂欽의「偶游仙阮」시가 있으며, 이 시 뒤에 행서로 쓰인 칠언 "憐君壁上新裝女, 似我佳中舊茫(亡)人" 2구가 있다. 본 시의 형식은 오언8구이며, 시문은 "某啓休自閒, 違是稻竿經. 旬期不象見, 示愁煞微僧. 遠待吾賢就, 遠防尋實乘. 罪責將欲會, 會來晨午問."

七言詩一首(1)　P.3197v

본 사권에는 시제는 없으나, 본 시는 盧茂欽의「偶游仙阮」시이다. 형식은 칠언시이다.

七言詩一首(2)　P.3197v

시제 및 작자명은 미상이며, "憐君壁上新裝女, 似我佳中舊茫(亡)人" 2구만 잔존한다.

雜詩叢鈔十二首　P.3200v

시제는 쓰여 있지 않으며, 칠언절구 5수, 오언시 7수 도합 12편이 초록되어 있다. 본 시들의 문자가 비교적 조잡하고 통속적이고, 잘못된 글자가 많은 것으로 보아 이 시들은 초학자의 습작으로 보인다.

燉煌境在好川原詩　P.3211(P11)

唐女冠詩叢鈔詩五首　P.3216(P1)

女道士의 시 5수가 초록되어 있다.

佛家勸善歌　P.3241

육언 및 칠언으로 된 연작시이며, 총 9수로 구성되어져 있다. 매 수는 8구, 6구, 10구 등 일정치가 않다. 연작시 가운데 8수는 수구가 "諸菩薩莫偸盜"처럼 육언으로 되어 있고, 나머지는 칠언으로 되어 있다. 매 수의 마지막 구 다음에는 '佛子'라는 和聲字가 덧붙여져 있다. 이 시가는 지옥의 공포스런 모습을 빌어 권선징악의 설교를 담고 있으며, 講經시에 불렀던 노래로 보인다. 본 작품을『法藏』목록에서는「和戒菩薩文」이라고 하고 있으나, 여기서는『敦煌遺書最新目錄』의 목록명을 따랐다.

唐詩文叢鈔　P.3252v

敦煌本 唐詩文集. 唐代의 시 6수가 초록되어 있다.

可連(憐)學生郎詩　P.3305

본 시는 P.3305『論語』다음에 題詩되어 있으며, 오언 4구의 형식이다. 시제는 없으며, 打油詩의 일종이다. 시문은 "可連(憐)學生

郎, 其(騎)馬上天唐(堂), 誰家有好女, 嫁以(與)學生郎."

今朝悶會會詩 P.3305v

시제는 미상이며, 수구가 '今朝悶會會'로 시작한다. 시 다음에 '學生李文段書一卷'라는 題字가 있으며, 이를 통해 이 시 역시 學郎이 지은 詩의 일종임을 알 수 있다. 형식은 오언 4句이며, 근심과 술을 통해 풀어 본다는 내용이다. 시문은 "今朝悶會會, 更將愁來對, 好酒沽五升, 送愁千理[里]外."

詩一首七言 P.3305v

福惠詩二首 P.3246v

『法藏』목록에서는 본사권을 福慧詩二首라고 하고 있으나, 본사권은 사언, 오언, 육언, 칠언의 시구들이 잡다하게 초록된 잔권이다. 작자는 알 수 없으며 시의 제목들도 없다. 맨 처음이 오언 "白雲滿歸山, 靑山押去州"부터 시작하고 있으며, 제6행부터는 "入山不得道山, 入水不得道水" 등의 육언구 10여구가 초록되어 있다. 그다음에 이어서 "天上飛鳥白霍毛" 등의 칠언구 14행이 적혀 있다.

今日好風光詩 P.3319v

잔편으로, 시제 및 작자는 미상이다. 본사권에는 2구만 잔존한다.

明招[朝]遊上遠[苑]詩 P.3322

본 시는 P.3222의 學士 張大慶이 抄寫한 推占書의 卷末에 부기되어 있다. 본시는 본래 武則天의 시이며, 오언 4구로 이루어져 있

다.『全唐詩』卷五에도 보인다.

上焉祇王詩 P.3328v

작자는 武涉. 시 앞에 '上焉祇王詩武涉敬序'라는 제목이 있으나, 실제로는 시 앞에 서문은 없다. 본 시는 칠언시이며, 모두 32구로 이루어져 있다.

今見花特滿樹弘詩一首 P.3346v

시제 및 작자는 미상이다. 칠언 8구의 형식이며, 수구가 '今見花特滿樹弘'이다. 시문은 "今見花特滿樹弘, 一日一半盡隨風. 人生合 向空門問, 問着空□轉更空. 世路妒空夢而空, 尋思意合兩蒙蒙. 將□夢是人間事, 只看人間似夢中"으로 悟道의 내용을 담고 있다.

五言詩二首 P.3353v

시제는 '五言詩一首'로 되어 있으나, 실제로는 2수이다.

春日相餞一首 P.3353v

시제는 '春日相餞一首'로 되어 있으며, 형식은 오언시이다.

進庭夜朝祠一首 P.3468

역귀를 쫓아낼 때 부르던 민간 가요이며, 시제는 '進庭夜朝祠一首'로 되어 있다. 원사권은 분명 모두 5수였을 것이나, 현재는 뒷부분인 第三, 第四, 第五의 3수만 잔존한다. 제4수의 제목 다음에는 '驅儺二首第二首'라는 7자가 또 있다. 제3수는 오언으로 되어 있으며, 제4수와 제5수는 잡언체로 되어

있다. 내용은 여러 악귀의 형태를 형용하고
있는데, 이는 악귀를 쫓아내고 붙잡아 일거
에 소탕하겠다는 뜻을 나타낸다. 마지막 부
분은 時事와 결합되고 있는데, 재앙과 해로
움을 없애고, 국가가 강성해지고 백성들이
풍족해지고, 천하가 크게 다스려지기를 기
원하고 있다.

詩文集 P.3480

敦煌本 詩文集. 본 사권에는 唐人들의 詩文
集의 잔권으로 추정되며, 劉希夷「代悲白
頭翁」, 王粲「登樓賦」,「落花篇」, 馮侍徵의
「虞美人怨」이 초록되어 있다.

煩人讀自書詩 P.3486v

시제 및 작자는 미상이며, 수구가 "煩人讀
自書"로 시작한다. 형식은 오언절구이다.

二月仲春色光輝詩 P.3500v

시제와 작자명은 미상이며, 晚唐 五代의 민
간의 七言歌謠이다. 시는 총 24구로 이루어
져 있으며, 내용은 歸義軍이 失地를 수복한
후 백성들의 삶이 안정되고, 평화가 찾아온
것을 가송하는 작품이다.

秀和尙 勸善文一本 P.3521 S.5702.

원 제목은 '勸善文'으로 되어 있으나, 그 형
식은 칠언시로 되어 있으며, 구수가 102句
에 달하는 장편시이다. 작자는 秀和尙.
S.5702는 10행만 잔존하며, 글자의 크기가
매우 작다. 수제는 '秀禪師勸善文'으로 되
어 있다.

由由天上云詩 P.3534

元淳「寄洛陽姉妹詩」 P.3569v

元淳 作이며, 오언시이다.

忽起氣腸噓詩 P.3573(P1)v

돈황시가의 잔편으로, 시제 및 작자는 일실
되었다. 수구가 '忽起氣腸噓'로 시작되며, 3
구만 잔존한다.

靑剉和尙誡後學銘 P.3591

靑剉和尙 찬. 원 제목은 '靑剉和尙誡後學銘'
임. 제목은 '銘'이라 되어 있으나, 실은 전편
이 육언 74구로 이루어진 장편 불교 시가이
다.

洞山和尙神劍歌 P.3591

洞山和尙 찬. 사권의 수제가 '洞山和尙 神劍
歌'라고 되어 있다. 구식은 칠언을 위주로
하면서 삼언도 혼용하고 있다. 총 44구로
이루어진 장편의 선종 시가이며,『祖堂集』
卷九에도 본시가 보인다.

丹遐和尙翫珠吟 P.3591

丹遐[霞] 찬. 작품은 오언 38구로 이루어져
있으며, 돈황 사본 중에 불교 선종시가의 대
표작의 하나이며, 당시 사원에서 유행했던
포교 시가이기도 하다.

唐詩叢鈔(二) F.3597

敦煌本 殘詩集. 9수의 시가 초록되어 있다.
사권의 앞부분에 일단의 문서 잔편들이 있
으며, 그 뒤를 이어 白侍郞(白居易)의 「葡桃
架詩一首」, 무제의 「春日春風動」,「春來春

去秋復秋」, 「馬足龍城白草秋」, 「孔子□高座」, 「高僧高高高入雲」, 「日日昌樓望」 등의 시가 있다. 그 뒤에 "詩兩首七言"이라 써 놓고, 칠언율시 2수를 적어 놓고 있는데, 고증에 의하면 白居易의 「夜歸」와 「妬枝妓」 시이다. 사권의 끝에 "乾符四年(877)二月二十日靈圖寺僧比丘手記"라 적힌 제기가 있다.

寒食篇(原題) P.3608v

七言歌行. 원 사권에는 작자의 서명이 없다. 같은 사권에 초록된 王冷然의 「夜燒篇」과 여러 가지로 동일하여, 이 시 역시 王冷然의 작품이 아닌가 하고 추측하고 있다. 본 시는 『全唐詩』에는 수록되어 있지 않다. 전 시는 모두 44구로 이루어져 있으며, 내용은 寒食의 유래와 다양한 정경을 묘사하고 있어 고대 寒食의 풍습을 연구하는데 귀중한 자료가 되는 시이다.

夜燒篇(原題) P.3608v

七言歌行. 원 사권에는 작자명이 없으나 『全唐詩』卷115에 수록된 王冷然의 「夜光篇」이 바로 이 작품이다. 그러나 상호간에 문자가 다른 곳이 많다. 본 시는 모두 24구로 이루어져 있으며, 제11구와 제12구만 오언으로 되어 있는 것을 제외하면, 모두 칠언으로 되어 있다. 내용은 한 遊人이 汝陽에서 밤중에 산불이 났을 때 바라 본 기이한 정경을 묘사한 시이다.

無名歌 P.3620 P.3812

2종 사권이 현존한다. 시의 제목은 '無名歌'로 되어 있으며, 작자는 미상이다. P.3812의 경우 후반부 2구가 빠져 있으며, 여러 다른 시들과 함께 수록되어 있다. P.3620이 완정한 사권으로 '封常淸謝死表聞' 다음에 초록되어 있으며 "未年三月廿五日学生張議潮寫"라는 제기를 통해 張議潮가 초사하거나 지은 것임을 알 수 있으며 또한 이 작품은 중당 시기에 지어져, 중·만당시기에 돈황 지역에서 유행한 노래였음을 알 수 있다. 또한 본시는 돈황의 시가 중에서도 보기 힘든 四聲通葉의 詩章에 해당한다. 시 전편은 모두 칠언을 활용하고 있으며, 24구이다.

閩中十詠 P.3629

작자는 미상이며 시 앞에 "昨奉處分要閩中十詠, 謹專抄寫呈上便請留之, 因有所思偶成句"라는 서문이 있으며, 본 시는 칠언율시로 되어 있다. 시 본문은 "因寫閩川十首詩, □然腸斷實堪悲. 鄕關景色分明在, 故業田園半屬誰. 骨肉飄零何日會, 家僮星散已無依. 終愿志公垂薦擢, 挈我來年衣錦歸."

龍泉神劍歌一首 P.3633v

작자는 돈황 金山國의 대재상이었던 張文徹이며, 작시 시기는 唐 天佑三年(906)이다. 시의 형식은 칠언이 위주가 되고 있으며, 간혹 삼언도 혼용하고 있다. 102구에 달하는 장편시이다. 시 앞의 서문에 "謹撰龍

泉神劍歌一首，大宰相江東吏部尙書臣張厶乙撰進"라는 서명이 보인다. 사권에 시문을 수정한 흔적이 많은 것으로 보아 본 사권은 작자의 초고에 해당함을 알 수 있고, 모두 42행이 초록되어 있다. 제42행 다음에 다시 7행이 있는데, 칠언시 3수이다. 본 시는 돈황 金山國 문학의 대표작의 하나이다.

今當聖人詩　P.3644

唐代의 七言律詩이며, 작자는 미상이다. 본 시는 원 사권의 「俗務要名林」과 「禮五臺山偈」 다음에 필사되어 있다. 본 시는 S.373의 李存勖의 시 제1수와 동일한 데, "今當聖人"은 아마도 李存勖을 지칭하는 듯 하다.

聖者大迦葉狀詩　P.3645

본 시는 「聖者大迦葉狀」 다음에 부기되어 있으며, 시문은 "頭陀懇切難計論, 代代流傳是一宗. 化迹如來秘密敎, 練心住相總東西."

神贈龜詩　P.3645

본 시는 「聖者大迦葉狀」詩 바로 다음에 이어 필사되어 있으며, 후대의 승인이 지은 것이다. 시의 주지는 앞 시와 서로 통한다. 칠언절구이며, 시문은 "化薄特曉當此詩, 習佛煩多見佛稀. 忘起我人徒度世, 猶如摸煞海神龜."

近聞師兄智才高　P.3645

본 시는 「聖者大迦葉狀」詩 및 「神贈龜詩」 다음에 필사되어 있으며, 시제는 없다. 칠언절구이며, 시문은 "近聞師兄智才高, 爲

有文章口帶刀. 遮莫防守得爲維? 伽蘭獅子座上交."

姪周某信函幷和來韻　P.3632

본 사권에는 周某信函 뒤에 시 2수가 부기되어 있는데, 한 수는 완전하고 다른 한 수는 잔결되어 있다. 시의 형식은 칠언절구이다. P.3692 사권과 동일인이 초사한 것으로 보인다.

七言詩二首　P.3666v

칠언절구 2수가 초사되어 있으며, 시제 및 작자명은 미상이다. 비불교적 내용이다.

餞送達法師詩鈔五首　P.3676v

본 사권에는 達法師를 전송하며 스님들이 지은 「同前, 餞達法師之相幕」(오언율시), 「奉餞達上人之相衒」(오언율시), 「同前, 送達上人」(칠언율시), 「重贈」(오언율시), 「奉餞赴東衙謹上」(칠언율시)의 다섯 수의 시가 있다. 본 사권에 총 제목은 일실되었으며, 제1수의 제목에 '同前'이라는 말이 있는 것으로 보아, 또 다른 한수의 시가 있었음을 알 수 있다.

吊守墓弟子承恩諸孝子　P.3677

본 시는 P.3677 '沙州報恩寺故大德禪和尙金霞遷神誌銘幷序' 다음에 초록되어 있다. 작자는 돈황 승려 구림(璆琳)이며, 시의 형식은 오언8구이다. 시 본문은 "擗踴下頭巾, 荒迷不顧身. 茹茶何足苦, 衔蓼未爲辛. 兩目恒流涕, 雙眉鎖作嚬. 唯余林裏鳥, 朝夕朝

啼人."

唐詩叢鈔(三)　P.3619

중요한 敦煌本 唐詩選集의 하나이다. 蘇頲, 郭元振, 劉希夷, 崔顥, 暢諸, 皇甫冉, 王維, 高適, 李斌, 宋之問, 哥舒翰, 李邕, 蔡希寂의 「揚子江夜宴」, 渾維明, 史昂, 沙門 日進의 「登嶺岩寺」 등 10여가의 시 47수를 초록하고 있는데, 그 중『全唐詩』에 미수록된 것이 27수이다. 또한 劉希夷「死馬賦」17행이 초록되어 있으며 수미가 완정하다. 수제는 '死馬賦 劉希移'로 되어 있으며, '劉希移'는 '劉希夷'의 오자이다.

奉酬判官詩　P.3681v

돈황시가의 殘詩이며, 작자는 돈황승려 悟眞. 형식은 칠언시이며, 6구만 잔존한다. 시문은 "姑臧重別到龍堆, 屢瞰星河轉四回. 十里獮戎多狡猾, 九壟山河杜往來. 幸沐堯風威化被, 征騎稀踪漸田開. □□□□□□ □□, □□□□□□□."

浦逃酒令　P.3706v

시제는 미상이다. 3행이 잔존하며, 유희적인 내용의 시이다.

悟眞未敢酬答和尙故有謝辭　P.3720

시제는 '悟眞未敢酬答和尙故有謝辭'이다. 悟眞 撰, 오언 4구이다.

大中五年至咸通十年賜僧洪及悟眞告身及長安名僧贈悟眞詩

P.3720

본 寫卷에는 悟眞 法師가 長安에서 敦煌으로 돌아올 때 長安의 스님들이 悟眞을 餞別하며 贈한 시들이 초록되어 있다. 본 贈詩들은 S.4654에도 보인다.

題戌樓山詩　P.3730

본 시는 P.3730의 書信底稿 안에 들어 있다.

咏宋王等絶句　P.3808

작자는 미상이며, 원 사권에 시의 제목도 없다. 위 시들은 七言絶句 11수가 수록되어 있으며, 원 사권의「長興四年中興殿應聖節講經文」다음에 초록되어 있다. 제1수는 後唐 皇子 宋王 李從原에 대해 노래하고 있으며, 제2수는 潞王 李宗珂에 대해 노래한 시이며, 제3수는 明宗이 長興四年에 천하에 대사면을 실시한 것에 대해 노래하고 있다. 제4, 5, 6수는 明宗이 예불하고 승려를 가까이 하는 것을 노래하고 있으며, 제7수는 "江頭小蚊蟲"을 풍자하고 있으며, 제8수는 "枯池少水魚"에 대한 풍자이다. 제9, 10, 11수는 각각 앵무새, 개, 오리에 대해 풍자하고 있다.

詩歌叢鈔　P.3812

敦煌本 唐詩選集의 일종. 본 사권에는「十二月調」,「代閨情」등 五十九首, 高適, 殷濟, 劉長卿, 武涉의「游花苑詞」(七言, 총 2수), 劉商의「胡琴十八拍」이 수록되어 있다. 사권 앞에 "維大唐建寧"이라는 말이 보이며, 배면에는 協律郎 獨孤播의 書狀 여러 개가 필사되어 있다.

涉道詩 P.3866

李翔 찬. 시제는 '涉道詩'이며, 칠언율시 28수의 시가 초록되어 있다. 내용은 크게 3가지로 분류 가능하다. 첫째 道敎의 명승지를 유람한 작품들로 「看縉雲山圖」, 「百步橋」 등을 포함하여 15수가 있다. 둘째는 도교의 신화 및 전설을 노래한 시들로 「馬明生遇王婉羅」, 「魏夫人歸大霍山」 등을 포함해 6首가 있다. 세 번째는 寄贈酬答한 작품들로, 「馮雙禮珠彈禮雲璈以答歌」 등을 포함하여 7首가 있다. 대표적인 道敎詩歌이며, 『全唐詩』에는 수록되지 않은 시이다.

題隱士咏 P.3870

唐代의 칠언 율시. 본시는 원 사권의 「敦煌廿咏」 다음에 필사되어 있으며, 사권 말미에 "咸通十二年(871)十一月廿日學生劉文端記"라는 제기가 있다. 본시는 「敦煌廿咏」의 다른 사본들에는 보이지 않으며, 시의 내용 또한 「敦煌廿咏」와는 전혀 관련이 없다. 아마도 學生 劉文端이 즉흥적으로 초사하여 사권에 집어넣은 것으로 추측된다. 시문은 "淸溪逐水著漁樵, 策杖褰衣屢蹇僑. 鳥坐春池雙影近, 人呼幽谷兩聲遙. 詳烟五色飛仙電, 瑞草千叢間藥苗. 河畔曲肱而取飮, 嫌煩且棄樹中瓢."

唐詩集 P.3885

敦煌本 唐詩選集. 본 사권은 詩集의 잔권으로 李邕, 宋家娘子, 孟浩然, 史昻, 郭元振, 蘇釟 등의 시가 초록되어 있다. 사권의 후반부는 『文選』으로 「全大升軍使將軍唐太和書與吐藩贊普一首」, 「前北庭節度蓋嘉運判文」 2편이 초록되어 있다.

兩街大德贈悟眞法師詩七首

P.3886v

殘卷. 본 사권은 P.3720 및 S.4654와 마찬가지로 唐代 長安의 여러 승려 및 조정 관리들과 돈황의 승려 悟眞 법사가 서로 唱和한 시를 모은 것이다. P.3720, P.3886v 및 S.4654의 3 사권 안에는 悟眞「未敢酬答和尙」, 辨章「賛獎詞」, 「衣韻奉酬」, 宗蒞「七言美瓜寺僧, 獻款詩二首」 圓鑒「五言美瓜寺僧, 獻款詩一首」, 彦楚「五言述瓜寺僧, 獻款詩一首」, 有孚「立贈河西悟眞法師」, 建初「獻詩一首」, 太岑「五言四韻奉贈河西大德」, 栖白「奉贈河西眞法師」 子言「五言美瓜寺僧, 獻款詩一首」, 景導「贈沙州悟眞上人兼送歸」, 有道(?)「同贈眞法師」, 道鈞「同贈沙州都法師悟眞上人」, 同前(?)「又贈沙州僧法和悟眞輒成韻句」, 楊庭貫「謹上沙州惠使持表從化詩二首」 등 모두 17首가 초록되어 있다.

九想觀詩(3) P.3892 P.4597

불교시가. 「初生想」, 「童子想」, 「盛年想」, 「衰老想」, 「病患想」, 「死想」, 「胞脹想」, 「燦壞想」, 「白骨想」의 순서로 9수의 시로 구성되어 있으며, 각 시는 7언 4구의 형태이다. S.6631과 비교해 '相'자를 '想'자로 바꾸고 각

단계의 명칭에 약간 차이가 있는 것을 제외하면, 서술 과정은 완전히 동일하다.

貧士述情詩 P.3906

시의 원 제목은 '軒輪□貧士述情'으로 되어 있으며, 작자는 미상이다. 전시는 20구로 이루어져 있으며, 시의 형식은 七言歌行이다.

聽唱張騫一曲歌 P.3910

본 시가는 원 사권의 「新合孝經皇帝感辭」와 韋莊의 「秦婦吟」 사이에 필사되어 있으며, 제목이 '聽唱張騫一曲歌'으로 되어 있다. 작자는 미상이며, 七言歌行의 작품이다. 내용은 張騫이 등선하여 하늘에서 西王母를 만나고, 은하수에서 견우랑과 직녀의 고사를 찾아나서는 것을 묘사하고 있다.

戀情雜咏 P.3910

작자는 미상이며, 오언과 칠언고시가 잡사되어 있다. 본시들은 P.3910의 「新合孝經皇帝感辭」 중의 「皇帝感」 5수 및 「聽唱張騫一曲歌」 시 다음에 필사되어 있다. 칠언 16구로 된 七言歌行 「殷懃爲達聖明君」 1수와, 오언 4구로 이루어진 戀情詩 15수가 초록되어 있다. 본시의 말미에 "新合孝經一卷"이라는 6글자가 있어 이 시들이 「新合孝經皇帝感辭」에 속하는 시들로 착각하게 하고 있으나, 본시들은 내용상 「新合孝經皇帝感辭」와는 전혀 관련이 없는 연정시들이다.

授攝蒙州司馬後由許陪從公宴謹

抒長句四韻以代謝誠 P.3946

작자명은 미상이며, 시의 형식은 칠언율시이다.

暮春有懷衡陽小隱兼呈院中諸判官 P.3946

칠언율시이며, 앞 「授攝蒙州司馬後由許陪從公宴謹抒長句四韻以代謝誠」와 동일인의 작품이다.

奉和李中承聽祁侍御彈琵琶二首 P.3946v

시가 잔편이며, 시의 원 제목은 '奉和李中承聽祁侍御彈琵琶二首'로 되어 있다. 1행에 잔구 3구만 잔존한다.

唐詩七首 P.3967

본 사권에는 唐代의 시 「麒麟閣」(칠언가행), 「送令狐師迴駕青海」(오언 20구), 「送張三再赴涼州」, 「題金光(明)寺鐘樓」(泰法師 작, 오언 12구), 「同前寺奇樹」(周卿 작, 오언 8구), 「初夏登金光明寺鐘樓有懷奉呈」(오언 12구), 「常人清海變霓裳」(칠언가행, 총 16구)등의 7수의 시가 초록되어 있다.

凌冬步馬歸詩 P.3967v

시제 및 작자명은 미상이며, 수구가 "凌冬步馬歸"로 시작한다.

未解提戈空羨魚詩 P.3967v

시제 및 작자명은 미상이며, 수구가 "未解提戈空羨魚"로 시작한다.

玄宗題梵書 P.3986v

시의 원제목은 '玄宗題梵書詩一首'로 되어 있으며, 작자는 唐 玄宗이다. 시의 형식은 칠언절구이며, 시문은 "學立蛇形歲未休, 五天文字鬼神愁. 支那弟子無言語, 穿耳胡僧笑點頭." 본 시는 『全唐詩』에는 미수록된 일시이다.

詠九九詩 P.4017

시제는 '詠九九詩一首'로 되어 있으며, 총 9수로 구성된 연작시이다. 매 수는 칠언 4구로 이루어져 있다. 본 시는 원 사권의 「社司轉帖」과 曲子「長相思」, 「鵲踏枝」 사이에 초사되어 있다. 원 사권에서는 9수의 시가 구별되지 않고 연속해서 필사되어 있으며, 一九부터 九九까지, 겨울부터 봄의 九九까지의 시령, 기상변화, 농사일과 같은 일상생활에 대해 묘사하고 있다.

陳情等五言詩二首 P.4042

본 사권에는 「陳情詩」를 포함한 오언시 2수가 초록되어 있으며, 작자명은 미상이다. 「陳情詩」의 시문은 "四序奔流急, 三辰亂箭催. 蟾蟒頻晦明, 旋轉運天魁. 故故紅顔老, 新新白髮來. 縱橫心已竭, 身與力俱催."

五言詩 P.4072(3)P1

父子勸世詞 P.4094

잔권으로 사권의 상태는 수부는 완정하나 미부가 결락되어 있다. 수제는 '父子勸世詞'로 되어 있으며, 6행에 98자가 남아 있다. 형식은 오언이며 20句(그 중 제20구는 '飛

鳥各' 3자만 殘存)만 남아 있으며, 그 이하는 잔결이다. 訓蒙勸誡의 성격을 갖는 家訓詩의 일종이다.

五月詩 P.4505

작자명 및 시제는 미상이다. 본 목록명은 시의 수구 2자를 따서 정명한 것이다. 칠언 고시의 형식이며, 시 본문은 "五月鉢[布]鵠不亂鳴, 後園肥地無人耕. 身向別處□筆子, 遣妾清苗無處生." 버림받은 여인의 원망을 담고 있는 시이다.

七言詩 P.4525(1)v

'保德云'이라는 말 다음에 시가 나오는 것으로 보아, 작자는 保德으로 추정된다. 형식은 칠언절구이며, 시제는 미상이다.

調海興押衙歌 P.4525(2)v

15행이 남아 있으며, 대부분이 사언으로 되어 있다.

七言詩 P.4525(2)v

시제 및 작자명은 미상이며, 형식은 칠언절구이다. 시 본문은 "五月鉢鵠不亂鳴, 後園肥地無人耕, 身向別處栽葦子, 遣妾青苗何處生."

調順子歌 P.4525(2)v

시문은 "順子瞎眼口, 一似驢屎孔, 不語西莫語, 打一拳眼精(睛)□落着羅道不道憨□人的不是作誑."

雜言詩二首 P.4525(5)v

詩文 P.4588v

본 寫卷에는 首句가 '今朝到此間'으로 된 오언시 1수와 제목을 알 수 없는 散文 殘片 2行이 抄錄. 오언시의 내용은 "今朝到此間, 酒前交須還, 吃着一盞糖, 面孔赤□□."

奉使往河州納謁七言律詩一首紀行 P.4640v

竇良驥 작.

五言詩一首 P.4660

작자는 돈황의 승려 善來이다. 본 시는 P.3726의 智照가 찬한 「故前釋門都法律京兆杜和尙寫眞讚」, P.3720 惠苑이 찬한 「敦煌都毘尼藏主陰律伯眞儀讚」의 뒤에도 보인다. 오언 8구이며, 시문은 "夙植懷眞智, 髫年厭世華. 不求朱紫貴, 高謝帝王家. 削髮淸塵境. 披緇躡海涯. 蒼生已度盡, 寂默入蓮花."

悲咽老來怨恨多七言詩 P.4660v

제목 및 작자는 미상. 수구가 '悲咽老來怨恨多'로 시작한다. 시의 형식은 칠언이며 총 32구, 243자에 달하는 장편 불교시이다.

五言述凡情 P.4671

시제는 '五言述凡情'으로 되어 있으며, 오언 12구의 형식이다. 불교의 '空無我'사상이 시의 주지이다. 시문은 "聖意空無我, 凡情計有身. 緣身起分別, 立行益迷津. 觸鏡懷顚倒, 逢緣蒙受勛. 旣迷生滅果, 寧識去來因. 日日貪財物, 朝朝長我人. 本期千載活, 俄成一聚塵."

七言詩二首 P.4701v

칠언 절구 2수가 초록되어 있으며, 작자명 및 시제는 미상이다. 제1수는 "法師尋常大謀樣, 今日小座屈不上. 外邊似個獀玀人, 莫是懷中沒伎量," 제2수는 "法師適來極口夸, 海林將謂晒獀玀. 如今想料多沒力, 何事無端劫麥(?)車?" 본 시들은 시 문구의 의미가 잘 통하지 않는 것으로 보아, 文墨에 대해 그다지 잘 알지는 못하는 學士나 어린 사미승이 유희적으로 지은 작품으로 보인다.

五言詩二首 (1.今朝好風光詩. 2. 家兒自詠一絶) P.4787

본 사권에는 두 수 모두 작자 미상의 오언시 2수가 초록되어 있다. 제1수의 시제는 미상이며, 수구가 '今朝好風光'이다. 제2수의 시제는 '家兒自詠一絶'이다.

前沙州長史崔夏卿殘詩一首 P.4876

張祜詩集 P.4878

돈황본 시집 잔권이다. 양면에 모두 17행이 초사되어 있으며, 「陪杭州盧郎中湖亭讌」(칠언율시), 「答柳宗言手才」(칠언율시), 「春日寓言」(오언시, 2구절 정도만 잔존)의 3수가 수록되어 있다.

燕歌行 P.4984

高適의 작품이다.

杜荀鶴詩 四首 P.4985

본 사권에는 晩唐 시인 杜荀鶴의 시 4수, 곧 「菊」(칠언율시), 「三明大師贈徹大德」(칠언율시), 「初出長安」(오언율시) 2수가 초록되어 있다. 이중 후 3수는『全唐詩』에 미수록되어 있다.

劉長卿 高興歌　P.4993

칠언가행체의 장편시이며,「酒賦」라고도 한다.

岑參詩集　P.5005

敦煌本 詩集殘卷. 모두 24행 잔존.「送薛弁歸河東擧」,「登總持閣」,「送裵校□越淄州觀省」等의 시가 초록되어 있다.

燉煌壽昌等詩四首　P.5007

본 사권에는「壽昌」,「燉煌」등을 포함한 4수의 시가 필사되어 있다. 제1수와 제4수는 잔결이며, 제2수와 제3수는 敦煌과 壽昌 지역을 노래한 향토시가이다. 작자명은 일실되었으며, 시는 모두 칠언 8구의 형식이다. 참고로 여기서「敦煌」시만 소개해보면, "萬頃平田四畔沙, 漢朝城壘屬蕃家. 歌謠再復歸唐國, 道舞春風楊柳花, 仕女上[尙]梳天寶髻, 水流依舊種桑麻. 雄軍往往施□鼓, 斗將徒勞獫狁夸."

燉煌西裔是臨邊詩一首　P.5026(A)

제목 및 작자는 미상이다. 시의 수구가 "燉煌西裔是臨邊"으로 시작하는 칠언절구의 시이다. 본 시는 돈황 향토시가의 하나이다. 시 본문은 "燉煌西裔是臨邊, 四塞淸平掃朗[狼]烟. 令公加節拾萬年, 沙府國境小長安."

殘詩六首　P.5033v

잔편이라 내용을 판독하기 어려우며, 시제 및 작자명도 알 수 없다. 중간에 "三千迴鶻滿奔波"라는 구절이 보인다.

詩二句　北5981(衣072)v

잔존하는 시구는 "我今捨却人間空, 觀相當來學世英"이다. 게송 1수도 함께 부기되어 있다.

詩一首　P.3597 北6611((水056)v

칠언 4구로 이루어져 있으며, 양 사권을 상호 검토하여 초록한 시문은 "高山高高高入雲, 眞僧眞眞眞是人, 靑水靑靑靑見底, 長安長長長謂君"이다. P.3597에는 "乾符四年(877)二月二十日靈圖寺比丘□□"라는 제기가 있는데, 이를 통해 이 시가 晚唐 시기에 필사되었음을 알 수 있다.

沙彌索惠惠詩五首　北2478(玉字059)

오언 4구.

淸淸河邊草　北3347(玉字025)v

시제 및 작자명은 미상이나 學童의 작품으로 추정된다. 오언절구이며, 시문은 "淸淸[靑靑]河邊草, 遊如[魚]水鳥鳥, 男如[兒]不學門[問], 如若壹頭驢."

詩一首　北4488(海077)v

오언절구이며 시문은 "今夜嘆孤愁, 哀怨復難休. 嗟姐有聖德, □□存情耀."

七言詩一首　北6632號 (翔040)

詩一首　北6811(帝078)v

칠언절구이며, 유희적인 시이다. 시문은

"高山高高高入雲, 眞僧眞眞眞是人, 靑水靑
靑靑見底, 長安長長長謂君."

詩四首　北8317(玉091)v

학동이 유희적으로 쓴 오언시 4수와 칠언
시 1수가 있다. 제기는 "己年六月十二日沙
彌索惠惠□己."

方言詩一首　北7677(夜098)v

본 시는 眞言雜抄 앞에 필사되어 있으며,
형식은 오언4구로 되어 있다. 본 시는 해당
지역의 방언을 시에 활용하고 있다는 점이
특징이다.

學童詩一首　北8347(生025)

본 시는 무명 學童이 지은 시이다. 오언절구
이며, 시문은 "淸淸何[河]邊草, 游如水□魚.
男女不學問, 若如壹頭驢."

詩二句　北8378(騰006)v

제기는 "五月五日天中節 故和尙天福拾年
正月一日敦煌"이다.

詩三首　北8380(結093)v

칠언절구 3수가 수록되어 있다. 시문은 제1
수 "萬般設施莫過長, 又不驚人又久長. 久
長恰似秋風□, 無意凉人人自凉.," 제2수
"慈悲喜舍福田生, 彼此相饒莫共爭. 三世諸
佛彼此出, 與人安樂是修行," 제3수는 "欲滅
三障諸煩惱, 欲得智惠眞明了. 無期罪障悉
消除, 世世常行菩薩道."

詩一首　北8431(字074)v
舍大行正覺禪師開心勸導禪訓(一

首)　北8412(海051)

작자는 미상이며 칠언8구로 된 선시이다.
시문은 "昔日將心求外佛, 今將知佛在心停.
靈堂習聽原非聽, 空谷傳聲豈有聲? 終歲勞
身猶弄影, 何期身影共同行. 觀身觀影非非
影, 眞如非重亦非輕."

今日寫書了詩(2)　北8374(宿字099)

오언 4구. S.692에 부기된 시와 수구가 동일
하고 내용도 흡사하나 시어에 차이가 있다.
작자는 알 수 없으나 무명 學童의 작으로 추
정된다. 시문은 "今日寫書了, 因何不送錢.
誰家無賴漢, 回面不相看."

勸善文　北8441(皇字076) S.2985

불교시가. 수제는 '勸善文', 미제는 '勸善文
讚一本'으로 되어 있다. 칠언을 위주로 하
여(8언으로 된 부분도 있다) 총 72구로 이루
어진 장편의 시이다. S.2985에도 동일한 작
품이 초록되어 있으나 수제가 '道安法師念
佛讚文'으로 되어 있다. 하지만 본 작품은
道安이 지은 작품일 가능성은 거의 없으며,
아마도 후인이 가탁한 것으로 보인다.
S.2985는 北京本 보다 12구 정도가 적다.

學童詩二首　北8442(位068)

본 사권에는 오언절구 2수가 초록되어 있으
며, 무명의 學童이 지은 시로 추정된다. 시
문은 "寫書不飮酒, 恒日筆頭乾. 且作隨宜
過, 卽興後人看"(제1수), "學使郎身姓, 長大
要人求. 推虧急學得, 成人作都頭"(제2수)

思鄕詩, 寓興詩 北殷41

원 사권은 모두 24행인데, 전 23행에 걸쳐 이 시들이 중복 필사되어 있다. 작자의 서명 및 시제는 없다. 본 목록상의 시명은 제목에 근거하여 정명한 것이다. 사권의 마지막 행에 "癸未年三月十八日立契"라는 말이 보인다. 두 시 모두 오언8구로 이루어진 唐代의 五言古詩이다. 「思鄕詩」의 시문은 "出生衣著好綾羅, 花揷幧頭唱艷歌. 飄蕩邊陲深房地, 身違心意那人何. 京中星使頻頻至, 都[視]物思鄕泣恨多. 體卦毳衫懺往日, 靑天空照得知摩?," 「寓興詩」의 경우 시 앞에 "禹興立走"라는 4글자가 보이는데 아마도 시제로 추측된다. 시문은 "世間不等實堪悲, 骿翼鶴鷹逐雀飛. 憤激擬皇擲地響, 臨泉起霧又狐疑. 三端峻削今家有, 六藝隨軀世不如. □耐小雛節[踞]我上, 未蒙鱗角且跧居."

敦煌馬太守後亭歌等詩 ДХ02974 +

ДХ01360의 합본.

唐의 七言歌行 시이며, 작자의 서명은 없다. 시제는 완전한 편이지만, 詩句는 27자만 잔존한다. 본 시는 고증에 의하면 岑參의 시이다.

五戒非俗土詩 Ф.281

僧志貞法舟五言詩二首 ДХ00105

ДХ10299

원 사권은 이미 상하 양단으로 찢어져 있는데, 이 찢어진 두 부분을 이어붙이면 8행이

되며, 오언시 2수가 초록되어 있는데, 제목은 모두 일실되었다. 제1수는 '僧志貞'이라고 서명되어 있으며, 3구만 잔존한다. 제2수는 '僧法舟'라 서명되어 있으며, 오언 율시 1수가 온전히 남아 있다. 제2수의 본문은 "良牧申三請, 靈山湧法泉. 春光寒尙在, 溪柳愴含烟. 諸子三車引, 庭前駟馬喧. 故來聞奧義, 從此悟心猿."

詩 ДХ00123v

猫兒題 ДХ00147v

본시는 題畵詩의 일종이다. 猫兒는 고대 중국에서 농사에 도움을 준다고 떠받들던 神物이었는데, 본시에서는 이 묘아를 제제로 하여, 부처가 세상을 구원하는 일을 비유하고 있다. 시는 오언 8구이며, 시문은 "邀成身似虎, 留就體如龍. 解走過南北, 能行西與東. 僧鱻畫壁上, 圖下鎮懸空. 伏惡親三敎, 降獐近六通."

詩三首 ДХ00153

五言과 七言으로 된 시 3수가 초록되어 있다. 15행이 잔존하며, 시 앞에 모두 "同前"이라는 말이 있다. 제1수와 제2수는 모두 오언이며 작자의 서명은 없다. 제3수는 칠언으로 되어 있으며, "籽(?)金悟"라는 서명이 있다. 내용과 형식상에서 ДХ00105와 서로 유사하다. 본시는 승려가 돈황지역 불교 사찰의 정경을 노래하고 있다.

五臺山詩 ДХ00788

작자 및 시제는 미상이다. 唐의 칠언시이며, 15행만 잔존한다. 본 시는 五臺山 佛寺의 풍광을 노래하고 있어, 五臺山 佛寺를 연구하는 데 있어 형상적 자료를 제공해 주는 시이다.

修道歌 ДХ00788v

所患何時得詩 ДХ00954

詩經小雅鹿鳴 ДХ01068

周公詩 ДХ01266

昨來唯命歸黃砂詩 ДХ01291 +
　ДХ01298의 합본

善諮阿耶與婦兒詩 ДХ01291 +
　ДХ01298의 합본

五言詩 ДХ01321

七言呈上馬孔目詩 ДХ01321v

釋門詩 ДХ01536

忻佛國愿舍閻浮苦世詩 ДХ01700
　칠언시 형식의 불교 시가. 작자는 미상이며, 4행 반만 잔존한다. 첫 번째 행은 시제이며, 마지막 행의 "命好" 이하로 결락되어 있다. 잔존하는 시구는 "愁身不了住閻浮, 生死巡環日夜驅. 畢竟畢頭難出離, 修行所以著功夫. 誓求天上逍遙路, 懇□□□勸世徒."

詩文殘片 ДХ01891 + ДХ02642 +
　ДХ02918v(합본)

詩文 ДХ02145v

歲甲歌 ДХ02147

七言詩一首 ДХ02153v

(梁)吳均五言詩二首 ДХ02173
南朝 梁의 오언시 2수가 초록되어 있다. 작자의 서명은 없으며, 11행만 잔존한다. 전반부 6행 반 정도에서는 (梁) 吳均의 「酬別江主簿屯騎」 시가 초록되어 있다. 그 다음에 한 글자 정도의 여백을 둔 다음에 吳均의 「登壽陽八公山一首五言」이 초록되어 있다. 본 사권은 書法이 대단히 아름다워, 서법의 측면에서 가장 뛰어난 사권 중의 하나이다.

詩二首 ДХ02301
오언시 2수가 초록되어 있다.

自從軍去後詩 ДХ02430v
시제 및 작자명은 없으며, 시의 수구가 "自從軍去後"로 시작한다. P.3836에 字句가 기본적으로 일치하는 詞가 있으며, 任二北은 「南歌子」라고 하였다. 본 작품은 여인이 남편을 그리워하는 마음을 담고 있으며, 남산의 松柏에 자신의 굳세 마음과 지조를 비유하고 있다.

說敎詩 ДХ02244
오언시. 작자명 및 시제는 미상이다. 12행만 잔존하며 각 행마다 오언시 4구가 필사되어 있다. 시중에 武則天 시대의 글자가 사용되고 있어, 본 사권의 필사시기가 7세기 말에서 8세기 초임을 알 수 있다.

九九歌 ДХ02904

夾注五言詩 ДХ02999 + ДХ03058v(합본)

九想觀(4)　ДХ03018

中書侍郎韋譚等五言詩三首

　ДХ02947

咏默紙酒扇詩　ДХ10298

　唐代의 오언시로, 사권에는 작자의 서명이 없으나 고증에 따르면 본 시는 初唐 시인 李嶠의 「雜詠詩」120수 중의 네 수이다. 默, 紙, 酒, 扇의 4가지 사물에 대한 詠物詩이다. 본 돈황사본에 초록된 시는 『全唐詩』에 수록된 시와는 문자 상에 차이가 있다.

和戒菩薩文　S.1073 S.4301 S.4662 S.5457.　S.5497 S.5557 S.5894 S.6211 S.6631v S.8236　S.9510 S.9527 S.11625 S.12520 P.2789v　P.2921 P.3185 P.3241 P.3826 P.4597 P.4597v　P.4967 北8726(海080) 北8362(制005)　北8366(衣074) 北8367(推028) ДХ01827＋　ДХ01839의 합본 ДХ02812 ДХ02991 ДХ03177＋　ДХ03187의 합본

　和戒菩薩文은 ‘菩薩和戒文’, ‘和十戒文’, ‘和戒文’, ‘禍戒文’, ‘佛家勸善歌’ 등으로도 불린다. 명칭은 ‘文’으로 되어 있으나, 실제로는 칠언으로 된 시이며 聲詩類의 일종이다(중간 중간에 六言도 혼용되고 있다). 매 수는 모두 ‘諸菩薩’ 3글자로 시작하며, 3·3·7의 기본 구식 다음에 칠언 4구 혹은 6구, 8구가 이어진다. 또한 매 수의 말미에는 “佛子”라는 2글자로 화성을 하고 있다. 각 사본의 제기에 근거할 때, 이 작품은 대다수가 晩唐 시기에 필사된 것들이다. 내용은 『梵網經』의 菩薩十重戒에서 연역한 것이며, 殺生·偸盜·邪淫·妄語·沽酒·自說·毁他·多慳·多嗔·謗三寶의 十戒에 대해 서술하고 佛門徒들에게 선행을 권하는 내용의 작품이다.

太公家教　S.479 S.1163 S.1291 S.1291v　S.1401, S.3835, S.4920 S.5655 S.5729 S.5773.　S.5977 S.6173 S.6183, S.6243 S.11625　S.11625v P.2553(P1) P.2564 P.2600 P.2690v　P.2738 P.2774 P.2825 P.2937 P.2981v P.3069　P.3104 P.3248v P.3430 P.3569 P.3599 P.3623　P.3764 P.3797 P.3894 P.4085 P.4588 P.4880(1)　P.4995v, ДХ00098 ДХ00513

　「太公家教」는 아동교육을 위한 敦煌本 訓戒 訓蒙書의 일종이며, 사언시의 형식으로 되어 있다. P.3569에는 “景福二年(893)二月十二日蓮臺寺學士索威建記”라는 제기가 있다.

王梵志詩集卷上　S.778 S.5796 S.1399　S.5474

　현존하는 王梵志詩 사권은 모두 30개이며, 몇 가지 계통으로 구분할 수 있다. 본 사권들은 표제(標題)가 ‘王梵志詩集卷上幷序’로 되어 있으며, 序文과 함께 총 20首의 王梵志詩가 있다.

王梵志詩集卷中　S.5441v S.5641 P.3211　P.3211 P.3826v

　본 사권들은 표제가 ‘王梵志詩集卷中’으로

되어 있거나, 卷中에 해당하는 시들이 수록
되어 있는 寫卷들로, 총 59수의 王梵志 詩가
있다. P.3826v는 王梵志詩 권5의 잔권이다.

王梵志詩集卷第三　P.2914 P.3833

ДХ00889 + ДХ02558의 합본
본 사권들은 표제가 '王梵志詩集卷第
三'으로 되어 있으며, 총 72수의 王梵
志 詩가 있다.

王梵志詩一卷　S.2710, S.3393, S.4669,

S.5794 P.2607, P.2718, P.2842, P.3266 P.3558,

P.3656, P.3716, P.4094, 散錄 219, 日本寧樂館藏本
본 계통의 사권들은 표제가 '王梵志詩一卷'
으로 되어 있으며, 총 92首의 王梵志 詩가
있다.

王梵志詩一白一十首　S.4277 Φ.256 +

ДХ01349 + ДХ00485의 합본
본 사권들은 표제가 '王梵志詩一白一十首'
로 되어 있으며, 총 69수의 王梵志詩가 있다.

王梵志殘詩卷　S.6032 P.3418 P.3724

ДХ00890 ДХ00891
원래는 제명(題名)이 없는 잔시권(殘詩卷)
이지만, 고증을 거쳐 王梵志詩로 판정된 것
으로 모두 52首이다.

王梵志佚詩　S.516 P.2125 P.3876

敦煌寫本『歷代法寶記』(S.516, P.2125)와
불교 잔서(P.3876)에도 王梵志의 佚詩가
들어 있다.

2. 偈·頌

救諸眾生苦難經勸善偈　S.136 S.147 S.414 S.470 S.1184 S.6469v S.12508 北8412(海052) 北8283(皇006) 北8284(字063) 北8285(乃008)

본 게는 모두 2수로 구성되어 있는데, 그 제1수는 北8412號(海052)에 보이며, 나머지 사권들에 제2수가 보인다. 또한 본 게는 모두 『救請眾生一切苦難經新菩薩經』 뒤에 부기되어 있으나, 단 S.6469v에는 게문이 단독으로 쓰여져 있다. 제1수는 오언 4구, 제2수는 오언 8구의 형식. S.12508은 수제가 '勸善偈'로 되어 있으며, 전체 8구중에 제1구가 잔결되어 있다. 게문의 제1수는 "唾面將形識, 嗔來以笑迎. 但能行此道, 佛道早應成," 제2수는 "黑風西北起, 東南鎮鬼兵, 永常天地暗, 何得心不驚. 先須斷酒肉, 貪嗔更莫生, 人能愼此事, 佛道一時行."

性境不從心偈　S.268v

편제 및 작자명은 미서(未署). 1行에 20字 필사되어 있으며. 오언 4구의 형식이다. 게문이 수구 '性境不從心'로 시작된다.

梁朝傅大士頌金剛　S.110 S.1846 S.4105 P.2277 P.2286 P.2756 P.2997 P.3094v P.3325 P.4823 P.5580

서문과 송의 두 부분으로 구성되어 있으며, 수구에 "金剛經歌者, 梁朝時傅大士之所作

也"라는 말이 보인다. 본 頌文은 총 49篇으로 이루어져 있다. S.1846에는 본 시송 49수 다음에 詩偈 8수가 더 보인다. P.3325에는 "廣順三年(953)癸丑歲八月二十一日畢手"라는 제기가 있다. P.2277에는 제33에서 제39송, 제42송의 8수의 시송이 초록되어 있다.

因緣心論頌　S.250 S.2462 S.4235 P.4645(A) 北7255(官068)

浴籌說偈文　S.440

무명작이며, 오언 4구이다.

唱行香說偈文　S.440 S.2580 S.4218 S.6229

본 게문은 부처님 앞에 향불을 올리며 봉불(奉佛)하던 때 부르던 것으로, 『화엄경』의 4구 향게(香偈)에서 따온 것이다. 칠언 4구이며, 게문 본문은 "戒香定香解脫香, 光明雲臺遍法界. 供養十方無量佛, 見聞普薰證寂滅."

頓悟無生般若頌　S.468 S.5619

無住偈二首　S.516 P.2125 P.3717

본 無住 화상의 2수의 게는 모두 위 해당사권의 『歷代法寶記』에 보인다. 한 수는 「朝五臺偈」(오언 4구)이며, 다른 한 수는 「說茶偈」(오언 8구)이다. 「朝五臺偈」의 내용은 "迷子流流波, 巡山禮土坡. 文殊只沒在,

背佛覓彌陀"이며, 「說茶偈」의 게문은 "幽谷生靈草, 堪爲入道媒. 樵人采其葉, 美味入流杯. 靜慮澄虛識, 明心照會臺. 不勞人氣力, 直聳法門偈."

辨中邊論頌 S.602v

勸戒偈 S.779 北8387.

S.779「諸經要略文」과 北.8387의「破昏怠法」에 보인다. 게의 원제는 없으며, 내용에 근거하여 붙인 것이다. 게문은 "勸僧以俗守嚴壇, 莫吃胡綏觸佛眼. 薩埵投崖自由辦, 菜中間澤有何難."

雜頌卷第三 S.976

大乘要語偈 S.985

본 게는 S.985『大乘要語』안에 보인다. 돈황본『大乘要語一卷』은 모두 40행 정도이며, 매 행은 15~20자 내외인데, 모두 산문과 운문의 결합 형태로 되어 있다. 본 문헌안에 수구가 각각 "五蘊叢林密," "樹上千般葉," "空手携鋤鉤," "渾渾常不濁," "菩薩淸凉月," "身是菩提樹" 의 6수의 게가 들어 있다. 각 게는 모두 오언 4구로 되어 있다.

四分比丘尼戒本入布薩堂說偈文 S.1516

頌亡人文二首 S.1522v

十六大阿羅漢頌 S.1589v

泉州千佛新著諸祖师頌並僧慧觀序 S.1635

본 사권의 수제는 '泉州千佛新著諸祖師頌 終

南山僧慧觀撰序'로 되어 있으며, 서문 다음에 "西國二十八代祖師及唐土六祖師 後招慶明覺大師述"이라는 말이 있다. 본 頌은 인도의 初祖 伽葉 선사부터 제28조 및 중국의 제6조 선사까지에 대한 頌들이며, 각 조사에 대한 송은 사언8구로 구성되어 있다.

寺頭首立禅師頌 S.1774v

수제는 '寺頭首立禪師頌'이며, 21행 잔존한다. 禪師의 속성은 氾, 이름은 克淨이다.

黃昏無常偈(1) S.1807

無常偈抄 S.1931v

본 사권에는 黃昏偈, 初夜偈, 中夜偈, 后夜偈, 午時偈 等의 無常偈가 초록되어 있다. "壬子年十二月五日蓮臺寺"라는 제기가 있다.

靑峯山祖誡肉偈 S.2165

靑峯山 화상찬. 전편이 오언으로 되어 있으며, 모두 30구이다.

先洞山祖辭親偈 S.2165

晩唐의 洞山悟本 大師 良介 찬. 칠언8구의 형식이며, 불교에 대한 신앙과 끊임없는 추구를 노래하고 있다. 게문은 "不好浮榮不好儒, 愿樂空門舍俗徒. 煩惱盡時愁火滅, 恩情斷處愛河枯. 六通戒定香曳引, 一念無生慧力扶. 爲報北堂休悵忘, 譬如身死譬如無."

祖師偈 S.2165

摩挐羅尊者 찬. 게문은 "心隨萬境轉, 轉處實能幽. 隨流忍得生, 無喜亦無憂."

先靑峯祖辭親偈 S.2165

先靑峯 화상 찬. 칠언 8구로 이루어져 있다.
게문은 "愚夫迷亂鎭隨妖, 渴愛纏心不肯抛.
恰如郡猪戀靑厠, 亦如衆鳥遇稀膠. 廣營資
産爲親眷, 罪累須當獨自招. 欲得不償無利
苦, 速須出離得逍遙."

龍牙祖偈 S.2165 S.4037 北8380

3종 사권이 현존한다. 龍牙 화상 찬. 총 6수
로 이루어져 있으며, 매 수는 7언 사구의 형
식이다. 제1수 "掃地……"에서 제3수 "得
聖……"까지는 S.2165에 집중적으로 초록
되어 있으며, 제4수 "在夢……"은 S.2165의
「眞覺和尙偈」 다음에 초록되어 있는데, 게
의 편명은 단지 '又'라고만 쓰여 있다. 제5수
"成佛……"는 S.4037에 초록되어 있으며 원
래는 제목이 없는 게였다. 마지막 제6수 "萬
般……"은 北8330에 쓰여져 있으며, 역시
무명게 3수 가운데 첫 번째 게이다. 참고로
제1수만 소개하면 "掃地煎茶幷把針, 更無
餘事可留心. 山門有路人皆去, 我戶無門那
畔心."

身生諸偈 S.2165

「身生智未生偈」, 「儒童說五典偈」, 「諸幡
動也石鐸鳴偈」의 3수로 구성되어 있다. 본
사권에서는 이 게들 앞에 모두 '另'자를 붙
여서 서로 다른 게임을 표시하고 있다. 또
「身生智未生」偈, 「儒童雪說五典」偈는
S.2073 「廬山遠公話」에도 보인다. 형식은

「身生」偈는 오언 8구, 「儒童」偈는 오언 12
구, 「諸幡」偈는 칠언 8구로 되어 있다. 또한
S.2073 사권의 권말에 "開寶五年(972)張長
繼書記"라는 제기가 있는데, 이 제기에 근
거할 때 본 게 작품은 대략 당과 오대십국의
교체기에 지어진 것으로 추정된다.

黃昏偈 S.2354

中夜無常偈 S.2354

從夜無常偈 S.2354

沙門善導願往生禮讚偈 S.2553 S.2553
S.2579 S.2659v S.5227 P.2066 P.2722 P.2963
P.3841 北.8350

당(唐) 사문 선도(善導) 撰. 300여구에 달하
는 장편의 게이다. 칠언을 위주로 하면서
오언, 육언, 칠언, 팔언을 혼용하고 있다. 게
(揭)의 매 절은 "至心歸命禮"에서 시작하
여, "往生安樂國"에서 끝나는 구식을 취하
고 있다.

偈文抄 S.2580

본 사권에는 「入布薩堂說偈文」, 「受水偈
文」, 「浴籌說偈文」, 「受香湯說偈文」, 「唱行
香說偈文」, 「受籌說偈文」, 「還籌說偈文」,
「淸淨妙偈文」, 「布薩竟說偈文」의 9종 偈文
이 초록되어 있다.

入布薩堂說偈文 S.2580 S.5918 P.4597

칠언 4구의 형식. 「授受說偈文」, 「受香湯說
偈文」, 「唱行香說偈文」, 「受籌說偈文」, 「還
籌說偈文」, 「淸淨妙偈文」, 「布薩竟說偈文」

이 들어 있다.

大寶積經卷第三十四(偈頌) S.2944

勸諸人偈 S.3017 P.3409

본 게송은 第六禪師 某氏가 지은 것이며, 본 사권에 들어있는 第六禪師 某氏가 찬한 五更轉 및 다른 수도승들이 그에 화답하여 지은 「行路難」 시들과 함께 서로 긴밀히 연결되어 하나의 통일된 작품군을 이룬다. 게의 구식은 7·5·5·5·5·5·5·5이다.

偈一首(難忍能忍) S.3424v

게문(偈文)은 "難忍能忍, 是名爲忍. 是人能仁, 能忍是人. 非人不忍, 不忍非人."

六念偈頌(擬) S.3592

講經和尙頌(共六通) S.3702

모두 6통이 있으며, 여기서 그중 한 통을 소개해보면 다음과 같다. "厶乙聞: 寶山雖近, 方能者而采之, 珠海非遙, 了智者而取之. 仰爲索僧政, 鄧僧政和尙, 丹靑作色, 江海爲心, 金鐘比聲, 激水猶弁, 吐驪珠于性胕, 挂霜劍于詞峰[鋒], 春鄧林之一花, 秋寒泉之片月, 故得宣講暢, 獎玄郡米, 久同師敎而永音, 累處傳風而受學. 今來會下, 不憚劬勞, 願訪襃施, 光揚法化者, 卽是甚甚甚甚[幸甚幸甚]."

節度押牙董保德建启蘭若功德頌(共2種) S.3929v

了性句幷序 S.3558 S.4064 P.3434 P.3777 北8385(裳067)

현존 5개 사권. 전편이 모두 칠언으로 되어 있으며, 100구가 넘는 장편의 게이다. 사권에 "崇濟寺禪師滿和尙撰"이라는 서명이 있다.

講經和尙頌 S.3702

四分律略攝頌 S.4159

수제는 '四分律略攝頌'이다.

四分律略頌 S.4160

수제는 '四分律略頌'이며, 제기는 "三界寺比丘道眞經"이다.

妙法蓮華經卷一方便品第末尾之偈 S.4298

小乘佛經說偈大意略敍(擬) S.4379

二月八日佛誕頌辭 S.4413

右街僧錄圓鑒大師雲辨進十慈悲偈 S.4472

수제는 '右街僧錄圓鑒大師雲辯進十慈悲偈'이며, 「君王」, 「爲宰」, 「公安」, 「師僧」, 「道流」, 「山人」, 「豪家」, 「當官」, 「軍伍」, 「關令」의 제목 하에 10수의 게문이 수록되어 있다. 게의 형식은 모두 칠언 율시로 이루어져 있다.

頌僧文 S.4504v

食訖說偈 S.5257

수제는 '食訖說偈'이다. 작자는 미상이며, 칠언 4구이다. 게문은 "飯食已訖十力充, 威振十方三世雄. 回天動地亦傳會, 一切衆生得神通."

觀心論卷末附偈 S.5532

某法師頌　S.5625v

黃昏無常偈(2)(參見 S.2354·S.5651

　　禮懺文)　S.5645

寅朝淸淨偈　S.5645

咒生偈　S.5645

佛偈　S.5648

臥輪禪師偈　S.985 S.1674 S.5657 S.6631v

　　P.4597 北8235(號026)

작자는 와륜(臥輪)이며 모두 3수이다. 매
수는 오언 4구로 이루어져 있다. 제1수는
"臥輪無技倆, 能定百思想. 煩惱因妓斷, 菩
提日夜長," 제2수는 "渾渾常不濁, 澄澄亦不
淸. 淸濁合不合, 故號生無生." 제3수는 "同
塵隨物轉, 事用常不惑. 寧神泯是非, 願生安
樂國."

離三塗偈　S.5692

본 게는 S.5692의 「亡名和尙絶學箴」과 「山
僧歌」 사이에 쓰여져 있다. 「離三塗偈」, 「又
一偈」, 「又一偈」 등의 3수의 게가 초록되어
있다. 「離三塗偈」는 앞부분은 결락되어 있
으며, 삼언과 칠언이 혼용되고 있다. 총 12
구로 구성되어 있다. 「又一偈」 2수는 모두
오언 8구의 형식이다.

眞覺祖偈　S.2165 S.6000 P.3360

진각 찬. 게문은 "窮釋子, 口稱貧, 實是僧道
不貧, 貧卽身常被褸褐,, 道卽心藏無價珍.
無價珍, 用無盡, 隨物應時時不吝. 六度萬行
體中圓, 八解六通心地印. 上士一決一決了,

中下多聞多不信. 但自懷中解垢衣, 何勞向
外誇精進."

女弟子出家頌　S.6001

4언체. 여불제자가 세속을 버리고 출가한
일을 노래하고 있다.

無相偈　S.6077

수제는 '無相偈五首'로 되어 있으나, 제목
그 다음부터 파손이 심하며 게문 2행만 잔
존한다.

行香偈文　S.6229

수제는 '行香偈文'으로 되어 있으며, 형식
은 칠언 4구이다. 게문의 내용은 "戒香定香
解脫香, 光明雲臺遍世界, 供養十萬無量佛,
見聞普熏證寂滅."

偈五首　S.6260

본 사권에는 偈 5수가 초록되어 있으며, 그
중 앞 2수는 잔결되어 판독이 힘들다. 5수
의 시는 모두 '努力', '難識'이라는 화성구를
사용하고 있는데 이를 통해 본 게들이 불사
활동 중에 창하던 불교 게시임을 알 수 있
다. 3번째 게는 수구가 "有求皆有苦"로 시
작되며, 오언 8구의 형식으로 구성되어 있
다. 4번째 게는 수구가 "善知一言難可遇"로
시작되며, 1구와 2구는 칠언, 나머지 6구는
모두 5언으로 구성되어 있다. 다섯 번째 게
는 수구가 "蓮花本從淤泥出"로 시작되며,
칠언 4구의 형식이다. 내용은 속인들에게
탐욕을 없애고, 본성을 수양하고 참선을 닦

을 것을 권하고, 불교의 교리를 선전하고 있는 작품이다.

布薩偈文 S.6335

수제는 '入布薩堂說偈文'이며, 본 사권안에는 「授淨水說偈文」, 「欲籌說偈文」, 「唱行香說偈文」, 「受水說偈文」 등이 초록되어 있다.

禮懺偈文 S.6336

게문의 제목은 미상이며, 형식은 칠언 8구이다. 첫 구는 "歸命十方一切佛"이며, 마지막 구는 "咸各歸命稽首禮"이다.

受吉祥草偈 S.7205v P.2886 P.4597

3종 사권이 현존한다. P.2886에서는 제목이 '吉祥童子授草揭'로 되어 있으며, 사권 안에 "國大德三藏法師沙門法成述"이라는 서명이 보이는데 이에 근거할 때 본 사권은 晩唐 시기의 것임을 알 수 있다. P.4597에서는 제목이 '受吉祥草偈'로 되어 있다. 형식은 칠언 4구이며, 게문은 "吉祥童子授佛草, 佛坐此草成覺道. 出家僧尼亦如是, 當坐此草斷煩惱."

金剛般若波羅密多經偈 S.6631

偈三首(法鏡臨空照等) S.7205v

게송 3수가 잡사의 형태로 초록되어 있다. 제1수는 "法鏡臨空照, 心中五色現"의 2구만 잔존하며, 제2수는 「授吉祥草偈」(칠언 4구), 제3수는 오언 4구로 이루어져 있다.

第一世間醫偈 S.8167

偈(何須別處覓彌陀等) S.9468

게문의 잔편이며, "何須別處覓彌陀" 등을 포함한 몇 구만 잔존한다.

座禪偈 P.2104v P.2105 P.2129v P.3289

칠언의 형식이며, 게문은 "淸蓮臺上見天唐[堂], 衆生眞心禮四方. 降魔處上夜放光, 菩薩悲愿遍什芳."

偈 P.2105

無名偈이며, 칠언 4구로 이루어져 있다.

我今頂別諸聖衆偈 P.2129v.

西方禮讚偈文 P.2130 北8345(果041)

본 게는 당대 화상 법조(法照)가 찬한 P.2130 「淨土五會念佛誦經觀行儀」안에 수록. 전편은 칠언으로 되어 있음.

五會念佛讚 P.2147v

당 화상 法照 撰.

觀音偈 P.2376v P.2939 P.3818 P.3828 P.3844

5종 사본이 현존한다. 형식은 오언 8구이며, 게문은 "觀音往昔塵沙劫, 成佛號曰正覺尊, 四弘誓願慈悲衆, 却取娑婆會普門, 會中有一菩薩去, 法號名曰無盡意, 慇懃合掌釋迦前, 爲我宣說觀音義." P.3828에는 "顯德寺僧善藏記"라는 제기가 있으며, 배면에는 "觀音偈一卷法律戒熏書記"라 적힌 1행이 있다.

本際經頌(擬題) P.2467

본 頌文은 P.2467 「諸經要略妙義」안에 초록되어 있으며, 유일한 道教 系統의 頌文이다. 頌文은 5절로 구성되어 있는데 제1절은 12구, 제2절은 8구, 제3절은 14구, 제4절은 24구, 제5절은 16구로 되어 있다. 형식은 오언·칠언의 두 종류가 있다.

讚普滿偈十首 P.2603

弘演 撰. 10수의 偈 앞에 小序가 있으며, 후면에 '開運二年(945)正月□日相國寺主上座弘演正言'이라는 제기와 서명이 있다. 매 수는 칠언율시로 이루어져 있다. 돈황문헌 偈頌文 중에 서정성과 문학성이 가장 풍부한 작품의 하나이다.

嘆佛偈 P.2692

大蕃勅尚書令賜大瑟瑟告身尚起律心兒聖光寺功德頌 P.2765v

一切諸法盡無常偈十四行 P.2850v

歎諸佛如來無染著德讚 P.2886

찬문 앞에 "國大德三藏法師沙門法成述"이라는 서명이 보인다.

都僧統和尚頌文 P.2871v

偈頌 P.2885v

積聚皆消散揭 P.2917v

法師頌文 P.2947

般若偈 P.3035

雜經偈 P.3035

본 게시의 형식은 칠언 4구이다.

偈語 P.3091v

法華經廿八品讚 P.3120

수제가 '法華經廿八品讚'이며 2행만 잔존한다.

一隻銀瓶心偈 P.3123

御製蓮華心輪迴文偈頌 P.3130

釋子贊頌文 P.3213 P.3219

入堂布薩說偈文等九種 P.3221

偈二則 P.3289

六禪師偈 P.3409

序文: "貴賤等蒙禪師說偈, 兼與五更轉. 把得尋思, 即愛慕禪師, 不知爲計, 留得共住修道. 貴賤等各自思維, 各作行路難一首." 본편은 동일한 곡조명과 화성사를 사용하고 있으며, 修道와 불교에 대한 이치를 고악부의 형식을 차용하여 노래하고 있다. 구식(句式)은 7언을 위주로 하면서 3언·4언·6언 등 다양한 구식도 활용하고 있다.

佛是大慈父偈 P.3470

제목은 나와있지 않으며, 수구가 "佛是大慈父"로 시작한다

五洲五尊者頌 P.3504v

다섯 명의 존자(尊者)에 대해 한 수씩 頌讚한 것이다. 매 존자마다 그들의 盛業에 대해 우선 서술하고, 그런 다음 頌을 하는 형태로 되어 있다. 頌은 7언8구의 형식. 이와 같은 운문과 산문의 결합형태는 돈황문헌에서도 보기 힘든 독특한 형태이다.

寂和尚偈 P.3559 3664

太平頌 P.3702

돈황문헌 게송 가운데 비종교적이며 세속

적 내용을 지닌 게송이다. 육언체의 형식이며 모두 3수로 이루어져 있는데, 제1수 8구, 제2수 8구, 제3수 10구로 이루어져 있다. 그 내용은 변방 지방에 전쟁이 끝나고 평화로움이 찾아온 것과 황제의 은혜에 대한 가송을 담고 있다. 돈황지방의 문학 작품이며, 창작 시기는 張淮深이 돈황을 다스리던 시기로 추정된다.

智嚴大師付三囑偈 P3777v

8행이 남아 있다.

偈語 P.3812v.

무명작. 칠언 4구로 된 게송이 필사되어 있다.

諸行無常第一義偈 P.3828v

四句偈 P.3904

수제가 '四句偈'이며, 미완의 상태이다.

菩薩律儀二十頌 P.3950

國大德三藏法師 法成譯. 5언. 수제는 '菩薩律儀二十頌' 미제는 '菩薩律儀二十頌一卷'임. 5언 100구.

八轉聲頌 P.3950

國大德三藏法師 法成譯. 수제는 '八轉聲頌', 미제는 '八轉聲頌一卷'으로 되어 있다. 형식은 오언 20구이다.

佛門頌文四句 P.4079v

受水說偈文 P.4597

頌司空口號並序 P.4889

모두 10행이며, "敢呈口毫"라는 문자 다음부터가 본 頌부분이며, 그 안에 "新恩降"일

수가 있다. 서문이 시 앞에 부기 있으며, 서문에 따르면 작자의 이름이 '定千'이라고 되어 있다. 시문의 형식은 칠언시이며, 모두 16구로 되어 있다.

法師讚頌 P.4969

辯中邊論頌 P.5537

彌勒菩薩造三藏法師 玄奘奉詔譯 83행이 남아 있으며, 第一品부터 第四品까지 잔존. 형식은 모두 오언시이다.

說偈文 P.5575

본 게문은 P.5575 『七階佛名經』안에 들어 있다.

無常偈 P.5575

본 게문은 P.5575 『七階佛名經』안에 들어 있다.

初夜無常偈 P.5575

본 게문은 P.5575 『七階佛名經』안에 들어 있다.

午時偈 P.5575

본 게문은 P.5575 『七階佛名經』안에 들어 있다.

佛偈五行 北0666v

四分比丘尼戒本 北6903(河017)

본 「四分比丘尼戒本」 안에 「布薩堂說偈文」, 「說偈文」, 「浴籌說偈文」, 「受香湯說偈文」, 「唱行香說偈文」, 「受籌說偈文」, 「清淨說偈文」, 「布薩竟說偈文」이 들어 있다.

因綠心論頌 北7255(官068)

好住娘讚 S.19v S.1497 ДХ00278v

①S.19v: 好住娘讚의 잔편이며, 상단부분이 잔결이다. ②S.1497: 전편이 완정하며, 편제는'好住娘讚'으로 되어 있다. 칠언 24구이다.

太子入山修道讚 S.126 P.3817

구식은 5·5·5·7의 형태이다. S.126은 수부(首部)는 결락이다. P.3817은 미제가 '太子入山修道讚一本'으로 되어 있다.

父母恩重讚 S.126 S.2204

매 수는 칠언 4구의 형태이며, 총 13수로 구성되어 있다. 앞 10수에서는 친자의 인연을 서술하고, 나머지 3수에서는 불도(佛道)를 설명하고 있다. S.126의 경우 원제(原題)는 '父母恩重□菩薩和'로 되어 있으며, S.2204의 경우 전반부 4수만 잔존한다.

大乘六根讚 S.263

편명은'大乘六根讚'. 시작부 2구가 '我淨樂'의 삼언이 반복되는 것을 제외하면, 나머지 전편은 칠언 12구로 구성되어 있다.

佛圖澄羅漢和尙讚 S.276v

원 제목은 '佛圖澄羅漢和尙讚'임. 본 사권에는 사언 16구로 된 찬문과 오언시(오언 8구) 한 수가 함께 초록되어 있다. 찬문 및 시 전문은 "異哉釋種, 作用難量. 洞悉奧旨, 默識否藏. 以油塗掌, 捫腹洗腸. 盡還謀塞, 夜抽出光. 自在生死, 示現無常. 葬石而起, 後趙知亡. 載高僧傳, 千古勝芳. 又詩曰: 權實應無方, 臨流每洗腸. 腹孔明照室, 掌裏現興亡. 示滅無常住, 名常則不常. 世人思踐迹, 猶想覺花香."

淨土讚 S.370

앞부분은 잔결이며, 총 31행이 남아 있다. 오언과 칠언이 혼용되고 있으며, 8구가 한 수를 이루고 있다.

同會往生極樂讚 S.370

편제는 '同會往生極讚' 칠언 33구.

五臺山讚(1) S.370 S.1453v P.2483 P.3288 P.3555(A)v P.3563 P.3645v P.3897(P4) P.4560 P.4608v P.4627 P.4805v 北6868(陽018)v ДХ02333(A)

작자는 미상. 본 찬문은 100여구가 훨씬 넘는 장편이며, 형식은 칠언을 위주로 하면서 오언도 혼용하고 있다. S.370의 편제(篇題)는 '五臺山讚'. 칠언을 위주로 하면서 오언도 혼용하고 있다. 수구 '凉漢禪寺出世間'부터 제31구 '每日花光雲中現'까지 잔존하며, 이하는 잔결이다. S.1453v는 1행만 잔존한다. P.2483에는 찬문과 함께 서문이 부기되어 있다. P.3563은 찬문의 시작부가 잔결되어 있다. 北6868(陽018)은 수제가 '五臺山讚一本'으로 되어 있다.

五臺山讚幷序(2)　P.2483 P.4597

P.2483에 제목이 '五臺山讚幷序'로 되어 있
는 것으로 보아, 본 찬문은 원래 서문도 있었
을 것으로 보이나, 현존 사권에 서문은 보이
지 않는다. 이는 아마도 후인이 초록하는 과
정에서 이를 생략하거나 없앤 것으로 보인
다. 본 찬문은 전편이 모두 칠언으로 된 장편
이며, 五臺山讚(1)과는 내용이 다르다.

大乘淨土讚　S.382 S.447 S.3096 S.4654

S.5569 S.6109 S.6734 P.2483 P.2690 P.2963

P.3645 P.3697 北8347(生字025) ДХ02890

법조(法照)가 찬한 「五會念佛讚」 중의 한 수.
전편이 오언으로 되어 있으며, 100句에 달하
는 장편이다. 12개 사권이 현존한다. S.382는
수제가 '大乘淨土讚一本'으로 되어 있으며,
21행만 잔존한다. S.447는 수제가 淨土讚으
로 되어 있으며, 수미 모두 완정하다. S.5569
는 수제 및 미제와 같은 편명은 없으나, 찬문
전편이 초록되어 있다. S.6734는 19행만 잔존
한다. P.2483은 수제가 '大乘淨土讚壹本'으
로 되어 있으며, 잔권이며 이 사권을 제외하
면 다른 사권들은 모두 비교적 완정한 편이
다. P.2963에는 '法照'라는 서명이 있다.
P.3697에는 "顯德貳年乙卯歲(955)九月卄六
日圖□記"라는 제기가 있다. ДХ02890은 수
제가 '大乘淨土讚一本'으로 되어 있다.

釋迦牟尼讚　S.398v

칠언으로 되어 있으며, 14구만 잔존한다.

太子讚　S.779

辭道塲讚　S.779 S.1947 S.5572 S.5652 S.5723

S.6143 S.10014 P.2575v P.4028 P.4597

北7845(奈字046) 北8363(薑100)

총 11개 사권 현존한다. 이 중 北7845(奈字
046), S.5572, S.779, S.1947, P.4028이 완정
한 사권들이다. 그러나 어구의 많고 적음에
있어서는 다소 차이가 있으며, P.4028의 경
우에는 화성(和聲)의 구별이 없다. 그리고
S.5652 잔권의 경우 다른 사권보다 내용이
더 많고, '如來'라는 화성을 사용하고 있어
특별한 사권이라 할 수 있다. 그리고 "辛巳
年十二月卄二日金光明寺僧延定自手□
記, 後有見□□也"라는 제기가 있다. 찬문
전체가 모두 칠언으로 이루어져 있으며 총
20구이다.

十弟子讚　S.1042　S.5706　S.6006

S.1042는 7행만 잔존하며, '舍利弗智慧第一'
이라는 말로 시작한다. S.5706에는 십제자 중
사리불·마하가섭·부루나·아나율·수
보리에 대한 찬문이 남아 있다. S.6006은 잔
편으로 '舍利弗知慧第一'이라는 제목 밑에
'僧字戒制'라는 네 글자만 적혀 있다.

十願贊　S.1215 S.3795 S.4504v S.5531 S.5535

S.5581 S.5618 P.2374 P.3115 P.3216 P.3760

北8247, ДХ00883 散1532.

본 「十願贊」은 칠언 16구로 이루어져 있으며,
작자명은 미상. 본 작품은 『佛說續命經』, 『四

分律 比丘含注戒本』, 日本龍穀大學 藏卷 62, 『法照和尚念佛贊』 등에 보이며, S.4504v와 같이 독립된 사권의 형태로도 보인다. P.3216 사권에서 제목을 「阿彌陀讚文」으로 하고 있는 것을 제외하고는 절대 다수의 사권이 「十願贊」으로 되어 있다. 내용은 一願부터 十願까지의 열가지 서원이 나오며, 그 다음에 眼, 耳, 口, 手願에 대해 언급하고 있다.

五陰山讚 S.1494

讚文: "五陰山中多有寶, 險峻叢林無有道, 盤迴宛轉迷不開, 自受貧窮饑渴惱. 五陰山中有寶池, 里有千葉蓮花枝, 無垢心花開百□, 吐出般若演長經. 五陰山中有一塔, 七寶莊嚴遍周□, 無着禪師上高座, 佛說大乘會理□. 五陰山中有一人, 端心靜意息心神, 六時坐禪無有廢, 獨奪逍遙得志眞. 五陰山中有一堂, 眞容妙體在中央, 天(無)着禪師相伴坐, 舍與大乘理相當. 人請空無主, 百我收羅繩, 四句論佛慈悲兮, 方便作號, 堂名作譬喻, 智者倘悟生死, 滌煩惱, 窟中是住."

鹿兒讚文 S.1441v S.1973v

現存 2종 사본. S.1441은 일명(佚名)이며, 찬문 본문은 찬문 본문은 "昔有一賢士, 住在流水邊, 白鳥同一巢, 相看如兄弟. 有一旁河人, 失脚墮流泉, 手把無根樹, 口稱觀世音. 鹿兒聞此語, 逃[跳]入水中心, 語汝上鹿背, 將汝出彼岸. 趙人出彼岸, 與鹿作奴僕. 鹿是草間蟲, 饑來食百草, 渴卽飲流泉, 不用作 奴僕, 有人問此鹿, 莫道在此間. 有一國王長大患, 夜夢九色鹿, 誰知九色鹿, 分國償千金. 趙人聞此語, 叉手向王前, 臣知九色鹿, 長在流水邊. 國王聞此語, 處分九龍飛, 將兵百萬衆, 違[圍]繞四山林, 有一慈烏樹上叫, 鹿是樹下眠. 國王張弓擬射鹿, 聽鹿說一言: 大王是迦葉, 鹿是如來身, 凡夫不昔(惜)賢, 莫作聖人怨. 國王聞此語, 便卽寫[卸?]弓弦. 弓作蓮花樹, 箭作蓮作葉, 忍辱頗思議, 無人知鹿處, 只是大患兒, 報道黑頭蟲, 世世莫與恩." S.1973v은 "比丘僧善惠書記"라는 제기가 있음. 당대(唐代)의 승 법조(法照)가 찬한 「五會念佛讚」에 본 「鹿兒讚文」 중의 4구절이 들어 있다. 본 찬문은 불교의 『九色鹿經』에 근거한 것이다. 찬문은 전편이 오언으로 이루어져 있으며(2구만 칠언), 총 56구로 이루어져 있다.

小少黃宮養讚 S.1497 S.6923v P.4785

수제는 '小少黃宮養讚'이며, 그 내용은 싯다르타 태자가 자신의 여아를 바라문에게 보시한 일을 찬송하고 있다.

西方淨土讚 S.1807 S.2579 P.3839

찬문은 전편이 오언. P.3839 사본이 수미가 모두 완정하다.

送師讚 S.1947 P.3120 P.4597

3종 사권이 현존하지만, P.3120은 제목만 남아 있다. 본 찬문은 총 4수로 이루어져 있으며, 매 수는 "入生三五岁(花林), 父母送师

边(花林)，师今圆寂去(花林)，捨我逐清開
(花林)，送師至何处(花林)，置著宝臺间(花
林)"(제1수)의 예처럼 대체로 오언 6구의
형식으로 이루어져 있다.

第七祖三朝國師大照和尚寂滅日齊讚文　S.2512v

釋迦讚　S.2583v

彌陁讚　S.2583v

往生禮讚文一卷　S.2659v

찬문 끝에 '西天傳一卷'6글자 있으며, 또 권
말에는 "往西天求法沙門智嚴西傳記寫下
一卷"이라는 1행이 있다.

速在爲我願吉祥讚四首　S.2685v

찬문의 형식은 칠언 4구이다.

造釋迦像功德讚　S.2832

본 찬문의 수제는 '釋迦讚'으로 되어 있으
며, 찬문 끝에 "僧淨端"이라는 세 글자가 보
이는데, 이는 본 찬문의 작자로 여겨진다.

般舟讚　S.2945

사권의 앞부분이 파손되어 있으며, 찬문은
전편이 모두 칠언의 형식으로 되어 있다.

淨土樂讚　S.2945 北8345(果041)

S.2945는 北8345와 비교할 때 약간의 증감
이 있다.

道安法師佛讚文　S.2985

수제가 '道安法師佛讚文'으로 되어 있으며,
7언 56구의 장편이다.

殘片(般心讚一本)　S.3046v

본 사권에는 '般心讚一本'이라는 표제만 필
사되어 있고, 찬문 본문은 없다.

五臺山讚(3)　S.4039 S.4429 S.5456 S.5473

S.5487 S.5573 P.3563 P.3843 P.4625 P.4645
P.4647 北1912(岡035) 北8325(鹹018),
ДХ00278v ДХ01009

본 작품은 찬문인「五臺山讚」(1) 및 (2)와는
내용이나 형식이 완전히 다르며, 讚文보다
는 불교 가사에 가깝다. 13종 사권이 현존하
며 이중 P.4625이 가장 완정한 사본이다. 전
편이 모두 칠언으로 되어 있으며, 칠언 4구가
한 수를 이루고 모두 18수로 구성되어 있다.

禪月大師讚念法華經僧　S.4037

P.2104v

원제는 '禪月大師讚念法華經僧'. 현존 2종
사권. 찬문 본문은 "空王門下有眞子, 堪以空
王爲了使. 常持菡萏『白蓮經』, 屈指无人得
相似. 長松下, 深窗里, 歷歷淸音微宮征. 短偈
長行主客分, 不使閑聲持牙齒. 外人聞, 從雙
耳, 香風襲鼻寒毛起. 只見天花落座前, 空中
必定有神鬼. 吾師吾師須努力, 年深已是功
成積. 桑田變海骨爲塵, 相看長似紅蓮色."

十空讚　S.4039 S.5539 S.5569 S.6923v S.8590v

P.3824 P.4608 ДХ01358 ДХ02137 ДХ00922 +
ДХ03132의 합본.

찬문은 전체가 "難思努力現眞宗, 聲色香味
染塵蒙, 大般若廣言六百卷, 講勸人間多少
空"(제1수)와 같이 칠언 4구로 이루어져 있

韻文類
讚文
3

으며, 모두 11수로 구성되어 있다. 언어가 통속적이며 조악한 편이며, 내용 역시 간단한 편이다. P.3824 및 俄ДХ922에서는 제목이 '十空讚文一本'으로 되어 있으며, 俄ДХ1358, 俄ДХ2137, S.4039, S.5569의 경우에는 '文'자가 없다. P.4608에는 '十空讚'으로 되어 있으며, S.5539에서는 '十皇讚文'으로 되어 있다. 또한 P.3824의 경우 찬문 뒤에 '空讚文一卷'이라는 다섯 글자가 있고, S.5539에는 '十空一本讚' 다섯 글자가 동일한 사권의 '出家讚文' 뒤에 적혀 있다.

法師讚文 S.4191

阿彌陀經讚 S.4443 P.3841

S.4443은 21행이 남아 있다. 첫 구절은 "釋伽調御大慈尊, 救世先聞淨土門"이며, 끝 구는 "大衆俱欣皆頂戴, 如來莫□□流傳"이다. 본 사권의 끝에 '維摩讚'이라는 세 글자가 있는데, 이는 본래 그 다음에 나오는 찬의 제목으로 보인다. 본 사권의 앞부분에 1행이 잔결되어 있는데, 분명 7자일 것이다. 현재로서는 가장 앞부분의 2글자는 이미 결락되어 있고, 중간의 3글자도 여전히 반만 남아 있는데 '阿彌陀'라는 3글자의 모양을 볼 수 있다. 그 다음의 글자는 '經讚'이다. 따라서 본 사권은 '阿彌陀經讚'이라고 하는 것이 비교적 정확한 것이다.

西方讚文 S.4474

五台山勝境讚 S.4504v P.4617 P.4641

본 찬문은 10수의 칠언 율시와 1수의 칠언 절구로 구성되어 있다. 또한 "南梁法照游仙寺"라는 시 구절을 통해 본 찬문은 중당 시기에 지어졌음을 추론할 수 있다. 동시에 본 찬문에는 "金臺釋子玄本述"이라는 서명이 있어, 본 찬문의 작자가 玄本임을 알 수 있다. 본 찬문의 전체 제목은 '五台山勝境讚'이며, 찬문 속에 '讚大聖眞容'과 같은 소제목도 달려 있는데, P.4617에 제목들이 모두 초록되어 있다. P.4641과 S.4504 양 사권에는 소제목이 없는데, 아마도 초록과정에서 빼버렸거나 누락된 것으로 보인다.

辭阿娘讚文 S.4634v

수제가 '辭阿娘讚'으로 되어 있다. 매수의 형식은 육언 2구이며, 총 6수로 구성되어 있는데 운은 없다.

失達太子雪山修道讚文壹本

S.4654v

金剛經讚 S.5464 P.2039v

S.5464 수제는 '金剛經讚'이며, "己卯年十月十三日"이라는 제기가 있다. 본 사권에는 "金剛一卷重須彌, 所以我□□受持, 八萬法門皆了達, 惠眼他心逾得□" 등의 8구. P.2039v의 미제는 '金剛經讚一卷'으로 되어 있다.

佛母讚 S.5466 S.5473 S.5581 S.5689 S.5975 S.8590 P.3156 P.3645. P.3892 P.4118 P.4597 北8347(土025) 北6878(陽018)v ДХ02175

불교찬문. 11종 사권이 현존한다. 찬문은

칠언으로 되어 있다.

出家讚 S.2143 S.5539 S.5573 S.6273 S.6923v P.2690v P.3011 P.3116 P.3118 P.3824 P.3892 P.4597 北.[周]99 Ф.176v ДХ00109 ДХ02430

12종 사권이 현존한다. S.5573은 가장 대표적인 사본으로 제목이 '出家讚文'으로 되어 있으며, 10수의 시가 모두 초록되어 있지만 미부가 약간 잔결되어 있다. S.6273은 '出家讚'으로 되어 있으며, 15행에 10수의 시가 모두 수록되어 있다. S.6923v는 13수가 초록되어 있는데, 제3수부터는 모두 매수의 전반부 2구가 잘려져 있다. P.4597은 제목이 '辭父母出家讚文'으로 되어 있으며, 찬문 다음에 '出家讚一本'이라는 주가 달려 있다. 역시 10수가 초록. Ф.176v는 12수가 초록되어 있으며, 제목은 '兒出家讚一本'이라 되어 있다. 蘇.1364는 제목이 '出家讚'이라 되어 있으며, 매 수마다 전반부 2구는 모두 생략하고 '운운'이라고만 하고 있으며, 후반부 2구는 모두 S.5573과 동일하다. S.2143은 제목이 '持齋念佛懺悔禮文'이라고 되어 있으며, 4수가 초록되어 있다. [周]99는 제목이 '出家讚'으로 되어 있으며, 11수가 초록되어 있지만 가장 혼란스러운 사본이다. S.5539는 제목이 '出家讚一本'으로 되어 있으며, 11수가 초록되어 있으나, 잔결된 곳이 많다. 본 出家讚은 모두 10수로 이루어져 있으며, 매수는 육언 4구의 형식

이다. 매수의 전반부 2구는 "舍利佛國難爲, 吾本出家之時"로 모두 동일하다. P.2609v는 14수가 수록되어 있으며, 제목은 '出家讚'으로 되어 있다. P.3011은 13수가 초록되어 있으며, 제목은 '兒出家讚壹本'으로 되어 있다.

雜要略諸抄出文一卷(早出纏, 太子勸善文) S.5516

본 사권의 수제는 '雜要略諸抄出文一卷'으로 되어 있으며, 그 제목 아래 불교찬문인 「早出纏」과 「太子勸善文」이 초록되어 있다. 두 작품을 합해 모두 12행이 잔존하고 있으며, 사권의 하단부가 약간 파손되어 있다. 두 찬문 모두 칠언의 형식으로 되어 있다.

佛勸十齋讚 S.5541

불가 찬문. 제목은 '佛勸十齋讚'으로 되어 있으며, 密敎의 雜呪經 안에 초사되어 있다. 칠언의 형식이며, 찬문은 "每有十齋宰煞, 廣修善業度僧尼. 胎生化生勤念佛, 勇猛精進大慈悲"

向山讚 S.5572

미제가 '向山讚'으로 되어 있으며, 칠언 4구이다. 찬문은 "城外哭聲震地動, 何期今日寶山崩, 合□衆生皆灑淚, 門徒不忍見行蹤."

高聲念佛讚 S.5572 P.3892 上海博物館48(41379)號

釋 法照 찬. 찬문의 형식은 칠언 40구. S.5572는 수제와 미제가 모두 '高聲念佛讚'

로 되어 있으며, "釋法照"라는 서명이 있으며, 제목 다음에 "有十種功德"이라는 주가 있다. 第一부터 第十까지 총 10수로 되어 있으며, 매 수는 칠언 4구로 되어 있다. 내용은 "第一能排除睡障, 意念諸子離重昏. 障滅身心必淸淨, 便見西方百寶文"(제1수)의 예처럼 높은 소리로 염불하는 것의 10대 공덕을 선양하고 있다.

極樂寶地(池)讚　S.5572

수제가 '極樂寶地(池)讚'로 되어 있으며, 칠언 30구이다.

歡彌陀觀音勢至讚　S.5572 P.2250 P.3118

편명은 '歡彌陀觀音勢至讚'으로 되어 있으며, 당대의 화상인 법조(法照)가 찬했다. 칠언 16구로 이루어져 있다. P.2250의 경우 원사권 '淨土五會念佛誦經觀行儀卷下' 안에 본 찬문이 들어있다.

西方十五願讚　S.5572

편명은 '西方十五願讚'으로 되어 있으며, 칠언 16구로 이루어져 있다.

四十八願讚　S.5572

善道和上西方讚　S.5572

善道和上 찬. 칠언의 형식이다.

隨心歡西方讚　S.5572

편명은 '隨心歡西方讚'로 되어 있으며, 편명 아래 '沙門惟休述'이라는 서명이 적혀있다.

父母讚文　S.5572

본 편은 편명이 '父母讚文'으로 되어 있으

며, 전반부 3행 정도만 초록되어 있는 잔편이다.

三歸依讚　S.5648

작자는 佚名이며, 형식은 오언 8구이다. 찬문은 "稽首皈依佛, 千花座上尊. 玉毫光照處, 降福助明君. 稽首皈依法, 龍宮海藏經. 玉函開展處, 降福助明君. 稽首皈依僧, 緣覺及聲聞. 如來親咐囑, 降福助明君."

孝經讚　S.5739

14행만 잔존하며, 庶人章第六讚, 三才章第七讚, 孝治章第八讚이 초록.

大興善寺禪師沙門定惠讚　S.5809

사언 8구의 형식. 讚文은 "池中望月, 嶺上觀霞, 知身虛幻, 不染世□, 定惠平等, 十地無差, 變形百億, 應供娑婆."

辭娘讚文　S.5892 P.2581 2919v P.2713

P.2919v P.2581v 北8325(鹹018)北8371(乃074)
돈황사본 '辭娘讚'은 '好住娘'이라고도 하며, 敦煌民間 小調의 일종이다. 전편이 칠언 24구로 되어 있으며, 매 구의 끝에 '好住娘'이라는 화성을 사용한다. 내용은 출가하여 스님이 되려고 하는 사람이 집안의 부모형제와 이별할 때 부르던 노래이다. 이 작품은 노래도 있고 말하는 부분도 있기 때문에 명확한 설창문학의 성격을 지니고 있다. 그래서 P.2713에서는 표제가 '辭娘讚說言'이라고 하고 있는데, 이른바 '說言'이 바로 말하는 대사의 성격을 갖는 가사이다.

頂禮五臺山好住娘 S.5892

원 제목이 '頂禮五臺山好住娘'로 되어 있다. 본문은 "五臺山上松柏樹(好住娘), 上到高山望四海(好住娘), 眼中淚落數千行(好住娘), 下到高山靑草□(好住娘), 柴豻哺之恩未曾報(好住娘), 誓願成佛報阿娘(好住娘), 耶娘憶如長[腸]如[欲]斷(好住娘), 兒憶耶娘漏千行(好住娘), 舍却耶娘恩愛斷(好住娘), 且須袈裟相對坐(好住娘), 舍却親兄熟弟(好. 이하 각 구절은 모두 '住娘' 2글자를 생략하고 있음), 且須師僧同戒伴(好), 舍却金□銀葉盞(好), 且須鉢子淸錫杖(好), 舍却曹(槽)頭龍馬郡(好), 且須夜狼獅子聲(好), 舍却治□錦褥面(好), 且須亂草□□束(好), 佛道不遠迴心至(好), 今身努力覓後姻[因](好)."

詩讚 S.5987

앞부분은 결락이며, 제목도 실전되었다. 본 사권 상단부의 구절들은 모두 훼손되어 결락이며, 아래 부분의 구절만 남아 있음. 잔문은 "三界無安如火宅," "量[良]由不過善因緣"에서 시작하여, "于今始得重生天," "惡業非除日日難"에서 끝나고 있다. 그 다음에 또 다른 詩讚이 있는데, "年歲凄惶不辭勞"의 구절만 잔존한다.

太子修道讚文 S.6537v

수제는 '太子修道讚文'으로 되어 있으며, 찬문의 형식은 칠언을 활용하고 있다.

歸極樂去讚 S.6631v P.2483

수제는 '歸極樂去讚'이며, 형식은 칠언이며 23구가 남아 있다.

蘭若讚 S.6631v P.2433

수제는 '蘭若讚'이며, 칠언 27구로 이루어져 있다.

香讚文 S.6631v P.4597

수제는 '香讚文'이며, 찬문 본문은 "昔有仙人名善思, 買得七座紅蓮花, 定光佛所時供養, 今得成佛號釋迦 我今行此衆名香, 塗香末香及膠香, 受此名香爐中燒, 供養恒佛, 敬禮常住三佛."

遊五臺山讚文 S.6631v P.4597

수제는 '遊五臺山讚文', 미제는 '遊五臺一本'으로 되어 있다. 찬문의 형식은 칠언 14구이다.

辭父母讚 S.6631v

수제는 없으며, 미제가 '辭父母讚文一本'으로 되어 있다.

義淨三藏讚 S.6631v P.2680 P.3727 P.4597

S.6631v는 수제는 '義淨三藏讚'으로 되어 있으며, 수제 밑에 "釋門副敎授□□)"라는 서명이 부기되어 있다. P.2680은 수제가 '大唐義淨三藏讚'로 되어 있다. 본 「義淨三藏讚」은 사언 14구로 이루어져 있으며, 찬문 본문은 "卓哉大士, 遁[道]跡隨機. 應物懷念, 濟世含悲. 飛錫西邁, 白馬東歸. 語窮五蘊, 行塵四維, 譯經九部, 宗敎三時. 皇上同輩, 群下承現. 該通內外, 鬱爲國師."

大唐三藏讃　S.6631v P.4597

본 찬문의 작자는 '釋 利香'임. 본 「大唐三藏讃」은 사언 16구로 이루어져 있으며, 본문은 "崇山秀氣, 何[河]水英靈. 挺得瑰瑋[挺特魄傳], 脫 屣塵縈, 鄉薗[園]東望, 竺國西傾. 心存寶揭[偈], 志切金經. 戒賢忍厄, 邪賊逃形. 彌勒期啓[契], 觀音願成. 弁無論當, 慈悲有情. 一生激節, 萬代流芳."

羅什法師讃　S.276 S.6631v P.2680 P.4597

금계(金髻) 찬. 찬문은 모두 4언으로 되어 있으며, 16구로 되어 있다. 본 찬문 다음에 단지 '詩'라는 제목을 달고, 오언 6운시 한 수가 부기되어 있다. 羅什은 구마라집을 지칭한다. 찬문은 "善哉童壽, 母腹標奇. 四果玄記, 三十闡敎. 呂氏起慢, 五凉運衰. 秦帝生信, 示合昌彌. 草堂靑眼, 葱嶺白眉. 瓶藏一鏡, 針吞數匙. 生肇受業, 融叡爲資. 四方游化, 兩國人師."

須大拏太子讃　S.6923v

讃佛功德　S.6923v

讃功德文　S.6923v

西方一切龍主醜目王天王讃文

S.7111v

수제는 '西方一切龍主醜目王天王讃文'이며 3행이 남아 있다.

北方請(八諸)藥叉主多聞天王讃文

S.7111v S.8152v

S.711v의 수제는 '北方請(八諸)藥叉主多聞天王讃文'이며, 3행이 남아 있음. S.8152v의 경우 수제는 '北方諸藥叉主多聞天王讃文'이며, 4행 50자가 잔존한다.

南方鳩茶主增長天王讃文　S.8152v

수제는 '南方鳩茶主增長天王讃文'이며, 4행이 잔존한다. 후반 2행은 하단부가 결락되어 있다.

殘讃文　S.9425v

작품명을 알 수 없는 찬문의 잔편이며, 2행만 잔존한다.

樂居山讃文　S.9514A

수제는 '樂居山讃文'으로 되어 있으며, 잔편임이다. 형식은 칠언이다.

御注孝經讃　S.10312 S.10726

御注孝經讃 잔편이며, '□義第一讃'이라는 표제와 함께 1행만 잔존한다. S.10312와 S.10726는 서로 참조할 수 있다.

慶像讃　P.2072

念佛偈讃　P.2130 P.3216

당 화상 법조(法照) 찬. P.2130의 경우 「淨土五會念佛誦經觀行儀」안에 수록. 수제가 '念佛偈讃'으로 되어 있다. 본 찬문은 전편이 칠언으로 되어 있다.

淨土樂讃　P.2130

당 화상 법조(法照) 찬. P.2130 「淨土五會念佛誦經觀行儀」안에 수록. 찬문은 대체로 칠언으로 되어 있음.

有作觀身讃文　P.2147v P.4572

당대의 승 법조(法照) 찬. 본 찬문은 2개 사권이 현존하는데, 그 중 P.2147은 제목이 '五會念佛讚'으로 되어 있고, P.4572에서는 '有作觀身讚文'으로 되어 있다. '五會念佛讚'은 당대의 승 법조가 지은 것이며, '有作觀身讚文'은 '五會念佛讚'의 하나이다. 본 찬문은 칠언을 활용하고 있으며, 모두 16구이다.

金剛界大曼吒羅十六菩薩讚 P.2322

七佛讚 P.2322

三寶讚 P.2322

毗盧讚 P.2322

爾時妙吉祥菩薩從東方來以微妙
　　梵音讚嘆普賢所行行願經 P.2322

釋迦牟尼讚 P.2325

阿彌陀讚 P.2483

往生極樂讚 P.2483

歸西方讚(1) P.2550 P.3118 P.4572

본 찬문은 '對式律'의 齊梁體이며, 12구(6韻)으로 구성되어 있다. 찬문의 전편은 칠언을 활용하고 있으며, 모두 14구로 이루어져 있다. 찬문의 본문은 "三界無安如火宅, 四衢路地終塵埃. 厭住生死居骨肉, 何能五蘊處胞胎. 正值今生發達意, 稀逢淨土法文開. 願得西方安養國, 彌陀聖衆要相携. 定散二門能得往, 精廬九品盡乘臺. 到彼三明八解脫, 長辭五濁見如來."

歸西方讚(2) P.2250 P.3373v 北8346(文089)

제목은 '歸西方讚'으로 되어 있으나, '歸西方讚(1)'계열과는 문자·형식과 내용상에 있어 완전히 다르다. 본 계열은 '歸去來'라는 화성(和聲)을 사용하고 있으며, 매 수의 구식은 "歸去來, 誰能惡道受輪廻, 且共念彼彌陀佛, 往生極樂坐花臺"와 같이 3·7·7·7의 형태이며, 4구가 한 수를 이룬다. 총 10수로 구성되어 있다. 본 찬문은 모두 법조 화상이 지은 '淨土五會念佛誦經觀行儀卷下' 안에 수록되어 있다.

四十八願讚 P.3373v

본 찬문은 P.3373 '淨土五會念佛誦經觀行儀卷下' 안에 수록되어 있다.

隨心歎西方讚 P.3373v

본 찬문은 P.3373 '淨土五會念佛誦經觀行儀卷下' 안에 수록되어 있다.

西方雜讚 P.3373v

본 찬문은 P.3373 '淨土五會念佛誦經觀行儀卷下' 안에 수록되어 있다.

寶鳴讚 P.2066 P.2130 P.2483 北1912(岡035)v 北8345(果041) ДХ00883 龍穀大學藏62

본 보명찬은 善導의 「安樂行道轉經願生淨土法事讚」 및 法照가 찬한 「淨土五會念佛誦經觀行儀」에도 보인다. 또한 제목 역시 P.2066에서는 '寶鳥讚'이라 하고 있으나, P.2130은 '散華樂讚'이라고 하고 있기도 하여 異名이 존재한다. 작자 및 창작 시기에 대해서는 미상이다. 찬문은 전체가 칠언의 형식이며, 모두 20구이다. 본 찬은 부처가 인간 세상을 유력하실 때 앵무새가 아름다운 소리로 노래를 불렀다는 고사 및 사리불이 말한 "서방에는 온갖 진귀한 새들이 염불, 염송하고 있다"는 설에 근거하여 지어진 것이다.

寺門首立禪師讚(原題) P.2680

禪門十二時讚 P.2690v

贊梵本多心經 P.2704v

제목은 '贊梵本多心經'이며 작자는 미상이다. 시 앞에 서문이 부기되어 있다. 칠언을 위주로 하고 있으며, 간혹 삼언도 혼용하고 있다. 내용은 현장 법사가 서천으로 취경하러 갈 때 『다심경』이 보여주는 신이하고 기이한 법력을 칭송하고 있으며, 신이한 고사와 상상력이 풍부한 작품이다.

入山讚 P.2713 ДХ00278v

두 사권의 제목은 모두 '入山讚文一卷'으로 되어 있다. 본 사권에는 「樂入山」과 「樂住山」의 두 편의 작품이 들어 있음.

開元皇帝讚金剛經金剛讚 P.2094

P.2721 P.3645 北7220(殘卷) Ф.323 ДХ00296

본 찬문은 중당(中唐) 시기의 작품이며, 중당 혹은 그 이후에 돈황 지역에서 유행하였다. 수제 상에 작자가 開元皇帝로 되어 있지만, 이는 후대의 스님이 가탁한 것이고 정확한 작자는 미상이다. 찬문 전체가 칠언으로 되어 있으며, 100구에 달하는 장편의 찬문이다.

往生禮讚文一卷 P.2722

金光五禮讚 P.2975

莫高窟素畵功德讚文 P.2991(B)

歸向西方讚(首題) P.3118

念佛之時得見佛讚(首題) P.3118v

較量坐稻念佛讚(首題) P.3118v

歎觀音勢至讚(首題) P.3118v

觀經十六觀讚 P.3156

上都章敬寺西方念佛讚文 P.3156

太子踰城念佛讚文 P.3156

西方淨土念佛讚文 P.3156

道場樂讚 P.3156

□[道]安法師念佛讚文 P.3190

西方極樂贊 P.3216 散540

阿弥陀贊 P.3216 散540

六根讚 P.3242

칠언으로 된 불교 찬문이다.

(某人)讚文 P.3390v

金光明最勝王會功德之讚 P.3425

讚法門寺眞身五十韻 P.3445

원 사권에 作者名은 없으나 내용상 승려로 추정된다. 수제는 '讚法門寺眞身五十韻'이며, 구식은 오언이며 전체 98구 50운으로 이루어진 불교찬문이다.

妙法蓮華經卷第四見寶塔品讚

P.3600

第七부터 第十七品까지 잔존한다.

維摩詰經十四品讚 P.3600 北1324(羽003)

현존 2종 사본이 있다. 그 중 P.3600이 완정

한 사본이며, 제목이 '維摩詰經十四品讚'으로 되어 있다. 北1324는 제목이 '維摩詰經頌'으로 되어 있으며, 초사 과정에 오류가 많으며 빠진 글자가 상당히 많다. 본 찬문은 『유마경』의 14품에 대해 각각 찬한 것으로, 총 14수로 이루어져 있다. 또 각 수의 형식은 오언율시이다.

稠禪師解虎讚　P.3490 P.4597

釋 像幽 찬. 찬문 앞에 "禪師道高德邁, 將天地而齊恒; 節行貞堅, 等靑松而莫朽. 問其姓名, 不知若何"라 적힌 짤막한 서문이 있으며, 찬문은 육언 4구로 되어 있다. 찬문의 전문은 "鉢持毒龍竟成, 潛伏六賊謹護. 根門久處幽山, 精修無倦初坐."

重修寶刹讚文　P.3490

藥師瑠璃光如來讚並序　P.3551

南山宣律和尙讚(首題)　P.3570v

薩埵太子讚(原題)　P.3645v

찬문은 전편이 칠언으로 되어 있다.

唵子讚　P.3679

唐 玄宗 찬. 만다라의 가운데 큰 글씨로 '唵'자를 써놓고 있다. 본 찬문은 범어, 한자, 朱書를 혼용하여 둥근 달 모양을 이루고 있다. 사각에는 "弟子陳醜定一心受持"라는 제기가 있다.

釋迦牟尼如來涅槃會功德讚幷序

P.3703v

寶良騎 찬.

前燉煌毘尼藏主始平陰律伯眞儀讚　P.3720

龍支聲明福德寺僧惠苑述.

佛弟子讚　P.3727

본 찬문은 舍利佛, 大目乾連, 須菩提, 大迦葉 等의 佛弟子들에 대한 讚文이다.

惠淨禪師讚　P.3727

大唐義淨三藏讚　P.3727

普德讚文　P.3728

御注孝經十八章讚　P.3816

□崇 찬. 찬문 앞에 表文이 있으며, 본 사권에는 第一章 開宗明義부터 第十四章 廣揚名章까지가 남아 있다.

大秦景敎三威蒙度讚一卷　P.3847

수미 모두 완정하며, 찬문 뒤에 景敎 譯經目錄이 있다.

前大升軍使將軍康太和書與吐蕃贊晋　P.3885

爲亡考繪如意讚文　P.3977

죽은 자를 위한 찬문으로, 사언으로 이루어져 있다.

傳讚文　P.3984

배면에 까지 이어져 필사되어 있으며, 사언의 형식으로 이루어져 있으며, "歲次辛丑年七月朔十三日題畢"라는 제기가 있다.

辭道塲讚　P.4028

수제는 '辭道塲讚一本'으로 되어 있으며, 칠언 20구이다.

修文坊巷再緝上祖蘭若標畵兩廊
　大聖功德讚幷序(原題)　P.4044

釋子歌唱讚文集本　P.4597

　　본 사권에는 불교 의례에 가창하던 많은 찬문과 게송이 수록되어 있다. 본 사권에 수록된 내용을 살펴보면 1. 和菩薩戒文, 2. 西方樂讚文, 3. 散華樂讚文, 4. 般舟梵讚文, 5. 香湯讚文, 6. 四威儀讚, 7. 臥輪禪師偈, 8. 受吉祥草偈, 9. 大乘中宗見解要義別行本, 10. 香讚文, 11. 花讚文, 12. 游五臺讚文, 13. 辭父母出家讚文, 14. 義淨三藏讚, 15. 羅什法師讚, 16. 唐三藏讚, 17. 稱禪師解虎讚, 18. 菩薩十無盡戒, 19. 金剛五禮文, 20. 五臺山讚文, 21. 寅招禮, 22. 九想觀詩, 23. 佛母讚, 24. 出家讚文, 25. 菩薩安居解夏自恣法, 26. 辭道場讚, 27. 請十方賢聖讚, 28. 送師讚, 29. 勸善文, 30. 入布薩堂說偈文, 31. 受水說偈文, 32. 聲聞布薩文, 33. 布薩文, 34. 十二光禮, 35. 法身禮, 36. 酒賬.

李僧錄讚　P.4640

住三窟禪師伯沙門法心讚　P.4640

故吳和尙讚文(首題)　P.4640

先代小吳和尙贊　P.4640

　　제목 아래 '驥撰'이라는 두 글자가 있으며, 본 찬문은 竇良騎가 찬했다. 찬문은 사언 28구로 이루어져 있다. P.4660에도 동일한 찬문이 수록되어 있다. 찬문: "希哉我師, 戒行標奇. 處中[衆]有異, 當代白眉. 量含江海, 廣運慈悲. 戒珠圓潔, 歷樂芳菲. 一方法主, 萬國仍希, 禪丈恤茂, 性海澄淤. 帝王崇重, 節相欽推. 都權僧秉, 八歲蒙施. 示疾方丈, 世藥難治. 閻浮化畢, 淨土加滋. 聲聞不悟, 憂苦生悲. 菩薩遼達, 生死如知. 神靈證果, 留像威儀. 名傳萬代, 劫石難易."

贊翟僧統　P.4640

　　본 찬문은 P.4640「翟家碑」안에 수록되어 있다. 칠언 8구로 되어 있다. 찬문의 내용은 "良木秀兮風以隤, 甘泉渴兮復難洄. 將爲挺生膺五百, 弘宣正敎誓爲材. 忽遇法梁傾大廈, 何圖舍世殞終催. 道俗含悲廣塔, 門人孫侄助墳哀."

悉達太子踰城念佛讚(首題)　P.4647

　　본 사권은 P.4560에 이어지는 사권이다.

金光明最勝王經變一鋪讚文　P.4886

　　본 사권은 變相圖「金光明最勝王經變」에 대한 찬문이며, 14행이 남아 있다.

尸毗王舍身贊五行　北0666(律068)v

　　『敦煌遺書最新目錄』에서는 본 사권을 佛偈五行으로 정명하고 있으나, 여기서는 『敦煌遺書總目索引新編』을 따랐다.

太上皇贊文　北8304(日023) 北8421(人072)

　　본 찬문은 北8304號(日023), 北8421號(人072)의 두 사권에서 보인다. 北8304號(日023)의 「太上皇贊文」은 동사권의 『佛說七階禮佛名經』안에 초록되어 있으며, 제목은 승인이 위탁한 것으로 보인다. 본 찬문은 전편이 칠언으로 되어 있으며, 16구로 이루어져 있다.

開元皇帝讚文 北8304(日023)

본 찬문은 동 사권의 『佛說七階禮佛名經』 안에 초록되어 있으며, 수제가 '開元皇帝讚文'으로 되어 있다.

西方淨土讚文 北8345(果041)

念佛贊(首題) 北8345(果041)

十五願贊 北8345(果041)

大悲明二讚 北8368(地041)

歌讚 北8369(薑100)

四十八願讚 北8346(文089)

涅槃讚 北8347(生025) 北8371(乃074) Φ176v

悉達太子讚一本 北8441(皇076)v

수미 모두 완정하다.

大獻樂讚 北8672(河012)v

親集耳傳觀音供養讚嘆 Φ311

讚文 ДХ00409

好住道場讚 ДХ00599v

淨土法身讚 ДХ00883 ДХ01047

白蓮經金剛經讚文 ДХ01562 +

ДХ02067의 합본.

원래는 하나의 사권이나 찢어져 두 개로 나누어진 것이다. ДХ02067이 좌측에 해당하며, 15행이 남아 있다. ДХ01562이 우측에 해당하며, 5행만이 잔존한다. 본 사권의 맨 처음에 나오는 "白蓮經" 3글자는 아마도 앞 구의 마지막 글자로 보인다. 본 찬문은

모든 구절이 칠언으로 되어 있으며, 隔句로 압운하고 있다. 제6행 "大唐帝闕皇宮子," 제9행 "皇帝自來親頂禮" 등의 구절에 근거할 때 唐代의 讚文임을 알 수 있다. 본 찬문은 당시의 고승을 위해 지은 것으로 보인다. 『俄藏』 목록에서는 본 찬문을 '阿彌陀念佛讚'이라 하고 있으나, 여기서는 柴劍虹의 정명과 설명을 따랐다.

佛教讚文 ДХ01734

南宗定邪讚一本 ДХ02175v

滿道場讚 ДХ02885

釋門頌讚 ДХ00399

生極樂贊 散540

歸極樂去贊 散540

法照和尚景仰贊 龍穀大學藏卷62

본 찬문은 제자들이 스승을 기리고 그리움을 표현하기 위해 지은 것으로, 돈황문헌에서는 본 사권밖에 없다. 시는 모두 칠언을 활용하고 있으며, 모두 16구로 이루어져 있다. 찬문은 "法照和尙非凡僧, 求度衆生晉皆同. 演說言辭等諸佛, 原無才學是天聰. 一自發心禮聖迹, 臺中親見文殊宗. 傳法眞言勸念佛, 太原一路至東京. 但有初心若登會, 同心受學自然通. 發心念佛須呈課, 每日期限莫相容. 普勸四衆常無退, 和尚宗正不虛功, 努力及時來念佛, 臨終定獲紫金容."

4. 歌辭[29]

太子讚(1)　S.15 S.126 S.2204 P.4017 北8347(生025) ДХ01230v

정격 연장체 불교 가사이며, 총 27수로 구성되어 있다. 매 수는 4구로 이루어져 있으며 구식은 "聽說牟尼佛, 初學修道時, 歸宮啓告父王知, 道我證無爲"(제1수)의 예처럼 5·5·7·5로 되어 있다. 가사의 내용은 싯다르타 태자가 출가하여 성불한 일을 노래한 것이다.

十無常　S.126 S.2204

佛曲의 일종이며, 모두 10수로 구성되어 있다. 매 수는 8구로 이루어지고 있으며 구식은 "每思人世流光速, 時短促, 人生日月暗催將, 轉茫茫, 容顔不覺暗里換, 已改變, 直饒便是轉輪王, 不免也無常"(제1수)의 예처럼 7·3·7·3·7·3·7·5의 형식이다. 또한 매 수의 끝에는 "堪嗟嘆, 堪嗟嘆, 願生九品坐蓮臺, 禮如來"라는 일종의 和聲句가 붙어 있다. S.126은 원제가 '十無常'으로 되어 있으며, 수미 완정하다.

新合千文皇帝感辭　S.289 S.5780 P.3910

칠언 4구가 1수의 사(辭)를 구성하며, 모두 9수의 사로 이루어져 있다. 3종 사본이 현존한다. S.289와 S.5780은 모두 辭앞에 "新合千文皇帝感辭"라는 제목이 있다. 원래는 20수의 사가 초록되어 있지만, 그 중 9수만 '千文'과 관련되고 나머지는 孝經과 관계된다. P.3910은 표제가 '新合千文皇帝感辭壹拾壹首'로 되어 있으나, 실제로 초록된 사 작품의 수는 9수 밖에 되지 않아, '壹拾壹首'라는 말이 어떻게 나온 것인지 알 수 없다. 사의 맨 끝에 '新合千文一卷'이라는 글자가 있다.

新集孝經十八章　S.289 S.5780 P.2721 P.3910

當時 민간에 유행했던 唱本 卷子이다. 칠언 4구가 한 수를 구성하며, 모두 18수(또는 장)으로 이루어져 있다. 본 작품은 당 현종(玄宗) 때 지어진 작품이다. 4종 사본이 현존한다. ① P.2721: 정면에 雜抄一卷幷序, 그 뒤를 이어 「開元皇帝讚金剛經金剛一卷」이 쓰여 있으며, 그 다음에 계속해서 新集孝經十八章이 초록되어 있다. 12수가 잔존한다. 본 사권의 배면의 舜子變 뒤에 "天福十五年"이라는 제기가 있는데, 실제로는 乾祐 2년(949)이다. 본 작품은 정면에 쓰

<hr>

29　'歌辭'는 曲子詞, 曲子, 詞, 曲 등을 통칭하는 개념이며, 150종의 卷子가 현존한다. 敦煌 寫本 중에서 '曲子'라고 명확하게 붙어 있는 것은 35개이다. 敦煌歌辭 중 작자 고증이 가능한 것은 溫庭筠의 「更漏長」一首, 唐 昭宗의 「菩薩蠻」 2首, 歐陽炯의 「更漏長」, 「菩薩蠻」 각 1수이다.

여겨 있으므로, 그 필사 시기는 949보다 조금 앞선 시대일 것이다. ②P.3910: 사본의 표제는 '新合孝經感恩辭一十一首'로 되어 있으며, 권말에 '新合孝經一卷'이라는 6글자가 있다. 사본에는 사5수만 있고, 게다가 1구가 짧으며 11수가 되지 않는다. 제목상의 11수는 어떤 연유에서 붙여진 것인지 알 수 없다. ③S.289와 S.5780: 실제로는 千文皇帝感辭의 두 사권인데, 이 중에 6수가 千文과는 관계가 없고, 孝經과 관련이 있다.

十恩德 S.289 S.4438 S.5564 S.5591 S.5601 S.5687 S.6270 S.6274 S.6981v S.11568 P.2668 P.2843 P.3411 P.3840 P.4700 北6878(陽018)v Ф.263 Ф.326 ДХ01277

釋 頤淸 찬. 十恩德은 敦煌民間에서 유행한 勸孝를 주제로 한 佛教歌辭이다. 第一懷躬守護恩, 第二臨産受苦恩, 第三生子忘憂恩, 第四咽苦吐甘恩, 第五乳飽養育恩, 第六迴乾就濕恩, 第七洗濯不淨恩, 第八造作惡業恩, 第九遠行憶念恩, 第十寃憎會懟恩의 10수로 이루어져 있으며, 매 수의 구식은 "說着氣不舒, 慈親身重力全無, 坐起待人扶, 如羔病, 喘息矗, 紅顔漸覺焦枯, 報恩十月莫相宰, 佛且勸門徒"의 경우와 같이 5·7·5·3·3·7·5의 형식이다. S.289는 수제가 '報慈母十恩德'으로 되어 있으며, 그 아래 "若有慈孝男女深報父母之恩, 得生天"라는 말이 있다. S.4438은 수제가 '十恩德'으로

되어 있으며, 수미 모두 완전하나 중간에 훼손된 부분이 많다. S.5564는 수제는 일실이며 미부는 결락이다. 본 사권은 第一부터 第七까지 부분만 남아 있다. S.5591은 수제는 '十恩德讚一本'으로 되어 있으며, 미부는 결락되어 있다. S.5601은 수제 및 미제는 결락이다. 찬문의 앞부분 일부만 초록되어 잇다. S.5687은 수부는 완정하나 미부는 결락되어 있다. S.6270은 잔편이며, 3행만 잔존. S.6274는 수제는 '十恩德讚'으로 되어 있으며, 8행 잔존한다. 본문은 "千般說求母子"까지 필사되어 있고 그 이하는 결락. S.6981v는 第4~第8부분까지 남아 있다. S.11568은 잔편으로 2행 잔존한다. P.2843, P.3411은 제목이 '十恩德讚一本'으로 되어 있음. P.4700은 잔권으로 시작부 2행이 잔존한다. 北6878(陽018)v는 수제가 '十恩德讚'으로 되어 있다. ДХ01277는 제목이 '報慈母十恩德'으로 되어 있다.

通信上曲子名一首(尾題) S.329v
日落影西山曲子名一首 S.361v
미제는 '曲子名一首'이며, 첫구절이 "日落影西山"으로 시작함.

十二時(勸凡夫) S 427 北8440(鳥010)
총 12수로 이루어져 있으며, 매 수는 9구로 이루어져 있다. 구식은 "夜半子, 夜半子, 眾生重重繁俗事, 不能禪定自觀心, 何日得悟眞如理, 豪强富貴暫時間, 究竟終歸不免

死, 非論我輩是凡夫, 自古君王亦如此"(제1
수)의 예와 같이 3·3·7·7·7·7·7·
7·7이며, 매 수마다 첫 구와 둘째 구에 3자
로 된 구를 중첩시키고 있는 것이 형식적 특
징이다. 본 十二時는 凡夫들에게 깨달음을
권하는 내용을 담고 있다. 2권의 사권이 현
존하는데, S.427은 수제가 '禪門十二時'로
되어 있으나, 내용과 제목이 부합하지 않으
며 또한 子, 丑의 2수가 빠져있다. 北8440은
제목이 '勸戒文'으로 되어 있다.

大唐五臺曲子 S.467 S.2080 S.2985 S.4012 P.3360

五臺山을 大聖堂, 上東臺, 上書臺, 上北臺,
上南臺의 다섯 곳으로 나누어 노래한 佛敎
大曲이다. 총 6수로 이루어져 있으며, 각 수
는 모두 "大聖堂, 非凡地, 左右盤龍, 爲有臺
相倚, 岭岫嵯峨朝霧已. 花木芬芳, 菩薩多靈
異, 面慈悲, 心喜喜, 西國眞僧, 遠遠来瞻禮,
瑞彩時時巖下起, 福祚當今, 萬古千秋歲"
(第一)의 형태로 되어 있다. 5개의 사권이
현존하는데 그 중 P.3360과 S.467이 비교적
완정한 편이다. P.3360은 제목이 '大唐五臺
曲子五首 寄在蘇莫遮'로 되어 있으며 배면
에 "大唐五臺曲子五首, 若有靈山到本處, 立
便一切及如是"라는 말이 있다. S.467은 제
목은 '五台山曲子六首'로 되어 있으며, 五臺
의 순서가 中, 東, 北, 西, 南으로 되어 있어
P.3360과 차이를 보인다. S.2985는 제목이

'大唐五台曲子五首 寄在蘇莫遮'로 되어 있
으며, 北, 東, 大聖堂 3수의 사만 남아 있다.
S.2080은 제목은 결락되었고 東, 北, 中, 西
의 4수의 사만 남아 있으며, S.4012는 다섯
째 부분인 南臺만 남아 있는데 두 사본은 서
로 결합이 가능한 것으로 보아 동일한 사본
이 둘로 나누어진 것으로 보인다. S.4012에
는 사의 뒤에 "天成四年(929)正月五日午
際, 孫氷辦書"라는 제기가 있다.

散花樂 S.668v S.1781 S.4690v S.5557 S.5572 S.5894 S.6417 S.9459 P.2563v P.2921 P.3645 P.4597 北8345(果041) 北8362(制005) ДХ00828

11개 사권이 현존한다. S.1781, S.5537권에
는 제명이 '散花樂'이라고 되어 있으며,
S.1781, P.3645 두 사권의 초사가 가장 완정
하다. S.1781 사권의 앞부분에는 "散蓮花樂
散花林散蓮花樂滿道場"라는 영념(領念)
내지 영창(領唱)이 있으며, 뒷부분에는 "己
卯年二月三日比丘僧金剛會書記之耳"라
는 제기가 있다. S.6417 사권의 경우 원제가
'散蓮華樂'으로 되어 있으며, "貞明六年
(920)庚辰歲首一日金光明寺僧寶印口題"
이라는 후기가 있다. 北.8362에도 "宋建隆
三年(962)"라는 후기가 있다. 이러한 제기
에 근거할 때 散花樂은 五代, 宋初에 필사되
었음을 알 수 있다. 칠언 14구로 이루어져
있으며, 각 구절 앞에는 '散花樂' 혹은 '滿道
場'이라는 말이 붙어 있다. P.2563v의 경우

제목이 '散花林'으로 되어 있으며, 그 아래 '辭道場讚'이라는 말이 있다. 北8345(果041)는 수제가 '散花樂讚'으로 되어 있다. S.9459는 잔편이다.

樂住山 S.779 S.3287 S.5966 S.6321 P.2563v P.2658v P.3288 P.3555(A)v P.3915 ДХ00278v ДХ01629

'樂住山'이라는 화성구가 사용되고 있으며, 칠언 24구로 이루어져 있다. 본문은 "樂住山, 樂住山, 閑居靜坐石林看. 了忘與眞性無二, 任運啓可聖遺言. 時有昏沉來欲擾, 勤加策勵豈能纏. 樹下經行天[無]妄失, 正見松栢共運天. 空閑靜寂非人境, 惟見[野]獸往來前. 身心迷離□契敎, 身靜心垢被魔牽. 淸泉流水靈山響, 香花藥草□人間. 不假西方求淨土, 自然超世獨無淪. 人間喧雜如牢獄, 因妓造業出[無]緣. 乍可居山一束草, 不羨世俗萬重□, 寄語未來修福者, 未得成佛不歸還."

S.779는 편명이 '樂住山'으로 되어 있으며, 18구가 남아 있다. S.6321은 편명이 '樂住山'으로 되어 있으며, 시작부 4구만 잔존한다. S S.3287 및 P.2563v는 제목이 '樂住山'이라고 되어 있으며, 수미 모두 완정한 사본들이다.

雲謠集 S.1441 P.2838v

敦煌本 歌辭集으로, 2종 사권이 현존한다. ①S.1441: 사권의 원 제목은 '雲謠集雜曲子共三十首'. 「風歸雲」4수, 「天仙子」2수, 「竹枝詞」2수, 「洞仙歌」2수, 「破陣子」4수, 「浣沙溪」2수, 「柳靑娘」2수. 도합 18수가 남아 있다. 「傾杯樂」의 곡조명은 없으며, 그 이하는 잔결되어 있다. ②P.2838v: 사권의 원 제목은 '雲謠集雜曲子共三十'이며, 「風歸雲」2수, 「傾杯樂」2수, 「內家嬌」2수, 「拜新月」2수, 「抛毬樂」2수, 「漁歌子」2수, 「喜秋天」2수 등 총 14수가 잔존한다. ③P.3251: 원 사권은 장수가 1장에 불과하며, 18行이 남아 있다. "相思意, 羞著舊羅裳, 雙雙金鳳凰"부터 시작되고 있으며, 調名은 缺落되어 있다. 그 이하로는 '又'字로 제목이 달린 4수가 실려 있는데, 아마도 「菩薩蠻」 작품으로 보인다. 제12행에 "御製臨鐘商內家嬌"라 적혀있으며, 그 아래 "應張降王奴仙宮, 凡間略現容眞"까지 적혀있다. 이 詞는 P.2383『雲謠集雜曲子』에 보이나, 표제에 '御製臨鐘商' 5글자가 덧붙여져 있는 것 이외에도 문자에도 다소 차이가 있으며, 매 말구에 모두 圈點이 찍혀 있다.

樂入山 S.1497 S.3237 S.6321 P.2563v P.2658v P.3915 ДХ01629

'樂入山'이라는 和聲句를 사용하며, 전편이 거의 칠언으로 되어 있고, 17구로 구성되어 있다. 본문은 "樂入山, 樂入山, 欲去不去戀生間, 計時應合云, 無明暗障苦相纏, 自恨前生不修福, 今生果報未能圓, 願諸善友相

接引, 來生得免苦沉輪[淪], 若得居山去, 誓願晝夜不安眠, 五蘊身中有六賊, 誓願除蕩不留殘, 誓願專心求解脫, 誓願隨佛達無邊, 誓願專心出三界, 誓願成佛不歸還." S.1497은 편제는 '樂入山讚'(首題)으로 되어 있다. S.6321은 맨 끝 2구만 잔존한다. P.2563v는 앞부분은 결락이며, 후반부 10구 정도만 남아 있다.

五更轉(七月相望) S.1497v

잡언체 돈황가사. 본 五更轉 작품은 견우와 직녀의 고사를 노래하고 있으며, 총 5수로 구성되어 있다. 매 수는 8구로 구성되며 구식은 "一更每年七月七, 此時受□日, 在處敷座結交□, 獻供數千般, □晨達天暮, 一心待織女, 忽若今夜降凡間, 乞取一交言"(제1수)의 예처럼 7·5·7·5·5·5·7·5의 형태이다.

歎百歲詩 S.1588v P.3361v

聯章體 歌辭. 두 사권 모두 수제가 '嘆百歲詩'로 되어 있다. 본 사권은 수제가 '嘆百歲詩'로 되어 있으나 실상은 내용이 다른 1) 百岁篇(壟上苗)와 2) 百岁篇(池新荷) 2편의 百歲篇이 초록되어 있으며, 각 百歲篇은 一十一歲부터 一百歲까지 총 10수로 구성되어 있다. 또한 두 편 모두 매 수는 "一十一, 春禾壟上苗初出, 東園桃李花漸紅, 西苑垂楊更齊密"(百岁篇 壟上苗의 제1수)의 예처럼 3·7·7·7의 구식으로 이루어져 있다.

望月婆羅門 S.1589v S.4578 P.2702

연장체 불교 가사로, 총 4수로 구성되어 있다. 매 수는 "望月婆羅門, 青霄現金身, 面帶黑色齒如銀, 處處分身千万億, 錫杖撥天門, 雙林禮世尊"(제1수)의 예처럼 6구, 구식은 5·5·7·7·5·5로 이루어져 있다. S.4578이 가장 완정한 사본이나. 잔결된 글자들이 있다. 제1수는 9자가 결락되어 있으며, 불교도가 望月하면서 上天에 禮佛하는 것을 묘사하고 있으며, 제2수는 5자가 결락되어 있으며 달을 노래하면서 부처가 月宮에서 설법하는 것도 노래하고 있다. 제3수는 月景과 천상에서 바라본 정경을 노래하고 있다. 제4수는 달 및 월궁에서 노니는 것을 노래하고 있다. 본 사권의 배면에 '詠月婆羅門曲子四首'라는 제목이 있다. S.1589v는 후반부 2수만 남아 있는데 그 중 제3수의 경우는 또 시작부 3구만 잔존한다. P.2702는 제1수, 제2수만 존재하지만 자구가 완정한 편이다.

維摩五更轉十二時 S.2454 S.6631 P.3141

본 가사는 五更轉과 十二時가 결합된 복합 연장체 가사로, 이러한 가사 형식은 돈황가사 중에서도 아주 특이한 형태이며 대단히 중요한 가사이다. 본 가사는 현재까지 알려진 唐五代의 연악 곡조 중에서 가장 긴 장편에 해당하며, 『維摩經』에 나오는 維摩詰問疾의 고사가 그 내용이다. 본 가사의 앞부분은 五更轉 5수, 뒷부분은 十二時 23수이며 총 28수로 구성되어 있다. 五更轉은 매 更이 한 수로 이루어져 있으며, 매 수는 "一更初, 一更初, 醫王說教有多途, 維維摩勸疾徙方丈, 蓮花宝相坐街衢."처럼 3·3·7·7·7의 구식을 취하고 있다. 十二時 부분은 매 시가 "鷄鳴丑, 鷄鳴丑, 寶積發心中夜後, 啟問如來不獨行, 五百之中爲上首. 天將曙, 命無垢, 與君今爲不請友, 言談尙未成寶經, 所以相印金口."의 예처럼 2개의 곡조로 구성되며, 전체가 12組의 辭(실제 남아 있는 사이 총 수는 23수이며, 1수는 결락)로 구성되어 있다. 매 사의 구식은 3·3·7·7·7의 형태이다.

曲子詞抄　S.2607

본 사권에는 「西江月」, 「浪濤沙」, 「菩薩蠻」, 「浣溪沙」, 「獻忠心」, 「茶怨春」, 「御製曲子」, 「臨江仙」의 여덟 곡조가 초록되어 있다.

五蘊山詞文　S.2651v

본 「五蘊山詞文」 본문은 "五蘊山, 山中一室空, 來來去, 不相逢. 一生生, 任舍住, 至今不□主人功"

十二時(佛性成就)　S.2679

본 작품은 원 사권의 「南宗定邪正五更轉」 다음에 초록되어 있으며, 앞 7수는 파손이 심하며 모두 65자가 결락. "火威停爐"1행 다음에 다른 문헌이 쓰여져 있으며, 이 문헌의 초록이 끝난 다음 다시 5수가 이어져 초

록되어 있으므로 비교적 완정하다고 할 수 있다. 하지만 결여된 글자가 너무 많아, 이해하기는 어렵다. 본 가사는 모두 12수로 구성되어 있으며, 매 수는 4구로 이루어져 있다. 구식은 "日入酉, 世諦榮華應不久, 但拯無明不染心, 則與諸佛爲心首"의 예처럼 3·7·7·7의 형태로 되어 있다. 내용은 사람은 모두 불성을 가지고 있지만, 성불을 하기 위해서는 대승의 공의 이치를 깨달아야 한다는 것을 주장하고 있다.

緇門百歲篇　S.2947 S.5549 P.3054v P.3821 P.4525(6)

정격 연장체 불교가사로 총 10수로 구성되어 있다. 매 수는 "一十辭親愿出家, 手携經櫝學煎茶. 驅鳥未解從師教, 往往抛經摘草花."와 같이 칠언 4구로 이루어져 있다. 모두 5개의 사권이 현존한다. S.2947에는 가사 앞에 "寶積經第一帙第一卷, 三律儀會"라제목을 먼저 적은 다음 약간의 공란을 두고 '緇門百歲篇' 제목을 적어 놓고 있는데, 이 가사는 바로 寶積經에 근거들 둔 것이다. S.5549는 앞부분 3수가 결락되어 있으며, P.4525는 미제가 '緇門百歲篇壹本'으로 되어 있지만, 사본이 찢어져 있으며 각 행마다 결자가 많다.

丈夫百歲篇　S.2947 S.5549 P.3821 ДХ01563v + ДХ02067v의 합본

정격 연장체 가사. 본 가사는 4구가 1수를

이루며 모두 10수로 이루어져 있다. 매 수는 "一十香風綻藕花, 弟兄如玉父娘夸, 平明趁伴爭毬子, 直到黃昏不憶家"의 예처럼 칠언 4구의 형식이다. 세 개의 사권이 현존하는데, 세 사권 모두 본 가사가 「緇門百歲篇」,「女人百歲篇」과 함께 필사되어 있다. S.2947과 P.3821은 모두 가사 앞에 '丈夫百歲篇' 제목이 있다. S.2947은 잔결된 부분이 많다. S.5549에는 권말에 "百歲篇一卷完. 曹義成, 陳闍梨, 周藥奴, 井井, 蝎蝎, 阿柳, 阿錄 信手寫百歲篇一卷"이라는 말이 있다.

女人百歲篇 S.2947 S.5549 S.5558 P.3168

P.3821 ДХ01563v + ДХ02067v의 합본

정격 연장체 가사. 본 가사는 모두 10수로 구성되어 있으며, 매 수는 "一十花枝兩斯兼, 優柔婀娜復壓孃, 父娘怜似瑤臺月, 尋常不許出朱簾"처럼 칠언 사구로 이루어져 있다. 현존하는 사권은 모두 5종 사권인데, 이 중 P.3168이 가장 완정한 편이며, 제목 '女人百歲篇' 아래 "從壹拾至百年"의 6글자가 있다. S.5549가 그 다음으로 완정한 편이며, S.2947은 잔결된 부분이 비교적 많다.

正月七日南交曲子 S.3824v

十二時(發憤勸學) S.4129 P.2564 P.2633

P.3821

연장체 정격가사. 4개 사권 중에 S.4129 P.2564 P.2633은 원 사권의 「齖䶄書」내에 들어있으며, P.3821은 단행본이다. 본 작품은 「齖䶄書」의 내용과는 아무런 관련이 없고, 단행본이 존재하는 것으로 보아 본 작품이 「齖䶄書」내에 들어있는 것은 우연한 것임을 알 수 있다. 본 가사 앞에는 칠언으로 된 引子詩가 있으며, 총 12수로 구성되어 있다. 매 수는 4구이며, 구식은 "日出卯. 人生在世須臾老, 男兒不學讀詩書, 恰似園中肥地草"의 예처럼, 3·7·7·7의 형태이다. 내용은 '發憤勸學' 이다.

五更轉 [頓見境] S.2679 S.6103

荷澤寺和尙 神會 찬. 본 가사는 총 5수로 구성되어 있으며, S.6103에 전반부 3수, S.2679에 후반부 2수가 보인다. 양 사권을 합해 총 5수의 완정한 작품이 된다. 매 수는 "一更初, 涅槃城里見眞如, 妄想是空非有實, 不言爲有不言無. 非垢淨, 离空虛, 莫作意, 入無餘, 了性即知當解脫, 何勞端坐作功夫"의 예처럼 전반부는 3·7·7·7, 후반부 3·3·3·3·7·7의 구식으로 이루어져 있다. S.6103에서는 원제가 '荷澤寺和尙神會五更轉'으로 되어 있다. 본 작품의 격조와 내용이 모두 신회가 지은 또 다른 작품인 「南宗定邪正五更轉」와 부합한다.

南宗定邪正五更轉 S.2679 S.4634 S.4654

S.6083(1) S.6083(2) S.6923(1) S.6923(3)

P.2045 P.2270 北8325(鹹018) 北7233v(露006)

정격 연장체 불교 가사. 석 神會 찬. 총 5수로 구성되어 있으며, 매 수의 구식은 "一更初.

妄想眞如不異居, 迷則眞如是妄想, 悟即妄想是眞如. 念不起, 更無與, 見本性, 等虛空. 有作有求非解脫, 無作無求是功夫"의 예와 같이 3·7·7·7, 3·3·3·3·7·7의 형태이다. 본사본은 대단히 많은 편이며, 동일한 사권 안에서 전후로 두 번 나오는 경우도 있다. P.2045가 가장 완정한 편이며, S.6083 (1)과 (2)의 경우에는 잔결된 부분이 많으며, 동일한 사권 S.6083 안에 보인다. 모두 10수가 수록되어 있다. 표제의 경우 北8325(鹹 018), 北7233v(露006)은 '南宗訂邪正五更轉', S.4634는 '大乘五更傳', S.6083은 '五更傳一首', S.4654는 '南宗定邪正五更轉', P.2270은 '五更傳頌'으로 되어 있다. 그 나머지는 표제가 없다. S.6083, S.6923, P.2045의 경우 모두 오경전 뒤에 이어 오언율시 1수가 초록되어 있으며, 나머지는 없다. S.4654는 마지막 2수만 초록되어 있다.

早出纏 S.3287 S.4712 S.5516 S.11623 S.5966 P.2658v

S.4712 사권에는 「早出纏讚」이라는 편명만 잡사되어 있고, 찬문의 본문은 없다.

본문: "早出纏, 早出纏, 榮華富貴暫時間, 曠劫輪迴受生死, 良由不遇善因緣, 人身難得金已得, 云何不種未來因, □□數存入[人?]難保, 無常忽至入黃泉. 世間因緣不可說, □□赴火自焦然[燃], 因修不能舍難得, 菩提道路斷因緣, □□□□迴心至, 今年努力

猛抛看."

往日修行時曲子一首 S.4037v

곡자 본문은 "往日修行時, 忙忙爲生死, 今日見眞是, 生死尋常事, 見他生, 返[反]觀自身亦如此."

南宗讚 S.4173 S.4654 S.5529 S.5689 P.2690v P.2963v P.2948 P.4603 北8371(乃074) Φ.171

현존 10종 사권. 모두 4更으로 구성되어 있으며(五更 부분은 결락), 매 更은 2수의 사로 구성되어 있다. 매수는 10구로 구성되며 구식은 "一更长, 一更长, 如来智慧化中藏, 不知自身本是佛, 無明障闭自慌忙. 了五蕴, 體皆亡, 灭六识, 不相當, 行住坐卧常作意, 則知四大是佛堂"처럼 전반부는 3·3·7·7·7, 후반부는 3·3·3·7·7의 형태이다. P.2963 및 S.4173은 수미가 모두 완정하나, S.4654는 앞 2수 및 제3수의 전반부 4구만 잔존. P.4608은 3구만 잔존한다.

念珠出自王宮宅曲子 S.4243

곡자 앞에 칠언 4구로 된 "念珠出自王宮宅, 曠劫年來人不識, 有人識得難凡夫, 隱在中山舍衞國"라는 引子詩가 있다. 본 가사는 총 10수로 구성되어 있으며, 매 수는 "无相珠, 方丈见, 能青彩黃能赤白, 玛瑙珊瑚堆合成, 慧线穿连无间隔"(제1수)의 예처럼 5구, 구식은 3·3·7·7·7로 이루어져 있다. 불교 가사의 대표작의 하나이다.

曲子三首 S.4332

본 사권에는 「別仙子」, 「菩薩蠻」, 「酒泉子」의 3수의 곡자가 초록되어 있다.

莨菪不歸鄉嵌藥名曲子 S.4508

唐代의 詞曲이며, 작자나 곡조명은 없다. 사권 앞부분에 원래 "大唐三藏和尙行文一本"이라는 글자가 보이나 이미 지워서 없애버린 듯한 흔적이 남아 있으며, 본 곡자 뒤에 「三歸依曲子」 4수 및 "乾興張法律紙……張華"라는 서명이 필사되어 있다. 본 곡사의 본문은 "莨菪不歸鄉, 經今半夏薑. 去他鳥頭了, 血傍傍[滂滂], □他家附子豪强, 父母依意美長短, 桂心日夜思量."

三歸依曲子 S.4300 S.4508 S.4878

연장체 불교 가사로 총 4수로 구성되어 있다. 매 수는 "歸依佛, 大聖釋迦化主, 興慈愿, 救諸苦, 能宣妙法甚深言, 聞者如霑甘露, 慈悲主, 接引眾生, 同到淨土"(제1수)의 예처럼 9구, 구식은 3・6・3・3・ 7・6・3・4・4의 형태로 되어 있다. S.4878 사본에 본 가사의 4수가 모두 보인다. S.4508은 제목이 '歸依三寶文'으로 되어 있으나, 형식이 S.4878과 동일하다. S.4300 사권에는 "天福十四年(949)戊申歲四月卄日金光明寺律師保員記"라는 제기가 있다.

佛說楞伽經禪門悉談章 S.4583v

P.2204 P.2212 P.3082 P.3099

釋寶中 찬. 聯章體 불교가사로, 총 8수로 구성되어 있다. 가사 앞에 "諸佛子等, 合掌至心听, 我今欲說大乘楞伽悉談章. 談章者, 昔大慧在楞伽山, 因得菩提達摩和尙, 元嘉元年從南天竺國將楞伽經來至東都. 跋陀三藏法師奉詔翻譯, 其經總有五卷, 合成一部. 文字浩旱, 意義難知, 達摩和尙慈悲, 广濟羣品, 通經經問道, 識攬玄宗, 窮達本原, 皆蒙指受. 又嵩山會善沙門定惠翻出悉談章, 廣開禪門, 不妨慧學, 不著文字, 並合秦音, 亦以鳩摩羅什法通韵魯留盧樓爲首"라는 서문이 있다. 참고로 제1수만 소개하면 "頗邏墮, 頗邏墮, 第一捨緣淸净坐, 万事不起真无我, 直進菩提离因果, 心心寂滅无殃禍, 念念无念當印可, 可底利摩, 魯留盧樓邏墮, 諸佛弟子莫爛惰. 自勸課. 愛河苦海須渡過. 憶食不餐常被餓. 木頭不钻不出火, 那邏邏, 端坐, 娑訶耶, 莫臥." S.4583v는 제5, 6, 7, 8수만 남아 있다. P.2212는 제목이 '悉談章'으로 되어 있으며, 그 아래 '並序'라는 2글자가 있다. P.2204는 "天福六年(941), 十二月十九日, 淨土寺□比丘僧願宗題. 迷頭上小自後再堪知敦煌縣公索"이라는 제기가 있다. P.3099는 수제가 '佛說楞伽經禪門悉談章並序'로 되어 있으며, 가사 뒤에는 작은 글씨로 제기가 있는데 잔결이 심하며, "九月貳日札手劉(중간 결락)記耳"라는 글자만 남아 있다. P.3032는 제목이 '諸雜眞言'으로 되어 있으며, 시작부 제1, 2수가 결락되어 있다.

太子五更轉　S.5487 P.2483 P.3083

3종 사권이 현존한다. P.2483은 제목이 '太子五更轉'로 되어 있으며 가장 완정한 사본이다. 동일한 사권 안에 중복 필사되어 있다. P.3083은 '太子五更傳本'으로 되어 있으며, 전체 오경(五更) 중 일경(一更)부터 삼경까지의 일부만 남아 있다. S.5487은 미제가 '悉達太子讚一本'으로 되어 있으며, "一更初太子欲"의 7자만 잔존한다. 본 오경전은 4구가 1수를 이루며 모두 5수로 구성되어 있으며, 매 수의 구식은 "一更初. 太子欲發坐尋思, 奈知耶娘防守到, 何時度得雪山川"의 예와 같이 3·7·7·7·3의 형태이다. 내용은 태자의 성불에 관한 것이다.

五更轉　S.5529

편명을 알 수 없는 五更轉 형식의 가사의 잔편이며, 一更부터 三更까지의 12행만 잔존한다. 내용은 불교적 내용이다.

長安詞　S.5540 P.3644 ДХ00278v

돈황 불교가사. 전편은 총 4수로 구성되어 있으며, 매 수는 "天長地闊杳難分, 中國衆生不可聞. 長安帝德承恩報, 萬國歸投拜聖君"(제1수)의 예처럼 칠언 4구로 구성되어 있다. 내용은 한 梵僧이 唐으로 와서 佛學을 배우고, 오대산을 참례하고 싶은 마음을 담고 있다. 4개의 사권이 현존하는데, S.5540에 네 수의 사가 모두 초록되어 있으며, '長安詞'라는 제목이 달려 있다. ДХ 00278v는 모두 21행이며 매 행은 3~4글자 정도 되는데, 제2수 및 제3수의 전반부 3구만 남아 있다.

山花子詞　S.5540

唐代의 곡사이며, 작자는 불상이다. 1수로 구성되어 있으며, 구식은 7·7·7·3·7·7·7·3이며 閨中의 怨望을 담고 있는 작품이다. 곡사의 본문은 "去年春日長相對, 今年春日千山外, 落花流水东西路, 難期會. 西江水竭南山碎, 憶得終日心無退, 當時只合同携手, 悔□□."

曲子望江南(首題)　S.5556

3수의 「望江南」 작품이 수록되어 있다. 그중 제1수는 "邊塞苦, 聖上合聞聲, 背蕃歸漢經數歲, 當爲大國作長城, 金榜有嘉名, 太傅化, 永保更延齡, 每抱沉机扶社稷, 一人有庆万家榮, 早愿拜龍旌," 제2수는 "龍沙塞, 路遠隔恩波, 每恨諸蕃生留滯, 只緣當路寇讎多, 抱屈爭奈何, 皇恩溥, 聖澤徧天涯, 大朝宣差中外使, 今因絶塞暫經過, 路遠合通和," 제3수는 "曹公德, 爲國拓西關, 六戎盡來作百姓, 壓壇河隴定羌渾, 雄名遠近聞, 盡忠孝, 向主立殊勛, 靖難論兵扶社稷, 恆將籌略定妖氛, 愿万載作人君."

聖敎十二時　S.5567 P.2734 P.2918

定格 聯章體 불교가사. 본 작품은 싯다르타의 本生 경력 즉 탄생에서부터 수도, 성불, 행교의 과정을 노래하고 있으며 雙林에서의 설

법, 제자들의 참회에서 끝나고 있다. 제목의
'성교'는 부처가 일생의 실상으로 사람들을
교화시킨다는 뜻이며, 전 작품을 개괄할 수
있는 말이다. 매4구가 한 수를 이루며 매수의
구식은 "夜半子, 摩耶夫人誕太子, 步步足下
生蓮花, 九龍齊吐溫和水"와 같이 3·7·7·7
이며, 모두 12수로 구성되어 있다.

禪門十二時　S.5567 P.3604 P.3116 P.3821
　　『敦煌零拾』

정격 연장체 불교가사. 모두 12수로 되어
있으며, 한 수는 4구이며, 구식은 "平旦寅,
發意斷貪嗔, 莫敎心散亂, 虛度一生身"처럼
3·5·5·5의 형태이다. 현존하는 사권은
모두 5개 인데, 이중 P.3064가 가장 완정하
며 정확한 사권이다. P.3116은 P.3064와 비
슷하며 모두 '寅'에서 시작하여 '丑'에서 끝
난다. P.3821은 사 앞에 '十二時行孝文一本'
이라는 제목이 있으나, 내용이 제목과 부합
하지 않으며 또한 '子'에서 시작하고 있다.
『敦煌零拾』에 수록된 사권은 제목이 '禪門
十二時'로 되어 있다. P.3821과 『敦煌零
拾』본은 서로 비슷하며, 모두 '子'에서 시작
하여 '亥'에서 끝난다. S.5567은 잔권으로
겨우 1수만 남아 있으며, 일부 글자는 결락
되어 있다.

法體十二時　S.5567 S.9500 P.2813 P.3113
　　P.4082

聯章體 불교가사. 5개 사권이 현존하며, 그

중 P.3113이 가장 믿을 수 있는 사권이다.
S.5567은 수제가 '聖敎十二時'로 되어 있으
며, 나머지는 제목이 '法體十二時'로 되어
있다. 본 가사는 모두 12수로 이루어져 있
으며, 매수는 4구, 구식은 "平旦寅, 洗足燒
香禮世尊, 胡跪虔誠齋發愿, 努力修取未來
因"처럼 3·7·7·7의 형태이다.

三冬雪　S.5572 P.2107 P.2704

본 가사는 승려들이 募化 衣裝을 할 때 부르
던 노래이다. 가사 앞에 "沙門入言如来典
句, 盖不虛拈, 令護命於九旬, 遣加提於一
月, 是以共邀流輩, 同出精藍, 諷寶偈於長
街, □深懷於碧碉, 希添忍服, 望濟寒衣, 他
時猊座, 上答酬恩, 此日軒階, 略呈雅韵"라
는 入言이 있다. 가사는 모두 15수로 구성되
어 있으며, '御被三冬雪'이라는 구절을 11
수에서 반복구로 사용하는 重句聯章體 가
사이다. 매 수는 5구이며, 구식은 "話苦辛,
申懇切, 數個師僧門仿列, 只爲全無一事衣,
如何御彼三冬雪"의 예처럼 3·3·7·7·7
의 형태이다. 3개의 사권이 현존하며, 그중
P.2107이 가장 완정한 사권이다. S.5572는
가사의 앞부분은 결락되어 있으며, 시제 역
시 결락되어 있다. 사권의 말미에 "顯德三
年三月六日乙卯歲次八月二日書記之耳"
라는 제기가 있다.

只爲求因果　S.5588

唐代 佛曲. 작자는 미상이며, 수미 모두 잔

결이다. 377구가 남아 있다. 章法은 2구가
1절을 이루며, 구식은 "今生果極前生種, 懺
愧生珍重"의 예처럼 7·5의 형식으로 이루
어져 있다. 구절마다 압운을 하고 있고, 매
2구절마다 환운을 하고 있다. 곡조명은 일실
되었다. 내용은 불교의 인과응보 및 윤회설
을 설파하고 있으며, 수행을 하여 좋은 내생
을 맞이할 것을 권하는 내용이다. 『英藏』목
록에서는 「勸善文」으로 정명하고 있다.

曲子(定乾坤)二首 S.5643

唐代의 곡사이다. 작자는 알 수 없으며, 곡
조명도 없다. 모두 2수인데, 제1수는 5자가
잔결되어 있다. 제2수에는 곡사 앞에 "曲子
同前"이라는 4글자가 있다. 제1수는 변방
에 전쟁이 끊임이 없어 돌아오지 못하는 남
편에 대한 연인의 원망과 그리움의 정서를
표현하고 있으며, 7·3·7·5·7·5·5·
5의 구식으로 되어 있다. 제2수는 제1수와
는 구식이 약간 다르며, 내용은 "修文寶海
聖明君, 感皇恩. 八方無事妖氛靖, 定乾坤.
君臣道泰如魚水, 衣永挂長新. 道屬輕山岳,
千秋與萬春"이라고 하고 있으며 가공송덕
의 작품이다.

曲子(送征衣) S.5643

본 곡자는 1수로 구성되어 있으며, 총 59자
이다. 구식은 7·5·7·5·6·7·5·7이
며, 후단부 제2구의 경우는 4글자가 결락되
어 있다. 곡자의 내용은 한 여인이 남편을
그리움을 표현하고 있다.

曲子(紅娘子) S.5643

사권의 앞부분에 제목이 '曲子'라고 되어 있
으며, 曲子의 앞부분이 잔결되어 있다. 詞
의 구식은 5·7·6·7, 7·5·4·4이며, 본
문은 "□□□□宣, 美人秋水似天仙, 紅娘
子本住□□, 蝶兒終日遶花間. 擧頭聚落秋
□□, 悔上採蓮船, 楊柳枝柔, 墜落西番."

曲子一本 S.5852

미제가 '曲子一本'으로 되어 있으며, 6행만
잔존하며 하단부가 잔결되어 있다.

曲子(早出纏, 樂入山, 樂住山) S.5966

曲子(行路難) S.6042

모두 18행이 남아 있으며, 사권의 아랫부
분은 모두 잔결. 第五, 第六, 第七 3수만 잔
존하며 매 수는 모두 '君不見'으로 시작하
고 있다.

無想五更轉 S.6077

원 제목은 '無想五更轉'으로 되어 있으며,
본 五更轉 다음에 「無常偈」5수가 이어지
고 있어 서로 대조해 볼 수 있겠으나 아쉽게
도 게문은 파손이 심하여 2행만 잔존한다.
본 五更轉은 총 5수, 매 수는 4구로 이루어지
며, 구식은 "一更淺, 眾要諸緣何所遣, 但依
正觀且□□, 念念眞如方可顯"처럼 3·7·
7·7의 형태이다.

十二月曲子 S.6208v

曲子(樂入山, 樂住山) S.6321

詞集 S.6537v

본 사권에는 8수의 곡자 곧 「龍州詞」, 「水調
詞」, 「鄭郎子詞」, 「鬪百草詞」, 「樂世詞」,
「阿曹婆詞」, 「何滿子詞」, 「劍器詞」 이 초
록되어 있다. 이 중 「樂世詞」는 칠언 8구로
되어 있으며, 실제로는 唐 沈宇의 「武陽送
別」 시이다.

曲子別仙子四首幷拍段譜 S.7111v

曲子 S.8590v

曲子(五更轉, 巖景花) S.8655v

曲子(十[?]死謂[爲]君王) S.9038v

편명을 알 수 없는 곡자의 잔편이며, 본 사
권의 시작부분이 "十[?]死謂[爲]君王"으로
시작되고 있다.

曲子詞抄 S.9931

S.2607사권 참조.

時可惜勿空過曲子 S.9942

6행만 남아 있는 곡자의 잔편 조각이며, 곡
자의 맨 마지막 구절 혹은 미제가 '時可惜,
勿空過'이다.

十二時普勸四衆依教修行 P.2054

P.2714 P.3087 P.3286 Φ.342 Φ.361

智嚴 大師 찬. 十二時의 형식으로 지어진 장
편의 定格聯章體 歌辭이다. 모두 134수에
달하는 장편이며, 13단락으로 구분된다. 앞
부분은 十二時에 따라 12단락으로 구분되
며, 모두 128수가 있다. 그리고 후반부 6수
로 전편을 총결하고 있는 것이 특징이다. 5

구가 1수를 이루며, 구식은 "鷄鳴丑, 鷄鳴丑,
曙色纔能分戶牖, 富者高眠醉夢中, 貧人已
向塵埃走"의 예와 같이 3·3·7·7·7이
다. 4개의 사권이 현존한다. ①P.2054: 수제
는 '十二時普勸四衆, 依教修行'로 되어 있
다. 본 사권은 수미가 비교적 완정한 편이
며, 128수가 수록되어 있다. 그리고 권말에
"同光二年甲申歲(924)蕤賓之月, 莫雕二葉,
學子薛安俊書, 信心弟子李吉順專持念誦
勸善"라는 제기가 있다. ②P.2714: 수미가
모두 완정하다. ③P.3087: 수미 모두 잔결이
며, '辰'의 하반부부터 '戌'의 상반부까지 65
수만 남아 있다. ④P.3286: 잔권이며 수부는
온전하나 미부는 없어 '未'에서 끝나고 있
다. 74수만 수록되어 있다.

化生童子讚 P.2122 P.3210 北8261(服062)

연장체 불교가사. 총 10수로 구성되어 있으
며, "化生童子佛宮生, 便得鎭珠網里行, 耳
邊惟聞念三寶, 時時更听樹相撑."(제1수)처
럼 칠언 4구로 구성되어 있다. 매수의 첫 4글
자가 "化生童子"의 4글자로 시작하는 것이
특징이다. 본 작품은 각 사권 「阿彌陀經講
經文」 안에 들어 있으나, 본 가사가 講經文
과 어떠한 연관이 있는지는 명확하지 않다.
3권의 사권이 현존하는데 P.2122 P.3210는
전편이 모두 완전하나, 北8261(服062)는 제
4수 이후의 4수 정도만 남아 있다.

西方淨土讚 P.2066

釋 法照 찬. '歸去來' 曲調를 활용하고 있으며, 총6수로 구성되어 있다. 매 수는 "歸去來, 寶門開, 正見彌陀勝寶座, 菩薩散花稱善哉, 稱善哉"의 예처럼 3·3·7·7·3이다.

詞四関 P.2506v

「臨江仙」, 「酒泉子」, 「獻忠心」을 포함한 4수의 詞가 필사되어 있다.

曲子一首寄在定西蕃 P.2641v

원제가 '曲子一首, 寄在定西蕃'으로 되어 있다. '寄在'는 '調寄'와 의미가 같으며, '定西蕃'은 곡조명을 의미한다. 曲文 전문은 "事從星入塞. 衝沙磧, 度千山. 三載方達王命, 豈辭辛苦艱, 爲布我皇綸. 定西蕃."

五更轉 P.2647v

「征婦思者」의 잔문. 一更부터 四更 부분까지 남아 있으며, 매 更은 2수로 구성되며 총 7수가 남아 있다(이 중 삼경의 제1수는 2·3·4구가 잔결되어 있으며, 四更은 제1수만 잔존한다). 매 수는 "一更初夜坐調琴, 欲奏相思相姜心. 每恨狂夫薄行迹, 一過抛人年月深"처럼 칠언 4구로 구성되어 있으며 내용은 돌아오지 않는 征夫에 대한 婦人의 원망을 담은 비불교적 가사이다.

學道十二時 P.2943v

정격(定格) 연장체(聯章體) 불교가사(佛教歌辭). 제1수 "夜半子, 蔭中眞如止, 觀心超有無, 寂然俱空理"의 예에서와 같이 매 수의 구식은 3·5·5·5이며, 모두 12수로 이루어져 있다.

十二時 P.2690v

수제가 '十二時'로만 되어 있으며, 정확한 편명은 미상이다.

十二時 P.2693

擣練子孟姜女 (1) P.2809 P.3911 P.3319

총 4수로 구성되어 있으며, 매 수는 5구, 구식은 "堂前立, 拜辭娘, 不覺眼中漏千行, 勸你耶娘少悵望, 爲喫他官家重衣粮"처럼 3·3·7·7·7의 형식임. 3개의 사권이 현존하는데, 그 중 P.2809가 가장 완전하다. 그러나 곡조명이 나와 있지 않고, 잘못된 글자가 많다. P.3911에는 곡조명이 있으며, '孟曲子擣練子平'이라고 쓰여 있다. P.3319는 마지막 2수만 남아 있다. 본사권은 2번 중복해서 초사되어 있는데, 그 중 한번은 "更不"에서 끝나고 있고, 또 한번은 "山下雪"에서 끝나고 있어 모두 초록이 미완의 상태이다.

望江南三首 P.2809

望江南은 곡조명이며, 이 곡조명 하에 「敦煌郡」, 「龍沙塞」, 「娘子麫」의 세 작품이 초록되어 있다.

酒泉子二首 P.2809

「詠馬」, 「詠劍」의 두 작품이 초록되어 있다.

酒泉子 P.2809v

楊柳枝 P.2809v

楊柳枝 「老催人」 작품이며, "春去春來春復春, 寒暑來頻, 月生月盡月還新"의 3구만 잔

존하고 있다.

曲子詞三首 P.2809v

擣練子孟姜女(2) P.3718v

본 가사는 본 사권의 배면에 초록되어 있으며, 가사의 앞에 '曲子名目' 1행이 쓰어 있다. 본 가사는 총 6수로 구성. 매 수는 5구(제6수만 2구가 더 많다)이며, 구식은 "雲疑盖, 月已升, 朦朧不眠已三更, 面上褐綾紅分散, 號咷大哭呼三星"의 3·3·7·7·7의 형태이다. 내용이나 문자 상에 있어 擣練子孟姜女(1)과는 완전히 다르다.

孝順樂 P.2843 P.3934 P.4560

불교가사의 하나로 총 12수로 구성. 그중 제1수는 引子, 마지막 수는 결어의 역할을 한다. 매 수는 "人生一世大堪傷, 浮生如似电中光, 道場今日苦相勸, 是須孝順阿耶娘"와 같이 칠언 4구로 이루어지며, 매 수 뒤에는 "孝順樂, 孝順樂, 孝順阿耶娘, 孝順樂"의 화성구를 사용하고 있다. P.3934 및 4560은 제목이 모두 '孝順樂讚'으로 되어 있다.

十二時 (勸學) P.2952

정격 연장체 가사인 '十二時'類의 殘卷으로 전반부 8수만 남아 있다. 제8수 다음에 4수의 가사가 이어져서 표면적으로 볼 때는 1 十二時의 완정한 작품을 이루는 듯 하지만, 그러나 전반부 8수와 후반 4수는 내용과 격조에 있어 서로 맞지를 않아 실제는 서로 다른 十二時類 작품들이다. 본 십이시는 8구

가 한 수를 이루며 잔결된 글자가 많이 있다. 구식은 "平旦寅, □□□□未安身. 奉勸有男須入學, 莫推言道我家貧. 從小父娘□□□, 到大傔儸必越人, 縱然未得一官職, 筆下方圓養二親"처럼 '3·7·7·7, 7·7·7·7'이 형태이다. 내용은 유가적인 입장에서 '勸學'하는 내용이다.

十二時 (求宦) P.2952

'十二時'類의 殘卷. 본 사권은 앞부분 8수는 일실되고, 뒷 부분 4수만 남아 있다. 매수는 4구로 이루어지며, 구식은 "黃昏戌, 官职比来从此出, 文章争不多勤学, 有志勿令生愧悔"처럼 3·7·7·7의 형식이다.

五更轉 (警世) P.2976

'十二時'류의 殘卷으로, 一更과 二更의 2수만 잔존한다. '一更初'라는 3글자 다음에 칠언 21구가 이어지며, '二更初' 다음에 칠언 13구가 이어지고 있으며, 그 아래로는 결락되어 있다.

南宗大乘五更轉 P.2984v

十二時 (詠史) P.3821

본 十二時의 원 제목은 '十二時行孝文一本'으로 되어 있으며, 동 사권의 白侍郎作十二時十二時行孝文一本一本 앞에 초사되어 있다. 본 사권은 제목이 '十二時行孝文一本'으로 되어 있으나, 그 내용은 孝와는 아무런 관련이 없으며, 전부 詠史와 관련되어 있다. 아마 필사자가 十行孝文十二時라는

제목하에 본 '詠史十二時'를 잘못 포괄했던 것으로 추정된다. 본 十二時는 모두 12수로 구성되어 있으며, 매수는 4구이며 구식은 "夜半子, 干將造劍國無二, 臣劍安在石松間, 爲父報讎不惜死"(제1수)의 예처럼 3·7·7·7의 형태이다.

十二時行孝文一本　P.3821

수제는 '白侍郎作十二時行孝文一本'으로 되어 있으며, 권말에는 "十二時行孝文一本了"라는 말이 있다. 白居易 찬. 총 12수로 구성되어 있으며, 매 수는 4구, 구식은 "平旦寅, 早起堂前參二親, 處分家中送菜水, 莫敎父母喚聲頻"의 예처럼 3·7·7·7의 형태이다.

佛家詩曲集　P.3056 P.4895

佛敎 詩曲集. P.3056과 P.4895는 서로 이어지며 합본이 가능하다. 「歸去來」,「入山學」,「山中樂」류의 작품들이 있으며, 대략 100수 가까이 있다.

太子入山修道讚(五更轉)　P.3061 P.3065

李盛鐸舊藏本

본 오경전은 총 15수이며 매 更이 3수로 이루어져 있다. 이 중 제1수가 主曲을 이루며, 나머지 두 수는 보조곡의 역할을 한다. 매 수는 "一更夜月凉, 東宮建道場, 幡花傘蓋日爭光, 燒寶香"처럼 4구로 구성되며 또 구식은 5·5·7·3의 형태이다. 말구에 간혹 2글자정도의 襯子를 덧붙여 5자구로 만들기

도 했다. P.3061 및 F.3065는 모두 제목이 "태太子入山修道讚"으로 되어 있으나, 본 찬문은 일반 불교 찬군이 아닌 五更轉의 곡조를 활용하여 지어진 정격 연장체 불교가사에 속한다.

定風波三首　P.3093v

俗曲에 속하며, '傷寒症'에 대해 논한 3편의 가사가 초록되어 있다. 3편의 가사 내용은 "陰毒傷寒脉又微, 四肢厥冷最難醫, 更遇盲醫與宣瀉, 休也. 頭面大汗永分离, 時當五六日, 頭如針刺汗微微, 吐逆黏滑脉沉細, 胃脈潰. 斯須兒女獨孤悽. 夾食傷寒脉沉遲, 時時寒熱汗微微, 只爲臟中有結物, 虛汗出, 心脾連胃睡不得, 時當八九日, 上氣喘粗人不識, 鼻顫舌焦容顔黑, 明醫識, 堆積千金醫不得. 風濕傷寒脉緊沉, 偏身虛汗似湯淋, 此是三傷誰識別, 情切, 有風有氣有食結, 時當五六日, 言語惺惺精神出, 勾當如同强健日, 明醫識, 喘粗如睡遭沉溺."

七言小曲一首　P.3125

민간 곡사로 추정되며, 수구는 "聞 阿耶名字何何(口 + 奢)"임.

曲子詞　P.3128v

본 사권에는 菩薩蠻, 浣溪沙, 浪濤沙, 望江亭(南?), 感皇恩 각 3수씩이 초록되어 있다.

臨江仙, 南歌子等 三首　P.3137

본 사권에는 臨江仙「少年夫壻」와 南歌子「風流壻」, 南歌子「獎美人」의 작품이 초록되어 있다.

曲子詞一首　P.3155v

民間 曲辭이며, 사의 수구는 "五里江頭望水
平"이다.

詞曲(敦煌曲 菩薩蠻等)　P.3251

본 사권에는 詞 5수가 초록되어 있는데, 앞
4수의 牌名은 일실되었고, 나머지 한 수는
「御製鐘喬內家嬌」이다.

詞集　P.3271v

「汎龍州」一首,「鄭郎子」一首,「水調詞」一水,
「斗百草」四首,「樂世詞」一首가 초록되어 있다.

佛曲　P.3288

住山樂　P.3288　P.3555(A)v

詞三首　P.3333

본 사권에는 菩薩蠻二首, 謁金門一首가 초
록되어 있다.

曲子感皇恩等　P.3821

본 사권에는 곡자「感皇恩」,「蘇幕遮」,「浣
溪沙」,「謁金門」,「生査子」,「定風波」가 초
록되어 있다.

十四十五上戰場詞一首　P.3360v

돈황 민간곡사이다. 곡조명은 일실되었으
며, 곡사 본문은 "十四十五上戰場, 手執長
槍, 低頭淚落悔喫粮, 步步近刀槍, 昨夜馬驚
轡斷, 惆悵無人攔障, 險徑(下闕)."

五更轉　P.3409

"貴賤等蒙禪師說偈, 兼與五更轉. 把得尋
思, 卽愛慕禪師, 不知爲計, 留得共住修道.
貴賤等各自思維, 各作行路難一首"라는

서문이 있다. 어느 인물이 五陰山에서 여섯
명의 선사를 만났을 때, 선사들이 각각 偈
1수와 五更轉 1수씩을 지은 것이다.

行路難　P.3409

본 가사 앞에는 "貴賤等蒙禪師說偈, 兼與五
更轉. 把得尋思, 卽愛慕禪師, 不知爲計, 留
得共住修道. 貴賤等各自思維, 各作行路難
一首"라는 서문이 있다. 본 편은 동일한 곡
조명과 화성사를 사용하고 있으며, 수도와
불교에 대한 이치를 고악부의 형식을 차용
하여 노래하고 있다. 구식은 칠언을 위주로
하면서 삼언·사언·육언 등 다양한 구식도
활용. 원 사권에 함께 수록되어 있는 「六禪
寺偈」와 더불어 '行路難'이라는 연장체 가
사를 이룬다.

安心難　P.3409

上河西道節度公德政及祥瑞五更轉兼十二時共一十七首并序

P.3554v

悟眞 찬. 서문만 남아 있다.

佛曲　P.3555(A)v

淸明日登張女郎神廟　P.3619

唐代의 曲詞로, 작자는 蘇乩이다. 본 가사
는 원 사권 돈황본 『唐人選唐詩』안에 들어
있다. 사권에 곡조명은 없으며 제목이 '淸
明日登張女郎神'으로 되어 있다. 모두 4수
인데, 제1수는 3·3·7·3·3·7·7·7의
구식으로 되어 있으며, 청명절을 맞아 사람

들이 神廟에 오르는 성대한 모습을 묘사하고 있다. 제2수와 제3수는 모두 3·3·7·3·3·7의 구식으로 되어 있으며, 女郞의 神廟에서 바라보는 수려한 경색을 묘사하고 있다. 제4수는 3·3·7·7·7, 3·3·7·7·7의 구식으로 되어 있으며, 왕공과 왕손들이 사당에서 벌이는 가무 연회에 대해 묘사하고 있다.

琵琶譜 P.3808v

본 사권은 唐代 曲譜로「傾盃樂」,「慢曲子」, 「急曲子」,「西江月」,「心事」,「伊州歌」, 「水鼓子」,「急胡相問」,「長娑引」,「撒金沙」,「營富」의 曲譜가 초록되어 있으며, 곡의 가사는 없다.

南歌子六首 P.3836

본 사권에는「心自偏」등 南歌子를 曲調로 하는 여러 편의 詞曲이 초록되어 있다. 말 행에는 '曲子更漏子'라는 말이 있는데, 이는 또 다른 사곡의 표제어이지만 사권이 찢겨진 탓에 사곡의 원문은 결락되어 있다. 「南歌子」는 원래 모두 8수로 구성되어 있으며, 잔결된 부분이 많다. 제1수는 前後段모두 5·5·7·6·5의 구식으로 되어 있으며, 여인의 怨情을 표현하고 있다. 제2수는 前段만 잔존하며, 구식은 제1수와 동일하며 제목이 '獎美人'으로 되어 있고, 미인을 찬미하고 있는 작품이다. 제3수는 일본인 橋川時雄의 사권 필름에만 보이며, 전반

부 20자 정도만 잔존하는데, 그 내용은 알수가 없다. 그밖에 5수는 모두 곡조명이 일실되었으나, 任二北이「南歌子」로 考定한것들이다. 그중 2수는 남녀간에 서로 문답한 詞이며, 또 다른 2수는 여인의 그리움을 표출하고 있는 작품이다. 나머지 1수의 경우 前段과 後段의 앞 5자는 春景을 묘사하고 있고, 그 뒤의 13자는 文意가 앞과 서로 부합하지 않는데, 이는 아마도 잘못 초록한 것이 아닌가 한다.

望江南 P.3911

酒泉子 P.3911

曲子更漏長, 菩薩蠻, 魚美人 P.3994

본 사권에는「更漏長」2수,「菩薩蠻」2수, 「魚美人」1수가 초록되어 있다.「更漏長」 2수 가운데 한 수는 溫庭筠의 작이며, 다른 한 수는 歐陽炯의 작이다.「菩薩蠻」2수 가운데 其一도 歐陽炯의 작이다.

曲子長想思 P.4017

본 사권의 곡자(曲子)「長想思」는 곡패명만 있고, 내용은 없다.

曲子鵲踏枝(首題) P.4017

十二時 P.4028

五更轉 P.4560

제목을 알 수 없는 오경전의 하나이며, 오언으로 되어 있다. 매 행 10자씩 3행이 필사되어 있다.

大乘五更轉 P.4617

수제는 '大乘五更轉'으로 되어 있으며, 3언
과 7언으로 된 2구만 잔존한다.

曲子望遠行 P.4692

작자는 미상이며, 1수로 이루어져 있다. 총
54자이며, 7·6·7·7·3·3·7·7·7의
구식으로 이루어져 있다. 사의 내용은 청년
장군이 난을 평정하고 보국한 일에 대한 찬
미이다.

曲子浣溪沙 P.4692

S.3128에 초록된 「浣溪沙」와 동일하며, 모
두 돈황 지역의 최고 관리에 대해 돈황 백성
들이 축하하는 내용을 담고 있다.

悉曇頌(俗流悉談章) 北8405(鳥064)

釋寶中 찬. 연장체 불교 가사. 가사 앞에 "夫
悉曇章者, 四生六道, 殊勝語言, 唐國中岳釋
氏沙門定惠法師翻注, 並合秦音鳩摩羅什通
韵, 魯流盧樓爲首"라는 서문이 부기되어 있
다. 본 가사는 총8수로 이루어져 있으며, 구
식은 雜言體로 구성되어 있다. 제1수만 소
개해보면 다음과 같다. "現練現, 現練現, 第
一俗流無利見, 飮酒食肉相呼喚, 讒言諂爲
相鬪亂, 懷挾無明不肯斷, 魯流盧樓現練現.
貪愛愚痴无岸畔. 眷属婚姻相繼絆, 三界牢
獄作留難, 俗流顚倒共嗟嘆, 延連現賢扇, 努
力各相勸."

五更調 (南宗贊) 北4456(人075)

離別詞 Φ247 ДХ02752v

今日好風光詞 ДХ01319v

曲子還京洛 ДХ01468

五更轉 ДХ02147

수제가 '[曲]子名穢秋天'으로 되어 있다.
S.1497에도 본 작품이 초록되어 있으나, 내
용은 약간 다르다. 두 사권을 합해 모두 5수
로 구성된 곡사이다. 본 작품은 五更轉의 형
식으로 七夕 일에 여인이 자신의 짝을 구하
는 정경을 노래하고 있다.

君臣道泰詞 ДХ02153v

작자명 및 곡명은 미상이며, 수구에 근거하
여 제목을 붙였다. 곡사는 "君臣道泰愿時
淸, 八方投款況龍城, 兵戈甲馬塵閑停, 向
(硝)烟絶, 朱客斷行踪 上蒼爭得無神裏, 千
年奉闕款抛起. 甚時一日賈回時, 玉殿裏, 獻
詩書."

曲子浪濤沙 ДХ02153v

본 곡자는 앞 「君臣道泰詞」 다음에 1행만
필사되어 있다.

好住孃 ДХ02966

徵心行路難 ДХ00665 + ДХ02462(합본)

定格 聯章體 불교 가사.

5. 邈眞讚[30]

宋李存惠邈眞讚　S.289v

　　찬문 앞에 서문이 부기되어 있으며, "太平興
國五年(庚辰歲, 980)二月三日"이라는 제기
가 있다. 찬문은 오언 24구로 되어 있다.

唐故歸義軍節度衙前都押衙充內
外排使銀靑光祿大夫檢校右散
騎常侍兼御史大夫上柱國羅預
章通達邈眞讚幷序　S.4654

　　羅公의 諱는 通達, 字는 琇瑰이다.

顯德二年(955)八月福慶和尙邈眞
讚　S.5405

　　제목 다음에 "正僧政兼闡揚三敎大法師賜
紫門道林撰"이라는 서명이 있다. 화상의
俗性은 張氏, 香號는 福慶, 京城內外臨壇供
奉大德을 역임한 것으로 나와 있다. 찬문은
사언 46구로 이루어져 있다.

唐故河西歸義軍節度押衙兼右二
將頭渾子盈邈眞讚幷序　S.5448

某高僧邈眞讚　S.6179

某僧邈眞讚　S.8334v

邈眞讚　S.10572

　　잔편으로 4행만 잔존한다.

───────────

30　인물 畵像에 대한 찬. 시대는 귀의군 시대
　　이며, 형식은 1언 사구이다. 4언을 중심으
　　로 하면서, 6언도 혼용한다. 서문은 대개가
　　사륙문체로 이루어져 있고, 죽은 자의 화상
　　과 그 생평을 송찬하는 문체이다.

和尙邈眞讚幷序　P.2481v

晉故河西應管內外諸司馬步軍都
指揮使銀靑光祿大夫檢校工部
尙書兼御史大夫上柱國豫章郡
羅府君邈眞讚並序　P.2482

　　"天福八年(943)"이라는 紀年이 있으며, "節
度內親從都頭知管內諸司都勾押孔目官兼
御使中丞楊繼恩撰"이라는 서명이 있다. 본
찬문은 서문 21행에 사언 30구로 이루어져
있다.

晉故歸義軍節度左班首都頭知節
院軍使銀靑光祿大夫檢校左散
騎常侍兼御史大夫上柱國太原
郡閻府君邈眞讚並序　P.2482

　　"開運三年(946)"이라는 紀年이 있으며, 찬
자는 미상이다. 본 찬문은 서문 10행에, 사
언 18구로 이루어져 있다.

晉故歸義軍應管內御前都押御銀
靑光祿大夫檢校左散騎常侍兼
御史大夫上柱國南陽張府君邈
眞讚並序　P.2482

晉故歸義軍節度內親從都頭兼左
廂馬步軍都知兵馬使銀靑光祿
大夫檢校國子祭酒兼御史大夫
上柱國濟北氾府君圖眞讚並序

　　P.2482

邈眞讚 P.2913v

大唐燉煌譯經三藏吳和尙邈眞讚

P.2913v

제목 아래 "弟子節度判官朝議郎檢校校尙書主客員外郎柱國賜緋魚袋張球撰"이라는 서명이 있다. P.4640「故吳和尙贊文」과 내용이 동일하다. 찬문은 사언의 형식이며, 모두 34구로 구성되어 있다.

찬문은 "大哉辯士, 爲國鼎師, 了達玄妙, 峭然天機. 博覽猶一, 定四威儀, 就[鷲]峰秘密, 闡於今時. 西天軌則, 師謂深知, 八萬旣曉, 三藏內持. 檜葉敎化, 傳譯漢書, 熟能可測, 人皆仰歸. 聖神贊普, 虔奉眞如, 詔臨和尙, 愿爲國師. 黃金百鎰, 馹使親馳, 空王志理, 浩然卓奇. 自通唐化, 薦福明時, 司空奉國, 固請我師. 愿談維[唯]識, 助化旌麾. 星霜不換, 已至無依, 奈何捐世, 而棄厭離."

본 찬문은 P.4660의 「大唐燉煌譯經三藏吳和尙邈眞讚」과 제목이 같으나, 찬문의 언어와 구수가 서로 다르다. 또한 P.4660 사권에 "軍事判官將仕郎守監察御使上柱國張球撰 法學諸子比丘恒安題"라는 제기가 있는데, P.4660 찬문의 작자는 실제로는 張景球이며, 제기상의 張球는 필사자의 오류이거나 景자의 누락이다. P.4660 찬문은 사언 38구로 되어 있으며, 찬문은 "卓哉辯士, 大國王師. 洞賾典奧, 峭然天機. 博鑒萬抒, 定四威儀. 鷲峰秘蜜(密), 鹿苑伽維. 聖流空

旨, 綽謂深知. 一宗外曉, 三藏內持. 葉流寶字, 傳譯唐書. 浚不可測, 淺不可違. 戎王贊普, 瞻仰禪墀. 詔臨紫塞, 鴻譯虔熙. 黃金百溢(鎰), 馹使親馳. 玄門至妙, 浩渙稱奇. 自歸唐代, 淸福王畿. 太保欽奉, 薦爲國師. 請淸談維(唯)識, 發耀光輝. 星霜不易, 說盡無依. 化周不住, 緣敎則離. 乘杯旣往, 擲鉢騰飛. 兜率天上, 獨步巍巍"이다.

唐故河西歸義軍節度使內親從都頭守常樂縣令武威郡陰府君邈眞讚幷序 P.2970

講論大法師毗尼藏主賜紫沙門和尙寫眞讚幷序 P.2991(B)

氾府君圖眞讚幷序 P.3268

잔권이며, P.2482에 이어지는 사본이다.

晉故歸義軍節度左班都頭銀靑光祿大夫檢校左散騎常侍兼御史大夫上柱國南陽張府君邈眞讚

P.3390

"天福十年(945)"이라는 紀年이 있으며, "節度上使內外都孔目官檢校左散騎侍上騎都尉張明亮撰"이라는 서명이 있다. 서문 13행에, 사언 28구로 이루어져 있다.

大唐河西歸義軍節度左馬步都押衙張府君邈眞讚幷序 P.3518v

唐故歸義軍釋門管內正僧政兼闡揚三敎大法師賜紫沙門張和尙邈眞讚 P.3541v

수제는 '大唐勑授歸義軍應管內外都僧統
佛法主京城內外臨壇供奉大德兼闡揚三敎
大法師賜紫沙門氾和尙邈眞讚.' "金山白帝
國學賢良" 등의 말이 나온다.

陳和尙은 陳法嚴, "大唐三藏四十代之雲孫"
이라고 자칭하는 말이 나온다.

수제는 '大周故大乘寺法律尼臨壇賜紫大德
沙門厶乙(曹闍梨)邈眞讚幷序'로 되어 있으
며, "曹大王之侄女"라고 자칭하는 말이 있다.

수제는 '大周故應管內釋門僧正京城內外臨
壇供奉大德闡揚三敎論講大法師賜紫沙門
厶(賈)和尙邈影讚幷序'이다. 찬문은 오언
16구이며, 찬문의 본문은 "極樂知何吉, 閻
浮如此凶. 上人生厭見, 示疾早胸中. 道俗徒
哭泣, 耆童盡轍春. 三光轉暗暖, 四部憤塡
胸. 吾師待去處, 坐化喜頌頌. 圖寫平生影,
標留在世踪. 後來瞻眺者, 須表世間空."

본 막진찬 앞에 '不失其家事父母故事'라는
원제목이 있는데, 이 고사의 주인공이 經德
이다.

수제는 '大周故普光寺法律尼臨壇大德淸淨
戒邈眞讚'이며, 본문 안에 "前河西隴右一十
一州節度使□張太保之貴孫"이라는 말이
있다.

수제는 '周故燉煌郡靈修寺闍梨尼臨壇大德
沙門張氏香號戒珠邈眞讚幷序'로 되어 있
으며, 안에 "前河西隴右一十一州張太保之
貴侄"이라는 말이 보인다.

"大梁龍德三年(923) 釋文三敎大法師沙門
紹宗序"라는 서문이 있으며, 서문 14행에
찬문은 사언 48구로 이루어져 있다.

大宰相吏部尙書兼御史大張厶撰.

제기는 "于時月在林鐘黃生拾葉題記."

"長興二年(931)辛卯歲正月十三日題記"라는 제기가 있으며, "釋門僧政雲靈俗撰"이라는 서명이 있다. 서문 22행에, 찬문은 사언 46구로 이루어져 있다.

唐河西淸河郡張公(良眞)生前寫眞讚幷序 P.3718

제기는 "釋門法律知福田司都判官靈俊撰于時天成肆年(929)歲當赤奮若律中夾鐘寞生拾葉題記." 사언 34구이다.

唐河西閻公(子悅)生前寫眞讚幷序 P.3718

제기는 "釋門法律知福田司都判官[靈俊]撰于時天成四年(929)歲次己丑大族之月寞生十二葉題記." 본 찬문은 서문 31행에 찬문은 사언 50구로 이루어져 있다.

唐故歸義軍西平郡曹公(盈達)寫眞讚幷序 P.3718

釋門法律知福田司都判官厶乙撰. '厶乙'은 본 찬문의 작자인 靈俊을 지칭한다.

後唐河西燉煌府釋門劉和尙(香名慶力)生前邈眞讚幷序 P.3718

"釋門法律知福田司都判官臨壇供奉大德兼三敎法律(師)沙門靈俊撰 于時天成三年(927)戌子歲三月八日題記"라는 제기가 있으며, 서문 13행에 찬문은 사언 34구로 이루어져 있다.

唐故河西釋門和尙(馬靈信)邈眞讚幷序 P.3718

"門人靈俊上 天成二年(926)丁亥歲十月廿五日題記"라는 제기가 있으며, 서문 17행에 찬문은 사언 38구로 이루어져 있다.

梁故管內釋門張和尙(喜首)寫眞讚幷序 P.3718

"都頭知上司孔目官兼御使中丞上柱國杜太初撰 乙卯歲(919)九月二日題記"라는 제기가 있으며, 서문 22행에 찬문은 사언 22구로 이루어져 있다.

唐故燉煌令張府君(淸通)寫眞讚幷序 P.3718

都頭知上司孔目官兼御使中丞上柱國杜[太初撰].

府君憂道邈眞讚幷序 P.3718

和尙程政信邈眞讚幷序 P.3718

唐故西河歸義軍梁府君邈眞讚幷序 P.3718

제기는 "釋門僧政兼闡揚三敎大法師賜紫沙門靈俊撰 于時淸泰二年乙未歲(935)四月九日題記." 본 찬문은 서문 32행에, 찬문은 사언 36구로 이루어져 있다.

鉅鹿[索]公邈眞讚 P.3718

제기는 "于時同光三年(925)七月十五日題記."

唐故河西張府君(明德字進達)邈眞讚幷序 P.3718

晉故歸義軍太原閻府君(勝全字盈達)寫眞讚幷序 P.3718

제기는 "節度孔目官兼管內諸司都勾押兼御

使中丞楊繼恩撰 于時天福柒年(942)辛四月
卄日題記." 본 찬문은 서문 17행에, 사언 28
구로 이루어져 있다.

晉故歸義軍薛府君(善通字良達)邈眞讚幷序 P.3718

제기는 "節度上司內外都孔目官兼御使中丞
孔明亮 于時天福六年辛丑歲(941)二月二十
四日題記." 본 찬문은 서문 13행에, 사언 24
구로 이루어져 있다.

晉故歸義軍隴西李府君邈眞讚幷序 P.3718

제기는 "于時大晉(942)五月癸未朔十四日丙
申題記."

故前釋門都法律京兆杜和尙(離珍)寫眞讚 P.3726

釋門大蕃瓜沙境大行軍啣知兩國密遣判官
智照撰. 본 사권은 P.4660과 동일한 사본이
다. 찬문은 사언 28구로 이루어져 있으며,
찬문 다음에 시 한수가 부기되어 있다.

大晉河西敦煌郡釋門法律張氏和尙生前寫眞讚 P.3792v

수제는 '大晉河西燉煌郡釋門法律臨壇供奉
大德兼闡揚三教毘尼藏主沙門香號俗性張氏
和尙生前寫眞讚'이며, 제기는 "于晋歲乙巳
(954)正月十六日記"이다. 찬문의 작자는 永
隆이며, 찬문은 칠언 26구로 구성되어 있다.

府君元淸邈眞讚幷序 P.3882

元淸은 曹議金의 外甥이다. 본 막진찬은 13
행만 잔존한다.

曹大王夫人宋氏邈眞讚 P.4638

사언 36구로 이루어진 형식의 五代 시기의
막진찬이다. 사권의 앞부분은 결락되어 있
다. 서문에 "前河西隴右一十一州節度使曹
大王之夫人"이라는 말이 나오는데, 이를
통해 본 찬문이 曹大王의 夫人 宋氏의 邈眞
讚이라는 것을 알 수 있다. 역사적 사료로서
의 가치가 높다.

曹良才邈眞讚 P.4638

敦煌名人名僧邈眞讚彙集 P.4660

본 사권은 돈황 지역의 유명 인사와 승려들
에 대한 막진찬을 모아놓은 것이다. 사권의
앞부분은 결락되어 있으며, "于時龍紀□
年庚戌□□□七葉記"라는 제기가 있다.
본 사권에서 포함하고 있는 인물은 매우 많
으며 또한 대단히 중요한데, 구체적으로는
다음과 같다. (1) 法金光明寺故索法律邈眞
讚並序(首題) 河西都僧勝統京城內外臨壇
供奉大德兼闡揚三教大師賜紫沙門悟眞撰
于時文德二年(899)歲次己酉六月卄五日
記. 본 찬문은 사언 20구, 육언 2구로 구성되
어 있다. (2) 燉煌管內僧政兼勾當三窟曹公
邈眞讚(首題) 悟眞撰 (3) 入京進論大德兼
管內都政僧賜紫沙門故曹僧政邈眞讚(首
題) 悟眞撰 中和三年(883)歲次癸卯五月卄
一日聽法門徒敦煌釋門法師恒安書 (4) 大
唐前河西節度押衙銀青光祿大夫檢校太子

賓客甘州刪丹鎭遏充涼州西界游弈[奕]防採[採訪] 營田都智知兵馬使兼殿中侍御史康公諱通信邈眞讚(首題) 河西都僧勝統京城內外臨壇供奉大德兼闡揚三敎大師賜紫沙門悟眞撰 大唐中和元年歲次辛醜仲冬賔生五葉從弟釋法師恒安書. 본 찬문의 형식은 사언 26구이다. (5) 河西都僧統京城內外臨壇供奉大德兼闡揚三敎大師賜紫沙門邈眞讚並序(首題) 前河西節度掌書記試太常寺協[律]郞蘇翬撰 沙州釋門法師恒安書 廣明元年(880)歲次困頓律中夷則賔生七葉題記. 본 찬문은 사언60구, 육언 32구로 이루어져 있다. (6) 沙州釋門故陰法律邈眞讚並序(首題) 河西都僧勝統京城內外臨壇供奉大德兼闡揚三敎大師賜紫沙門[悟眞撰]. 본 찬문은 사언 22구, 육언 2구로 구성되어 있다. (7) 前河西節度都押衙兼馬步都知兵馬使銀靑光祿大夫檢校太子賓客監察御使右威衛將軍令狐公邈眞讚(首題) 沙州釋門法師恒安書 廣明元年(880)庚子孟夏賔生十一日(葉)題記 (8) 前河西節度押衙銀靑光祿大夫檢校國子祭酒兼監察侍御沙州都押衙張諱興信邈眞讚(首題) 乾符六年(879)九月一日題于眞堂 (9) 沙州釋門勾當福田判官辭弁邈生讚 河西都僧勝統京城內外臨壇供奉大德兼闡揚三敎大師賜紫沙門悟眞撰 沙州釋門法師恒安書 (10) 銀靑光祿大夫檢校太子賓客使持節瓜州諸軍事守瓜州刺史

兼左威衛將軍賜紫金魚袋上柱國使君 康使君邈眞讚並序(首題) 河西都僧勝統京城內外臨壇供奉大德兼闡揚三敎大師賜紫沙門悟眞撰 (11) 故燉煌陰處士邈眞讚並序(首題) 歸義軍諸軍事判官宣義郞守監察御使淸河張球撰 (12) 沙州釋門故張僧政讚(首題) 大唐乾符三載(876)二月十三日題于眞堂 (13) 河西都防禦右廂押衙銀靑光祿大夫檢校太子賓客侍御史兼御使中丞王公諱景翼邈眞讚並序(首題) (14) 銀靑光祿大夫檢校國子祭酒使持節瓜州諸軍事守瓜州刺史兼御使中丞賜紫金魚袋上上柱國閻公(英達)邈眞讚並序(首題) 河西都僧勝統京城內外臨壇供奉大德兼闡揚三敎大師賜紫沙門悟眞撰 (15) 故前河西節度押衙銀靑光祿大夫檢校太子賓客兼燉煌郡耆壽淸河張府君諱祿邈眞讚(首題) 從姪沙州軍事判官將仕郞兼監察御使裏行球撰 時咸通十二年(871)季春月賔生十五葉題于眞堂. 본 찬문은 4언 22구로 이루어져 있음. (16) 唐河西節度押衙兼侍御使(史)鉅鹿索公邈眞讚(首題) (17) 前沙州釋門故索法律智岳邈眞讚(首題) 河西都僧勝統京城內外臨壇供奉大德兼闡揚三敎大師賜紫沙門悟眞撰 庚寅年七月十三日題記. 본 찬문은 사언 56구, 육언10구로 구성되어 있다. (18) 唐故河西管內都僧統(翟法英)邈眞讚並序(首題) 時咸通十年(869)白藏中月賔凋一三日題記 (19)

前河西都僧統京城內外臨壇大德三學敎授兼毘尼藏主賜紫故翟(法英)和尙邈眞讚(首題) 河西都僧勝統京城內外臨壇供奉大德都僧錄兼敎諭歸化大師賜紫沙門悟眞撰 沙州釋門法師恒安書 (20) 前沙州釋門法律智義辯和尙邈眞讚(首題) 河西都僧勝統京城內外臨壇供奉大德都僧錄兼敎諭歸化大師賜紫沙門悟眞撰 沙州釋門法師恒安書 (21) 故前伊州刺史改授左威衛將軍銀青光祿大夫檢校太子賓客殿中侍御(史)臨淄左公讚法師恒安書 (22) 唐河西道節度押衙銀青光祿大夫檢校國子祭酒侍御史清河長府君諱議廣邈眞讚(首題) (23) 燉煌唱導法將兼毗尼藏主廣平宋律伯(志貞)彩眞讚(首題) 鄯州龍支縣聲明福德寺前令公門徒釋惠菀述惟大唐咸通八年(867)歲次丁亥六月庚午朔五日甲戌題記 弟子比丘恒安書. 본 찬문의 형식은 사언 28구. (24) 大唐沙州譯經三藏大德吳和尙邈眞讚(首題) 軍事判官將仕郞守監察御使上柱國張球撰 法學諸子比丘恒安題 (25) 大唐河西道沙州故釋門法律大德凝公邈眞讚(首題) 軍事判官將仕郞守監察御史上柱國張球撰 時咸通五載(864)季春月寰生十葉題. 본 찬문은 사언 6구로 이루어져 있다. (26) 河西節度故左馬步道押衙銀青光祿大夫太子賓客陰文通邈眞讚(首題) 京城內外臨壇供奉大德釋門都僧錄兼河西道副僧統賜紫沙門悟眞撰 (27) 大唐河西道沙州燉煌郡將仕郞 守燉煌縣尉翟公諱神慶邈眞讚(首題) 沙州軍事判官將仕郞守監察御使張球撰 時咸通五載(864)四月廿五日紀 (28) 故沙州釋門賜紫梁僧政邈眞讚(首題) 京城內外臨壇供奉大德兼沙州釋門義學都法僧錄紫沙門悟眞撰 大唐大中十二年(858)歲次戊寅二月癸巳朔十四日丙午畢功記. 본 찬문은 사언 58구이다. (29) 故吳和尙讚 扶風竇良器(首題) (30) 故禪和尙讚(首題) (31) 前任沙州釋門都敎授炫闍梨讚幷序(首題) (32) 沙州釋門都法律氾和尙寫眞讚(首題) 宰相判官兼太學博士隴西李頎撰 (33) 故李敎授(惠因)和尙讚 釋門法將善來述(首題) (34) 故沙州緇門三學法主李和尙寫眞讚(首題) 宰相判官兼太學博士隴西李頎撰. 본 찬문은 사언 46구로 이루어져 있다. (35) 燉煌都敎授兼攝三學法主隴西李敎授闍梨寫眞讚(首題) 釋門都法律兼副敎授芯蒭洪辯禪池沙門善來述 (36) 燉煌三藏法師圖眞讚 報恩寺王法闍梨諱禪池沙門善來述 (37) 故法和尙讚 弟子比丘利濟述(首題) (38) 前燉煌都毗尼藏主始平陰律伯(籮纏)眞儀讚(首題) 龍支聖明福德寺僧惠菀述

前河西節度押衙鉅鹿索公賢妻京兆杜氏邈眞讚竝序　P.4660 P.4986

수제는 '前河西節度押衙銀青光祿大夫檢校國子祭酒兼殿中侍御史勾當沙州要司都渠泊使鉅鹿索公故賢妻京兆杜氏邈眞讚竝

序'이며, "河西都統京城內外臨壇供奉大德
兼闡揚三敎大法師賜紫沙門悟眞撰于時龍
紀二年(890)庚戌二月蔞葉柒葉記"라는 서
명과 제기가 있다. 찬문 앞에 14구로 된 서

문이 있으며, 四六 騈麗文으로 되어 있다.
찬문은 사언의 운문을 위주로 하고 있으며, 전
고를 많이 사용하고 있다. 돈황의 막진찬의
대표작이다. P.4986은 P.4660에 이어진다.

III

散文類

---

1. 賦

游北山賦　P.2819

　　王績 찬. 본 부는 돈황본 시문집인 P.2819
『東皋子集』殘卷 내에 수록되어 있다.

元正賦　P.2819

　　王績 찬. 본 부는 돈황본 시문집인 P.2819.
『東皋子集』殘卷 내에 수록되어 있다.

三月三日賦　P.2819

　　王績 찬. 본 賦는 돈황본 시문집인 P.2819
『東皋子集』殘卷 내에 수록되어 있다.

渾天賦　S.5777

　　楊炯 찬. S.5777「楊盈川集卷一」내에 수록
되어 있으며, 日月星辰 등 천체 현상에 대해
풍부한 상상력으로 묘사한 작품이다.

死馬賦　P.3619

　　劉希夷 찬. P.3619「唐詩叢鈔」내에 수록.
7행이 남아 있으며, 수미 모두 완전하다. 수
제는 '死馬賦 劉希移'로 되어 있다. 수제에
나오는 劉希移는 劉希夷의 오기이다.

駕行溫湯賦　P.2976 P.5037

　　劉霞 찬. 2종 사권이 현존한다. ① P.5037:
원제는 '劉霞述駕行溫湯賦'로 되어 있다.
② P.2976: 원제는 進士劉瑕溫泉賦'로 되어
있다. 두 사권은 내용이 같은 동일한 賦이
며, 劉霞와 劉瑕는 동일인이다.

雙六頭賦送李參軍　P.3862

　　高適 찬. P.3862『高適詩集』내에 수록되어

있다.

酒賦 S.2049 P.2488 P.2555 P.2633 P.3812 P.4993

劉長卿 찬. 7종 사권이 현존한다. 一名「高興歌」라고도 한다. 3언과 7언을 혼용하고 있다. P.4993은 「酒賦」의 잔권이며, 18行이 잔존하며 각 행은 16~18자이다.

天地陰陽交歡大樂賦 P.2539

白行間 찬. 大樂賦는 中唐의 白行簡이 찬한 서로 다른 신분, 서로 다른 연령 및 서로 다른 처지 하에서의 男女간의 성생활에 대해 묘사한 賦이며, 작품에 대한 序文도 함께 병기되어 있다.

貳師泉賦 P.2488 P.2621 P.2712

張俠 찬. 3종 사권이 현존한다. ① P.2488: 수제는 '貳師泉賦 鄕貴進史 張俠撰'으로 되어 있으며. 수미가 완정하다. 14행이 잔존하며, 매 행은 11~32자 내외이다. ② P.2712: 수제는 '貳師泉賦一首'로 되어 있으며, 수미 모두 완정하다. 16행이 남아 있으며, 매 행은 20자 정도이다. 卷末에 제기 '凡三白三十七字'가 있다. ③ P.2621: 수제는 '貳師泉賦 鄕貢進使'로 되어 있으며, 그 다음에 "昔貳師分杖鉞專征, 森戊矛兮深入□□初涉大河愁落日之"라는 행이 필사되어 있다. 그 이하는 결락되어 있다.

漁父歌滄浪賦 P.2488 P.2621 P.2712

何蠲 찬. 3종 사권이 현존한다. ① P.2488:

수제는 '漁父歌滄浪賦 前進士 何蠲撰'으로 되어 있다. 15행이 남아 있으며 매 행은 12~28자 내외이다. 수미 모두 완정하며, 제기는 없다. ② P.2621: 수제를 '漁父歌滄浪賦'로 쓴 다음, 그 다음 행에 '漁父歌滄浪賦 前進士 何蠲撰'이라고 제목을 중복 필사하고 있다. 미제는 '漁父一歌'로 되어 있다. 15행이 잔존하며, 매 행은 6~26자 정도이다. 권말의 제기는 '長興五年歲次癸巳八年八月五日敦煌淨土學士員義'이다. ③ P.2712: 수제는 '漁父歌滄浪賦 前進士 何蠲撰', 미제는 '貳師泉賦 漁父歌滄浪賦(各)一卷'으로 되어 있다. 17행이 잔존하며, 각행은 8~24字나 내외이다. 권말의 제기는 '貞明六年庚辰年歲次二月九日龍興寺學郎張安人寫記之耳'로 되어 있다.

龍門賦 S.2049 P.2544 P.2673 P.3885

盧竧 찬. 4종의 사권이 현존한다. ① P.2673: 수제는 '龍門賦 河南縣 尉 盧竧撰'으로 되어 있다. 29행이 남아 있으며 각 행은 14자 내외이다. ② P.3885: 수제는 '龍門賻 河南縣'(下殘)으로 되어 있다. 18행이 남아 있으며 매 행은 15자 내외이다. 결미부분이 잔결되어 있다. ③ P.2544: 수제는 '龍門賦 何(河)南縣尉 盧竧撰'이다. 17행이 남아 있으며 매 행은 10~26자 내외이다. 수미 모두 완정하다 ④ S.2049: 수제는 '龍門賦 何(河)南縣尉 卢竧撰'이다. 26행이 잔존하며 매 행은 16

자 내외이다. 본「龍門賦」는 모두 현존하는 돈황본『詩文集』내에 수록되어 있다.

醜婦賦一首　S.5752 P.3716v

趙洽 찬. 2종 사권이 현존한다. ①S.5752: 잔권으로, 수미 모두 결락되어 있다. 13행이 잔존하며, 각 행은 11~13자 내외이다. 賦의 제목 및 작자명은 일실되었다. ②P.3716v: 수제, 미제 모두‘趙洽醜婦賦一首’로 되어 있다.

恨賦　S.9504

江淹 찬. 돈황본 文人賦이다. 잔편이며 17행이 잔존한다. “……魂. 人生到此”부터 시작하여, “忽起, 白日西匿. 隴雁”에서 끝나며 누락된 글자가 많다.

月賦　P.2555

작자명은 일실되었다. P.2555 돈황본「詩文集」잔권 안에 수록되어 있다. 삼언과 칠언을 혼용하고 있다.

秦將賦　S.0173 P.2488 P.5037

작자명은 일실되었다. 3종의 사권이 현존한다. ①P.2488: 수제는‘秦將賦’, 미제는‘秦將賦一卷’로 되어 있다. 수미 모두 완정하며, 21行이 남아 있고 매 행은 23~26자 내외이다. 사권 배면의 제기는‘辛卯年正月八日吳苟奴自手書記之耳’이다. ②P.5037: 6개의 殘行만 남아 있으며, 사권의 파손 상태가 심하다. ③S.0173:‘山頭一片不非(飛), 應是長平趙卒魂’라는 2구만 잔존한다.

子靈賦　P.2621

작자명은 일실되었다. 『敦煌遺書最新目錄』및『法藏敦煌西域文獻』목록에서는 본 작품의 명칭을 모두‘子虛賦’로 정명하고 있으나 이는 오류이다 ‘子靈賦’가 정확한 題名이다.

去三害賦　S.3393

작자명은 일실되었다. 수제는‘去三海賦□□王□韻’으로 되어 있으며, 작자 성명은 파손된 상태여서 정확한 판독이 불가능하다. “伊昔周處, 剛腸無類” 句에서 시작하여, “我曹之可量”에서 끝난다. 28行이 남아 있으며, 매 行의 중간부분은 가로로 2부분으로 잘려 있으며, 상단의 각행은 1~8자 내외가 보존되어 있으며, 하단의 각 행은 2~8자가 보존되어 있다.

觀音證驗賦　上海圖書館 所藏 81255.

작자는 일명이다. 8行이 잔존하며, 각 행은 17, 18자 정도이다. 수제는‘觀音證驗賦’이며, 사권의 수부는 온전하나 미부는 결락되어 있다.

晏子賦　S.5752 S.6332 P.2564 P.2647 P.3460 P.3716 P.3821 ДХ00925

작자명은 일실되었다. 8종의 사권이 현존한다. ①S.5752: 본 사권에는 賦의 제목‘晏子賦一首’ 1行만 잔존한다. ②P.2564: 수제는‘晏子賦一首’로 되어 있으며, 수미 모두 완정하다. 27행이 남아 있으며, 매 행은 22자 내외이다. 미제는‘晏子賦一首’로 되어 있다. ③P.3716: 수제, 미제 모두 "晏子賦一首'로 되어 있으며, 23행이 남아 있으며 각 행은 26자 내외이다. 사권 말미에 제기 "天成六年庚寅歲五月十五日"이 적혀 있다. ④P.3821: 수제는 '晏子賦一首'로 되어 있으며, 수부는 온전하나 미부는 잔결되어 있다. 28行이 남아 있으며, 각 행은 12자 내외이다. ⑤P.3406: 수제는 '晏子賦一首'로 되어 있으며, 수부는 온전하나 미부는 잔결되어 있다. 14행이 잔존하며, 각 행은 16자 내외이다. ⑥P.2647: 賦의 제목은 없다. "齊國之臣, 昔爲晏子"句부터, "國內無人, 遣"까지 필사되어 있으며, 6행이 잔존한다. 각 행은 22자 내외이다. ⑦S.6332: 수제는 '晏子賦'로 되어 있으며, 수부는 완전하며 미부는 잔결이다. 35행이 남아 있으며, 파손 상태가 심하다. ⑧ ДХ00925: 잔편이다.

반중규(潘重規)는 『신서(新書)』교기(校記)에서 P.3757호와 P.2647호에 대하여 다음과 같이 언급하고 있다. "P.3757호는 22쪽으로 된 소책자로 「장부백세편(丈夫百歲篇)」, 「여인백세편(女人百歲篇)」, 「십이시행효문(十二時行孝文)」 및 곡자(曲子)「감황은(減皇恩)」 등이 초사(抄寫)되어 있으며 마지막 두 쪽에 「안자부일수(晏子賦一首)」가 초사되어 있다." 또 "P.2647호는 다섯 장의 황색 종이로 되어 있으며 정면과 사방의 경계가 있다. 『대승무량수종

요경(大乘無量壽宗要經)』이 초사(抄寫)되어 있는데 수미(首尾)가 완전하다. 끝부분에 작은 글씨로 '이가흥(李加興)'이란 초사자(抄寫者)의 이름이 적혀 있다. 뒷면에 「안자부(晏子賦)」 6行이 초사되어 있다. 「안자부(晏子賦)」는 제목을 抄하지 않은 채 「齊國之臣昔爲晏子,使於梁國,至梁王門外,問是何國者,齊國人也. 晏子王問曰. 形容何似 ……」라고 기록되어 있는데, 아마도 이 글을 쓴 자가 기억에 의지하여 서투르게 적은 흔적이 보이는 것으로 보아 초사(抄寫)한 글이 아닌 듯하다." 이 사권(寫卷)은 창부(唱部)가 없이 전체가 대화체 산문(散文)으로 되어 있으며 길이도 매우 짧다. 내용은 제(齊)나라의 안자(晏子)가 양(梁)나라에 사신으로 가서 양왕(梁王)과 재치 있는 문답을 주고받는 이야기이다.

韓朋賦 S.2922 S.3227 S.3904 S.4901 S.10291 P.2653 P.3873

작자명은 일실되었다. 7종의 사권이 현존한다. ①P.2653: 수제는 '韓朋賦一首', 미제는 '韓朋賦一卷', '韓朋賦一首'로 되어 있다. 55행이 남아 있으며, 사권의 상태는 수부는 온전하나 미부는 잔결되어 있다. ②S.2922: 사권의 상태는 수부가 잔결되어 있다. 수제는 '□□賦一卷', 미제는 '韓朋賦一卷'로 되어 있다. 89행이 남아 있다. ③S.3277: 수제는 '韓朋賦一卷'으로 되어 있으며, 사권의

상태는 수부는 온전하나 미부는 잔결되어 있다. 36行이 남아 있다. ④P.3837: 사권의 상태는 수부는 잔결이며 미부는 온전하다. 71행이 잔존하며, 앞 19행의 하단부 역시 잔결되어 있다. 미제는 '韓朋賦一首'로 되어 있다. ⑤S.4901: 수미 모두 잔결이다. 27행이 남아 있으며, 前行의 상단부 몇 글자 역시 잔결이며, 后 4행 역시 훼손된 부분이 있다. ⑥S.3904: 수미 모두 잔결이다. 25행이 잔존하며, 앞 8행은 약간의 글자가 훼손되어 있다. S.4901과 동일한 사본이다. ⑦S.10291: 잔편으로, 5행만 잔존한다. S.3904, S.4901, S.10291은 동일한 사권이 분리되어 3개로 나누어진 것이다.

한붕(韓朋)과 그의 처에 대한 비극적 이야기는 『열이전(列異傳)』, 『수신기(搜神記)』, 『예문류취(藝文類聚)』, 『법원주림(法苑珠林)』, 『영표록이(嶺表錄異)』, 『태평어람(太平御覽)』, 『태평환우기(太平寰宇記)』 등에 기재되어 있다. 이 작품의 성립 시기에 대해서는 현재까지 여러 가지 주장이 제기되고 있어, (가)당대(唐代) 성립설 (나)당말(唐末)~송초(宋初) 성립설 (다)북위말(北魏末)~초당(初唐) 성립설이 바로 그것이다. 줄거리는 다음과 같다. (1)어질고 효성이 지극한 선비 '한붕'이 있어 벼슬하기 위해 집을 떠나면서 아름답고 정숙한 '정부'를 아내로 얻고 서로 절개를 지킬 것을 맹세

한다. (2)송나라에 머물며 6년이 넘도록 소식이 없는 한붕에게 한붕의 아내가 편지를 보내고, 송왕은 이 편지를 주워 읽고 한붕의 아내를 빼앗기 위해 사신 양백을 한붕의 아내에게 보낸다. (3)사신이 한붕의 집에 도착하여 한붕의 시어머니를 속여 한붕의 아내를 데리고 떠난다. (4)송왕은 한분의 아내를 황후로 삼고 극진히 대우하나 한붕의 아내가 절개를 굽히지 않자 한붕을 참혹하게 구타한 후 청릉대로 보낸다. (5)한붕의 아내가 남편을 찾아 청릉대로 가나 한붕이 자살한다. (6)한붕의 아내는 송왕에게 한붕을 장사지내 줄 것을 요청하여 허락받은 후 무덤에 뛰어들어 자살한다. (7)무덤 속에서 푸른 돌과 흰 돌이 나오고 계수나무와 오동나무가 자라 서로 얽히며 원앙새가 되어 고향으로 날아간다. (8)원앙새에서 깃털이 떨어져 송왕이 이를 주어 몸에 문지르니 목이 떨어져 나가고 송나라는 3년이 못되어 멸망하고 양백 부자도 변방으로 유배된다.

燕子賦(一)　S.214 S.5540 S.6267 P.2491 P.2653 P.3666 P.3757 P.4019 ДХ00796 + ДХ01343 + ДХ01347 + ДХ01395의 합본. ДХ00925

작자명은 일실되었다. 사언·육언의 賦體를 위주로 하고 있으며, 간혹 5·7·8·9언을 혼용하고 있다. 10종의 사권이 현존한다. ①P.2491: 수제는 '燕子賦一卷', 미제는

'燕子賦一首'로 되어 있다. 130행이 남아 있으며, 수미가 완정하다. ② P.2653: 사권의 상태는 수부가 잔결되어 있으며, 미제는 '燕子賦一卷'로 되어 있다. 60행이 잔존하며, 前3行의 하단부가 약간 잔결되어 있다. ③ P.3666: 수제는 '燕子賦一養'으로 되어 있으며, 수제 밑에 "咸通八年□月家學生□□"라는 제기가 있다. 사권은 수미 모두 잔결이다. 155行이 남아 있으며, 末4行의 하단도 약간의 글자가 잔결된 상태이다. ④ P.3757: 수제는 '燕子賦一首'이며, 사권의 상태는 수부는 온전하나 미부는 잔결이다. 9행만 잔존한다. ⑤ S.6227: 수미 모두 잔결이다. 48행이 잔존하나 사권의 훼손 상태가 심하며, 제목은 없다. ⑥ S.124: 미제가 '燕子賦一首'로 되어 있으며, 수부는 잔결이며 미부는 온전하다. 72행이 잔존하며, 癸未年十二月廿一日永安寺學士郎杜友遂書記之耳"라는 제기가 있다. ⑦ S.5540: 수미 모두 잔결이며, 10행만 잔존한다. ⑧ P.4019: 미제가 '燕子賦一首, 曹光省書記'로 되어 있다. 사권의 상태는 수부는 잔결이나 미부는 온전하다. 51행이 남아 있으나, 앞부분 23행은 절반정도의 글자가 잔결된 字迹이 있다. ⑨ ДХ00796 + ДХ01343 + ДХ01347 + ДХ01395의 합본. 위 4개의 사본은 모두 동일한 사본의 잔편들이다. ⑩ ДХ00925. 우화부(寓話賦)라 할 수 있는 「연자부(鷰子賦)」(一)과 「연자부(鷰子賦)」(二)는 체제가 완전히 다르다. 「연자부(鷰子賦)」(一)은 사육언체(四六言體)의 한부체(漢賦體) 형식으로 되어 있는 반면에 「연자부(鷰子賦)」(二)는 오언 시가체의 형식을 띠고 있다. 「연자부(鷰子賦)」(一)은 한부체(漢賦體)의 전형적 구법(句法)인 4언구(四言句)와 6언구(六言句) 위주이며, 문인부(文人賦)에 통상적으로 활용되는 평시(評詩) 형태의 시 두 편이 마지막에 붙어 있는 점에서 문인부(文人賦)의 문체적 특성을 보여 준다. 그러나 연행 텍스트로서의 성격도 내포하고 있으니, 다음 몇 가지 점에서는 문인부(文人賦)와 뚜렷한 차이를 보인다. 첫째, 문인부(文人賦)와는 달리 관운(官韻)의 규칙을 준수하지 않고 있다. 둘째, 많은 방언과 속어를 사용하고 있다. 셋째, 구연(口演)하기에 적합한 문답 형식의 대화가 대부분을 차지한다. 넷째, 문인부(文人賦)에서 볼 수 있는 '평시(評詩)' 체제를 도입하고 있으나 연행용(演行用)으로 변이되어 있다. 이상 네 가지 특징에서 알 수 있듯이 이 사본은 독자를 대상으로 쓰인 열람용(閱覽用) 텍스트가 아니라 당시 민간에서 구술되던 이야기가 전통적인 부체 형식과 결합하여 이루어진 연행 텍스트에 가깝다는 것을 알 수 있다. 줄거리는 다음과 같다. 제비 부부가 애써 마련한 보금자리를 참새가 차지한다. 항의하는 제비를 참새 부부가 두들겨 팬다. 제비가 봉황에게 고소장을 제출한다. 뱁새가 참새를 봉황에게 붙잡아 온다. 변명하는 참새를 봉황이 혼을 내고 감옥에 가둔다. 감옥에서 심문관이 참새를 심문한다. 봉황은 참새의 공로를 고려해 석방하고 제비와 화해한다. 홍학(鴻鶴)이 참새와 제비에게 훈계한다. 마지막에 제비와 참새의 화답시(和答詩) 그리고 홍학(鴻鶴)의 화답시(和答詩)가 있으며, 제비와 참새의 화답시로 끝맺는다.

燕子賦(二) P.2653

작자명은 일실되었다. 앞 「燕子賦(一)」과 동명의 賦이지만 형식이 서로 다르다. 수제는 '鷰子賦一卷', 미제는 '鷰子賦一首'로 되어 있다. 수미 모두 완정하다. 48행이 남아 있으며, 매 행은 34자 내외이다. 전편이 오언시체로 이루어져 있다. 오언시체로 되어 있는 「연자부(鷰子賦)」(二)는 漢賦體의 형식에 문언체와 구어체를 겸하고 있는 「연자부(鷰子賦)」(一)과 문체, 등장 인물, 서술 언어 등 내부 구조에 있어서 많은 차이를 보이고 있다. 따라서 제목이 비록 '부(賦)'로 되어 있으나 '사문(詞文)류'로 분류하기도 한다. 줄거리는 다음과 같다. ① 입화시(入話詩): 참새와 제비가 개원가(開元歌)를 부른다. ② 화자의 해설: 제비는 봄 되어 돌아오나, 참새가 제비의 집을 차지하고 있

다. ③ 제비와 참새가 서로 자기 집이라고 주장한다. ④ 참새와 제비가 각기 자신의 신분을 자랑한다. ⑤ 저비가 참새를 봉황에게 고소한다. ⑥ 제비와 참새가 봉황 앞에서 자기 주장을 편다. ⑦ 봉황이 제비에게 집을 돌려주라고 판결한다. ⑧ 話者의 발언: 제비와 참새 모두 책하면서 화해할 것을 권고한다. ⑨ 참새가 제비에게 사과하고 제비 역시 돈을 받고 집을 팔겠노라고 한다.

賦三十三行 S.6170

33행이 잔존한다. 張錫厚는 '失名賦'로 정명하고 있다.

茶酒論 S.406 S.5774 P.2718 P.2875 P.2972 P.3910

現存 6種 寫卷. ① P.2718: 底卷. 首尾完整. 首題는 '茶酒論一卷幷書', 尾題는 '茶酒論一卷'이다. 卷末에 "開寶三年壬申歲正月十四日知術院弟子閻海眞自手書記"라는 題記가 있다. ② P.3910: 首尾完整. 첫 번째 행에 前題 '陰已卯年正月十八日阴奴兒界[三界寺]学子'가 쓰여 있고, 이어 「茶酒論」, 「新合千文皇帝感辞」, 「新合孝經皇帝感辭」, 「韋庄秦婦吟」을 抄錄하고 있다. 卷末 題記는 "癸未年二月六日淨土寺彌趙員住方手□(書))"로 되어 있으며, 또 다른 行에다 "癸未年二月六日淨土寺趙訑)"라고 題하고 있다. 본 寫卷은 내용이 누락되거나 잘못된 곳이 많으며, 書法도 뛰어나지 못한 편이다.

③P.2972: 殘卷. 首殘尾全이며 고사의 뒷부분만 보존되어 있다. 尾題는 '茶酒論'으로 되어 있다. 본 寫卷의 背面에는 '金光明寺'라는 글씨가 있다. ④P.2875: 殘卷. 首全尾殘. 首題는 '茶須(酒)論一卷幷書'. 寫卷의 중간부분에서 잘라져 있으며, 후반부는 모두 殘缺. ⑤S.5774: 殘卷이다. 首題는 '茶酒論一首 鄕貢進士王款撰'이라 되어 있다. 序文은 불완전하여, "儒因, 不可從頭"까지만 남아 있다. 正文은 결락된 부분이 있고 난잡한 편이며, 내용은 "一世榮也"句까지 보존. 寫本의 중간부에서 절단되어 있다. ⑥S.406: 殘卷. 首全尾殘. 首題는 '茶酒論一首'로 되어 있으며, 내용은 "据此從由, 阿你"句까지 남아 있으며, 그 이하로 3행의 부분 문자들이 殘存한다. 본 寫卷은 본편 고사의 전반부가 남아 있다.

이 사권에 대하여 반중규(潘重規)는 다음과 같이 기술한 바 있다. "소책자(小冊子)이며 직선으로 줄이 쳐져 있다. 글씨체는 졸렬하다. 앞뒤에 모두 표제(標題)가 있다. 첫 行에 '기묘년정월십팔일음노아계학자(己卯年正月十八日陰奴兒界學子)'라는 표제(標題)가 달려 있고 이 뒤에 『차와 술 이야기

(다주론(茶酒論)』, 『신합천문황제감사(新合千文皇帝感辞)』, 『신합효경황제감사(新合孝經皇帝感辞)』, 위장(韋莊)의 『진부음(秦婦吟)』 등이 수록되어 있다. 마지막 행에 '癸未年二月六日淨土寺彌趙負住左手遣'라는 표시가 보인다."

이 사권은 돈황에서 출토된 사권 중 드물게 작가가 진사(進士) 출신의 왕부(王敷)라는 인물로 밝혀져 있으며, 문체도 다른 작품들에 비해 구문(句文)이 매우 정제되어 있고 박학다식함이 표출되어 있다. 이는 내용상 사회를 풍자하거나 비판하는 점이 없어 점잖은 상층인사들에게도 두루 향유되었을 가능성이 있음을 시사한다. 아마 작가가 자신의 문재(文才)를 드러내는 데 도움이 된다고 생각하여 이름을 남겨 놓았던 것으로 보인다. 한편 이 사본은 부체(賦體)의 기본적인 골격인 '[서(序)] → [일문일답] → [결(結)]'의 삼 단계 형식을 갖추고 있고, 사언체(四言體)와 육언체(六言體)가 결합된 부(賦)의 전형적인 문체 형식을 갖추고 있어 장르를 부(賦)로 분류하였으나 변문(變文) 혹은 론(論)에 집어넣기도 한다.

2. 小說[31]

啓顔錄　S.610

古體小說 志人類. 首尾完整. 卷末題記는 "開元十二年捌月五日寫了,　　劉丘子於二丘……," 327行, 每行은 대략 24字 정도이며, 每行마다 寫本의 파손으로 인해 1~3자씩 缺落되어 있다. 寫卷의 첫 행에는 "啓顔錄 辯捷 論難"라 쓰여 있으며, 寫卷 전체에는 「論難」七則, 「辯捷」六則, 「昏忘」十四則, 「嘲誚」十三則을 포함하여 모두 四類 四十三則 故事가 수록되어 있으며, 作者名은 없다.

孝子傳　S.389v P.3536v P.3680v

古體小說 志人類. 3종 사본이 현존한다. ① S.389v: 사권은 수미 모두 잔결이다. 明達의 고사 부분인 "由不足, 更被孩兒"구절부터 시작하여, 向生 고사의 "時屬賤寇相陵, 向生遂"구절까지 필사되어 있다. 총 29행이며, 매행은 대략 19자 내외이다. 明達, 郭巨, 舜子, 文讓, 向生 5인의 효도 고사가 초록되어 있다. ②P.3536v: 수미 모두 잔결되어 있다. 閔子의 고사 "閔子者, 嘉夷國人也"구절에서 王褒故事"及至百年亡沒後, 悟墳猶怕阿娘驚"구절까지 필사되어 있으며, 閔

子, 舜子, 向生, 王褒 4인의 효도고사가 초록되어 있다. 내용은 완정한 편이며, 21행이 잔존한다. 매 행은 대략 17자 정도이다. ③ P.3680v: 수미 모두 잔결이다. 丁蘭의 고사 "丁蘭列木作慈親, 孝養之心感動神"구절에서, 閔子의 고사 "王遂長弓射"구절까지 필사되어 있으며, 丁蘭, 王褒, 王武子, 閔子 4인의 효도고사가 초록되어 있다. 第2則, 第3則 고사는 내용이 모두 완정하며, 총 17행에 매 행은 대략 24자 내외이다. 3권의 사본을 합쳐 모두 13則의 고사, 총 9人의 효도고사가 초록되어 있다.

이 사본은 원래 제목이 없으나 내용에 의거하여 「효자전(孝子傳)」이라 정명하였다. 다섯 종류의 돈황 초본(抄本)을 합쳐 놓은 매우 특수한 형태의 작품이다. 「효자전(孝子傳)」 다섯 권 중 두 권은 고대 사전(史傳) 속의 효자 이야기를 발췌해 놓아 유서(類書)의 성격을 띠고 있고, 나머지 세 권은 매 이야기를 시로 종결지음으로써 설창문학(說唱文學)의 체재를 보이고 있다. 예컨대, 순자(舜子), 곽거(郭巨), 왕포(王褒), 문양(文讓), 왕무자(王武子) 등의 이야기는 설(說)~창(唱) 구조로 되어 있는 것들로 모두 말미에 시가 있다. 대만의 돈황속문학 전문가인 정의중(程毅中)은 말미의 시가 변문

---

31 돈황소설은 크게 古體小說(지인, 지괴, 감응·영험기)과 通俗小說(전기와 화본)로 분류된다.

의 창사(唱詞) 혹은 해좌사(解座詞)로 사용되었을 가능성이 있다고 하였다.

搜神記(1)　S.3877 P.2656 P.3156(P1) P.5545 中村不折藏本

古體小說 志怪類. 現存하는 敦煌寫本「搜神記」는 모두 8종이며, 그중 P.5588과 S.6022는 하나의 寫本이 두 개의 권자로 분리된 것이다. 총 8개의 寫本은 세 계통으로 나눌 수 있으며, 세 계통의「搜神記」간에는 각 고사의 순서 및 문자 상에 많은 차이가 있다. * 계통(1): 현존 5종 사본. ① 中村不折藏本: 首尾完整. 首題 ‘搜神記一卷’부터, 第三十四則 楚惠王食蛭故事 “惠王先患冷病, 因食蛭, 病遂吐”句까지 필사되어 있으며, 그다음에는 空白紙가 있는데 아마도 미쳐 다 필사하지 못한 채 중단한 것으로 보인다. 篇題 아래 ‘句道興撰’이라 적혀있다. 그리고 찬자 서명 아래 다시 ‘효행제일’ 4글자가 적혀있는데, 이에 근거할 때 이 사본은 ‘효행’ 등의 몇가지 類로 나누어지며, 본 사본은 그중의 일부분을 보존하고 있는 것으로 여겨진다. 총 431行이 남아 있으며, 每行은 대략 30자 내외이다. ② P.5545: 수미 모두 결락. 第23則 田崑故事 “處得出, 基婆信其誑惑, 更不思量”句부터 某故事(李廣射虎 故事로 보임)의 “也, 出史記”句까지 필사되어 있다. 95行이 남아 있으며, 每行 27字 내외이다. ③ P.3156(P1): 首尾殘缺. 焦華故事 “今

十二月非時, 何由可得苴食”句의 ‘非時何’句의 좌측 殘畵부터 시작되고 있으며, 제11행은 하반행 부분의 글자의 殘畵와 行末의 3字만 보존되어 있고, 제12행의 경우 상단에 약간의 殘缺이 있으며, 제21행의 경우 하단 몇 글자에 잔결이 있어, 완정한 행은 겨우 17행에 불과하며, 每行은 대략 23字 내외이다. ④ S.3877: 본 寫卷은 雜寫의 성격을 띠며, 搜神記와 관련된 행은 단지 4행이다. 前3行은 “楚惠王食蛭故事”을 초록하고 있는데, “病得除”에서 시작해 “此之爲也也”까지 필사되어 있으며, 모두 32字가 필사되어 있다. 제3행 끝의 ‘也’字 아래에 또 ‘搜’字가 적혀 있으며, 제4행에 ‘搜神記一卷’이라는 5자가 필사되어 있다. ⑤ P.2656. 首殘尾全. 35行이 남아 있으며(이 중 첫 행은 절반만 보존), 每行은 대략 17字 내외이다. “昔有張崇者”의 左側 殘畵에서, 張崇의 “後遷爲尙書左僕射”句까지 필사. 필사된 순서는 張崇, 焦華, 羊角哀, 張崇故事의 순으로 되어 있다.

이 사본은 돈황 막고굴에서 발견된 문학 텍스트 가운데 유일하게 작자의 이름이 표기되어 있다. 구도홍(句道興)이란 인물의 활동연대는 불분명한데 대체로 당대(唐代) 人이거나 당(唐)이전 인물일 것으로 추정하고 있다. 서명(書名)이 간보(干寶)의『수신기(搜神記)』와 동일하나 간보『수신기

(搜神記)』의 잔본(殘本)은 아니다. 구도홍(句道興)『수신기(搜神記)』에 수록되어 있는 이야기는 대부분 당대(唐代) 이전의 고사인 것으로 보아 그가 참고한 것은 위진남북조(魏晋南北朝) 시대의 자료였던 것으로 생각된다. 또 시대를 정확히 알 수 없는 『직종전(織終傳)』,『이물지(異物志)』, 『진전(晉傳)』,『요언전(妖言傳)』,『박물전(博物傳)』,『남요황기(南妖皇記)』,『태사(太史)』등의 서적에서 고사를 인용하고 있는데 이 문헌들은 당시 민간에서 유통되고 있던 통속물이었던 것으로 보인다. 구도홍(句道興)『수신기(搜神記)』속에 수록되어 있는 몇 가지 고사를 소개하면 다음과 같다. ① 신도도(辛道度) 이야기: 진문왕(秦文王) 딸의 혼귀(魂鬼)와 신도도(辛道度)가 서로 사랑하여 결혼한 후 삼일을 보내고 이별하면서 기념으로 금침(金枕)을 요구한다. 후에 신도도는 금침(金枕)을 팔았는데 진왕(秦王)의 부인이 딸의 장례 때 사용한 물건임을 알고 신도도를 사위로 여겨 부마도위(駙馬都尉)에 봉한다. 이 신도도 이야기에 대하여 정의중(程毅中)은 신도도를 부마도위(駙馬都尉)에 봉한 것은 진대(晉代) 이전의 제도가 아님을 들어 남북조(南北朝) 이후에 출현한 것이라고 주장한다. ② 왕경백(王景伯) 이야기: 왕경백(王景伯)이 거문고(琴)를 타자 여귀(女鬼)가

와서 듣는다. 두 사람은 거문고를 타고 시를 짓고 이를 기념하기 위해 서로 물건을 교환한다. 이 이야기는 구본(句本)『수신기』속에서 비교적 장편에 속하는데 탈자(脫字)와 오자가 매우 많다. ③ 동영(董永) 이야기: 간보(干寶)『수신기(搜神記)』에 비하여 상세한 편이며 문체는 비교적 통속적이고 줄거리는 후대의『동영우선전(董永遇仙傳)』에 가깝다. 그러나 선녀가 동중(董仲)이란 아들을 낳고 아들이 어머니를 찾는 대목이 빠져 있다. 「동영변문(董永變文)(혹 동영사문)」과 비교할 때 구본(句本) 『수신기(搜神記)』의 이야기가 일찍 생겨난 것으로 보인다. ④ 전곤륜(田昆侖) 이야기: 전곤륜 이야기는 동영(董永)이야기와 유사한데 효도와 천명 사상을 강조하지 않고 사람과 귀신의 연애 사건만을 서술하고 있다. 줄거리는 다음과 같다. 전곤륜과 선녀가 전장(田章)이란 아들을 낳고 아들은 모친을 찾아 함께 하늘로 올라가 천서 여덟 권을 얻어 해박한 지식을 얻게 된 후 지상에 내려와 관리가 된다. 전곤륜 이야기는 동영 고사와 매우 비슷하며 전곤륜이 선녀의 옷을 감추어 하늘로 날아가지 못하게 하는 것 역시 민간고사에 자주 보이는 모티브이다. 전곤륜 이야기는 구본(句本)『수신기(搜神記)』중에서 가장 긴 이야기에 해당한다. 이상서 소개한 구본(句本)『수신기(搜神

記)』의 이야기를 육조지괴(六朝志怪)와 비교해보면 변화된 부분이 보이는데 이 때문에 어떤 사람은 구본(句本)『수신기(搜神記)』를 '당대(唐代) 설화 초기단계의 화본'이라고 여기기도 한다. 반면 정의중(程毅中)은 이 텍스트와 돈황본「여산원공화(廬山遠公話)」의 풍격이 비슷한 점을 들어 설화인이 참고한 저본 즉 후대의『녹창신화(綠窓新話)』,『취옹담록(醉翁談錄)』의 류로 간주하고 있다.

搜神記(2)　S.525

古體小說 志怪類. 首全尾殘, 篇題 '搜神記一卷'에서 시작하여, 梁元皓, 段子京 고사의 "然皓未困之間, 心憶" 句까지 필사되어 있으며, 그 이하는 殘缺이다. 모두 169行(그 중 제4행, 5행 및 末5행에는 殘缺된 부분이 있음)이며, 每行은 대략 25字 내외이다. 편제아래 잔결된 부분이 있어, 작자의 서명과 제기가 있었는지의 유무는 정확히 알 수 없다. 모두 13則의 고사(그 중 제10則의 고사는 불완전함)가 초록되어 있다.

搜神記(3)　P.5588 + S.6022의 合本

古體小說 志怪類. 搜神記(3)은 P.5558과 S.6022의 두 殘卷은 그 파손 상황, 내용 및 문자로 볼 때 실은 하나의 사권인데, 2개로 찢어진 것이다. ① P.5588 殘片: 모두 21行 이 남아 있는데 그 중 수미 2행은 半邊子만 보존되어 있다. "能申雪, 停一旬日"구절부터 시작하여 '論'의 殘字까지 이어지며, 梁元皓, 段子京의 故事가 수록되어 있다. ② S.6022: 首尾殘缺. 梁元皓, 段子京의 고사의 "第來倉忙"句에서부터 隋侯故事의 "何敢取君珠也小"의 '小'字까지 필사되어 있으며, 모두 69行 이 남아 있다. 每行의 상단부에 약간의 1자~4자 정도의 殘缺이 있으며, 하단부는 대략 2/5 내외 字數로 7~11字 잔결되어 있다.

본 2卷의 사권의 合綴本은 모두 78행, 매 행은 대략 18~25자 정도 抄錄되어 있으며, 모두 6則의 고사가 수록되어 있다.

冥報記　S.5915 P.3126

古體小說 志怪類. 2종 사본이 현존한다. ① P.3126: 사권의 상태는 수부는 잔결, 미부는 완정하다. '永固子睿容泓'句에서 시작하여 미제 "冥報記"까지 초록되어 있으며, 모두 15則의 고사가 수록되어 있다. 159행에 매 행은 대략 17자 내외이며, 그 중 제19행~23행까지의 5행에는 10자 정도 잔결되어 있다. 사권의 앞부분에 있는 "中和二年(882)四月八日"라는 제기에 근거할 때, 본 사권은 唐 僖宗 시의 사본임을 알 수 있다. ② S.5915: 사권의 상태는 수부는 잔결이나 미부는 완전하다. "宋泰初元年"부터, "琬前軍袁顗既則"까지 抄錄되어 있으며, 62자가 6행에 나누어 필사되어 있다. 제7행에는 '琬前軍袁顗' 5글자가 중복 필사되어 있으

며, 이에 근거할 때 본 사본은 습자한 것으로 추측된다.

黃仕强傳 P.2186 P.2136 P.2297 北8291 ДХ01672 + 俄ДХ01680(合本) ДХ04792 + 北8290(合本) 折敦26 上圖84 大谷大學藏本 中村不折藏本.

古體小說 志怪類. 黃仕强의 入冥故事에 관한 소설로, 唐代에 유행한 入冥小說의 대표작이다. 돈황사권 중에 「黃仕强傳」은 모두 12개의 사권이 있으며, 이 중 合綴이 가능한 것을 合綴하면 총 10개의 사권을 얻을 수 있다. 각 사권은 인물, 스토리, 주제 등에 있어 완전히 상통하지만 구체적인 문구에 있어서는 다소 다르다. 세심한 교감을 거치면 다음의 4개의 傳抄 계통으로 나눌 수 있다. [제1계통]: 折敦26이 대표이며, 大谷大學藏本, P.2186. ДХ4792+北8290(合本). P.2297이 동일한 계통에 속한다. 이 계통의 각 사권은 대개 수제 '黃仕强傳'이 있고, 미제는 없음. 각 사권은 文句의 표현이나, 구체적인 用字에 있어서 기본적으로 일치한다. ①折敦26: 浙江省博物館 所藏. 수미 모두 완정하며, 수제는 '黃仕强傳'이다. 내용도 완정한 편이나, 다만 제2행의 경우 몇 글자가 殘損되었다. ②大谷大學藏本: 수미 모두 완정하다. 수제는 '黃仕强傳'이며, 내용이 완정한 편이며, 모두 52행에 매 행은 대략 17자 내외이다. ③P.2186: 首尾 모두

完整, 首題는 '黃仕强傳'이며, 중간에 몇 구절이 탈락되어 있다. 모두 49행에, 각행은 대략 17자 내외. ④ ДХ04792 + 北8290의 合本. 모두 殘卷. ДХ04792는 편명 '黃仕强傳'에 시작하여, "又入銀城內, 又入金城內"까지 필사되어 있으며, 모두 8행이 잔존한다. 각 행의 글자는 5~8자까지 불균등하다. 北8290은 首殘尾全. "去永徽三年十一[月]"에서 시작하며 文末 "具說死時逗留事狀如此"句까지 초록되어 있다. 모두 47行이며, 매 행은 대략 17자 내외이다. 이 두 사권의 글자체와 파손된 흔적이 완전히 부합하므로, 이 두 사권은 본래 하나의 사본이 둘로 나누어진 것으로 추정할 수 있다. 이 사본을 결합하면 모두 51행이 되지만, 그 중 6행은 여전히 잔결된 부분이 있게 된다. ⑤P.2297: 사권의 상태는 수투는 잔결되어 있으며, 미부는 완전하다. "參軍沈伯貴, 前隨王[任安州之日"에서 문미까지 초록되어 있으며, 그 중 개별 문자나 구에 잔결이 있다. 51行이며, 매 행은 대략 17자 정도이다.

[제2계통]: 上海圖書館 所藏本이 대표이며, 같은 계통에 속하는 寫卷으로는 中村不折藏本, ДХ16722 + ДХ1680 합본이 있음. 본 계통의 사본들중에 완정한 사본들은 首題와 尾題가 모두 '黃仕强傳'이라고 적혀 있으며, 文句의 표현이나 구체적인 用字에 있어서 특징을 갖고 있다. ⑥上圖84: 수미 모두

완정하다. 수제 '黃仕强傳'부터 시작되며, 내용은 완정한 편이고, 모두 51행에 각 매 행은 대략 17자 정도이다. ⑦ 中村不折藏本: 수미 모두 완정. 수제 '黃仕强傳'부터 시작하여 미제 '黃仕强傳'까지 초록되어 있다. 내용은 완정한 편이고, 모두 52행에 매 행은 대략 17자 내외이다. 사권 전체에 오직 黃仕强 고사만 기록하고 있다. ⑧ ДХ16722 + ДХ01680의 合本: 수미 모두 잔결이다. "極自困篤" 句부터 "把文書人報云"까지 초록되어 있으며, 모두 16행에 매행은 대략 17字 내외이다.

[제3계통]: 오직 北0829 하나의 사권만 해당한다. ⑨ 北0829: 사권의 상태는 수부는 잔결이나 미부는 완정하다. "方擒案褥, 官人幷下"句부터 문미까지 초록되어 있으나, 미제는 없다. 모두 34행에 매 행은 대략 17자 내외이다. 이 계통은 계통1과 계통 2가 혼합된 것으로 보인다.

[제4계통]: ⑩ 본 계통에 속하는 사권은 P.2136이다. 본 사권의 상태는 수부는 잔결이나, 미부는 완전하다. "[得壽一百]二十歲"句부터, 문미까지 초록되어 있다. 모두 11행이며, 매 행은 대략 17자 정도이다.

道名還魂記   S.3092

古體小說 志怪類. 수미 모두 완정하나, 수제 및 미제는 모두 없다. 정면과 배면 2면에 걸쳐 초사되어 있으며, 모두 21행(정면17행, 배면7행)이며 매 행은 대략 20자 내외이다. 그 중 제17행부터 20행까지는 3~5字 정도 결락되어 있으나, 내용은 기본적으로 연관되고 완정한 편이다. 당대의 승려 道名의 入冥故事가 주 내용으로, 당대의 승려 도명이 冥府의 실수로 저승에 잘못 끌려갔다가, 그 억울함을 풀고 지옥에서 지장보살을 만난 경험 및 환생한 후 지장보살의 참다운 모습을 그림으로 그려 유전시킨 고사를 기록하고 있다.

白龍廟靈異記   P.3142

敦煌 古體小說 志怪類. 수미 모두 완정하며, 內容도 완정하지만 제목은 없다. 모두 18행이며 매 행은 대략 20자 내외이다. 靈驗類 感應記의 一種이다. 본편의 내용은 唐 大曆 연간에 白龍廟가 白蛇에 의해 해를 입고 있었는데, 민간의 한 여인인 春娘이 신령의 도움을 받고, 羯諦眞言을 외워 白蛇를 처치하고 마을에 태평을 되찾았다는 내용이다. 羯諦眞言의 神驗을 널리 알리고, 백성들이 이것을 경건하게 받들고 수용할 것을 권할 의도로 창작된 것이다.

貧女因子落番設供齋僧感應記   S.6036

敦煌 古體小說 志怪類. 수미 모두 잔결이며, 수제나 미제는 모두 없다. "錦繡羅綺"句부터 시작되며, "忽見□□□□□□開"句까지 초사되어 있다. 모두 11행이며 그 중 문

자가 완전한 것이 9행이고, 매 행은 대략 17자이다. 사본 지면의 상태로 보아 대략 10세기의 작품으로 추정된다. 본 작품은 어느 한 가난한 여인이 아들이 蕃地를 淪落하는 까닭에 齋를 열고 승려를 청해 구원을 요청했더니, 과연 영험함을 얻었다는 고사를 이야기 하고 있다.

龍興寺毗沙門天王靈驗記　S.381

古體小說 志怪類. 首尾 모두 完整. 首題는 '龍興寺毗沙門天王靈驗記'이며, 그 아래 小字로 '本寺大德僧日進附口抄' 10자가 부기되어 있다. 본 편은 모두 2장에 걸쳐 필사되어 있으며, 총 22行이며, 매 행은 대략 15자 내외이다. 내용은 圓滿이라는 사람이 실수로 天王彫像을 파괴하여, 두 눈을 실명하게 되었는데 후에 天王彫像 앞에서 참회하고 불교 주문을 60일 동안 낮밤으로 염송하니, 실명한 두 눈의 시력이 다시 회복되었다는 이야기를 담고 있다.

往生西方記驗　P.2066, 北0178(秋097)

敦煌 古體小說 志怪類. 2종 사권이 현존한다. ①P.2066: 수미 모두 완정하다. 내용도 완정하며, 모두 13행이며 매 행은 대략 23자 내외이다. 수제와 미제는 모두 '淨土五會念佛誦經觀行儀卷中'으로 되어 있다. 「淨土五會念佛誦經觀行儀卷中」은 唐代 國師 法照가 찬한 불교 의례에 사용되던 여러 글들의 모음집으로, 본 「往生西方記驗」은 그 안

에 포함되어 있다. ② 北0178(秋97): 사권의 상태는 수부는 잔결, 미부는 완전하다. 내용은 완정하며 모두 16행, 매 행은 대략 20자 내외이다. 미제는 '阿彌陀經一卷'으로 되어 있는데, 본 「往生西方記驗」은 「阿彌陀經佛所說呪」 다음에 초사되어 있다.

妙法蓮華經感應記　P.3023

古體小說 志怪類. 수미완정하며, 내용도 완정하다. 모두 12행이며, 매 행은 대략 12자 내외이다. 사권 말미에 "伏惟 大王 採攬 賜紫沙門繼從呈上"라는 제기가 있다. 본 P.3023은 「妙法蓮華經玄贊」과 본 「感應記」가 합성되어 있는 문헌인데, 『法藏』目錄이나 『敦煌遺書最新目錄』 등의 여러 目錄書에서는 모두 본 「感應記」를 독립된 목록으로 열거하지는 않고 있다. 본 妙法蓮華經感應記는 여타의 妙法蓮華經의 感應記에는 보이지 않는다.

歷代衆經應感興敬錄　P.3877v +

P.3898v(合本)

敦煌本 古體小說 志怪類. P.3877v + P.3898v의 合本. ①P.3877v: 수미 모두 잔편이다. 본 사권은 『大唐內典錄』의 잔권이 4단으로 찢어져 있는데, 「歷代衆經應感興敬錄」은 『大唐內典錄』 잔권의 제3단과 제4단 사이에 초록되어 있다. 매 행은 대략 26자 내외이다. ②P.3898v: 수미 모두 잔결이다. 판독이 가능한 부분은 「歷代衆經應感興敬錄」의 "且誦臨刑滿千遍, 刀下斫之折爲三段"句부터

同卷同篇의 "曾行遇癩者在穴中, 徹引至山中"句의 '山'字까지 초록되어 있다. 71行이며, 매 행은 대략 27자 내외이다. 그 중 40행 정도는 종이의 파손으로 인해 1~10자 정도씩 결락되어 있다. 양잔권을 合綴하면 「歷代衆經應感興敬錄」의 篇題부터 "曾行遇癩者在穴中, 徹引至山中"의 '山'자까지 총 116행이 된다. 「歷代衆經應感興敬錄」은 불교도가 경건하게 造經하고 發心하며 讀誦할 때 일어난 영험한 고사들에 대해 서술하고 있어 소설적 특징이 강하다.

懺悔滅罪金光明經傳 S.364 S.462

S.1963 S.6514 S.4487 S.3257 S.4984 S.6035 S.9515 S.2981 S.4155 P.2203 P.2099 北1424(海69) 北1425(寒077) 北1361(日011) 北1362(爲069) 北1365(辰061) 北1363(成013) 北1364(列055) 北1367(生099) 北1369(河066) 北1426(玉055) ДХ05755 ДХ04363 + 北1360(藏062)合本 ДХ06587 ДХ02325 ДХ05692 Ф.260. 石谷風藏品,

古體小說 志怪類. 31개의 사권이 현존한다. 현존 31개의 사권은 주제, 인물, 스토리에 있어 일치하지만 내용의 완결 유무, 수제와 미제 명칭 및 그 유무, 文句와 用字에 있어서는 차이가 있음.

수제의 경우 대부분의 사본이 「懺悔滅罪金光明經傳」으로 되어 있으나, 「懺悔滅罪金光明經冥報傳」으로 되어 있는 것도 있다.

미제의 경우에는 '金光明經傳', '懺悔滅罪金光明經傳', '金光明經傳冥報驗傳記'의 3종류가 있다. 본 작품은 불교 感應記의 일종이며, 소설적 성격이 강하다. 본 편의 내용은 溫州治中의 張居道라는 사람이 畜生을 살생한 탓에, 冥府에 끌려갔다가 冥府의 관리의 지침을 듣고, 『金光明經』4卷을 抄寫하여 자신에게 죽임을 당한 畜生들이 생명을 얻어 善道를 펼칠 수 있게 하고, 張居道 역시 부활하였다. 환생한 후에 張居道는 發心하여 造經하고, 世人들을 교화시켰다는 내용을 담고 있다.

持誦金剛經靈驗功德記 P.2094

S.4037v P.4025 P.5042(A)v ДХ00296 ДХ00514 古體小說 志怪類. 5종 사권이 현존한다. 주로 『金剛般若波羅密多經』을 持誦했을 때 발생한 여러 靈驗故事들을 서술하고 있다. ①P.2094: 底卷에 해당한다. 수미 모두 완정하다. 수제는 '持誦金剛經靈驗功德記'. 156行, 매 행은 대략 20자 정도. 사권 끝에 "布衣弟子翟奉達"이라는 서명이 있다. ② S.4037v: 본 사권에는 모두 6종류의 내용을 담고 있는데, 그 중 제3 부분과 제6 부분이 「持誦金剛經靈驗功德記」인데, 字體가 서로 비슷하여 동일인이 초사한 것으로 추측된다. 제3부분은 "苟居士樂善"句부터 "此經壇去縣城西北三十里, 今現在"句까지 6행이 초사되어 있으며, 매 행은 대략 24자 내외

이다. 苟居士가 『金剛經』을 필사했을 때 일어난 靈驗故事를 초록하고 있는데, 이 이야기는 底卷에도 보인다. 6번째 부분은 "李慶者, 唐州人也"句부터, "時後至八十十歲而終"句까지 모두 6행이 필사되어 있으며, 매 행은 대략 15자 정도이다. 내용은 李慶이 사후에도 「金剛經」을 계속 수지 독송한 인연으로 부활했다는 靈驗故事이며, 내용이 완정하다. P.2094에는 보이지 않는다. ③ P.4025: 정면과 배면에 각각 靈驗故事 1則이 필사되어 있다. 정면의 경우 "朱士衡爲性龐惡, 不敬三寶"句부터 "卽劫收經, 於佛前懺悔"句까지 초록되어 있다. 내용은 완정한 편이며, 모두 4행이 필사되어 있다. 각 행은 대략 20자 내외이다. 배면은 5행만 필사되어 있으며, 각 행은 대략 20자 정도이다. 靈驗功德記 1則이 필사되어 있는데, "漢州孔目典陳昭, 經兩日再生"句부터 "判官曰有何功德"句까지 필사되어 있는데, 未完의 초사이다. 이상의 2則의 고사는 P.2094의 제14, 제10에 각각 보인다. 정면과 배면을 합하면 단지 21行이 되며, 字迹이 유사한 것으로 보아 한 사람에 의해 초사된 것으로 추측된다. 내용이 불완전한 것이 많은 것으로 보아, 아마도 습자한 문서로 추정된다. ⑤ ДX00514: 잔권. 본 사권의 문자들은 P.2094에도 모두 보이며, P.2094 第4則에 보이는 "昌還家, 更得甦活"句의 '家'字부터,

第5則의 "此人誦金剛般若"句의 '若'字까지 모두 13행이 잔존한다. 각 행의 하단은 1~4자 정도씩 결락되어 있다. 본 사권의 고사는 바로 『法苑珠林』 및 『태평광기』 권102에 기록된 唐 遂州 사람 趙文信 고사이며, 다만 敦煌寫本과는 문자상에 있어 차이가 있다.

唐京師莊嚴寺僧釋智興鳴鐘感應記 S.381 S.1625v

敦煌本 古體小說 志怪類. 2종 사권이 현존한다. ① S.1625v: 수미 모두 완정하다. "唐京師莊嚴寺僧釋智興"부터 『鐘鳴記』의 "救拔衆生長夜苦"句까지 모두 13行(그중 『鐘鳴記』는 2行)이 초사되어 있으며, 매 행은 대략 16자 내외이다. 본 사권에는 「唐京師莊嚴寺僧釋智興鳴鐘感應記」 앞에 또한 「佛圖澄和尙因緣記」 12행이 초사되어 있는데, 字迹이 동일한 것으로 보아 동일인이 초사한 것으로 보인다. 본 사권의 정면에 '天福三年十二月六日大乘寺諸色斛斗人破歷計會'라는 제기가 필사되어 있는 것으로 볼 때, 배면에 초록된 본 편의 초사 시기는 天福 3年(938년) 이후로 보인다. ② S.381: 원 사권의 두 곳에 필사되어 있다. 첫 번째 부분은 사권의 앞부분에 초록되어 있는데, 수부는 잔결이고 미부는 완전한 상태이다. 편제 "釋智興"부터 "後願惡趣俱時解脫"句까지 모두 13행이 필사되어 있고 각 행

은 대략 16자 정도이다. 말미에는 題記 "庚辰年四月卄七日抄記" 1행이 적혀있다. 다른 한 부분은 원사권의 미부에 초사되어 있으며, 「鐘鳴揭」를 초록하고 있다. "鳴鐘振嚮覺群迷"句부터 "來世受蚰身"句까지 모두 4행이 필사되어 있으며 末行에 題記 "咸通十四年四月卄六日題記耳也" 1행이 부기되어 있다. 이상 두 곳에 쓰여진 것은 그 字迹이 동일한 것으로 볼 때, 동일인에 의해 초사된 것으로 보인다. 본편의 주 내용은 釋智和尙이 鳴鐘 후에 일어난 영험한 이야기를 서술하고 있다.

佛頂心觀世音菩薩救難神驗記

P.3916 P.3236 北大160

古體小說 志怪類. 3종의 사권이 현존한다. ①P.3916. 底本이 된다. 수미 모두 완정하며. 내용도 완정하다. 수제는 '佛頂心觀世音菩薩救難神驗經卷下', 미제는 '佛頂心多羅尼經卷下'로 되어 있다. 모두 51행이며, 매 행은 대략 25자 내외이다. 본편은 P.3916에 들어있는 『佛頂心觀世音菩薩大陀羅尼經』卷下에 부기되어 있다. 『敦煌遺書最新目錄』, 『法藏』 등과 같은 여러 목록서에서는 본편을 독립된 목록으로 열거하지는 않았다. ②P.3236: 首全尾缺, 首題 "佛頂心觀世音菩薩救難神驗經卷下"부터, 第3則의 "於佛室中以五色雜綵囊盛之"의 '中'字까지 쓰여 있으며 초사가 미완된 상태이다 모

두 38행이며, 각 행은 대략 23자 내외이다. ③北大160: 北京大學 圖書館 所藏. 본 사권은 모두 4개의 잔편으로 구성되어 있는데, 그중 2개의 잔편에 본편의 第3則의 부인이 嬰兒를 버린 故事가 초사되어 있다. 殘片1은 底本의 "不過兩歲, 便卽身亡"句의 '身'字부터 "令其母千生萬死, 悶絶叫噭"句의 '絶'까지 모두 5行에 41字가 殘存한다. 사본의 위 아래 여백부분은 모두 잔결이다. 잔편2는 底卷의 "蓋緣汝大道, 常持佛頂心陀羅尼經"句의 '心'字부터, "乃至或隨身供養者"句의 '隨'字까지 모두 10행, 30자가 잔존한다. 사본의 위아래 여백부분은 모두 잔결이다. 이상의 두 殘片은 글자의 자체가 서로 동일한 것으로 보아, 동일인에 의해 필사된 것으로 추정. 본 편은 4則의 佛敎感應故事의 彙錄하고 있다.

道俗侵損常住僧物惡報靈驗記

S.5257

수미 모두 완정하며, 내용도 완전한 편. 10行, 每行은 대략 18字 내외. 字體는 行書와 草書. 卷末 題記: "先天二年九月一日臣郭元震宣旨"

佛說金剛壇廣大淸淨陀羅尼經感應記 P.3918

古體小說 志怪類. 敦煌本 古體小說 志怪類. 사권은 수미 모두 완정하며, 내용도 완정하다. 18행이며, 매 행은 대략 35자 내외이다.

梵夾裝. S.5257에는 『佛說迴回輪經』, 「願文」, 『佛說金剛壇廣大淸淨陀羅尼經』의 순서로 초록되어 있으며, 본 편은 『佛說金剛壇廣大淸淨陀羅尼經』의 미제 다음에 초사되어 있으며, 이에 근거할 때 본 편은 『佛說金剛壇廣大淸淨陀羅尼經』을 선양하기 위한 것이었음을 알 수 있다. 본 편의 내용은 크게 2부분으로 나눌 수 있다. 첫 번째 부분은 『佛說金剛壇廣大淸淨陀羅尼經』의 傳奇 故事를 초사하고 있으며, 두 번째 부분은 본 경전을 수지 독송했을 때 일어나는 영험한 사적을 기록하고 있다.

定光佛豫言共三通　S.2713.

題記는 없으며, 모두 29행이며 각 행은 18~19자로 되어 있다. 陳祚龍은 본 사권의 제목을 「普勸事佛文」으로 하였다. 본 편은 咸亨 元年 揚州의 승려 珍寶가 定光佛을 만나 부처로부터 재앙을 피하는 방법을 계시받은 영험고사를 서술하고 있다.

周秦行記　P.3741

敦煌本 通俗小說 傳奇類에 속하며, 「周秦行記」는 唐代 傳奇 작품의 하나이다. 사권의 상태는 수부는 잔결이나 미부는 완전하다. "鳴馬音相離"句부터 문미까지 모두 61행이 남아 있으며, 매 행은 대략 17자 내외이다. 권말의 제기는 "淸泰二年十月十一日丁□"이다.

秋胡小說　S.133

敦煌本 通俗小說 傳奇類. 底卷은 S.133. 수미 모두 잔결이며, 편제도 없다. 소설의 중간 부분인 "三公何處來"부터 "阿婆願希慈新婦"句까지 181행이 잔존하며, 매 행은 대략 27자 내외이다. 앞 4행만 파손 상태가 심하며, 나머지 행들은 완정한 편이다. 현존하는 사권은 다른 사본에 비하여 결자(缺字)와 오자가 매우 많다. 잔존하는 본 편의 字迹 형태로 보아, 본 사권은 적어도 두 사람에 의해 초사된 것으로 추정되며, 대략 唐 中晩期에 필사된 것으로 보인다.

앞뒤가 모두 잘려 나가고, 뽕따는 여인에게 주는 시 한 수를 제외하면 전체가 산문 형식으로 되어 있다. 그래서 루쉰(魯迅)은 『중국소설사략(中國小說史略)』에서 이 작품을 「추호소설」로 불렀다. 노신이 「추호소설(秋胡小說)」로 부른 이 작품은 『변문집(變文集)』과 『신서(新書)』에서는 「추호변문(秋胡變文)」으로 되어 있다. 줄거리는 다음과 같다. [전결(前缺)] 추호는 어머니, 아내와 작별하고 공부를 위해 집을 떠난다. 승산(勝山)으로 들어간 추호는 수천 살이 되었을 법한 신선에게 3년 동안 학문을 닦은 후 위(魏)나라로 들어간다. 추호는 여기서 탁월한 정치적 업적을 보이며 황제와 백성들의 신임을 얻는다. 고향을 떠난 지 9년째에 추호는 집으로 돌아가 어머님을 봉양하겠다는 뜻을 황제에게 표한다. 추호는 황제로부터 수많은 황금과 비단을 하사받고 고향으로 돌아오는 길에 자기 아내인 줄도 모르고 뽕 따는 여인에게 수작을 부린다. 아내는 집으로 돌아오고서야 자신을 희롱한 관리가 바로 남편임을 알고 시어머니에게 남편의 불효와 불충을 꾸짖는다. [후결(後缺)] 현존 사본은 여기까지만 전하며, 원래 이야기는 아내가 물에 빠져 자결하는 것으로 끝난다. 원(元) 잡극(雜劇)과 전통극목(傳統劇目)에 「추호희처(秋胡戲妻)」가 있는데 내용이 엇비슷하다.

唐太宗入冥記 S.2630

敦煌本 通俗小說 傳奇類. 본 사권은 3단락으로 찢어져 있으며, 그 순서가 뒤섞여 있다. 내용에 근거할 때, 본 사권의 제1행부터 제60행까지가 세 번째 단락이 되며, 제61행부터 73행까지가 첫 번째 단락이 되며, 제74행부터 제141행까지가 두 번째 단락이 된다. 세 단락의 순서를 조정하면, 본 편은 "間使人奏曰"句부터 "崔子玉左右處"句까지 초사한 것이 되며, 수미는 모두 殘缺이다. 첫 번째 단락과 두 번째 단락 사이에는 잔결된 부분이 있으며, 두 번째 단락과 세 번째 단락은 대체로 이어붙일 수 있다. 每行에는 22자 정도가 초사되어 있으며, 두 번째 단락의 끝부분 13행이 각 행마다 상단부의 10~11자 정도만 남아 있는 것을 제외하면 나머지 행들은 대개 매 행마다 1~4자 정도

씩 잔결되어 있다. 본 작품의 내용은 唐太宗이 사후에, 영혼이 지옥을 떠돌다 判官 崔玉子를 만나 수명을 10년 더 연장하여 인간 세상에 다시 부활했다는 이야기이다. 이 사본은 원래 제목이 없으나 왕국유(王國維), 노신(魯迅), 주소량(周紹良) 모두 「당태종입명기(唐太宗入冥記)」란 명칭을 붙였다. 구체적인 줄거리는 다음과 같다. 당태종(唐太宗) 이세민(李世民)이 건성(建成)과 원길(元吉)을 죽였기 때문에 생혼(生魂)이 음사(陰司)에 붙들려가고 염라대왕은 재판관 최자옥(崔子玉)에게 심문하라고 분부한다. 건성과 원길이 음사(陰司)에 고발장을 올리자 당태종(唐太宗)을 대질(對質)한다. 최자옥이 당태종에게 손가락질하며 겁을 주자 당태종은 재물을 최자옥에게 바치고 또 관직을 줄 것을 허락한다. 최자옥(崔子玉)은 사사로이 판결문을 수정하여 당태종이 10년을 더 천자 노릇을 할 수 있도록 해준다. 당태종이 저승으로 들어가 판결을 받는 이야기는 『조야첨재(朝野僉載)』 권6에 가장 먼저 보인다.

劉季遊學乞食故事 S.3457

敦煌本 通俗小說 傳奇類. 사권의 상태는 수부는 온전하나 미부는 잔결이다. 모두 10행이며(이 중 4행은 중복필사한 것이다), 내용은 다소 불완전하며, 漢 高祖 劉邦이 걸식했던 고사를 담고 있다.

佛圖澄和尙因緣記　S.1525v P.2680

敦煌本 通俗小說 傳奇類. 2종의 사권이 현존한다. ①P.2680: 底卷. 수미 모두 완정하며, 내용도 완정하다. 편의 제목은 '佛圖澄和尙因緣記'로 되어 있으며, 21행에 매 행은 대략 27자 내외이다. 대략 10세기에 초사된 것으로 추정된다. ②S.1525v: 수미 모두 완정하며, 내용도 완정하다. 편제는 "佛圖澄和尙因緣'으로 되어 있으며, 모두 20행이다. 매 행은 대략 20자 내외이다. 본편의 초사 시기는 대략 938년 이후, 10세기 중엽으로 추정된다. 佛圖澄 和尙의 전기이다.

劉薩訶和尙因緣記　P.2680 P.3727 P.3570v

敦煌本 通俗小說 傳奇類. 3종 사권이 현존한다. ①P.3570v: 底卷. 수미 모두 완정하며, 내용도 완정하다. 수제는 '劉薩訶和尙因緣記'이며, 36행이 남아 있으며 각 행은 17자 내외이다. ②P.3727: 수미 모두 완정하며, 내용도 완정하다. 수제는 '劉薩訶和尙因緣記'이며, 21행에 각 행은 대략 22자 내외이다. 필사 시기는 1015年, 大中祥符 八年 이후로 추정되고 있다. ③P.2680: 수미 모두 완정하며, 내용도 완정하다. 수제는 '劉薩訶和尙因緣記'이며, 27행에 매 행은 대략 25자 정도이다. 필사 시기는 대략 10세기 초로 추정된다. 본 소설의 대략적 내용은 劉薩訶 和尙이 어렸을 적에 사냥을 좋아했는데 사슴을 너무 많이 죽인 죄로 지옥에 끌려가 사슴으로 변했다가 사람의 손에 사살되고, 그 후에 다시 사람으로 변하여 지옥을 편력하다가 觀世音菩薩에 의해 감화를 받아 네 장소에 탑을 건립하고 공양했다는 이야기이다.

隋淨影寺沙門慧遠和尙因緣記

P.2680 P.3570v P.3727

敦煌本 通俗小說 傳奇類. 現存 3種 寫本. ①P.3570v: 底卷. 首尾完整, 內容完整. 篇題는 '隋淨影寺沙門慧遠和尙因緣記'이며, 25行에 每行은 대략 15字 내외이다. ②P.3727: 首尾完整, 內容完整. 篇題는 '隋淨影寺沙門慧遠和尙因緣記'이며 2장에 나뉘어 필사되어 있다. 筆寫. 모두 19行이며 每行은 23字 내외. ③P.2680: 首尾完整, 內容完整. 篇題는 '隋淨影寺沙門慧遠和尙因緣記'이며, 모두 16行에 每行은 대략 26字 정도 필사되어 있다.

본 편의 내용은 "道行에 심후했던 慧遠 화상이 강직함과 충정함으로 北周 武帝에 반기를 들어 佛法을 지켜냈다는 傳奇故事이다.

靈州龍興寺白草院史和尙因緣記

S.276v S.528 P.2680 P.3570v P.3727 P.3902(B)

敦煌本 通俗小說 傳奇類. 6종 사권이 현존한다. ①P.2680: 底卷. 수미 모두 완정하며, 내용도 완정하다. 모두 25행이며, 매 행은 대략 26자 내외이다. 편명은 없다. 필사시

기는 대략 10세기 초로 추정된다. ②
P.3727: 수미 모두 완정하다. 모두 18행, 매
행은 대략 22자 내외이다. 편의 제목은 없
다. ③S.528: 수미 모두 완정하며, 내용도
완정하다. 모두 17행이며, 각 행은 23자 내
외이다. 수제는 '靈州龍興寺白草院史和尙
因緣記'로 되어 있으며, 필사 시기는 10세
기 중엽으로 추정된다. ④S.276v: 수미 모
두 완정하다. 모두 21행이며, 매 행은 대략
19자 정도이다. 수제는 '靈州吏(史)和尙因
緣記'로 되어 있으며, 필사시기는 長興 4년
(923) 이후로 추정된다. ⑤P.3570v: 사권의
상태는 수부는 온전하나 미부는 잔결된 상
태로, "昔先賢以懸頭刺"句까지 필사되어
있고 그 다음 부분부터는 잔결이다. 모두
17행이며, 각 행은 대략 20자 정도이다.⑥
P.3902(B): 본 사권은 끊어져 두 절로 되어
있으며, 파손이 매우 심하다. 본 인연기의
내용은 靈州 龍興寺의 增忍 和尙이 자신을
찔러 피를 내어 불경을 초사한 일 및 그가
절도사 李公度와 토론을 전개한 일을 기록
하고 있다.

葉淨能小說 S.6836

敦煌本 通俗小說 話本類. 수미 모두 완전하
다. 편의 제목은 없다. "會稽山葉觀中安見
□□悉解符錄"부터, 미제 '葉淨能詩'까지
필사되어 있다. 전체 363행이며, 매 행은 대
략 25자 내외이다. 본편은 미제가 '葉淨能
詩'로 되어 있어, 많은 목록집에서 제목을
葉淨能詩로 定名하고 있으나 이 미제는 권
말에 실린 일단의 운문을 지칭하는 것일 뿐
본편은 그 체재나 내용상 話本 소설에 속한
다. 본 작품의 내용은 葉淨能이 帝釋으로부
터 浮本을 받고, 무한한 법력을 닦은 후, 화
악의 신을 쫓아 장령의 처를 구해준 일, 술
동아리를 도사로 만들어 주연을 도운 일, 唐
明皇을 데리고 月宮을 유람한 일 등 11개의
신기한 고사를 서술하고 있다. 원제목이
「엽정능시(葉淨能詩)」이다.

이 사본의 제목에 대하여 장석후(張錫厚)
는 제목의 '시(詩)'자를 '화(話)'자로 보아야
한다고 주장하며, 호사영(胡士瑩)은 '시
(詩)'자는 '전(傳)'字가 되어야 한다고 주장
한다. 또 김영화(金榮華)는 원래 '시화(詩
話)'라는 제목이 붙어 있었는데 '화(話)'자
가 생략되었을 것이라고 본다. 이 작품은
시찬(詩贊)이 없이 전체가 산문으로 서술
되어 있으며 말미에 당(唐) 현종(玄宗) 제
문(祭文) 한 수(首)가 있는데 비록 압운(押
韻)되어 있으나 시(詩)로 보기는 어렵다.
도교(道敎)의 방술(方術)을 찬양하는 내용
을 담고 있는 이 작품의 줄거리를 정리하면
다음과 같다. [전결(前缺)]① 도문(道門)에
귀의한 엽정능(葉淨能)은 신인(神人)에게
서 책(符本) 한권을 얻어 놀라운 도술을 터
득하고 대라왕(大羅王)의 시험을 이겨낸

다. ② 산신취녀(山神娶女): 악신(岳神)이 현령(縣令)의 아내를 탈취해가자 엽정능(葉淨能)이 도술을 부려 구해 준다. 엽정능(葉淨能)의 소문이 장안에 두루 퍼지다. ③ 구호제병(驅狐除病): 여우를 죽여 강태청 딸의 매병(魅病)을 제거해주다. 현종은 엽정능의 제자가 되고 백성들도 도교를 숭상하다. ④ 술지고락(術止鼓樂): 황제가 고력사(高力士)의 건의를 받아들여 엽정능(葉淨能)을 시험하자 정능(淨能)이 도술(道術)을 부려 북소리를 그치게 한다. ⑤ 주옹도사(酒甕道士): 엽정능(葉淨能)이 술동아리를 도사로 변화시키는 도술로 현종(玄宗) 황제를 즐겁게 하고 고력사를 감탄케 하다. ⑥ 신송용퇴(神送龍腿): 엽정능(葉淨能)이 도술(道術)로 신인(神人)으로 하여금 용(龍)다리를 가져오게 하여 현종(玄宗)에게 바치다. ⑦ 천한구우(天旱求雨): 가뭄에 엽정능(葉淨能)이 도술(道術)로 오악(五嶽)과 사독(四瀆)을 모아 비를 내리게 하다. ⑧ 만리관등(萬里觀燈): 엽정능(葉淨能)이 만리(萬里)나 떨어져 있는 촉천(蜀川) 검남(劍南)으로 황제를 모시고 가서 연등을 관람하고 장안으로 돌아오다. 검남(劍南)의 관리와 백성들이 황제가 두루 돌아다니는 것을 알고 멋대로 법령을 행하지 않는다. ⑨ 주순자사(奏詢子嗣): 엽정능(葉淨能)이 도술(道術)로 황후가 후사(後

嗣)를 가질 수 없음을 알아내 황제에게 알려주다. (10) 오유월궁(遨遊月宮): 엽정능(葉淨能)이 도술을 부려 황제를 모시고 월궁(月宮)에 가서 구경하고 돌아오다. (11) 겁미생변(劫美生變): 아리따운 궁녀(宮女)를 엽정능(葉淨能)이 범한 것을 황제가 알고 죽이려 하자 엽정능(葉淨能)은 도술을 부려 황제곁을 떠나 대라궁(大羅宮)으로 돌아가다. 황제가 엽정능을 그리워하며 제문(祭文)을 통곡하며 읊다. 이상에서 이야기한 여러 가지 고사 가운데 현종(玄宗)이 연등(燃燈)을 관람한 일은 『유괴록(幽怪錄)』, 『도장(道藏)』 등에 실려 있고, 월궁에 가서 노닌 일은 『용성록(龍城錄)』, 『이문록(異聞錄)』, 『당일사(唐逸史)』, 『명황잡록(暝皇雜錄)』 등에 보인다. 「엽정능소설」의 내용은 엽정능이 부리는 도술이 대부분이다. 특히 연기나 물을 통한 변신술이 자주 나오는데 이는 당시 유행한 환술 공연과 관련이 깊은 듯하다.

韓擒虎話本 S.2144

敦煌本 通俗小說 話本類. 수미 모두 완정하며, 내용도 완정하다. 모두 281행이며, 每行은 대략 27자 정도. 끝부분이 다소 파손된 행들도 있다. 편제는 없다. 본편의 제목을 여러 목록집에서는 「韓擒虎話本」, 「韓擒虎小說」, 「韓僉虎話本」 등 여러 가지로 정명하고 있으나, 여기서는 그중 가장 통용되

는 '韓擒虎話本' 을 따랐다.

이 사본은 시찬(詩贊)이 없고 전체가 산문(散文)으로 서술되어 있으며 대화체가 많다. 원문에 제목이 없으나 맨 끝에 '여기서 화본이 끝나며, 초사할 때 결코 생략하지않았다(畵本旣終,幷無抄略)'는 말이 있어 화본(話本)으로 간주한다. [이때 '화본(畵本)'을 '화본(話本)'의 의미로 풀이한다.] 본 작품의 내용은 隋의 대장 韓擒虎가 隋文帝를 보좌하여 강남의 陳을 멸망시키고, 吐蕃에 사신으로 갔다가 화살로 雙雕鎭攝蕃王을 맞추고, 그 후에 陰司之主로 평가받았다는 이야기이다. 이 작품은 전체가 산문으로 되어 있어 잘 짜인 한 편의 소설을 읽는 느낌을 준다. 자세한 줄거리는 다음과 같다. ① 회창(會昌)년간 법난(法難)의 때였다. 법화화상(法華和尙)의 강론을 듣던 팔대해룡왕(八大海龍王)이 양견(楊堅)의 병을 고칠 수 있는 약을 주면서 후일 그가 불법을 부흥시킬 수 있도록 부탁한다. ②법화화상(法華和尙)은 양견(楊堅)의 두통을 고쳐 주고 황제의 조서(詔書)를 받고 하루 늦게 가면 천명을 받아 황제가 될 것이라고 알려 준다. ③ 점괘로 장차 양견(楊堅)이 황제에 오르리라는 것을 안 황제는 양견(楊堅)을 죽이기 위해 조서(詔書)를 내리나 황후가 준 독주를 먹고 숨을 거두고 양견이 황제의 자리에 오른다. ④양견(楊堅)이 황제가 된 것

에 不服하는 진왕(陳王)이 소마가(簫磨呵)와 주라후(周羅侯)를 파견하여 수(隋)를 공격하자 황제 양견은 양소(楊素), 하약필(賀若弼), 한금호(韓奫虎)로 하여금 대항하게 한다. ⑤ 한금호(韓擒虎)가 지략을 발휘하여 소마가(簫磨呵)를 패배시키고 다시 임만노(任蠻奴)를 물리친 후 진왕(陳王)마저 사로잡는다. 이에 끝까지 대항하던 주라후(周羅侯)의 항복을 받아내고 귀국의 길에 오른다. ⑥ 수(隋)와 전쟁을 하기 위해 선우가 사신을 보내오자 활쏘기 시합에서 한금호(韓奫虎)가 나서 경이(驚異)로운 활솜씨를 보인 후 화친의 사신으로 나선다. ⑦ 번국(蕃國)에 도착하여 번왕(蕃王) 앞에서 경탄할만한 활 솜씨를 보여 번왕(蕃王)을 굴복시킨 후 귀국한다. ⑧ 오도장군(五道將軍)이 한금호(韓奫虎)를 저승으로 데려가기 위해 오자 한금호는 황제와 가족에게 이별을 고하고 구름을 타고 이승을 떠난다.

廬山遠公話 S.2073 S.2165v

敦煌本 通俗小說 話本類. 2종 사본이 현존. ① S.2073. 底卷. 편의 제목인 '廬山遠公話' 부터 "金剛蜜(密)迹已(以)爲" 구절까지 筆寫되어 있는데, 초록을 끝마치지 못한 것으로 보인다. 사권 말미에 '開寶伍年張長繼書記' 라는 제기가 있는데, 이는 곧 본 사권의 필사시기를 나타낸다. 사권의 전문은 모두 611행이며, 매 행은 대략 26자 내외이다. ②

S.2165v. 수미 모두 완정하다. 모두 3수의 오언시가 있으며, 각 시행의 끝에 '別'字 표시를 해 두었다. 제1수는 慧遠이 崔相公을 위해 四生十類, 身智二足을 강설할 시의 偈文이며, 제2수는 慧遠이 大內에 거할 때 공양 후에 종이를 아끼는 마음에 지은 偈文으로 底卷에도 모두 보인다. 다만 제3수는 底卷에 보이지 않는다. 본 작품의 내용은 盧山 慧遠 和尙의 일대기를 적은 傳記故事를 서술하고 있다.

돈황 강창 텍스트 가운데 유일하게 '화'(話)라는 표제가 붙어 있는 작품으로, 당대(唐代)의 대표적인 화본(話本)으로 간주되고 있다. 「여산원공화」의 주요 특징을 소개하면 다음과 같다. ①불교문학적 색채가 매우 강하다. 작품의 주제 자체가 이미 불교적 성격이 농후하며, 이야기 중간에 강경의 내용을 그대로 삽입하고 있는 데서도 불교 포교적인 특색을 읽을 수 있다. 또 강경의 실제 상황을 묘사한 대목 — 복광사(福光寺)에서 도안(道安)과 혜원(慧遠)의 문답 장면 — 이 들어 있기도 하다. ②구어체를 사용하는 동시에 적지 않은 병문(騈文)이 들어 있어 소위 '전기체(傳奇體)'적 특색을 보여준다. ③설화인의 자문자답, 인물 대화에 偈의 활용 등 후대 시화(詩話)에서 볼 수 있는 체재를 갖추고 있다. 이처럼 설화인의 수법이 강하게 녹아있기 때문에 「여산원공화」는 돈황 사권 중 가장 전형적인 화본으로 간주되기도 한다. 한편 이 작품의 줄거리를 단계별로 정리하면 다음과 같다. ① 제1장면: 입화적(入話的) 성격의 운문과 간단한 혜원(惠遠)의 가계소개 및 그의 구도출행(求道出行) ②제2장면: 열반경소초(涅槃經疏抄)를 쓰다. 수개월 안거하는 동안 몰려드는 청중에게 열반경의 이치를 강설하고 열반경소초를 쓴다. ③제3장면: 백장(白莊)의 도적무리를 따르다. ④ 제4장면: 운경(雲慶), 도안화상(道安和尙)에게 열반경소초를 전수하고 열반경소초를 전해받은 도안(道安)은 동도(東都) 복광사(福光寺)에서 강석(講席)을 열어 국중제일(國中第一)의 법사(法師)가 된다. ⑤ 제5장면: 몸을 팔아 전생의 빚을 갚고 최상공의 집으로 들어가다. ⑥ 제6장면: 최상공(崔相公)과 선경(善慶)의 설법(說法). ⑦ 제7장면: 도안(道安)과 혜원(惠遠)이 격렬한 논쟁을 벌이다. ⑧ 제8장면: 상공은 혜원의 일을 황제께 아뢰고, 황제는 원공을 궁으로 모셔와 수년간 그를 후하게 공양한다. ⑨ 제9장면: 여산으로 돌아와 수행하던 중 '무상한 인생과 덧없는 속세'라는 생각이 들자 상계(上界)로 귀의한다.

師師謾語話 S.4327

敦煌本 通俗小說 話本類. 작자는 미상이며, 원 사권에 제목도 없다. 사권은 수미 모두

잔결되어 있다. 王慶菽은 본 작품을 『敦煌變文集』에 수록하고, 「不知名變文」이라고 정명하였다. 본 작품은 전문이 산문을 위주로 하고 있고, 편의 앞부분에 "更有師師譏語一段"이라고 말하고 있고 편 말미에 또한 "以下說陰陽人譏語話, 更說師婆譏語話"라고 말하고 있으며, 마지막에 시로 끝맺음하고 있는 것으로 볼 때 본 작품은 話本의 體制에 속한다. 본 작품은 어느 경전에 근거하고 있는지 알 수 없으며, 후세에 이와 비슷한 이야기를 기록한 것이 없다. 이 사권에 대하여 『변문집』 교기(校記)에 다음과 같이 기술하고 있다. "이 사권의 편호는 S.4327호이며 표제가 원래 빠져 있다. 체제가 변문 형식으로 되어 있어 우선 「부지명변문(不知名變文)」이라 붙여 놓는다." 이 사권은 단 한 쪽의 분량만이 남아 있어 체제와 내용을 정확히 밝혀내기 어려운 것이 사실이다. 현존하는 부분의 구조가 강부(講部) 한 단락과 8구의 창부(唱部)로 되어 있어 변문이라는 명칭을 붙여 놓은 듯하다.

太平廣記卷第九　ДХ01257 ДХ02968

敦煌 志怪小說類에 속하며, 殘卷이다.

佛本生故事　S.8369 S.9757v

『佛本生經』이라고 불리기도 하며, 소설은 아니나 가장 문학성이 풍부한 불경. 본 사권은 2개의 잔편으로 구성되어 있다.

感應記　S.9843

感應記는 풍부한 고사성을 지니고 있어 소설로 분류 가능하다. S.9843은 제목을 알 수 없는 감응기의 일부 9행이 초록되어 있으며, 사권의 상단하부 모두 파손되어 결락된 부분이 있다.

苟居士寫經靈驗記　S.4037v

李慶持經靈驗記　S.4037v

觀音大聖神驗記　S.4242v

5행이 남아 있으며, 앞 구절에서 "蓋聞觀音大聖, 神驗無邊, 慈悲至尊, 威靈□測"이라 말하고 있다.

感應記　S.10306

문헌명을 알 수 없는 感應記의 잔문이다. 7행이 잔존하며, 매 행은 17자 정도이다.

目連故事　北0497(文075)v

百頭藍弗邪定故事　北7242v(荒078)

靈驗記　北8224(露095)

본 靈驗記는 北8224 『佛說禪門經』 앞에 필사되어 있다. 『敦煌遺書總目索引新編』에서는 본 靈驗記를 '黃仕强傳'이라 하고 있다.

往生西方靈驗記　北0166(河076)

鳩摩羅什傳　S.381

본 돈황본 「鳩摩羅什傳」은 『高僧傳』에 수록된 「鳩摩羅什傳」을 개괄적으로 요약한 것으로, 『高僧傳』에 비해 매우 간략한 편이며 대략 2~300백자 정도이다.

竺道生傳　S.556

敦煌文獻 高僧傳의 일종으로, 志人小說類
와 유사하다.

釋僧肇傳 S.556v

敦煌文獻 高僧傳의 일종이자, 志人小說類
와 유사하다.

敦煌氾氏家傳並幷序 S.1889

돈황문헌 가운데 家傳에 속하는 유일한 문
헌이다. 본 家傳은 3부분으로 구성되어 있
는데, 첫 부분이 서문 7행이며, 서언에서
"氾氏之先出自有周, 帝嚳之苗裔也"라 하
고 있다. 그 다음은 氾氏 조상에 대한 頌辭이
다. 이 頌辭는 7행에 걸쳐 사언 47구로 이루
어져 있다. 그 다음 3번째 부분이 氾孔明,
氾仲夏, 氾弘基, 氾休戚, 氾公輔, 氾世震, 氾
宣合, 氾嗣光, 氾曼, 氾續, 氾瑗 등 범씨 일가
11인의 전기를 열거하고 있다.

高僧傳略 S.3071v

본 사권에는 康僧會, 鳩摩羅什, 竺道生, 法
顯, 佛圖澄의 간단한 전기가 초록되어 있음.

龍樹傳 S.3879

盧楚張季珣傳 S.6271

잔편으로 8행이 잔존하며, 『隋書』에 실린
각 인물 전기와 내용이 대체로 동일하며 志
人小說類에 속한다.

南陽張延綬別傳 P.2568

수제가 '南陽張延綬別傳'으로 되어 있으며,
그 아래 소자로 "河西節度判官權掌書記朝
議郎兼御使中丞柱國賜緋魚袋張俅撰"이

라 서명되어 있다. 권말에 "于時大唐光啓
三年(887)閏十二月五日傳記"라는 제기가
있다. 모두 41행이다. 작자의 서명은 '張俅'
라 되어 있으나, 실제는 張景球가 지은 것이
다. 張俅, 張景球는 서로 다른 인물이며 아
마도 필사자의 초록과정에서 생겨난 오류
로 보인다. 張延綬는 돈황의 귀의군 절도사
였던 張淮深의 세째 아들이며, 본 돈황문은
장연수에 대해 가송하고 있는 글로 문학성
이 대단히 뛰어나다.

帝王略論 P.2636

唐 虞世南 찬. 총 5권으로 이루어져 있으며,
三皇부터 漢 元帝까지의 역대 제왕들의 才
智와 賢愚, 功過와 得失에 대해 기록한 책이
다. 본 사권에는 卷第一, 卷第二가 남아 있
다. 본 『帝王略論』를 『舊唐書·經籍志』에서
는 史部雜史類에 편입하고 있는 반면, 『新唐
書·藝文志』에서는 子部 雜家類에 편입시
켜 놓고 있는 데에서도 알 수 있듯, 본 저서
는 사학평론서이자 史傳에 나오는 故事를
풍부하게 담고 있는 문학 문헌이기도 하다.

須菩提本生緣 P.2655

사권의 원제는 '須菩提本生緣'이며, 잔편
으로 8행만 잔존한다. 서체는 초서로 필사
되어 있다. 『敦煌遺書最新目錄』 및 『敦煌
遺書總目索引新編』에서는 모두 본 문헌이
불경의 잔편이라 하고 있으며, 본 목록에서
는 『法藏』목록을 따랐다.

淳化二年(九九一)四月廿八日馬醜女迴施疏　S.86

梵網經佛說菩薩心地戒品題記

S.0102

돈황문헌의 題記 혹은 題跋 중 문학성이 있는 제기로 평가받는다. 經文의 校勘에 대한 題跋文으로, 四六文의 형태로 되어 있다.

李陵蘇武往還書　S.173 S.785 P.2498

P.2847 P.3692

敦煌文獻 書信類 散文. 5종 사권이 현존한다. 李陵과 蘇武가 서로 주고받은 서신. 5종 사권은 모두 「李陵與蘇武書」, 「窮囚蘇武與李陵書」의 두 편으로 구성되어 있으며, 내용과 문자도 기본적으로 일치한다. ① S.173: 본 사권은 首缺이며 "南裁金河, 拓禪于□□□□□□□□"句부터 시작한다. 또한 앞부분 12행~13행이 모두 불완전하여 每 行마다 아랫 부분에 5~7자 정도 缺落. 尾部는 완정하다. 제목이 「李陵與蘇武書」, 「窮囚蘇武與李陵書」로 되어 있으며, 題記는 "乙亥年六月 八日三界寺學士郎張英俊書記之也." ② S.785: 본 寫卷은 首全尾缺. 전반부는 완전하나, 후반부는 "致使管敢背叛'句 다음에도 16행이 비록 殘存하나, 每行은 윗부분은 파손되고 아랫부분만 남아 있어 불완전한 상태이다. 題目은 「李陵與蘇

武書」, 「窮囚蘇子卿與李陵書」로 되어 있다. ③ P.2498: 제목은 '李陵蘇武往還書'로 되어 있으며, 미제는 '天成三年戊子歲正月七日學郎李幸思書記'이며, 뒤에 李幸思의 칠언 4구로 된 시 한수가 부기되어 있다. ④ P.2847: 제목은 「李陵蘇武往還書」로 되어 있으며, 未題 '丁亥年二月三日蓮台寺比丘僧辯惠未時寫了' 뒤에 附詩 1수(7언 4구)가 있다. ⑤ P.3692: 제목은 「李陵蘇武往還書」로 되어 있고, 未題는 '壬午年二月二十五日金光明寺學郎索富通書記'이다. 펠리오본 3종 사권은 모두 수미가 완전하다.

王羲之(額)書論　S.214v S.3287

敦煌文獻 論說類. 본문: "當黃□意想疾于緒年在衰吾書此之鐘張鐘當抗行或謂 過之張草猶當雁行然張精熟池水精[盡]黑假令寡人 耽之若未必謝之後之解達君□之不虛也臨池學 書池水盡墨好之絶倫吾弗及也."

宋李存惠殯銘　S.289v

본 묘지명은 太平興國 五年(980) 작품이다.

新定書儀鏡　S 329 S.361 S.1170 S.5630v

S.6111 S.10595 F.3637 P.3688 P.3849 P.4036 P.5020(1) P.503E ДХ01454 ДХ02418

杜友晉 찬. 書儀鏡은 서신 작성시 모범과 참고가 될 만한 여러 양식의 서신을 모아놓은 모음집으로 문학적 가치가 크다. S.329와

S.361은 하나의 사권이 둘로 찢어져 분리된 것이며, S.6111와 S.10595는 동일한 사권이다. P.3637은 미제가 '書儀一卷'으로 되어 있으며, 「新婦修名儀」, 「婦人書題廿首」, 「書儀鏡」, 「內外族弔答書」가 들어있다. P.3688은 2장이 남아 있는데, 그 중 첫 번째 장의 상단부는 '新定書儀鏡'의 吉儀의 끝부분이며, 상단부 吉儀가 끝난 부분부터 하단부는 吉儀 다음의 凶儀의 전반부에 해당한다. 두 번째 장은 '四海弔答書儀'부터 시작하고 있으며, P.2622의 張敖가 찬한 『新集吉凶書儀』의 凶儀의 대응부분과 동일하다. P.3849는 잔권. P.5020과 P.5035는 동일한 사권이 둘로 찢어진 것이다.

願文　S.343

본 원문은 수자리를 나가 있는 병졸의 부모가 그 자식을 위한 發願을 담고 있으며, 문학성을 갖춘 佛敎 發願文의 하나이다.

都河玉女娘子文　S.343

晚唐 시기의 돈황지역의 都鄕 河口의 玉女娘子觀을 중수한 다음 여신에게 제사를 드린 제문이다. 문사가 화려하고, 對偶와 排比를 강구하고 있으며, 문장에 기세가 뛰어나다. 漢·唐 文人들의 賦작품이 민간인들의 祭文에 끼친 영향을 알게 해주는 문헌이다.

大唐皇帝述聖記　S.343v

進譯經表　S.343v

放妻書　S.343v S.5578 S.6417 S.6537(1)v S.6537(6)v P.3212(11)v P.3707 P.4525v

8종 사권이 현존한다. ①S.0343v: 首題는 '某專甲謹立放妻書'로 되어 있다. ②S.5578과 S.6537(1v): 모두 題目이 없으며, 이 두 寫卷의 내용이 대략적으로 같은 것으로 보아 동일한 원류에서 나온 것 같다. 방처서 가운데서도 특히 문학적 특성이 높다. ③S.6537(6v): 首題와 尾題가 모두 '放妻書'로 되어 있다. ④P.3212(11v): 首題는 '夫婦相別書'로 되어 있다. ⑤P.4525v: 首題가 '放妻書'로 되어 있다. ⑥P.3707: 首題가 '某鄕百姓某專甲放妻書一道'로 되어 있으며, S.6537(6)v와 몇 구만 다를 뿐, 문자는 모두 같다. 放妻書는 夫婦가 이혼할 시에 작성했던 이혼 서류의 하나로, 唐宋代 민간의 혼인 및 이혼 풍습을 이해하는 데 많은 참고가 되는 문헌이다.

十二月書儀　S.361v

西天路竟一本　S.383

西天路竟은 北宋 乾德 四年(966年)에 詔遣을 받은 行勤 等 157인의 승려들이 西域으로 求法 여행을 떠났을 때 한 沙門이 지은 여행기. 首題는 '西天路竟一本'으로 되어 있다. 내용은 매우 간단하나, 首尾完全하다.

武威郡夫人陰氏上某和尙書　S.526

五臺山行記　S.397

高僧의 五臺山 순례기의 일종. 寫卷은 首尾

모두 缺落이며, 내용의 一部만 殘存.

同光二年(九二四)五月定州開元寺僧歸文牒五通 S.529

실용적 문장인 牒體의 文體로 쓰여 졌으나, 문학성이 있는 牒文이다.

鉅鹿索法律和常義辯墓誌銘 S.530

新集書儀 S.681 S.5593 S.5636 S.8516 S.8680 S.9937 S.10010 S.10531 P.3425(P) P.3691 P.3716v

新集書儀는 서신 작성시 모범이나 참고가 될 만한 여러 양식의 서신을 모아놓은 모음집으로 돈황문헌에 많은 書儀類 중에서도 특히 문학적 가치가 크다. S.681은 잔편으로 38행이 잔존한다. S.5593은 제목은 실전되었고, 후반부가 결여되어 있다. 안에는 僧人書, 與道士書, 上祖父母狀 등이 들어 있다. S.5636은 소책자 형식으로 되어 있으며, 제1편이 '邊城職事遇疾乞替狀'인데 이 것은 다른 사권에서는 잘 보이지 않는 것이다. P.3425는 잔편이며, P.3691은 尾題가 '新集書儀一卷 勘訖'로 되어 있으며, "天福五年庚子歲(940)二月十六日學士郎吳儒賢詩記寫耳續誦記"라는 제기가 있다. P.3716v는 미제가 '新集書儀一卷'으로 되어 있으며, "天成五年庚寅歲(930)五月十五日燉煌伎術院禮生張儒通"이라는 제기가 있음. S.8516, S.8680, S.9937은 동일한 사권의 잔편들로 추정된다.

大唐西域記 S.958 S.2659v P.2700 bis P.3814

高僧 旅行巡禮記. S.958은 卷三 烏仗那國 부분의 일부가 잔존하며, S.2659v에는 굴지국(屈支國), 颯秣建國 등의 부분이 잔존. P.2700에는 인도 여러 나라의 국명이 서술되어 있다. P.3814에는 大唐西域記卷第二부분이 잔존한다.

雜阿毗曇心經卷第六題記 S.0996

北魏 孝文帝 太和三年(479)에 지어진 제기이며, 洛州의 刺史 昌黎王 馮晉國이 孝文帝의 施恩에 보답하기 위해 지은 것이다. 본 제기의 앞부분 19구는 經題 중의 毗曇의 의미를 해석하고 있으며, 중간 10구에서는 發願을 서술하고 있으며, 말미에서는 사언 12구로 된 讚文으로 경전을 송찬하고 있다. 본 제기는 議論, 發願, 頌讚을 하나로 융합하고 있는 제기로, 돈황문헌 중에서도 보기 힘든 유형의 제기에 속한다.

金光明最勝王經卷第一題記 S.1177

본 제기 역시 문학성이 뛰어난 제기 작품의 하나이며, 唐 光化三年(900)에 太夫人 張氏가 죽은 아들을 애석해하며 지은 悼亡의 작품이다. 문체는 四六文의 형태로 되어 있다.

書儀 S.1438v S.3399 S.5575 S.5597 S.5613 S.5643 S.5888 S.7900v S.8670 S.9713 S.10275 P.2481 P.2497 P.2569v P.2571 P.2619 P.2621v P.2814 P.2996 P.3100v P.3101 P.3173 P.3197v

P.3220 P.3451(P3) P.3451(Bis) P.3536v P.3536v
P.3552v P.3581 P.3625 P.3643(P1) P.3627
P.3671v P.3672(bis)v P.3681 P.3687
P.3691(P17,P19) P.3715 P.3715(P2,P3,P3v,
P5v) P.3721v P.3730v P.3867 P.3872(B)v P.3886
P.3900 P.3906 P.3931 P.4019v P.4024 P.4036
P.4050 P.4686(2)v P.4690(C,D) P.4764 P.4766
P.4784 P.4893 P.4896 P.4984 P.4997 P.5015
P.5547(1) P.6011(12) Ф.342v ДХ00153v
ДХ01055 ДХ01309 + ДХ01310 + ДХ01316 +
ДХ02969 + ДХ03016 + c03024 + ДХ03153 +
ДХ03159의 합본. ДХ00169 + ДХ00170 +
ДХ02632v의 합본 ДХ01316 ДХ01441 ДХ01458
+ ДХ01467 + ДХ03814 + ДХ03849 + ДХ03870
+ ДХ03875 + ДХ03902 + ДХ03905 + ДХ03917의
합본. ДХ01698 ДХ02632v ДХ02952v ДХ02969
ДХ03024 ДХ03153 ДХ03159
S.1438v는 174행이 잔존하며, 趙和平은 '吐
蕃占領敦煌初期漢族書儀'로 정명하고 있
다. S.3399에는 賀本使語, 參天使語, 端午
日賀賜扇, 賀破賊語, 城中有祥瑞賀語, 賀
雨, 謝分散例物, 夏天公主語 등의 제목이 있
다. S.5575는 승려들 간의 서신이며, 서신
안에 칠언율시 1수가 들어 있다. S.5579는
잔편이며, 11행만 잔존한다. S.5613은 晩唐
시의 일종의 吉凶書儀의 하나이며, P.4050
과 병합이 가능하다. S.5643에는 여러 종류
의 '相賀語'가 잡사되어 있다. S.5888은 17

행이 남아 있으며 '賀南司文班外任' 등이 있
다. S.9203은 잔편이며, '不宜謹狀' 등이 있
다. P.2481에는 「僧尼」第二, 「儒學」第三,
「詳瑞」第四, 「慶賞」第五, 「祠祭」第六, 「禮
儀」第七이 남아 있으며, 매 類의 앞에는 '都
頭'라는 말이 있는데, 시작부에 통용되던
것이다. 끝에는 '都尾'라는 말이 보이는데,
이는 結尾 시에 통용되던 것이다. P.2497에
는 考, 妣, 兄弟, 夫, 男女, 師僧, 通亡, 社邑,
道修, 雪, 征迴, 時景, 孩子, 嚴病 등의 소제목
이 있다. P.3101은 귀의군의 書狀 모음집이
다. P.3173에는 狀의 잔편 3건이 있다.
P.3220과 P.3536v 두 사본은 동일한 사본의
잔권이며, 매 類 마다 '都號', '別列', '都尾'가
있다. P.3451Bis는 소책자 형식으로 되어
있으며, 16쪽이 남아 있다. P.3552v는 원제
가 '未詳識書'로 되어 있다. P.3581은 書儀
殘卷이다. P.3625 사권은 歸義軍의 衙門에
서 사용되던 서의 모음으로 賀雨, 賀雪, 謝
授職, 謝賜馬, 謝駝, 謝宅, 見天使問道途苦
辛, 謝見天使, 謝天使茶酒 等이 포함되어 있
다. P.3681은 11행만 잔존하며, '年序第一'
이라는 소제목이 있다. 이 서의는 唐 新龍
시기 이전의 서의로 추정된다. P.3687에는
永隆, 崇善, 法證 등의 서신이 있다. P.3730
의 서신 안에는 「題戎樓山」詩 일수가 들어
있다. P.3900은 武則天 시기의 서의이다.
P.3906은 天福七年(942) 시기의 서의이다.

P.3931 서의에는「游五臺山記」가 들어 있
다. P.4024는 唐 前期의 서의로, 常禮服, 服
前儀第十九의 두 세부 목록이 남아 있다.
P.4050의 원제는 '與男女書'이다. P.4764는
殘書로 정면에 16행, 배면에 12행이 남아 있
다. P.4784는 상반부 37행만 잔존한다.
P.4893 및 4896, P.6011(12)는 모두 잔편이
다. P.4997은 20행 정도 남아 있으며, 안에
樞密安太保, 孔太保回書가 있다. P.5015은
慶賀文 6행이 잔존한다. ДХ03153 및 ДХ
03159는 ДХ01309와 참조가 가능하다.

治道集卷四 S.1440

治道集十卷은 (隋)의 李文博 撰. 본 寫卷에
는 治道集卷四의 □□□第三十三, 『審大
臣』第三十四, 『詳任使』第三十五, 『愍誠
臣』第三十六 부분이 남아 있다.

祭驢文一首 S.1477

돈황문헌 가운데 문학성이 높은 제문의 하
나. 앞부분은 결락이며, 미부는 완정. 미제
는 '祭驢文一首'이다.

大番辛丑五月二日沙州釋門都敎 授和尙畫功德佛像記 S.1686

大唐吉凶書儀 S.1725

梵志喜學多術說 S.1731

돈황본 雜文의 일종. 본 문헌은 사람은 다양
한 측면에서 재주를 가지고 있어야 함을 강
조하고 있으며, 그 예로 王梵志가 20대 16
대국을 주유하며 진심으로 공양하고 동시

에 배우기를 좋아하여 각궁(角弓), 배 만드
는 기술 등 다양한 기술을 배워 마침내 육예
의 기예를 배웠다는 내용을 서술하고 있다.

乾寧三年(896)沙州龍興寺上座德 騰宕泉勤修功德記 S.2113v

故和尙大祥祭文 S.2139

大般涅槃經題記 S.0767 S.2136 S.2598

본 제기문들은 모두 『大般涅槃經』과 관계
된 제기문들로, 정감이 풍부한 發願을 담고
있으며 언어가 뛰어나, 문학성을 지닌 題跋
文 으로 평가받는다. 이 題記들은 대체로 망
자를 위해 지은 작품들이다. 이 중 가장 뛰
어난 S.2136은 唐의 縣令이었던 薛崇이 찬
한 題跋文의 하나로, 필사 시기는 景龍 2年
5월 26일이다. 온 ㄱ족이 『涅槃經』을 공양
하게 된 연유를 기술하고 있으며, 전편이 四
六文의 문체로 이르어져 있다.

藥師本願經疏題記 S.2551

문학성이 있는 題記의 하나이다. 본문은
"慧觀昔因問道, 得履京華, 備踐講筵, 十有
餘載, 遂逢永淳饑餒, 杖錫旋歸, 凝固膏肓,
罔知析滯. 每玩味玄典, 常諷誦受持, 然粗得
文意. 不量暗短, 輒述所聞, 捃撫群□, □□
疏例, 豈敢傳諸學□, 私將□□, □□披尋,
時聞示過."

題記 S.2724 S.2838 S.4366 S.4528 S.4614

S.4656 S.5762 S.6454 P.2417 P.2086 P.2143

P.2866 北0102(霜028)

열거한 題記들은 모두 佛經을 초사한 다음
에 필사되어 있으며, 發願을 주된 내용으로
하고 있는데 돈황문헌 題記文 중에서도 문
학성이 뛰어난 것으로 평가되고 있다.

勅河西節度兵部尙書張公德政碑

S.3329 S.6161 S.6973 S.11564 P.2762

節度押衙知書行都料董保德等建造蘭若功德記(共二通) S.3929v

修建精藍功德記 S.3937v

앞부분은 잔결되어 있으며, S.3929의 董保
德 等과 지점이 같다. 문장 다음에 약간의
부처명이 열거되어 있다.

河西節度使曹元德造佛窟功德記

S.4245

放良文範 S.4374

본 사권은 돈황문헌 放良文 가운데서도 문
학성이 높은 放良文의 하나이다. 본문은
"奴某甲, 男女幾人. 吾聞從良放人, 福山峭
峻, 壓良爲賤, 地獄深怨. 奴某等身爲賤隷,
久服勤勞, 旦起肅恭, 夜無安處, 吾亦常興嘆
息, 克念在心, 饗告□靈, 放從良族. 枯鱗見
海, 必逐騰波, 臥柳逢春, 超然再起, 任從所
適, 更不該論, 後輩子孫, 亦無關恡. 官有正
法, 人從私斷, 若違此書, 任呈官府. 年月日.
郞父, 兄弟, 子孫, 親保, 親見, 村鄰, 長老."

太平興國九年(984)二月廿一日歸義軍節度使燉煌王曹延恭鎭宅文 S.4400

宋代의 疏文으로 쓰여 있으며, 문학성이 있
는 疏文으로 평가받고 있다.

後晋文抄 S.4473

본 사권에는 大晋皇帝祭文, 大晋皇帝致北
朝皇帝遺書, 大行皇帝謚[議]狀, 集賢相公
遭母喪盡七後[辭]起複表, 亡妣秦國太夫人
祭文이 초록되어 있다.

天複八年(908)十月燉煌鄕張安三父子敬造佛堂功德記 S.4474v

수제는 '敦煌鄕信士賢者張安三父子敬造佛
堂功德記'로 되어 있으며, 제목 다음에 "河西
管內都錄京城內外臨壇供奉大德闡揚三敎
大法師賜紫沙門述"라는 말이 적혀있다.

歸義軍節度左都押衙安懷恩並管內三軍蕃漢百姓一萬人奏請表

S.4276

본 표문의 수제는 '管內三軍百姓奏請表'로
되어 있으며, 제목 다음에 "歸義軍節度左都
押衙銀靑光祿大夫檢校國子祭酒兼御史大
夫安懷恩幷州縣僧俗官吏兼二州六鎭耆老
及通頗退渾十部落三軍蕃漢百姓一萬人奏
請表"라는 冒頭文이 있다.

肅州都頭宋富忩家書 S.4362

배면에 "肅州肅州都頭宋富忩狀附弟都頭
富眞"이라는 2행이 있다.

太平興國九年(984)二月廿一日歸義軍節度使燉煌王曹延恭鎭宅文 S.4400

祭文의 일종이다.

與法師書 S.4639

某年六月廿七日楊法律與僧戒滿 書 S.4677

沙州李丑兒與弟李奴子家書 S.4685

當坊義邑創置伽藍功德記並序 S.4860v

수제는 '功德記並書'로 되어 있으며, 공덕 기 끝에 사언으로 된 頌文이 있다.

乙酉年六月涼州節院使押衙劉少 晏狀抄 S.5139v

돈황문헌에 많이 있는 狀 중에서 문학성을 갖추고 있다고 평가받는 작품이다.

某年六月宰相兼御史大夫張文徹 上啓 S.5394

실용적인 書啓의 일종이나, 문학성이 높다.

天地開闢已來帝王記一卷 S.5505 S.5785 P.2652 P.4016

풍부한 神話를 담고 있는 문학 자료이며 4 種 寫本이 현존한다. ① P.2652: 首完尾殘. 首題는 '天地開闢已來帝王記一卷'으로 되 어 있다. "昔者天地未分之時"부터 시작하 여, "夏氏姓"에서 끝나고 있다. 殘卷은 卷軸 裝. 모두 94行이 남아 있으며 每行은 20자 정도인데, 그중 13行 정도에 두줄로 된 小注 가 달려 있다. 界欄이 있다. 寫卷의 하단부 에 잔결된 부분이 많아, 2행마다 원형이 파 손된 곳이 나타나며, 대략 2~3자 정도가 결

락되어 있다. 이러한 파손상황으로 볼 때, 본 사권을 卷軸으로 간들 때 파손된 것으로 보인다. 寫本의 背面에 "丙午年洪潤香百姓 宋□□借券" 및 "諸雜謝賀"라는 말이 적혀 있다. 어떤 연구자들은 본 사권이 '民'자를 피휘하지 않은 것에 근거하여, 본 사권이 귀 의군 시기에 쓰여진 것으로 판정한다. ② P.4016: 卷首殘缺. "皇生尊盧皇"부터 시작 하여, 卷末까지 이어진다. 尾題는 '天地開 闢已来帝王記一卷'이며, "維大唐乾祐三年 庚戌歲正月貳拾伍日寫此書一卷終"라는 題記가 있다. 冊子本. 현재 8.5페이지가 남 아 있으며, 매 페이지 마다 중간에 접혀진 흔적이 있으며, 이 흔적을 따라 매 페이지는 좌우의 두 반페이지로 나눌 수 있다. 매 반 페이지에는 7~8行이 필사되어 있고, 每行 은 14자 정도이다. 그 중에 17行에 두줄로 된 小注가 있다. 殘卷은 모두 209行이다. 권 말제기 "大唐乾祐三年庚戌歲"에 근거할 때 본 사권의 抄寫 시기는 A.D 950년. ③ S.5505: 수부는 완전하나 미부는 잔결이다. 首題는 '天地開闢已来帝王記一卷'로 되어 있다. "昔 者天地未分之時"에서 시작하여, "十二頭作 十二月變爲一歲, 故有大小"의 '大'자에서 끝 난다. 冊子本. 한 페이지 반에 28行이 남아 있으며, 매행은 20자 정도이다. 제1페이지 중앙에 접혀진 흔적이 있고 그 흔적 좌우가 반페이지가 된다. 매 반페이지마다 9행이

필사되어 있으며 제2페이지에는 오른쪽 페이지 10행만 殘存. 末行에 두 줄로 된 小注가 달려 있다. 어떤 연구자들은 본 사권이 당나라 시대의 피휘자를 피휘하지 않은 것에 근거하여, 본 사권의 抄寫시기를 歸義軍 後期에 쓰여진 것으로 판정한다. ④ S.5875: 殘片. 首尾 모두 殘缺. "望得甘美者"의 '者'에서 시작하여, "字重華"에서 끝난다. 1페이지만 현존하여, 정면과 배면에 연속해서 초사. 정배면 각각 7행씩 모두 14행이 남아 있으며, 每行은 23字 정도이다. 어떤 연구자들은 본 사권의 抄寫시기를 歸義軍 後期로 추정한다.

燉煌錄一卷 S.5448

본래는 돈황지역 주변의 山川手澤, 寺廟와 도관, 풍속 등에 대해 서술한 地理書의 일종이지만 많은 당지의 민간전설 등을 포함하고 있고, 언어가 평이하면서 정취가 있어 문학적으로도 가치가 높다. 참고로 鳴沙山 부분을 저록해 보면 다음과 같다. "鳴沙山去州十里, 其山東西八十里, 南北四十里, 高處五百尺, 悉純沙聚起. 此山神異, 峰如削成, 期間有井, 沙不能蔽. 盛夏自鳴, 人馬踐之, 聲振數十里. 風俗: 端午日, 城中士女, 皆躋高峰, 一齊蠥下, 其沙聲吼如雷, 至曉看之, 峭崿如舊. 古號鳴沙, 神沙而祠焉."

失名文集(雜謝賀表狀) S.5566

敦煌文書 文集類. 前題는 '雜謝賀表狀'으로

되어 있으며, 그 아래 "上中書門下狀"라는 말이 있다. 본 寫卷은 여러 편의 狀이 초록된 書儀 모음집의 일종이다.

宣宗皇帝御製勸百療試文 S.5558

P.3738(P1)

P.3738은 잔편이며, 6행만 잔존한다.

張淮深修功德記 S.5630

莫高窟 제94굴에 대한 功德記이다.

祭馬文, 祭牛文 S.5637

문학성이 높은 제문으로 평가받고 있다.

劉晏述三敎不齊論 S.5645

미제는 '三敎不齊論'으로 되어 있으며, 그 아래 '劉晏述'이라는 3글자가 있다.

父母遺書一道 S.5647

원제가 '父母遺書一道'로 되어 있으며, 이 앞에 小引이 있는데 그 내용은 "右件分割準吾遺囑分配爲定, 或有五逆之子, 不憑吾之委囑, 忽有爭論, 吾作死鬼亦乃不與擁護, 若有違此條流, 但將此憑呈官, 依此必當斷決者."

瑞像記 S.5659

본 사권에는 15행만 잔존하며, 『敦煌遺書總目索引新編』에서는 본 사권을 불교의 역사 고사를 벽화로 제작하기 위한 榜書의 원고로 추정하고 있다.

淸泰三年放家童靑衣女某甲從良書 S.5700

본문: "從今以後, 任意隨情, 窈窕東西, 大行南北. 將此放良福分, 先薦過往婆父, 不落三

途; 次及近逝慈親, 新生淨土, 合家康吉, 大小咸安. 故對諸親, 給此憑約, 已後子孫男女, 更莫怪護, 諸山河作折[誓], 日月證明, 岳懷[壞?]山[移], [更]不許改易. 淸□[泰?]三年(936)厶月日給曹主厶甲. 放盡一記."

放亡軀殉節者從良書 S.5706

돈황문헌 放良文 중에서도 특히 문학성이 뛰어난 작품이다. 본문:"素本良家, 賤非舊族, 或桑梓湮没, 因是爲隷. 一身淪陷, 累□沈埋, 興言及此, □所增嘆. 更念驅驅竭力, 歲月將作, 勤勤恪恭, 晨昏匪怠, 尋欲我並放(?)逡巡未聞. 復遇犬戎大擧, 凌暴城池, 攻圍數重, 戰爭非一. 汝等皆亡驅殉節, 供命輸誠, 能繼頭須之忠, 不奪裴豹之勇, 想玆多善, □□□甄甄□. 旣申白刃之勞, 且焚丹書之答, 放(□)從良, 兼改名(姓)(이하 결)."

大唐吉凶書儀公移平闕式第三斷片 S.5709

6행이 잔존하며, 太宗, 中宗 및 孝和大聖皇帝가 있으며 그 아래 "六月二日忌"라는 주가 부기되어 있다.

祭文 S.5744

21행이 남아 있으며, 모두 2편으로 이루어져 있다. 전편은 제목이 일실되었고, 그 다음편이 12행이다. "祭文□□卿徐彦伯"라는 제기가 있는데, 본 제문의 작자로 보인다.

天復五年(九○五)正日月四日歸義軍度使小南陽張承[奉]祭風伯文 S.5747

8행만 잔존한다.

祭鴻恩律師文 S.5926

수부는 결락이며, 마지막에 "惠澄等忝同緇流, 莫不攀慕"라는 말이 있다.

同光貳年(九二四)智嚴五臺山巡禮聖跡後記 S.5981

行城文 S.6172

본 「行城文」은 돈황문헌의 많은 불교 기원문(祈願文) 가운데 문학성이 뛰어난 작품이다. 내용은 출정하는 병사들에 대한 집단적 기원을 담고 있으며, 형식은 四六文體로 이루어져 있다.

大唐隴西李氏莫高窟修功德碑記(大曆十一年八月十五日) S.6203

문장 말미에 "時大唐□□十一年龍集景辰八月日建"이라는 말이 보인다.

張議潮進表, 答張議潮上表刺書 S.6342

張議潮가 咸通二年에 涼州를 수복한 다음에 조정에 올린 표문과 그에 대한 조정의 비답이다.

家童再宜放書一道 S.6537v

수제가 '家童再宜放書一道'로 되어 있다. 본 문헌은 돈황문헌에 존재하는 많은 계약문 중에서 문학성이 높은 계약서이다. 본문은 "夫人者稟父母而生, 貴賤不等者, 是因中修廣樂善行慈, □中獲得自在之身, 隨心受

報. 賤者是囊世積業, 不調朔尊卑, 不信佛僧, 侵隣人物, 今身緣會, 感得賤中. 不是無里[理]驅□, 橫加非光, 所修不等, 細思合知. 下品之中, 亦有兩種: 一般恭勤孝順, 長報曹主恩, 一類便憎閑怨, 長作後生惡業. 耳聞眼見, 不是虛□. 向且再宜自從歸管五十餘年, 長有鞠養之心, 不生懈怠之意, 執作無有停暇, 放牧則不被飢寒. 念此孝道之心, 放汝出纏黑網. 從今已往, 任意寬閑, 選擇高官充爲公子. 將次(玆)放良福分, 先資亡過, 不歷三途, 次及現存, 無諸灾部, 願後代子孫, 更莫改易. 請山河作誓, 日月證知, 日月傾移, 誓言莫改."

某慈父與子書(尾題) S.6537v

大唐新定吉凶書儀一部幷序(原題) S.6537v

원제 아래 "銀靑光錄大夫吏部尙書兼太常卿鄭餘慶撰"이라는 문자가 있으며, 諸色箋表第五까지 초록되어 있다.

誄文 S.6981v

殘文 2행만 잔존한다.

祭文稿 S.7943

4행만 잔존한다.

某僧正功德記 S.8159

祝願新郞, 新婦文 S.8336

戒惠書狀 S.8451

某令公重修開元寺功德記 S.8659

建窟功德記 S.9425

잔편으로 3행만 잔존한다.

右廂都虞候氾進賢狀 S.9948v S.10557

두 사권은 하나의 사권이 여러 잔편으로 갈라진 것의 일부들이다. S.9948은 6행이 잔존하며, 사권의 상단 및 하단 모두 훼손되어 잔결. S.10557에는 '右廂都虞候氾進賢狀'이라는 미제만 있다.

某法師造像功德記 S.9986

잔편이며, 10행 정도 잔존. 사권의 상하단 모두 파손되어 잔결이다.

夫人文 S.10527

4행만 잔존한다.

書啓 S.10545v

寶像圖記 S.10546

4행만 잔존하는 잔편이다.

歸義軍節度使張議潮奏蕃情表 S.10602

잔편이며, 4행 정도의 잔문만 남아 있다.

殘片(少時貧賤老始富貴) S.12140

제목은 알 수 없으나, 古文의 잔편으로 추정되며 문장 중에 "少時貧賤, 老始富貴" 등의 문구가 보인다. 잔문 7행만 남아 있다.

悟眞自序 S.10468 S.12956

돈황의 유명 승려 작가인 悟眞의 자서. 모두 잔편이다.

南海寄歸內法傳卷第一幷序 P.2001

고승 순례 여행기의 일종. 사권은 수미 모두 완정하다.

祭文 P.2011

六月十一日……書"라는 제기가 있다. 『英藏目錄』에서는 본 사권을 '新定吉凶書儀上下卷'으로 정명하고 있으며, 여기서는 『敦煌遺書總目索引新編』을 따랐다. P.2556은 수제가 '新定吉凶書儀上下兩卷'으로 되어 있으며, 제목 밑에 "河西節度使掌書記儒林郎試太常寺協律郎張敖撰"이라는 서명이 있다. P.2646에는 "河西節度掌書記儒林郎試太常寺協律郎張敖撰"이라는 서명이 있으며, 미제는 '要集書儀一卷'으로 되어 있다. 제기는 "天復八年(908)歲次戊辰二月廿日學郎趙懷通寫記"이다. P.3249에는 시작부 일부만 초록되어 있다. P.3246은 殘卷. P.3284는 수미 모두 잔결. P.3688은 2장이 남아 있는데, 그 중 첫 번째 장의 상단부는 '新定書儀鏡'의 吉儀의 끝부분이며, 상단부 吉儀가 끝난 부분부터 하단부는 吉儀 다음의 凶儀의 전반부에 해당한다. 두 번째 장은 '四海吊答書儀'부터 시작하고 있으며, P.2622의 張敖가 찬한 新集吉凶書儀의 凶儀 대응부분과 동일하다. P.4019에는 사권 안에 '書儀卷上', '吉儀卷上', '封題啓'와 같은 品題가 보인다. P.4699는 수제가 '新集書儀一卷 吉凶卷上'으로 되어 있으며, 1冊 정도만 잔존하며 배면에 "辛巳年正月二十日氾長□書記者"라는 제기가 있다. S.4761은 잔편이다.

吉凶書儀 P.2622 P.3442 ДХ00915 ДХ01307

京兆 杜友晉 찬. 상하 2권. P.2622에는 권말에 "大中十三年(859)四月四日午時了"라는 제기가 있다. P.3442는 수미 모두 잔결이다.

禱神文 P.2624v

上易定盧尙書 P.2636v

서의류. 薛逢 찬. 앞부문 3행만 잔존한다.

常何墓碑 P.2640

李義府 찬. 본 碑文은 수나라 말기 및 당나라 초에 생존했던 중요한 역사적 인물인 常何라는 인물에 대한 碑로, 수나라 말에서 당나라 초기까지의 정치사를 연구하는 데 중요한 역사 문헌이기도 하다. 본 비문은 상당히 길며, "大唐故使持節都督黔思費等十六州諸軍黔州刺史贈左武衛大將軍上柱國武水縣開國伯常府君之碑中大夫守中書侍郎兼修國史弘文館學士廣平縣開國男李義府撰"이라는 서명이 있다.

莫高窟再修功德記 P.2641v

太平興國九年曹延祿祈禱文 P.2649

同光四年(926)造龕記 P.2668

歸義軍僧官書儀 P.2729

본 사권에는 征馬를 하사해 준 것에 대해 하례하고 관직을 改授해 준 것에 대해 감사드리는 書狀 14건이 있다.

唐安西判集 P.2754

모두 90행이 남아 있으며, 대부분이 西州의 일과 관련되어 있는 判文 모음집이다. 본 문헌은 변방 지방의 역사를 알 수 있는 매우 중요한 역사 문헌이며, 동시에 邊塞 文學의 자료이기도 하다.

祭文五則 P.2832

歸義軍節度使檢校使徒南陽張府君墓誌銘 P.2913v

제목 밑에 "節度掌書記兼御史中丞柱國賜緋魚袋南陽張景仞"라 서명이 되어 있다. 張景仞는 곧 張景球이다. 본문 중에 "公以大順元年(890)二月廿日殞斃於本郡"이라는 말이 나오는 것으로 보아, 이 묘지명은 이 때 혹은 이 보다 약간 후에 지어진 것으로 보인다. 본 묘지명은 四六文體로 지어져 있다.

宣宗皇帝御製勸百僚文 P.2914v

社人修窟功德記 P.2982v

報恩吉祥之窟記 P.2991

사권의 정면과 배면에 연이어 필사되어 있으며, 문학성이 높은 산문이다. 수제는 '報恩吉祥之窟記, 釋惠苑述'로 되어 있다. 내용은 李鎭國이 부모의 은혜에 보답하기 위해 吉祥窟을 개착한 일에 대해 기술하고 있다. 앞부분은 600여자에 달하는 駢儷文으로, 후반부에는 사언으로 된 운문 3편으로 구성되어 있다. 吐蕃이 돈황을 통치하던 시기의 작품이다.

燉煌社人平詘子一十人創於宕泉建窟一所功德記 P.2991(B)

醉後謝書 P.3044v

敦煌文獻 書儀類. 본 편의 내용은 술 취한 후의 失禮에 대해 사죄하는 내용이다.

歸義節度令公受佛付囑文 P.3097

귀의군 절도사를 가송·예찬하는 불사예문의 하나이며, 四六文體의 형식이다.

李侍中爲亡男十五郎司空追亡文 P.3129

敦煌文獻 祭文類. 본 제문은 P.3129 사권의 '諸雜齋文'에 포함되어 있으며, 돈황문헌의 제문들 중에서 문학성이 높은 제문으로 평가받고 있다.

都衙亡母祭文 P.3199v

王錫上吐蕃贊普書 P.3201v

第一道書 다음에 "年月日破落官朝散大夫殿中侍御史臣王錫上"이라는 서명이 있다.

夫妻相別書一道(原題) P3212v

祭文 P.3213v

본 사권에는 5則의 제문이 있음.

創於城東第一渠莊新造佛堂一所功德記幷序(首題) P.3245

孟受中界先祖莊西□□蘭若功德記 P.3268v

朋友書儀 S.5472 S.5660 S.6180 S.6246v P.2679 P.3375 P.2505 P.3420 P.3466 P.4989v

「朋友書儀」는 敦煌文書 書儀類 문헌 중에서도 문학성이 높고 그 가치가 큰 書儀類이다. S.6180은 3행만 잔존한다. P.2679는 수미가 모두 완정하며, 배면에 "此書先曾借將不□□□道□今晨略過披尋始見該(下缺)當

P.5043

본 사권은 총 46행이 잔존하며, 여러 쇄편들이 종이 한 장에 붙여져 있다.

高宗天訓 P.5523

202행이 남아 있으며 본문 중에 「貞正第卄一」, 「徵感第卄三」이라는 편명 제목이 보인다.

文儀集幷序 P.5550(2)

시작부 15행의 상단부만 잔존하며, '尊卑弔答第九'라는 제목이 있다. "忻州子史 □□□"라는 서명이 있는데, 이는 撰者에 대한 제기로 보인다.

祭新婦文 P.6010

祭文의 7행만 잔존한다.

致楊闍梨書函 P.6014

布薩文 北8454(地字017)

본 布薩文은 문학성이 높다고 평가받고 있으며, 四六文體의 형식으로 되어 있다.

爲政箴言二條 北0902(羽040)v

본문: "野無吏則無蓄積, 官無常則下訕上, 器械不定則無定□, 賞罰不明則民薄其産, 審飾小節, 以示民, 時言大事, 以動上. 遠郊以越群, 假爵以臨朝, 明主之禁也."

般若波羅蜜多心經題記 北4466(鳥062)

본 제기의 주 내용은 『般若經』의 신통력을 선양하는 것이며, 언어가 대부분 白話로 되어 있다. 뚜렷한 문학성을 갖춘 題跋文의 하나이다.

書信一封 北6984v

義淨三藏法師碑文 北8410(字019)

ДХ00293 ДХ00871 ДХ00771 ДХ02223

『敦煌遺書最新目錄』에서는 본 사권들의 문헌명을 「義淨三藏法師碑文」으로 하고 있으나, ДХ00293, ДХ00871, ДХ00771, ДХ02223의 경우 『俄藏』目錄에서는 모두 「三藏聖敎書」로 정명하고 있다.

聖地遊記述 Ф209 ДХ00234

고승 성지 순례기의 일종이다.

王文憲集序 ДХ02606 + ДХ02900의 합본

敦煌文獻 序文類. 본 寫卷에는 任彦升과 王文憲集의 序文이 抄錄되어 있다.

孔子傳 ДХ02962

論剛柔性情 ДХ00487 ДХ00829 ДХ02771(A)

『敦煌類書最新目錄』에서는 본 문헌을 「殘文卷廣引羣經諸子」로 정명하고 있으며, 『俄藏』목록에서는 「論剛柔性情」으로 정명하고 있다.

新集諸家九族尊卑書儀一卷 ДХ01256v

佚書(解執篇第四等) ДХ01282 + ДХ03127의 합본

文德元年十月十日僧善惠覆函 ДХ01369

『敦煌遺書最新目錄』에서는 「文德元年十月十日僧善思記事」로 정명하고 있다.

張住盈上張僧統書 ДХ01386

祭慈母文　ДХ02150v ДХ02167v ДХ02960
ДХ03020v ДХ03123v

父母遺書一道範文　ДХ02333(B)
孝事父母文範　ДХ02606＋ДХ02900v의 합본

IV

韻散文結合_(講唱文學)類

---

1. 變文

伍子胥變文　S.328. S.6331 P.2794v P.3213
現存 4種 寫本. ① P.3213: 殘卷. 首全尾缺.
無題. 故事의 앞단락 일부 보존. 21行이며,
本篇 抄寫를 미쳐 완결하지 못한 상태에서
1行의 공백을 둔 다음 다시 두 칸을 앞으로
내어 이어서 無題無尾의 亡尼祭文一篇을
抄寫하고 있으며, 다시 일정한 공백 다음에
無題無尾한 某大夫에 관한 頌讚一篇을 抄
寫하고 있다. 본 寫卷의 背面에 祭文 5篇이
초사되어 있고, 紀年은 단지 '甲子'라고만
했을 뿐 年號가 없는데, 考證에 의하면 吐藩
이 敦煌을 점령한 시기에 쓰인 것으로 추정
된다. 背面과 正面의 書法이 일치하지 않는

것으로 보아 1人이 一時에 抄寫한 것은 아닌
것으로 보인다. ② S.6331: 殘卷. 首尾 모두
缺落. 原 寫卷은 殘片인데, 王慶菽의 考證에
의하면 겨우 12行만 殘存하며, 그 중에서도
6군데는 끊어진 부분이 있다고 했다. 그러
나 본 寫卷의 실제로는 13行이며, 그 중 앞
3행과 末3행은 모두 정중앙 부분이 세로로
절단되어 있다. ③ S.328: 殘卷. 首尾 모두
殘缺. 모두 374行이 殘存하며, 伍子胥 故事
의 주요 내용이 남아 있다. ④ P.2794v: 殘卷.
두 절이 남아 있다. 본 寫卷의 내용은 S.328
에도 모두 남아 있으며, 文字상에는 약간 차
이가 있다. 본 편의 變文은 뒷면에 3단으로

나뉘어 초사되었다. 중간의 1단은 3행뿐이며, 1단과 2단 사이에 큰 공백이 있고 2단과 3단 사이에 작은 공백이 있다. 정면에는 「大乘四法經論及廣釋開決記」가 초사되어 있으며, 끝에 '癸丑年八月下旬九日於沙州永康寺集畢記'라는 題記가 있다.

일명 「오자서소설(伍子胥小說)」 혹은 「오자서시화(伍子胥詩話)」라고도 하는 이 작품은 역사류 변문 중 가장 장편의 작품이며 문학성도 매우 뛰어나다. 전체 줄거리의 구성은 ① 집안내력 → ② 부형의 죽음 → ③ 도망 → ④ 망명 → ⑤ 복수(復讐) → ⑥ 누명으로 인한 위기 → ⑦ 죽음 → ⑧ 吳나라의 멸망 → ⑨ 백공(白公) 승(勝)의 죽음 → ⑩ 사마천(司馬遷) 찬(贊)의 순서로 되어 있다. 현존 「오자서변문」은 오왕이 뒤늦게 자신의 잘못을 깨닫고 꿈속에서 오자서를 찾는 부분까지만 남아 있다. 「오자서변문」은 운문과 산문을 적절히 반복하며 때로는 급하게 때로는 천천히 이야기를 풀어나간다. 특히 오자서가 도피 중에 겪는 여러 사건과 사연들이 대단히 극적으로 묘사되어 있다. 이 작품의 줄거리를 정리하면 다음과 같다.

오자서(伍子胥)의 집안은 대대로 초왕(楚王)을 섬겼으나 비무기(費無忌)의 농간으로 오자서(伍子胥)의 아버지 오사(伍奢)와 형 오상(伍尙)이 죽임을 당하고 오자서(伍子胥)는 吳나라로 도망간다. 도망가는 오자서(伍子胥)는 어부의 도움으로 강을 건너고 吳에 망명한다. 이 때 오나라에서는 공자 광(光)이 요왕(僚王)을 죽이고, 스스로 왕위에 올라 합려왕(闔廬王)이 되는데, 합려왕(闔廬王)은 오자서(伍子胥)를 불러 국사를 의논한다. 오왕(吳王)은 오자서(伍子胥)와 손무(孫武)의 도움으로 초나라에 쳐들어간다. 오자서(伍子胥)는 초나라의 수도 영(郢)에 입성하여 평왕의 시체를 무덤에서 꺼내 채찍질 한다. 그 후 합려왕(闔廬王)의 뒤를 이어 부차왕(夫差王)이 즉위하면서 오자서(伍子胥)를 멀리 한다. 오왕(吳王)이 제(齊)나라를 치려 하자 오자서(伍子胥)가 월(越)나라를 먼저 쳐야 하다고 간한다. 그러나 오왕 부차(夫差)는 간신 백비(伯嚭)가 오자서(伍子胥)를 모함하는 말을 믿고 자결을 명하니, 오자서(伍子胥)는 자신의 눈을 성의 동문에 매달아 오나라의 멸망을 볼 수 있게 해달라는 유언을 남기고 죽는다. 9년 뒤 오나라는 월나라에 의해 끝내 멸망하고, 부차(夫差)와 백비(伯嚭)는 모두 죽음을 맞는다. (초나라 태자 건(建)의 아들) 백공(白公) 승(勝)이 반란을 도모하다 산속으로 달아나 자살하고, 섭공(葉公)은 석걸(石乞)을 삶아 죽이고 혜공(惠公)을 다시 왕으로 세운다. 태사공(太史公)의 찬(贊)에 다음과 같이 기술되어 있다. "오자서(伍子胥)는 참고 견디어 공명을 이

룬 열대부(烈大夫)다. 백공(白公)도 임금
만 되려 하지 않았다면 성공했을 것이다."

孟姜女變文 P.5019 P.5039 S.8466 +
S.8467(合本)

現存 4種 寫卷. ①P.5019. 殘卷. 또 다른 寫卷
인 P.5039와 중복되지 않으며, 내용상으로
볼 때 P.5039보다 뒷부분으로 판단된다. 13
행이 남아 있으며, 그림 한 폭도 남아 있으
나 그림의 제목은 알 수 없다. 이 그림은 모
두 2사람이 그려져 있는데, 孟姜女의 2가지
동작 즉 몸에 대나무 광주리를 이고 있는 것
과 장화를 신고 무너진 성벽 사이를 왔다갔
다하는 모습을 그린 것이다. ② P.5039:
P.5019와 중복되지도 않으며, 서로 연결되
어 이어지는 것도 아니다. 殘文 39行이 남아
있으나, 寫卷의 상태가 매우 나빠 판독이 어
렵다. ③ S.8466 + S.8467 合本: 殘卷. S.8466
은 首尾 모두 殘缺이며, 26行만 殘存. S.8467
도 首尾 모두 殘缺이며, 23行만 殘存. 이 두
寫卷은 紙質과 書法이 모두 동일하며, 크기
는 각각 44.5×13.5cm, 39.2×13.2cm 이다.
맹강녀 고사는 진(秦)나라 때 변방으로 장
성을 쌓으러 간 기량(杞梁)과 아내 맹강녀
의 애절한 사랑이야기로서 시, 사, 소설, 희
곡 등 다양한 문학 장르의 소재로 쓰였다.
그중 「맹강녀변문」은 앞뒤가 모두 잔결된
채 일부 내용만 남아 있다. 그러나 남편의
혼이 억울함을 호소하는 장면, 그리고 맹강

녀가 그 말을 듣고 대성통곡하며 손가락의
피를 뽑아 남편의 뼈를 찾는 장면은 대단히
슬프고 감동적이다. 프랑스국립도서관 소
장 P.5019는 그림과 문자가 앞뒤로 들어간
독특한 형식의 사본 조각이다. 이 사본의
문자 부분은, 비록 주인공의 이름이 등장하
진 않지만 확실히 맹강녀 고사의 일부로 보
이며, 그림 부분에는 성벽 옆으로 등짐을 진
장정들의 모습이 묘사되어 있다.
이 사본의 줄거리를 정리하면 다음과 같다.
맹강녀는 남편 기량(杞梁)이 장성에서 죽
었다는 소식을 듣고 크게 통곡하자 장성(長
城)이 무너져 내리고 해골이 사막에 두루
널려 있다. 강녀는 남편의 시신을 찾을 길
이 없자 손가락을 물어 뜯어 피를 내자 남편
의 해골 속으로 피가 흘러들어 남편의 시신
임을 알아낸다. 강녀는 제문을 지어 남편의
유골에 제사를 지낸다.

漢將王陵變 S.5437 S.9946 P.3627(1) P.3867
P.3627(2) 北大188 潘吉星藏本

現存 7種 寫卷. 이 중 3개의 寫本은 동일한
사본이 3단락으로 나누어진 것이므로 실
제로는 3개의 寫本이다. ①S.5437: 殘卷. 首
全尾缺. 前題가 있으며, 이 前題에는 모두
5遍이 연속적으로 抄寫되어 있는데, 第4遍
'漢將王陵變' 아래 '一'자가 쓰여져 있으며,
前題 우측에는 20여자가 雜寫되어 있음. 모
두 10페이지정도 남아 있음. 앞 3페이지는

P.3627(1)의 결락된 부분을 보충할 수 있다. ② P.3627(1): 殘卷. 寫本의 시작부는 S.5437과 비교해 보면 270자 정도 缺落. 본 寫卷은 P.3867, P.3627(2) 의 두 寫卷과 筆跡이 相同하고 서로 이어붙일 수가 있어, 이 3개의 寫卷은 실제로는 동일한 사본에 속한다. 3개의 사권을 합하면 모두 34페이지, 4界가 되며, 末 5페이지에는 書啓 등이 抄寫되어 있으며, 마지막 페이지에는 "癸卯年正月卄三日張通□手書" 題記1行이 쓰여져 있다. ③ P.3867: 殘卷. 首尾 모두 殘缺. 본 寫卷은 실제로는 P.3627(1), P.3627(2)와 필적이 상동하고 서로 連接되므로, 하나의 사본이 3개로 나누어 진 것이다. ④ P.3627(2): 殘卷. 首殘尾全. 卷末제목은: '漢八年楚滅漢興王陵變文一鋪', 題記는 "天福四年八月十六日孔目閣物成寫記"임. 본 사권은 P.3627(1), P.3867과 더불어 하나의 사권이다. ⑤ 北大188. 殘卷. 首全尾缺. 首題는 '漢將王陵變'. 北京大學校所藏. 표지 1쪽과 반대쪽의 비어있는 1페이지을 포함해 총 8페이지. 표지와 공백지 위에 題記 몇 行이 기록되어 있는데, 그 중 年月日이 표기된 것으로는 "辛巳年九月卄日," "太平興國三年素靖子," "孔目學館仕郎素靖子書記耳. 後有人讀諷者, 請莫怪也"가 있는데, 筆跡이 서로 달라 서로 다른 시기에 쓰인 것으로 추정된다. 본 寫卷은 조악한 麻紙이며, 모두 8

페이지이다. 蝴蝶裝, 宋寫本, 크기는 15.2 × 10.5cm. 每行은 8字~14字. ⑥ 潘吉星藏本. 潘吉星 선생 所藏으로 총 12쪽이며, 북경대학 소장본(北大188)과 정확히 이어져 "精神恍惚, 神思不安"부터 시작해 "兩盈不"로 끝난다. ⑦ S.9946: 殘卷. 본 寫卷은 殘片. 殘文 9行. 내용은 "鋪, 便是變"에서 시작하여 "已訖, 走出"句까지 殘存. 크기는 17.5cm × 17cm. 한(漢)나라 유방의 장수 왕릉이 초군(楚軍)과 전투를 벌이고 그의 모친이 항우에게 고초를 받는 장면들이 긴박하게 묘사된 작품이다. 거듭된 패전으로 절망과 근심에 싸인 유방을 위해 왕릉은 출정을 자원하여 야밤에 초의 군영을 습격한다. 많은 피해를 입고 대노한 항우는 종리말(鍾離末)을 시켜 왕릉의 모친을 잡아오도록 한 후 아들에게 편지를 써서 초의 군영으로 유인하도록 한다. 왕릉의 모친은 자기 머리카락을 잘라 보내면 아들이 믿을 것이라며 항우의 보검을 빌려달라고 한다. 보검을 내주자 왕릉의 모친은 그자리에서 목을 베어 자결한다. 훗날 이 사실을 알게 된 한의 황제는 왕릉의 모친을 후하게 장사지내고 국태부인(國太夫人)의 작위를 하사한다. 「한장왕릉변」은 변문이라 이름을 붙인 현존 작품들 중에서도 가장 전형적인 변문 형식으로 간주된다. 원래 제목에 '변(變)'이 들어간 점, 적절한 산문과 운문의 조합, 그림을

사용한 흔적, 정형화된 운문 앞 상투어 등이
이를 뒷받침해준다.

한나라 장수 왕릉과 그의 모친의 일화를 담
고 있는 『한장왕릉변』은 역사 이야기이다.
역사서에서 왕릉에 대한 기록은 『史記·陳
丞世家』(卷56, 世家26)와 『漢書·張陳王
周傳第十』(卷40)에 짤막하게 서술되어 있
는 것을 볼 수 있다. 먼저 『사기』의 기록을
살펴보면, 다음과 같다. "왕릉은 옛 패현 지
역 사람으로 본시 현의 유지였다. 한 고조
가 보잘 것 없는 인물이었을 때 왕릉을 형님
으로 섬겼다. 왕릉은 학식이 부족하였으나
기운이 좋고 직언하기를 좋아하였다. 한 고
조가 패 땅에서 일어나 함양으로 들어갈 때
왕릉도 수천 명의 무리를 모아 남양에 머물
렀으나 패공을 따르지는 않았다. 한왕이 다
시 항우를 공격하였을 때 왕릉은 병사들을
한나라에 귀속시켰다. 항우가 왕릉의 모친
을 데려와 군중에 가두어 두자 왕릉이 사신
을 보냈다. 항우는 왕릉의 모친을 상석에
앉혀 놓고 왕릉을 꼬드기려 하였으나, 왕릉
의 어머니는 돌아가는 사신에게 눈물을 흘
리며 말한다. '소첩을 위해 왕릉에게 전해
주소서. 한왕은 장자이니 삼가 한왕을 섬기
고 늙은 나 때문에 두 마음을 품지 말라고
말이오.' 이 말을 하고는 칼 위에 엎어져 자
살하였다. 항우가 노하여 왕릉 어미에게 팽
형을 가하였으나, 왕릉은 마침내 한왕을 쫓

아 천하를 평정하였다. 왕릉은 옹치와 사이
가 좋았으나 옹치는 한왕의 원수였다. 그리
고 왕릉은 본래부터 한 고조를 따르려 한 것
이 아니었기 때문에 뒤늦게 책봉되어 안국
후가 되었던 것이다(王陵者, 故沛人, 始為
縣豪, 高祖微時, 兄事陵. 陵少文, 任氣, 好直
言. 及高祖起沛, 入至咸陽, 陵亦自聚黨數千
人, 居南陽, 不肯從沛公. 及漢王之還攻項
籍, 陵乃以兵屬漢. 項羽取陵母置軍中, 陵使
至, 則東鄉坐陵母, 欲以招陵. 陵母既私送使
者, 泣曰 : "為老妾語陵, 謹事漢王. 漢王, 長
者也, 無以老妾故, 持二心. 妾以死送使者."
遂伏劍而死. 項王怒, 烹陵母. 陵卒從漢王
定天下. 以善雍齒, 雍齒, 高帝之仇, 而陵本
無意從高帝, 以故晚封, 為安國侯)."

大漢三年季布罵陳詞文 S.1156v

S.2056 S.5439 S.5440 S.5441 S.8459 P.2648
P.2747 P.3197 P.3386 P.3697

現存 11種 寫卷. 七言詩의 形式. ① P.3697:
首尾完整. 卷首에 두 개의 前題가 있다. 그하
나는 題記 "顯德貳年乙卯歲九月卄六日寺記"
이고, 이어 '大漢三年季布罵陳詞文'가 쓰여
있다. 다른 하나는 본편의 상세 제목인 '大漢
三年楚將季布罵陳漢王羞恥群臣拔馬收軍詞
文'임. 이 상세 제목과 正文은 이어져 筆寫.
본편은 全文이 七言詩로 되어 있으며, 총 640
句에 4474字이다. ② P.2747: 殘卷. 首全尾
殘. 首題·尾題 모두 없음. 본 寫卷은

P.2648, P.3386과 동일 寫本. 七言詩로 되어 있으며, 126句가 남아 있다. ③ P.2648: 殘卷. P.2747과 서로 이어진다. 194句가 남아 있다. ④ P.3386: 殘卷. 卷末의 尾題는 '大漢三年季布罵陳詞文一卷'이며, 본 寫卷은 P.2747, P.2648과 동일 寫本. 27句가 남아 있다. 본편 다음에 「楊滿山咏孝經十八章」이 나오며, 그 卷末에 題記 3행이 있는데, 제1행은 "維大晉天福七年壬寅歳七月廿二日 三界寺郎張富□記," 제2행은 "計寫兩卷文書, 心里些些不疑, 自要心身懇切, 更要," 제3행은 "師傅闍黎"라고 적혀 있다. 潘重規는 卷末題記에 근거하여 본 寫卷의 筆寫者는 '張富□'라고 했으며, 宋新江은 본 寫卷의 抄寫者는 '楊富盈'이라고 하고 있다. ⑤ P.3197: 殘卷. 본 寫卷의 背面에 "天福伍年庚子歳十二月立四日," "轉向心常望, 憶念轉徊惶, 魂夢相催赴, 何日回明光"라는 題記가 있음. 七言詩의 형식이며, 396句가 남아 있다. ⑥ S.5440: 殘卷. 本 寫卷의 抄寫에는 억측으로 고쳐놓은 것이 많다. 240句가 남아 있다. ⑦ S.2056: 首全尾殘. 前題 '大漢三年楚將季布罵陣漢王羞耻羣臣笑罵收軍詞文'부터 "唯言禍難在□巡"句까지 抄寫되어 있다. 238句가 남아 있다. ⑧ S.5439: 殘卷. 首殘. 453句가 남아 있다. ⑨ S.5441. 首尾完整한 편이나, 중간에 간혹 脫句가 있다. 卷末題記는 "太平興國三年戊寅歳四月十日記. 氾孔目 學仕郎陰奴兒手自寫季布一卷." 原寫卷은 小冊子 裝訂. ⑩ S.1156v: 殘卷. 寫卷 背面에 "天福肆年□□十四日, 沙彌慶度"라는 題記가 있다. 潘重規는 본 寫卷이 慶度가 抄寫한 것이라고 간주하고 있다. 133句가 남아 있다. ⑪ S.8459: 殘卷. 首尾殘缺. 전반부의 내용은 P.2947 및 2648a와 合綴이 가능하다. 尾部의 내용은 P.2648b 및 P.3368과 이어붙이기 가능하다. 원 寫卷은 殘片이며, 殘文 17行만 殘存하며 每行은 3句. 寫卷의 크기는 29.3cm × 29.6cm.

이 사본의 제목은 특이하여, 「계초를 체포하는 이야기(捉季布傳文一卷)」이라는 제목 이외에 작품 첫머리에 '대한(大漢) 3년 초나라 장수 계포가 한나라 진영(陣營)에 욕을 하니 한왕(漢王)은 여러 신하에게 수치스러워 군마(軍馬)를 거둔다는 이야기(大漢三年楚將季布罵陣漢王羞恥群臣拔馬收軍詞文)'라는 상황 설명어가 달려 있으며, 끝에는 '대한삼년계포매진사문1권(大漢三年季布罵陣詞文一卷)'이라는 미제(尾題)가 붙어 있다. 줄거리를 단계별로 정리하면 다음과 같다. ① 초나라와 한나라 사이에 전쟁이 벌어져 초나라 장수 계포(季布)가 유방(劉邦)에게 욕을 하는 계책을 써서 유방의 군대를 물리치나, 진영을 다시 정비한 유방에 의해 초는 멸망하고 항우(項羽)는 도망하다 자결한다. ② 유방은 자신에게 욕을 한 계포를 체포하라는 체포령을 내리고 계포는 옛 친구 주씨(周氏)의 도움을 받아 숨어 지낸다. ③ 한왕(漢王)은 계포를 숨겨주는 자는 육친을 멸한다는 포고문을 내린다. ④ 계포는 꾀를 내어 유방(劉邦)의 특사 주해(朱解)에게 팔려 간다. ⑤ 주해(朱解)에게 자신이 계포임을 고하고 주연을 베풀게 한다. ⑥ 주연(酒宴)에 온 조정(朝庭)의 중신(重臣) 하후영(夏侯嬰)과 소하(蕭何)에게 한왕(漢王)에게 상소해 줄 것을 부탁한다. ⑦ 상소를 받은 유방은 계포 체포령의 폐해를 듣고 계포의 체포를 중단시키고 천금까지 하사(下賜)한다. ⑧ 계포(季布)와 대면한 한왕(漢王)은 옛날 생각에 계포를 체포하려하자 후대의 비난거리가 될 것이라는 계포의 말을 듣고 사면하고 태수라는 관직을 제수한다. ⑨ 계포는 주해를 찾아가 보답하고 득의양양하게 귀향한다. 이 작품은 전편이 7언구이며 640구가 일운도저(一韻到底)로 되어 있다. 강창 작품 가운데 매우 드문 장편 서사시의 체재를 하고 있다.

季布詩詠 S.1156 P.3645

現存 2種 寫本. ① S.1156: 殘卷. 본 사권은 「大漢三年季布罵陳詞文」 제목 아래에 이어서 抄寫되어 있으며, 尾題는 '季布一卷'으로 되어 있다. 卷末에는 "天福四年 己亥(이하 결락)四日記"라는 題記가 쓰여 있다. 본 寫卷에는 잔결된 문자가 매우 많다. ② P.3654 寫卷 完整. 首尾 모두 완전. 首題는 '季布詩詠'으로 되어 있으며, 後題는 없다.

이 사권은 앞부분에 한 단락의 산문(散文)이 있고, 뒤에는 장편의 창사(唱詞)로 되어 있는 것이 특징이다. 이 사권(寫卷)의 제목에 대하여 『변문집(變文集)』 교기(校記)에는 "이 시(詩)는 장량(張良)의 이야기를 읊은 것인데 어째서 앞뒤 모두에 季布를 제목으로 하고 있는지 모르겠다"고 기술하고 있다. 과연 사권의 제목이 잘못된 것인지의 여부는 확인하기 어려운데, 어떤 사람은 계포(季布)이야기 중에서 가창(歌唱)할만한 한 부분을 따로 떼어낸 것이라 주장하기도 한다. 한편 '天福四年○○○○○四日記'라고 되어 있는 것으로 보아 이 사권(寫卷)이 오대(五代) 시기에 쓰여진 것임을 알 수 있다. 이 작품의 줄거리는 다음과 같다. ① 산문: 초나라는 멸망하고 한나라가 흥기하며 장량(張良)은 초가(楚歌)를 불러 초나라 군대를 물리쳤네. ② 가요(歌謠): 초나라 군영을 포위하고 사방에서 초가를 부르네. ③ 사(詞): 효행의 중요성 강조→위태로운 초나라 군대와 고향을 그리워하는 초나라 병사→불리한 전세(戰勢)의 항우(項羽) 하늘이 버리도다. 이러한 작품의 내용에 대하여 중국 민간문학 전문가 고국번(高國藩) 교수는 다음과 같이 해설하고 있다.

"한(漢) 통일(統一)을 지향하던 유방은 먼저 많은 공신을 이성왕(異姓王)으로 봉하여 그들을 포용한 대제국을 건설하려고 하였는데, 초왕(楚王) 한신(韓信) 등 몇몇 대야심가들은 스스로 땅을 차지하여 왕이라고 칭하고는 유방의 통일 정책을 받아들이지 않았다. 이에 유방은 통일을 열망한 백성의 뜻에 부응하여 그들을 하나 하나 제거하였다. 바로 이 작품은 유방이 대야심가인 초왕(楚王) 한신(韓信)을 정벌하는 상황을 묘사하고 있다. 지모가 뛰어난 장량(張良)은 한신(韓信)이 포악하다는 사실을 깨닫고, 한신(韓信)을 제거하려는 유방의 정책에 동조하여, 초패왕 항우를 제거한 방법으로 초왕 한신의 군대를 와해시킨다."

李陵變文 S.0688

殘卷. 수부는 잔결임. 제목도 일실. 4장만 남아 있으며, 각 장의 크기는 42cm × 28cm, 35行이 남아 있으며, 每行은 대략 30字 내외이며 대략 6000字 정도 남아 있다.

완정본(完整本)이 아닌 잔본으로 되어 있는 이 사권은 내용과 문체에 의거하여 변문이란 가제(假題)를 붙인 것이다. 이 작품은 선우(單于:흉노)와의 전투 장면, 항전과 투항 사이에서 고민하는 이릉의 모습, 배신과 억울한 가족의 죽음 등을 대단히 극적으로 묘사하고 있다. 줄거리는 다음과 같다. 이릉(李陵)의 군대에 패배했던 선우는 다시 수만의 군대를 이끌고 와서 이릉을 추적한다. 곤궁에 처한 이릉은 북을 울려 병사들을 독려하려고 하나 북이 울리지 않는다. 진지를 수색하여 적군에 도움을 준 두 명의 여인을 사로잡아 참수하니 북이 저절로 울리기 시작한다. 선우는 연전연패하여 회군하려고 생각할 무렵 이릉의 부하인 관감(管敢)이 투항하여 이릉 군대의 군량과 무기가 고갈되었음을 알려주어 선우는 다시 이릉을 공격한다. 이릉(李陵)은 오천의 병사로 선우의 십만 군에 대항하는 것이 중과부적임을 깨닫고 결국 선우에게 투항한다. 이릉(李陵)은 차후 귀국할 요량으로 우선 선우에게 충성을 맹세하고 우교왕(右校王)의 직책을 하사받는다. 이 소식을 들은 한(漢) 황제가 이릉의 가족을 처형하려고 하자 사마천이 만류하여 죽음을 면한다. 그러나 선우에 투항한 한장(漢將) 이서(李緒)가 한궁에 큰 타격을 입히고 자신이 바로 이릉(李陵)이라고 거짓말을 한 결과 이릉의 노모와 처자는 처형당하고 사마천은 宮刑에 처해진다. 그 후 한(漢) 사신으로부터 가족의 소식을 전해들은 이릉(李陵)은 더 이상 고국을 그리워하지 않게 된다. 흉노 선우에 투항한 이릉의 이야기를 다룬 작품으로는 「이릉변문(李陵變文)」 외에 「소무이릉집별사(蘇武李陵執別詞)」가 있다.

王昭君變文 P.2553

現存 1種 寫卷. 수부는 잔결이며, 미부는 완정하며, 수제나 미제는 없다. 상하 두 권으로 되어 있고, 원래 제목이 적혀 있지 않아 임의로 변문이라 하였다. 줄거리는 다음과 같다. 왕소군(王昭君)은 선우(單于)를 따라 흉노(匈奴)에 도착하여 원제(元帝)를 그리며 우울한 나날을 보낸다. 선우는 왕소문을 선연지황후(煙脂皇后)에 봉하여 극진히 대우한다. 한번은 왕소군의 마음을 달래주기 위해 소군을 동반하고 사냥을 나서나 오히려 소군으로 하여금 향수를 자극하여 병들어 죽음에 이르게 한다. 선우(單于)는 성대히 장례를 치러주고, 한(漢)의 애제(哀帝)는 사신을 보내 선우를 위로하고 귀국길에 소군의 무덤에 제사를 올린다. 제문에 왕소군(王昭君)의 공로와 희생으로 한(漢)과 흉노가 우의를 회복하게 된 것을 칭송한다. 왕소군(王昭君) 이야기는『한서 · 흉노전(漢書 · 匈奴傳)』에 보인다. 또 원(元) 잡극(雜劇)『한궁추(漢宮秋)』, 명(明) 전기『화융기(和戎記)』, 잡극(雜劇)『소군출새(昭君出塞)』등도 왕소군을 제재로 한 작품인데, 왕소군(王昭君)이 새북(塞北)에서 투신자살하는 것으로 다르게 묘사하고 있다. 「왕소군변문」초반부에는 "상권의 그림이 끝났으니 하권으로 들어간다"는 지시어가 나온다. 이는 「왕소군변문」역시 원래는 그림을 동원한 '변(變)' 공연의 텍스트였음

을 증명해주며, 실제로 현존 작품은 대단히 전형적인 변문의 형식을 띠고 있다. 「왕소군변문」의 내용을 고려하면, 잔결된 상권은 왕소군이 흉노와의 화친을 위한 선물로 억울하게 결정되어 한나라를 떠나는 장면이 주된 내용이었을 것이다.

董永變文 S.2204

사권은 수미 모두 완정. 현존하는 문은 937字. 王重民은 문장의 의미가 전후 서로 연결되지는 않는 것으로 보아, 原本에는 白과 唱이 같이 있었던 것이 아닌가 의심하고 있다. 하지만 본 寫卷에는 說白 부분은 보이지 않는다.

이 사권은 전체가 7언으로 되어 있다. 중국의 대표적인 효자 이야기인 동영 고사는 지금까지 여러 형식으로 전해져 왔으며 「동영변문」역시 그 중 하나이다. 「동영변문」에는 원래 이야기에는 없는 선악동자, 아누지(阿耨池) 등의 불교적 요소들이 포함되어 있다. 이는 흥미를 끌기 위해 불교적 요소를 더해 이야기를 각색했기 때문이다. 이 사본은 원래 제목이 결손되어 있어 「동영변문(董永變文)」으로 칭하기도 하고 「동영사문(董永詞文)」이라 부르기도 한다. 또 사권 속에 "효감선현설동영(孝感先賢說董永)"이라는 구가 있는데, 여기서 '효감(孝感)'이란 현명(縣名)으로 보아 편성연대를 만당(晩唐) 함통(咸通)(860~874) 이

후로 추정하고 있다. 이 사권에 대하여 왕중민(王重民)은 『변문집(變文集)』교기(校記)에서 "글 내용의 앞뒤가 서로 맞지 않는 곳이 많은 것으로 보아 원본에는 백과 창이 모두 있었을 것으로 의심된다. 이 사권은 단지 창사(唱詞)만이 남은 것으로 설백은 수록되어 있지 않다.(文義多有前後不相銜接處, 疑原本有白有唱, 此則只存唱詞, 而未錄說白)"고 하여 원 텍스트에는 강부(講部)가 존재했을 것이라고 주장한 바 있다. 그러나 임총명(林聰明) 같은 학자는 「동영사문(董永詞文)」은 장편의 운문으로 내용이 완정하여 본래 산문이 있을 필요가 없다고 주장한다. 장홍훈(張鴻勛)도 임총명(林聰明)과 같이 이 작품을 사문으로 보아 다음과 같이 주장하고 있다. "변문의 문체는 설(說)과 창(唱)이 겸비되어 있는 것이 통례이다. 그리고 전체가 창사(唱詞)일 경우 다소(多少)를 막론하고 절대로 한 운(韻)으로 압운하는 법이 없다. 그런데 「동영(董永)」은 陽唐韻으로 압운하고 있어 변문의 唱詞體와는 매우 다르다. 이는 사문(詞文)체와 유사하다." 동영(董永)에 관한 이야기는 유향(劉向)의 『효자전(孝子傳)』, 조식(曹植)의 『영지편(靈芝篇)』, 『수신기(搜神記)』, 『태평어람(太平御覽)』권4 「효자도(孝子圖)」등에 보인다. 송원(宋元) 화본(話本) 「동영우선전(董永遇仙傳)」, 명 전기(明傳奇) 「직

금기(織錦記)」, 희곡(戱曲) 전통극목 「천선배(天仙配)」등도 동영(董永)과 선녀의 결합 이야기를 다루고 있는데 내용은 다소차이가 있다. 이 사본의 줄거리는 다음과 같다. ① 효행의 중요성에 대한 화자(話者)의 강설(講說) ② 15세에 양친(兩親)을 여위게 된 동영(董永)은 자신의 몸을 팔아 부친의 빈소를 차린다. ③ 부친 무덤의 봉분이 끝나고 哭을 마치고 귀향하는 길에 여인을 만나 百年偕老의 약속을 한다. ④ 선녀 아내가 짠 훌륭한 비단을 내다 판다. ⑤ 오랫동안 지상에 거주해 천상으로 돌아가게 된 선녀는 동영에게 아이를 맡기고 동영과 눈물의 이별을 한다. ⑥ 동영(董永)의 아들 동중(董仲)이 7세가 되었을 때 어손빈의 도움으로 어머니가 선녀인 것을 알게 되고 연못가에서 모친을 만난다. ⑦ 선녀는 금병을 주면서 손빈에게 주라고 한다. ⑧ 손빈이 금병을 받자 저절로 소장하고 있던 천서(天書)가 불타버리고 60장만이 남는다. ⑨ 이후 인간은 천상의 일을 알 수 없게 된다.

張議潮變文 P.2962

現存 1種 寫卷. 殘卷. 首尾 모두 殘缺이며, 失題. 본 寫卷에 보존되어 있는 문자는 2000字가 되지 않는다. 당나라 때 귀의군절도사 장의조가 돈황 인근지역에서 토번(吐蕃)군을 대파하는 이야기를 영웅적으로 그린 작품이다. 서북의 오랑캐들은 대패 후에도

사라지지 않고 계속 당나라의 경계를 침범한다. 장의조가 이끄는 한군(漢軍)은 이주성 납직현에서 회골과 토혼 군을 대파한다. 그보다 앞서서는 회골이 한나라 사신의 부절을 빼앗은 일이 있었다. 현존 「장의조변문」은 장의조가 이 사실에 분노하는 장면에서 끝나며, 『돈황변문교주』(황정·장용천 교주)에서는 여기에 장의조의 업적을 묘사한 두 편의 창사(唱詞)를 부록으로 더했다.

張淮深變文　P.3451

現存 1種 寫卷. 殘卷임. 수미 모두 잔결. 실제(失題). 본 寫卷은 朱筆로 句讀를 표시해 놓았고, 墨筆로 2군데 수정한 곳이 있다. 대략 3000字가 남아 있다. 장의조 이후 당나라 서북 변경을 지킨 장회심의 행적에 대한 작품이다. 회골을 대파한 장회심은 사신을 보내 황제에게 승전보를 알린다. 황제가 무거운 상을 하사하자 장회심은 황제의 조령을 보며 감격의 눈물을 흘린다. 이후에도 장회심은 황제의 아량을 배신한 회골 무리를 대파하고, 연이은 승전보에 황제는 멀리서 그의 노고를 치하한다. 이 작품은 「장의조변문」과 함께 당시의 시사(時事)를 다루고 있어서, 서북의 이민족과 당 조정의 관계 등을 알려주는 사료로서 가치가 매우 크다.

舜子變　S.4654 P.2721v P.3220 P.3536v

ДХ00440v

현존 5종 寫卷. ①S.4654: 殘卷. 首全尾殘, 前題는 「舜子變一卷」. 븐 寫卷은 비록 P.2721과 동일 寫本은 아니나, 두 寫卷은 서로 이어지는 부분에 잔결된 곳이 많지 않아, 이야기의 전체적 면모가 잘 보존되어 있는 편이다. ②P.2721v: 殘卷. 首殘尾全. 後題는 「舜子至孝變文一卷」. 卷末 題記는 "天福十五年, 歲當己酉朱明葵賓之月生拾肆写頁,　寫畢记." 原卷의 正面은 '雜抄'이며 '雜抄一卷一名珠玉抄二名益智文三名隨身寶幷序'라 題目이 있다. 본편은 寫卷의 背面에 筆寫되어 있다. ③ДХ4406: 殘卷. 러시아 과학원 문학연구소 페테르부르그 분소에 소장. 題目은 없음. S.4654 및 P.2721과는 유사한 곳이 없음. 10行이 보존되어 있다. 舜子至孝變文이라고도 하는 이 사권의 내용은 다음과 같다. 순자(舜子)의 아비 고수(瞽叟)는 경솔하게도 후처(後妻)의 말을 믿고 여러 차례 전처(前妻)의 아들 순자를 살해하려고 한다. 순자는 상제(上帝)의 도움을 얻어 역산(歷山)으로 달아나 농사를 짓는다. 10년후 순자는 수확한 쌀을 시장에 내다팔다 우연히 쌀을 사는 계모를 만나게 된다. 순자는 수차에 걸쳐 쌀 판돈을 계모의 쌀주머니 속에 몰래 넣어주다 고수(瞽叟)의 의심을 받게 된다. 당시 고수(瞽叟)는 두 눈이 먼 상태였는데 계모의 부축을 받아 시장에 이르러 순자의 목소리를 듣고는 부자가 상면하게 된다. 순자가 혀로 아비의 눈을 핥자 다시 눈을 뜨게 되고, 어미 역시 정신을 차리고 벙어리인 동생도 다시 말을 할 수 있게 된다. 이 이야기는『사기 · 본기(史記 · 本紀)』와『효자전(孝子傳)』에 실려 있다. 전통 희극「대순경전(大舜耕田)」과 내용이 비슷하다.

前漢劉家太子傳 S.5547 P.3645 P.4051 P.4692

현존 4종 사권. ①P.3645: 首尾完整. 前題는 '前漢劉家太子傳', 後題는 '劉家太子變一卷'이다. ②S.5547: 殘卷. 시작부만 잔존, 前題는 '前漢劉家太子傳'이다. ③P.4692: 잔권. 시작부만 잔존. 前題는 殘缺되어 있으나 그 殘缺되고 남은 필획으로 판단해 볼 때, 前題는 아마도 '前漢劉家太子傳'으로 추정된다. ④P.4051. 殘卷. 首尾 모두 殘缺이다. 이 사권에 원래 제목으로 앞에는「전한유가태자전(前漢劉家太子傳)」, 뒤에는「전한유가태자전(前漢劉家太子傳)」이라고 적혀 있는 것으로 보아 당시 작품 제목으로 '전(傳)'과 '변(變)'이 동시에 사용되고 있었음을 알 수 있다. 또 '창사(唱詞)나 시가(詩歌) 없이 산문만으로 완전한 체제를 이루고 있는 것으로 보아 변문의 별체이거나 창사(唱詞)가 생략된 축소본일 가능성이 있다. 이 작품의 줄거리는 다음과 같다. ① 한(漢) 황제의 태자는 왕망(王莽)의 정권 찬탈로 인해 남양(南陽)으로 도망가 부왕이 이야기한 한 장로(張老)를 찾아간다. ② 왕망은 태자 체포령을 내리고 태자는 성외로 벗어나 한 농부를 만나 지하에 숨어 쌀알 일곱 톨을 입에 물고, 대나무 통으로 숨을 쉬며 지낸다. ③ 어려움을 벗어난 후 곤륜산(崑崙山)에 올라가 태백성을 찾고 최후에 다시 군대를 일으켜 한나라를 수복한다. ④ 부록: 유가태자(劉家太子) 이야기를 마친 다음 부록으로 서왕모(西王母), 동방삭(東方朔), 송옥(宋玉), 연소왕(燕昭王), 동현(董賢) 네 사람의 이야기를 실어 놓고 있다. 유가태자(劉家太子)와 관계없는 이야기를 부록으로 실어 놓고 있는 것에 대하여 정의중은 이 사권이 설화인의 자료본임을 증명하는 것이라고 주장한다. 또「전한유가태자전(前漢劉家太子傳)」의 문자가 상당히 간소하고 조잡한 점, 뒷부분의 서왕모(西王母) 이야기가『사기(史記)』에는 없고 구도홍(句道興)의『수신기(搜神記)』에는 들어 있는 점, 부록의 송옥(宋玉) 이야기의 출처로 거론한『동현기(同賢記)』라는 책이 당대(唐代)『조옥집(雕玉集)』에 보이는 점 등을 들어 부록의 네 가지 이야기를 화본의 요약본으로 간주하기도 한다.

孔子項託相問書 S.395 S.1392 S.2941 S.5529 S.5530 S.5674 P.3883 P.3255 P.3754 P.3826 P.3882 P.3883 ДХ01356 ДХ02352 ДХ02451 散022

現存 17種 寫卷. ①P.3883: 수미 모두 완정. 시작부가 약간 파손되었으며 前題 ‘問書一本’이 남아 있으며, 後題는 ‘孔子項託相問書一卷’이다. ②P.3833: 首尾完整. 題目은 ‘孔子項託相詩一首’로 되어 있으며, 小冊子 裝訂이다. ③P.3255: 잔권이다. ④P.3754: 잔권이며, 양면에 초사되어 있다. ⑤P.3882: 잔권이다. ⑥S.5529: 잔권이며, 前題는 ‘孔子項託相問書一卷’, 後題는 ‘孔子項託一卷’으로 되어 있다. ⑦S.5674: 잔권이며, 前題는 ‘孔子項託相問書一卷’, 後題는 ‘孔子項託相問書一卷’이다. ⑧S.5530: 잔권이며 정면과 배면 두면에 걸쳐 본편이 초록되어 있는데, 字體가 다르고, 書法이 조악하며 異文이 간혹 있다. ⑨S.1392: 완정한 사권이며, 錯別字가 비교적 많다. ⑩S.395: 잔권으로 사권의 앞부분이 잔결되어 있으며, 後題는 ‘孔子項託一卷’으로 되어 있다. 권말의 제기는 “天福八年癸卯歲十一月淨土寺學郎張延保記”이다. ⑪S.2941: 잔권으로 고사의 앞부분 19행만 잔존한다. ⑫P.3826: 본 사권에는 “孔子項託相問書標題一卷”라는 표제만 남아 있으며, 배면에 “十一月夫子, 孔子共項託問書一卷, 孔子項託□月日□□寫”라는 제기가 있다. 그 다음에 이어 “一碩麥, 兩個各半, 春衣造一□” 및 고용 계약서가 쓰여 있으나, 이는 본편과는 관련이 없다. ⑬散022: 不祥. 원래는 李木齋가 소장하고 있었으나,

현재는 행방불명이다. ⑭ДХ01356: 잔권이며, 冊頁紙 2장 4면이 남아 있다. 각 종이의 크기는 9cm×13.5cm. 첫 번째 장에는 散文이 필사되어 있는데, 그 내용은 “乎項託有時當道, 聚土作城”句브터 시작하여 “井水無魚, 空門無關, 輿車無輪”句까지 초사되어 있다. 제1면은 8행, 제2면은 7행이 남아 있다. 두 번째 장에는 칠언으로 된 시문이 초사되어 있는데, 내용은 “每日黃金三兩强”부터 시작하여 “阿郎不識見兒血”句까지 초사되어 있다. 제3면은 7행, 제4면에는 8행이 남아 있으며 매 행은 시 2구절로 되어 있다. 題字는 없다. ⑮ ДХ02451: 잔권으로 수미 모두 잔결되어 있다. 니용은 “有奴婢, 是以不可平也, 夫子”句부터, “地亦無柱, 與四方云”句까지 필사되어 있다. 冊頁紙 2張(그중 1張은 雙頁紙)이 남아 있으며, 각 장의 크기는 9cm × 13.54cm. 모두 31행이며, 매 행은 12~16자이다. 제2면은 7행. 題字는 없다. ⑯ ДХ02352: 잔권으로 수미 모두 잔결이다. 내용은 “忘讀詩書小兒”句부터 “長松竹”까지 초사되어 있음. 사권의 크기는 28cm × 15.5cm. 17행이 남아 있으며, 수정하고 고치며 지운 흔적이 있다. 題字는 없다.

이 사본의 특이점은 돈황 강창 작품 가운데 가장 많은 17종의 초사본(抄寫本)이 남아 있는 점이다. 이는 당시 공자(孔子)와 항탁(項托) 이야기가 널리 유행했음을 시사한

다. 13종의 사권 중 『상문서(相問書)』의 성
립연대 추정에 도움을 주는 것은 S.395호와
P.3833호 두 문헌이다. 먼저 S.395호는 초
사년도가 AD 943년임을 나타내는 "천복
(天福)8년癸卯歲十一月十日海王寺學郎
張□保記"의 표시가 두루마리 끝부분에 있
고, P.3833호는 『상문서(相問書)』의 성립
연대를 100년 이상 끌어내릴 수 있는 '병신
년이월(丙申年二月)'이라는 표지—장홍
훈(張鴻勛)의 고증에 따르면 '병신년(丙申
年)'은 당(唐) 헌종(憲宗) 원화(元和)11년
(816)에 해당한다—가 있다. 이 작품은 문
답으로 구성된 전반의 강부(講部)와 7언 총
56구로 이루어진 후반(後半)의 창부(唱部)
로 나누어지는데 줄거리는 다음과 같다.
[전반의 문답부] 공자가 유람하던 중 소년
항탁을 만나 논쟁을 벌이나 총명한 항탁을
이길 수 없다. [후반의 창부(唱部)] 말재주
가 뛰어난 7세 소년 항탁은 학문을 위해 입
산한다. 공자는 항탁의 부모에게 약초를 맡
기고 건망증이 있는 항탁의 부모는 공자의
약초를 태워 버린다. 약초를 찾으러 온 공
자는 보상받는 대신 항탁의 소재를 알아낸
다. 공자는 항탁을 찾아가 칼로 난도질한
다. 항탁은 죽으면서 자신의 피를 보관하라
고 부모에게 부탁한다. 부모가 항탁의 피를
대나무에게 쏟아 붇자 대나무는 대장군으
로 변해 공자와 재결투를 한다. 항탁이 죽

자 마을에서 묘당에 안치하고 제사를 지내
준다.

太子成道經 S.548 S.2352 S.2682 S.4504v
S.4626 P.2299 P.2924v P.2999 北8436(潛字080)
ДХ02114 敦博·32

현존 11종 사권 ① P.2999: 底卷. 首尾完整.
首題는 없으며, 尾題는 '太子成道經一卷'으
로 되어 있음. 내용은 首句부터 "則微細甚
精妙也"句까지 남아 있다. ② S.548: 殘卷.
首缺尾全. 卷首에 6行 정도 殘缺되어 있으
며, 卷末에 "長興伍年甲午歲八月十九日蓮
臺寺僧洪福寫記之耳. 僧惠定池(持)念讀誦,
知人不敢"라는 題記가 있다. ③ S.2682: 寫卷
完整. 首尾完整. 첫 단락에 押坐文一首는 없
으며, 末句 "我今成佛道, 受法爲法子"구까
지 남아 있다. ④ S.2352: 殘卷. 首殘尾全. 尾
題는 '太子成道經一卷'으로 되어 있다. ⑤
P.2924: 殘卷. 首尾 모두 殘缺이다. ⑥
P.2299: 殘卷. 首尾 모두 殘缺. 段落은 다른
寫卷들에 비해 많으며, '第二下降閻浮柘胎
相', '第三王宮誕質相', '第四納妃相' 등의 小
標題가 있다. ⑦ S.4626: 殘卷. 맨 앞 단락만
남아 있으며, 내용은 "我本師釋迦牟尼求菩
提緣"句부터 "能者虔心合掌着, 經題名目唱
將來"句까지 보존되어 있다. ⑧ 北8436(原
潛字080): 北京大學 圖書館 所藏. 殘卷. 首尾
모두 殘缺. 중간 부분도 누락되거나 잔결된
부분이 매우 많다. 본 寫卷은 다른 寫卷과

비교할 때 歌吟 한 단락과 '悉達太子讚' 一首가 더 있다. 『敦煌遺書最新目錄』 및 『敦煌遺書總目索引新編』에서는 모두 본 사권을 '佛本行集經變文'으로 정명하고 있다. ⑨ Д X02114: 殘卷. 無題字. 내용은 "從兜率降人間, 托蔭王宮爲生相九龍齊香和水爭谷蓮花"句부터 "[千]盞 供養十方諸佛薩月王時 [舍]身千遍投崖飼虎"句까지 남아 있음. 원 사권은 1紙로 되어 있으며, 크기는 42cm×29.5cm임. 21行이 남아 있으며, 每行은 20~25字 內外. 정면 및 배면에 걸쳐 쓰어 있으며, 종이의 색깔은 엷은 담갈색. 紙質은 두터운 편이나, 紙面은 조악함. 각 行에 꺾어진 흔적이 있으며, 楷書大字로 抄寫되어 있으나, 字體는 정갈하지 못하다. ⑩ 敦博·32: 敦煌縣 博物館 所藏本. 殘卷. 본 寫卷은 27行이 남아 있으며, 每行은 17~18字 내외이다. 殘卷의 크기는 45cm×24.8cm. 烏絲欄이 있으며, 높이는 22.8cm, 넓이는 1.5~1.8cm. 白麻紙, 종이질은 비교적 두꺼운 편이다. ⑪ S.4504v: 잔편이며, 변문의 운문부에 해당하는 "上從兜率降人間"구에서 "彩女頻(嬪)妃奏樂喧"구까지의 시구 6구만 초록되어 있다.

이 사권의 내용은 석가모니가 세상에 태어나기 이전 과거세에 갖가지 공덕을 쌓은 일, 태어난 후 출가하여 불도를 이룬 일, 수도 정진하여 보리과를 얻게 되는 일, 여러 악마를 물리치는 일, 하산하여 여러 중생들을 인도하는 일 등을 담고 있다. 『태자단응본기경(太子端應本起經)』, 『보요경(普曜經)』, 『방광대장엄경(方廣大莊嚴經)』, 『과거현재인과경(過去現在因果經)』, 『불본행집경(佛本行集經)』, 『석가보(釋迦譜)』 등의 경전에 실려 있는 고사에서 유래한 것으로 『태자성도변문(太子成道變文)』의 저본으로 추정되는 작품이다. 불경의 고사를 강술한 후 가찬(歌贊)으로 종결하는 체제로 되어 있으며 맨뒤에 '교주음(敎主吟)'과 '실달태자찬(悉達太子贊)' 두 수가 붙어 있다.

「태자성도경(太子成道經)」은 맨 처음 석가가 과거세에 행한 공덕으로 인하여 도솔천에서 태어나게 됨을 찬미하고 있다. 그 다음 압좌문이 이어지고, 이것이 끝나면 본격적으로 석가의 일대기가 설(說)해지는데, 석가 이야기는 잉태, 출생, 결혼, 출유(出遊), 출가, 아내의 해산 등의 순서로 서술된다. 뒷부분에는 '日食一麻或一麥'에서 '來遲莫遣阿婆嗔'까지의 가음(歌吟) 단락이 있고, 부록으로 실달태자찬(悉達太子贊)' 1수(一首)가 수록되어 있다. 여기서 가음 부분은 '회향발원문(迴向發願文)'에 해당하고 부록의 '실달태자찬' 일수는 염불찬(念佛贊)이다.

이 작품의 주요 卷子이면서 '태자성도경일권'이란 미제(尾題)가 붙어 있는 P.2999에

는 태자의 도솔강생(兜率降生)과 출가 고
사만 서술되어 있다. 성도와 전법륜 고사를
다룬 대목은 다른 卷子에 의거한 것인데, 출
생이나 출가를 다룬 부분에 비해 그 서술이
매우 간략하다.「팔상변」과 유사한 이야기
를 다루고 있으나 세부적으로는 많은 차이
가 있다.

太子成道吟詞 S.2440v

수미 완정. 押坐文 뒤에 이어져 필사되어 있
으며, 수미 모두 잔결된 흔적은 없으나, 편
제는 없다. 22行이 남아 있다.

자녀를 얻기 위한 정반왕과 마야부인의 기
도, 싯다르타 태자의 탄생과 아시타 선인의
예언, 사문유관 중 늙음과 죽음에 대한 시자
(侍者)의 가르침, 야소다라 부인의 아들에
대한 기원과 그녀의 구도(求道), 그리고 싯
다르타태자의 출가와 깨달음을 다룬 운문
이 이야기의 전개 순서와는 다소 무관하게
나열되어 있다.

太子成道變文(一) P.3496 北8370(推字079)

現存 2種 寫卷. ①P.3496: 殘卷. 수부는 잔결
이며, 미부는 완전하다. 표제는 없다. ②北
8370(推字079): 殘卷이며, 수부는 잔결이
고 미부는 완정. 원제는 일실.

이 사권의 내용은 왕궁에서의 화려한 생활
에 미련을 버리고 출가 수행을 결심하는 태
자와 이를 만류하는 정반왕의 비통함을 다
루고 있다.

太子成道變文(二) S.4480

現存 1종 寫本. 殘卷. 미부가 잔결이며, 원
제는 일실. 본 寫卷은 정면에는 佛經이 抄寫
되어 있으며, 背面에 본 變文이 抄寫. 文字
의 字體는 行書와 草書의 혼합체로 적혀있
다. 이 사권의 내용은 다음과 같다. 선혜(善
惠)보살과 호명(護明)보살 고사가 등장하
는데, 이 두 보살은 모두 석가모니부처의 전
생이다. 선혜보살은 자신의 머리칼을 진흙
길에 깔아 연등불이 밟고 지나도록 한 공덕
으로 연등불로부터 미래에 부처가 되리라
는 수기를 받는다. 그 뒤 한량없는 세월 동
안 보살행을 닦은 선혜보살은 미래에 부처
가 되기 위해 도솔천에 머물며 십바라밀 수
행을 닦는데, 그때 이름이 호명보살이다.
본문에서는 '호명(護名)보살'로 되어 있지
만 고사 내용으로 보아 동일인물로 보아야
할 듯하다.

太子成道變文(三) S.4128

수미 모두 잔결. 표제는 원래 결락되었음.
본 寫卷의 정면과 배면에 연이어 초사되어
있다. 이 사권은 갓 태어난 싯다르타태자에
대한 아시타선인의 예언을 다루고 있다. 아
시타선인은 태자의 출가와 성불을 예언한
사람이다.

太子成道變文(四) S.4633

수미 모두 잔결. 표제는 결락(缺落). 사권의
배면에 '轉經文'이라는 3글자가 필사되어

있다. 싯다르타태자의 욕정을 여읜 혼인생
활과 출가를 막으려는 정반왕, 그리고 출가
를 단행하는 태자의 이야기를 다루고 있다.

太子成道變文(五) S.3096v

殘卷이며, 수미 모두 잔결이다. 본 변문은
사권의 배면에 필사되어 있으며, 앞에 "法
鏡臨空照" 等의 내용이 있다. 싯다르타태
자의 결혼과 사문유관, 출가 및 성도의 과정
이 짤막하게 요약되어 있다.

太子成道變文(六) ДХ01225 ДХ01228

現存 2種 寫卷. ① 俄ДХ01225: 殘卷. 首尾殘
缺. 題字는 없음. 내용은 "後因甚處燒香求
願"句부터 "又耶輪彩女前生有"까지 남아 있
음. 사권의 장수는 1장이며, 크기는 10×15,
4行 殘存, 每行은 8字. 종이색은 옅은 갈색이
며, 紙質은 두꺼운 편. 楷書大字로 쓰여 있으
며 자체는 균일하지 못하다. ② 俄ДХ
01228: 殘卷. 首尾 모두 殘缺. 題字는 없음.
내용은 "□王降誕. 爲[濟]王靈"句부터 "風雨
順時. 普天安樂"까지 남아 있음. 寫卷의 장
수는 1장이며, 크기는 34cm×13cm, 22行
殘存. 每行은 21~25字. 종이 색은 회색, 紙質
은 두터운 편이며 楷書로 초사되어 있다.

八相變(一) 北8437(云字024), 北8438(乃字091)
北8671(麗字040)

現存 3種 寫本. ① 北8437(北·云字024): 首
尾 完整. 사권의 배면에는 주로 공백이며,
'八相變' 3글자만 있다. ② 北8438(北·乃

字091): 殘卷. 首殘 尾全. 標題는 없다. ③ 北
8671(麗字040)1: 首尾 모두 완정함. 표제는
없음. 背面에 "丙午年正月十五日"이라고
적혀 있다. 본 變文은 『佛本行集經』을 근거
로 하여 연역한 것이다.

'팔상'은 석가모니의 생애를 여덟으로 나눈
것으로, 경론(經論)에 따라 여러 설이 있는
데 일반적으로 다음과 같은 여덟 가지 모습
을 가리킨다. ① 도슬래의상(兜率來儀相:
도솔천(兜率天)에서 이 세상에 내려오는
모습), ② 비람강생상(毘藍降生相: 룸비니
동산에서 탄생하는 모습), ③ 사문유관상
(四門遊觀相: 네 성문으로 나가 세상을 관찰
하는 모습), ④ 유성출가상(踰城出家相: 성
을 넘어 출가하는 모습), ⑤ 설산수도상(雪
山修道相: 설산에서 수도하는 모습), ⑥ 수
하항마상(樹下降魔相: 보리수 아래에서 악
마의 항복을 받는 모습), ⑦ 녹원전법상(鹿
苑轉法相: 녹야원에서 최초로 설법하는 모
습), ⑧ 쌍림열반상(雙林涅槃相: 사라쌍수
(沙羅雙樹) 아래에서 열반에 드는 모습. 여
기서는 싯다르타태자의 입태(入胎)와 탄
생, 사문유관, 출가, 성도 이야기를 다루고
있다.

八相變(二) 寧樂美術館

본 寫卷은 日本 寧樂美術館에 소장. 수미 모
두 잔결되어 있는 殘卷이다. 원제목도 일
실. 본 사권의 높이는 27.5㎜, 길이 185㎜이

다. 처음과 끝부분이 잔결되어 있으며 권자의 위아래와 중간 및 권자 표면이 다소 손상되어 原題가 망실되었다. 모두 91행이고 1행 당 약 17자가 있다. 본편은 北京圖書館 所藏本과는 서로 다르며, 독립적 계통으로 이루어진 것이다.

싯다르타태자의 탄생과 아시타선인의 예언을 다루고 있다. 태자를 출산하고 이레를 보낸 마야부인이 도리천 선녀의 인도하에 하늘나라로 승천하는 대목은 비슷한 고사를 다루고 있는 다른 변문에는 없는 내용이다.

破魔變 S.3491v P.2187

現存 2種 寫本. ①P.2187: 首尾完整. 首題는 '降魔變押坐文', 尾題는 '跛魔變一卷'임. 卷末에 "天福九年甲辰祀, 黃鐘之月, 冥生十頁, 冷凝呵筆而寫記," "居士寺釋門法律沙門願榮寫"라는 題記가 있음. 본 寫卷에는 본편에 이어서 「四獸因緣」이 抄寫되어 있다. ②S.3491v: 殘卷. 首全尾殘. 前題는 없음. 본 寫卷의 내용은 押坐文 다음에 首句부터 시작하여, "當必來定座蓮花"句까지 적혀 있으며, 唱詞는 다른 사본과 다른 부분이 많다. 본 寫卷의 正面에는 杜正倫「百行章一卷」이 적혀 있는데 글자체가 본 작품과 똑같다. 그리고 背面의 앞쪽에는 「頻婆娑羅王後宮綵女功德意供養塔生天因緣變」이 적혀 있고 이어서 "年來年居暗更移" 등이 적혀 있으며, 그 다음에 破魔變文이 적혀

있다. 두 變文은 押坐文을 공유하고 있기 때문에, 하나의 押坐文 아래 두 개의 變文을 抄寫한 것이다. 「破魔變」은 부처의 '팔상' 중 하나인 '수하항마상' 고사를 다루고 있다. 즉 싯다르타태자가 성도를 막 성취할 즈음, 마왕 파순이 마군과 자신의 세 딸들을 동원하여 태자의 성도를 방해하나, 태자가 이들을 모두 물리친다는 내용이다. 작품 서두에 황제와 부주(府主) 복야(僕射) 및 여러 인물들을 찬양하는 내용의 장엄문(莊嚴文)이 있다. 이 이 사권은 「빈파사라왕후궁채녀공덕의공양탑생천인연변(頻婆娑羅王后宮綵女功德意供養塔生天因緣變)」과 동일한 압좌문을 사용하고 있다.

降魔變文 S.4398v S.5511 P.4615 P.4624 胡適 舊藏本. 『敦煌零拾』本 臺北中央硏究員傅斯年圖書館 所藏本(編戶:50). 鄭振鐸 舊藏本 天津周氏舊藏

現存 8種 寫卷. ①S.5511: 殘卷. 寫卷의 首題는 '降魔變文一卷'. 正文은 고사의 첫 시작부를 기록하고 있으며 "선재"라는 부분에서 잔결되어 있다. 본 寫本은 胡適 舊藏本과 合綴할 수 있다. ②胡適 舊藏本: 殘卷. 筆跡이나 찢겨져 나간 모양으로 판단할 때 본 寫卷은 S.5511과 동일한 寫本의 두 殘片으로 추정됨. 두 殘卷을 결합하면 首尾가 완전한 降魔變文이 된다. ③S.4398v: 殘卷. 寫卷의 首題는 '降魔變文一卷'이며, 모두 고사의 시작부 41行의 문자가 남아 있다. ④『敦煌零

拾』本: 羅振玉 舊藏本으로, 羅振玉이 자의적으로 고친 글자가 많다. ⑤P.4615: 殘卷. 寫卷의 파손 정도가 심하며, 여섯 단락으로 나누어져있다. ⑥P.4624.: 首尾 모두 완전. 寫卷 전체가 그림 곧 '降魔變文畵卷'이며, 背面에 唱詞가 기록되어 있다. ⑦臺北中央研究員傅斯年圖書館 所藏本(編戶:50): 殘卷. 首尾 모두 殘缺. 내용은 "猶不動毫了毛"句부터 "林木莫知所在, 百……"까지 적혀 있다. 크기는 63cm× 29.5cm이며, 넓이는 49mm, 높이는 30mm이다. 모두 50行이 필사되어 있으며, 매 1장마다 19行, 每行은 25자로 되어 있다. ⑧鄭振鐸 舊藏本: 不祥. 소재불명. ⑨天津周氏舊藏本: 殘本. 본 사권은 앞부분이 약간 잔결되어 있다. 현재는 소재 불명. 『현우경·수달기정사품』에 관련 고사가 실려 있는데, 이 사권의 줄거리는 다음과 같다. 며느리를 구하러 왕사성으로 간 사위국 대신 수달은 그곳에서 부처를 만나고 진심으로 부처에 귀의하게 된다. 그리고 부처를 사위국으로 모셔오기 위해 엄청난 황금을 들여 기타태자의 정원을 사들이고 정사(精舍) 건립을 추진한다. 이 소식을 들은 육사외도는 이를 저지할 생각으로 불제자 사리불과 신통력 대결을 벌인다. 이 대결에서 사리불은 대승을 거두고 육사외도는 모두 불문에 귀의한다. 신통력 대결에서 외도노도차는 여섯 차례에 걸쳐 고산(高山), 물소,

보배 연못, 독룡, 황두귀(黃頭鬼), 거대한 나무 등으로 변신했는데, 사리불은 금강(金剛)과 사자, 거대한 코끼리, 금시조, 비사문천왕, 거센 바람 등으로 변신하여 노도차의 화현물(化現物)을 하나씩 물리친다. 신통력 대결 장면은 후세의 『서유기』와 『봉신연의』에 버금갈 만큼 박진감이 넘친다. 부처의 '팔상' 중 하나인 '수하항마상' 고사와는 무관하다.

大目乾連冥間救母變文 S.2614 S.3704 S.9530 P.2319 P.3107 P.3485 P.4044 P.4988v 北7707(盈字076) 北8445(麗字085) 北8443(霜字089) 石谷風藏本 天津市 歷史博物館 所藏本

본편의 고사는 西晉 月氏 三藏 竺法護 譯『佛說盂蘭盆經』에 의거하여 연역한 것이다. 現存 11種 寫本. ①S.2614: 寫卷 首尾完整. 다만 첫 번째 단락 10행까지는 아랫부분의 몇 글자가 결여되어 있다. 首題는 '大目乾連冥間救母變文幷圖一卷幷序'이며, 尾題는 '大目乾連變文一卷'으로 되어 있다. 卷末에는 "貞明柒年辛巳歲四月十六日淨土寺學郞薛安俊寫"라는 題記가 있으며, 圖畵는 이미 산실되었다. ②S.2319: 寫卷은 首尾가 완전하다. 권자의 앞부분에 "대 '大目乾連冥間救母變文一卷'이라는 제목이 있음. 본문에는 결하거나 누락된 글자가 많은데, 이는 필사자가 의도적으로 그런 것으로 보인다. ③P.3485: 殘卷. 寫卷은 首全尾缺. 首題는 '目連

變文'으로 되어 있으며, 후반부는 殘缺. ④ P.3107: 殘卷. 寫卷은 首全尾缺. 首題는 '大目乾連冥間救母變文一卷幷序'로 되어 있다. 卷首 부분만 보존되어 있으며, 마지막 부분에 '大目乾連變文一卷寶護'라는 글자 모양이 있다. ⑤ P.4988v: 殘卷. 首尾 모두 불완전하다. ⑥ 北7707(盈字076): 殘卷. 寫卷은 首缺尾全. 尾題는 '寫盡此目連變文一卷'으로 되어 있으며, 卷末에 "太平興國二年. 歲在丁丑潤六月五日, 顯德寺學仕郞楊愿受一人思微, 發愿作福, 寫盡此目連變一卷. 後同釋迦牟尼佛壹會彌勒生作佛爲定. 後有衆生同發信心, 寫盡目連變者, 同池(持)愿力, 莫墮三塗"라는 題記가 적혀 있다. ⑦ 北8445(麗字085): 殘卷. 寫卷의 首尾가 불완전하다. ⑧ 北8443(霜字089): 殘卷. 권자의 앞부분의 찢겨진 부분이 北京 麗字085와 서로 合綴할 수 있다. ⑨ S.3704: 殘卷. 首尾가 불완전하다. ⑩ 石谷風藏本: 殘卷. 세 단락의 내용만 殘存. 모두 16행이 남아 있으며, 書法이 優美하다. ⑪ 天津市 歷史博物館 所藏本: 卷末에 '霍奉達'이라는 글자 모양이 쓰여져 있다. ⑫ S.9530, S.9530v: 「目連救母變文」의 殘文이 각각 2행, 3행 남아 있다. ⑬ P.4044: 殘卷. 首尾 모두 缺落이며, 13行만 殘存.

이 사본의 내용은 『불설우란분경(佛說盂蘭盆經)』고사를 바탕으로 하고 있다. 목련의 모친은 성인(聖人)을 기만한 죄로 아비지옥에 떨어지고, 아라한과를 얻은 목련은 모든 지옥을 샅샅이 찾아다니며 지옥에 떨어진 모친을 찾는다. 후에 여래의 위신력에 힘입어 모친을 지옥에서 구해내긴 하나 모친은 아귀의 몸이 되어 굶주림의 고통에 시달린다. 다시 세존을 찾은 목련은 우란분재를 올리면 모친의 굶주림을 구할 수 있다는 가르침을 따라 우란분재를 올려 모친을 아귀도에서 구해낸다. 그러나 이번에 모친이 들어간 곳은 축생도다. 왕사성을 떠도는 개의 몸이 된 것이다. 지옥도에서 아귀도로, 아귀도에서 다시 축생도로 좀 더 나은 곳으로 전생(轉生)하긴 했지만 목련의 마음은 아프기만 하다. 이에 목련은 개의 몸이 된 모친을 불탑 앞으로 모시고 와서 이레 동안 밤낮으로 경전을 독송하니, 모친은 그 공덕으로 마침내 여인의 몸을 얻게 된다. 지옥의 참혹상과 목련의 지극한 효심이 돋보인다.

殘變文　北8443(霜089)v

『敦煌遺書最新目錄』및 『敦煌遺書總目索引新編』에서는 '殘變文'으로 정명하고 있으나, 본 사권은 「大目乾連冥間救母變文」의 일부이다.

目連變文　北8444(成字096)

首尾 모두 잔결된 잔권이며, 표제는 없다. 殘卷의 앞부분에 "上來所說序分竟, 自下第二正宗者"라는 글씨가 있으며, 內容은 "四邊爲是無親眷, 狼鴉□□□□□"句까지

남아 있으며, 그 이하는 殘缺. 목련구모 고 사를 다루고 있는데, 뒷부분이 잔결된 탓에 목련이 모친을 찾아 지옥으로 들어가는 장면에서 끝난다.

目蓮救母變文 北8719(水008)

제기: 維大唐天福[復]四年(904)歲次丁亥

地獄俗文 北8439(衣字033)

殘卷. 寫卷은 首尾 모두 殘缺이며, 標題가 없다. 내용은 "覓得一條鐵棒, 運業道之身, 來到墓所"부터 "直爲在生行不孝, 又將鐵棒打尸來" 까지 抄寫. 본 사권은 창(唱)과 백(白)을 겸비하고 있으며 단 두 쪽만이 남아 있다. 『비유경(譬喩經)』에서 유래했다 하여 「비유경변문(譬喩經變文)」으로도 불린다. 그러나 『비유경』 원전에 이글이 없는 것으로 보아 중국에서 생겨난 『비유경』에서 유래한 것으로 보인다. 또 『지옥경(地獄經)』도 위경(僞經)으로 대장경(大藏經)에는 실려 있지 않다.

頻婆娑羅王后宮綵女功德意供養塔生天因緣變 S.3051 S.3491 P.2187

現存 3종 寫卷. ①S.3491: 寫卷은 首全尾殘. 首題는 '頻婆娑羅王后宮綵女功德意供養塔生天因緣變'으로 되어 있으며, 首題 다음에 이어서 押坐文이 초사되어 있으며, 押坐文이 끝난 다음에 다시 또 '功德意供養塔生天緣'이라는 간략한 제목이 필사되어 있다. 본 寫卷은 抄寫를 다 끝내지 못한 것으로 보이

며, 내용은 "弟子不是解怠輕慢"구에서 끝나고 있다. 그다음에 바로 「破魔變文」이 抄寫되어 있다. ②P.3051 殘卷. 본 寫卷은 단지 본 변문의 말단 부분단 보존되어 있다. 내용은 "(佛卽爲)其說四諦法"句부터 시작되어 끝부분까지 필사되어 있으며, 卷末에는 "維大周廣順參年癸丑歲肆月二十日三界寺禪僧法保自手寫紀"라는 題記가 있다. ③P.2187: 본 寫卷은 「破魔變文」과 동일한 卷子이며, 동일한 押坐文을 사용하고 있다. 본 變文의 내용은 없다.

이 변문 작품은 『찬집백연경(撰集百緣鯨)』권6에 실려 있는 「공덕의공양탑생천연(功德意供養塔生天緣)」 이야기에서 유래한 것이다. 작품 내용은 빈파사라왕(頻婆娑羅王)의 후궁 채녀(后宮 綵女) 공덕의(인명)가 불탑(佛塔)에 공양한 인연으로 도리천(忉利天)에서 태어난 일을 담고 있다. 작품 중간에 아도세태자(阿闍世太子)가 부왕을 살해하고 공덕의(功德意)가 탑을 청소하고 공양한 연유로 피살된 부분이 빠져 있는 것으로 보아 원사권 중 1/2만이 남은 것으로 추정된다.

張良變文 ДХ02320 + ДХ02321(合本)

殘卷. 원 사권은 수미 모두 잔결이다. 제목은 러시아학자 멘시코프(Mensikov)가 붙인 것이다. 본 편의 내용은 張良이 漢王이 그에게 준 상을 받기를 거부하고, 군대에 그

상을 줄 것을 요청하는 이야기이다. 크기는 9cm × 15cm이며, 모두 2장에 걸쳐 21行이 남아 있다. 每行은 9~10자. 양면에 抄寫되어 있으며, 각 면은 5~6행. 종이의 색깔은 암갈색이며, 紙質은 두텁고, 楷書로 초사되어 있다.

秋吟一本(一) P.3618

殘卷. 원 제목이 '秋吟一本'으로 되어 있다. 寫卷에 파손되고 잔결된 부분이 비교적 많으며, 脫文도 많다. 본 편은 梵音佛讚의 卷尾에 뒤이어 필사되어 있다. 『변문집(變文集)』교기(校記)에는 "제목이 원래 있다. 전문(校記)이 범음불찬권(梵音佛讚卷) 끝부문과 연이어 초사되어 있다"라고 되어 있다. 이 사권(寫卷)은 병문(騈文)으로 된 강부(講部) 다음에 창부(唱部)가 뒤따르는 강창체로 되어 있다. 이러한 체제 때문에 학계에서는 이 사권을 변문으로 보아야 한다는 주장과 이에 반대하는 주장이 대립되어 있다. 편저자는 이 텍스트가 「추음일본(秋吟一本)」이라는 정식 제명(題名)을 가지고 있으므로 강경문(講經文) 이후 발생한 불경계강창(佛經系講唱)의 다양한 유형 중 하나라고 보는 것이 타당하고 본다.

秋吟一本(二) P.4980

이 사본은 서두의 짧은 산문 두 줄 다음에 장편의 唱詞가 적혀 있다. 반중규(潘重規)는 『신서(新書)』교기(校記)에서 이 사권에 대하여 다음과 같이 말하고 있다. "이 사권은 P.3618「추음일본(秋吟一本)」과 같은 성질의 작품으로 승려가 하안거(夏安居) 이후 민간을 돌아다니면서 한의 보시(寒衣 布施)를 모집하는 창본(唱本)이다. 음창(吟唱)의 시기가 가을이라 「추음(秋吟)」이라고 부른 것이다. P.3618「추음일본(秋吟一本)」은 원래 제목이 있으나 이 사권에는 제목이 없다. 문인(門人) 곽장성(郭長城)이 『돈황변문집(敦煌變文集)』에 싣지 않은 것을 발견하여 보완하는 의미에서 수록하고 임시로 제목을 「추음일본」이라고 하였다."

蘇武李陵執別詞 P.3595

敦煌本 講唱文學 變文類. 수미 모두 완정하다. 수제는 '蘇武李陵執別詞'이며, 권말에 "己巳年六月五日"라는 제기가 있는데, 본 사권은 晚唐의 사본으로 보인다. 본 작품은 흉노에 투항한 李陵이 고국으로 돌아가는 蘇武를 눈물로 전송하고, 蘇武가 투항한 李陵을 질책하니 李陵이 눈물로 투항하게 된 경위를 호소하는 내용이 서술되어 있다. 본 작품은 산문으로 된 說이 위주가 되고 있으며, 마지막에 李陵과 蘇武가 각각 지은 五言詩로 결미를 맺고 있다. 산문으로 된 說은 비록 산문이나 대부분 押韻을 하고 있으며, 문장의 형식도 대부분이 四六文으로 되어 있어 佳句가 매우 많다.

장편의 산문이 앞에 놓여 있고 화답시(和答詩) 2수로 끝을 맺고 있는 이 작품을 어느 유형에 소속시킬 것인가는 매우 어려운 문제이다. 어떤 학자는 '사(詞)'라는 제목에 착안하여 사문(詞文)류로 간주하고, 어떤 학자는 부(賦)로 분류하기도 하며, 어떤 학자는 변문에 집어넣기도 한다. 이 사권은 한의 사신 소무와 이릉이 변방에서 이별하는 장면을 기술하고 있다. 소무가 이릉에게 대한(大漢)을 외면하고 오랑캐에게 굴복하여 스스로 웃음거리가 되었다고 꾸짖자, 이릉은 흉노와 끝까지 항전하다 어쩔 수 없이 굴복했는데도 노모와 처자식까지 무참히 사형에 처해졌다고 한탄한다. 작품의 마지막은 고국으로 돌아가고 싶은 이릉과 그의 심정을 이해하는 소무의 오언시로 끝난다. 이 작품의 줄거리를 정리하면 다음과 같다. ①오랑캐 땅에서 이별주를 들게 된 상황을 묘사→②소무(蘇武), 한증(韓曾), 이릉(李陵) 세 사람의 대화가 전개됨→③오랑캐 땅에 몸을 담고 있는 이릉을 꾸짖는 소무(蘇武)→④이릉(李陵)이 소무(蘇武)에게 전후 사정을 이야기하고 돌아가신 노모(老母)의 무덤에 자신을 대신해 배향해 줄 것을 부탁하다. →⑤이릉(李陵)의 시(詩)→⑥소무(蘇武)의 화답시(和答詩).

百鳥鳴－君臣儀仗 S.3835 S.5752

P.3716v

敦煌本 講唱文學 變文類. 現存 3종 寫卷. ① S.3835: 완전한 寫卷. 首尾 모두 完整. 首題는 '百鳥鳴'로 되어 있으며, 尾題는 '百鳥鳴一卷'으로 되어 있다. 卷末題記: "庚寅年十二月日押牙索不子自手記□" ②S.5752: 殘卷. 본 편은 본 寫卷에 동시에 중복 筆寫되어 있는데, 모두 불완전하다. 첫 번째 寫本은 단지 제목 '百鳥鳴' 및 40여자만 남아 있으며, 書法은 훌륭하지 못하다. 두 번째 寫本은 단지 고사의 전반부만 抄寫하고 있는데, 잔결된 곳이 많다. 書法은 첫 번째 寫本에 비하면 뛰어나다. ③P.3716: 殘卷. 首全尾殘. 首題는 '百鳥鳴'으로 되어 있다. 황색지이며, 본 百鳥鳴은 寫卷의 背面에 抄寫되어 있는데, 首題부터 시작하여 단지 6行만 抄錄되어 있다. 이 사본은 수미(首尾)가 완전하고 앞뒤에 각각 제목이 적혀 있다. 두루마리 끝에 경인년(庚寅年) 12월이라고 기록되어 있는데 이는 당(唐) 덕종(德宗) 건중(建中) 2년(781)에서 당(唐) 선종(宣宗) 대중(大中) 4년(850) 사이에 해당한다. 토번이 돈황을 관할할 무렵에는 초권, 벽화 등에 년도를 기록하는 것이 관례였으므로 '경인년(庚寅年)'은 당(唐) 헌종(憲宗) 원화(元和) 5년(810)일 가능성이 있다. 「백조명(百鳥名)」은 아무리 늦어도 이때 편성된 것으로 보인다. 이 사권은 두 단락의 운문(韻文)으로 되어 있으며, 매 운문(韻文) 단락 앞에는 짧은 산문

이 덧붙어 있다. 운문(韻文) 위주의 작품이
기 때문에 '사문(詞文)류'로 취급하기도 한
다. 이 사권에서 "~새가 ~가 되고(맡고)"의
패턴이 반복되고 있는 점은 박자를 중시한
민간의 공연에 쓰였을 가능성을 시사한다.

百鳥文 ДХ02920

본 사권에는 「燕子賦」와 「百鳥名」이 함께
초사되어 있다. 본 사권의 2개의 잔편에는
모두 사권의 원제인 '百鳥鳴~君臣儀仗'이
적혀있다. 본 사권에는 4행의 잔문이 남아
있는데, 전 2행이 「百鳥名」이며, 후 2행은
「燕子賦」이다.

十吉祥 Φ.223

敦煌 講唱文學 變文類에 속한다. 러시아 과
학원 동방문학 연구소 페테르부르그 분소
소장. 殘卷. 首缺尾全. 題目은 缺如. 크기는
260cm×30cm이며, 모두 4장의 종이에 필
사. 94行이 남아 있으며, 每行은 15~19字.
종이색은 백색, 紙質은 두터운 편. 각 행에
는 또한 종이가 절단된 행도 있다. 楷書大字
로 초사되어 있으며, 外題字가 있다.

이 사권은 문수보살 탄생시의 열 가지 길상,
즉 상서로운 조짐에 대한 이야기를 담고 있
다. 그 열 가지 길상은 '광명만실(光明滿室.
밝은 빛이 온 집안에 가득함)', '감로수정(甘
露垂庭. 감로수가 마당을 적심)', '지용칠진
(地湧七珍. 땅속에서 일곱 가지 보물이 솟
아남)', '창변금속(倉變金粟. 창고의 곡식

이 황금으로 변함)', '저탄용돈(猪誕龍豚.
돼지가 용과 새끼돼지를 낳음)', '계생봉자
(鷄生鳳子. 닭이 새끼봉황을 낳음)', '마생
기린(馬生麒麟. 말이 기린을 낳음)', '신개
복장(神開伏藏. 땅속에 숨겨 있던 보물이
절로 드러남)', '우생백택(牛生白澤. 소가
백택을 낳음)'이다. 경전 중에 『불설십길상
경(佛說十吉祥經)』이 있는데 이 작품과는
무관하다.

齖䶗新婦文 P.2546 P.2633 S.4129

敦煌本 講唱文學 變文類. 「齖䶗新婦文」은
성깔이 억세면서 버릇없는 신부를 참다못
해 이혼하고 내쫓는다는 내용과 신부를 잘
고르라는 훈계를 담고 있음. 3종 사권이 현
존한다. ①P.2546: 완정한 사권이다. 수제
는 '齖䶗新婦文一本', 미제는 '齖䶗一首'로
되어 있다. ②P.2633: 잔권으로 사권의 수부
는 잔결되어 있고, 미부는 온전하다. 권자의
첫 부분은 잔결되어 있으며, 미제는 '齖䶗新
婦文一本'으로 되어 있다. ③S.4129: 잔권
으로, 사권의 전반부는 잔결되어 있고 미부
는 온전하다. 미제는 '齖䶗書壹卷'으로 되
어 있다. '아가'는 이를 흉하게 드러내며 대
드는 모습이다. 드세고 버릇없는 신부는 하
루 종일 욕만 하고 발악하고 되는대로 물건
을 집어던지다가 남편이 오자 신세한탄을
늘어놓는다. 신부는 남편에게도 한 바탕 욕
을 퍼붓고, 시어머니는 신부가 제 발로나가

주기만을 간절히 바란다. 신부의 고약한 행실, 시어머니와의 갈등, 그 사이에서 어쩔 줄 모르는 남편의 모습이 짧은 편폭 속에도 절실하게 그려져 있다. 전체 줄거리를 단락별로 정리하면 다음과 같다. ①아가신부문(䶅䶅新婦文): 자유로운 생활을 추구하는 신부 아가(䶅䶅)가 이혼서를 쓰고 나오다. ②십이시(十二時): 학문, 충절, 우정의 가치를 노래한다. ③주사(呪詞): 아가(䶅䶅) 신부(新婦)의 항변(抗辯) ④ 시(詩): 후세 시인의 평(評).

「아가서(䶅䶅書)」는 내용과 형식상 아가신부문, 십이시곡문(䶅䶅新婦文, 十二時曲文) 그리고 주사(呪詞) 세 부분으로 나뉘는데 이에 대해서는 두 가지 견해가 있다. 첫째는 세 부분을 하나로 묶어 동일한 작품으로 보고, 십이시곡(十二時曲)의 삽입 의미를 남편이 학문을 열심히 닦아 성공하여 아녀자를 돌보아야 한다는 경계의 뜻이 담긴 것으로 해석한다. 이와 같은 주장을 편 사람은 왕경숙(王慶菽)이다. 둘째는 십이시곡문(十二時曲文)과 주사(呪詞)가 「아가서(䶅䶅書)」의 본내용과 관련이 없으므로 잘못 삽입된 것으로 보아야 한다는 견해가 있다. 이러한 주장을 펴는 사람은 항초(項楚)로 그는 『돈황변문선주(敦煌變文選注)』에서 십이시곡문(十二時曲文)을 뺀 채 「아가서일권(䶅䶅書一卷)」만 싣고 있다.

「아가서(䶅䶅書)」는 표면적으로는 여자의 출가 후 덕행을 훈계(訓戒)하는 내용으로 되어 있으나 이면(裏面)에는 중세 봉건사회에서 여성해방을 추구하는 정신이 스며 있다.

下女夫詞　S.3877 S.3893 S.3909 S.5515 S.5643 S.5949 P.2976 P.3266v P.3350 P.3909 ДХ02654 ДХ03860 + ДХ03860v(合本) ДХ03885(A) S.9501 + S.9502 + S.11419 + S.13002(4종 殘片의 合本) 北京大學圖書館 所藏本

敦煌本 講唱文學 變文類.「下女夫詞」는 敦煌 지역에서 민중들이 혼례를 거행할 때 부르던 歌唱의 하나로 돈황 지역의 婚姻時의 '下女夫'의 풍습을 기록하고 있으며, 신랑과 신부간의 문답의 형식으로 이루어져 있다. 현존 13종 사권. ①P.3350: 잔권. 사권의 상태는 수부는 잔결이나 미부는 완전하며, 편의 제목은 '下女夫詞一本'으로 되어 있다. 內容은 "本是何方君子, 至此門庭"부터 시작되고 있다. ②S.3877: 잔권이며, 편의 제목은 '下女夫詞一本'으로 되어 있다. ③S.5949: 잔권이며, 사권의 제목은 '下女夫詞一本'으로 되어 있다. ④S.5515: 잔권으로, 사권의 앞부분이 잔결되어 있다. ⑤S.3893: 사권의 상태는 수부는 잔결이고, 미부는 완전하다. ⑥S.3909: 잔권으로, 수부는 잔결이나 미부는 온전하다. ⑦P.2976: 본 사권은 축약본이다. ⑧北京大學

圖書館 所藏本: 잔권으로, 사권의 수부는 완전하나 미부는 잔결되어 있다. 수제는 '下女夫詞一首'로 되어 있다. 내용은 수제부터 시작하여 "合得百鳥參迎"句에서 끝난다. 크기는 14.5cm×85cm이고, 2장의 황색 綿紙를 이어 붙여 만들어져 있다. 53행이 남아 있으며, 양면에 초사되어 있다. ⑨ S.5643: 잔권이며, 제목은 '下女文'으로 되어 있다. ⑩ P.3266v: 殘卷이며, 제목은 '下女夫詞一首'로 되어 있으며 4句만 잔존한다. 본 편은 사권의 배면에 필사되어 있으며, 사권의 정면에는 「王梵志詩歌」가 초사되어 있다. ⑪ Д X03860 + Д X03860v(合本): 잔권이다. 원사권은 수미 모두 결락되어 있다. 내용은 "……劉却還於舊卽問二……"에서 시작하여, "……故此吏過至堆詩曰彼"구절에서 끝난다. 수미 각 2행에 脫文이 비교적 많다. ⑫ Д X03885(A): 잔권. 원사권에는 단지 1행 6자 곧 편의 제목 '下女夫詞一本'와 제2행이 남아 있다. 2행에 약간의 필획이 잔존하지만, 판독이 어렵다. ⑬ S.9501 + S.9502 + S.11419 + S.13002(4종 殘片의 合本): 잔권이다. 4개의 잔편은 合綴이 가능하며, 部分 詩題는 朱筆로 쓰여 있다. 본 사권의 書法은 정돈되어 있고 뛰어나다. ⑭ P.3909: 본 사권에는 하녀부사의 잔문이 남아 있다. 또한 「下女夫詞」 내에는 「論女家大門詞」, 「至中門詠」, 「至堆詩」, 「至堂基詩」, 「逢鑠詩」, 「至堂門詩詠」. 「論開撤合帳詩」, 「去童男童女行座幛詩」, 「去扇詩」, 「詠同牢盤」, 「去帽惑詩」, 「去花詩」, 「脫衣詩」, 「合髮詩」, 「疏頭詩」, 「繫指頭詩」, 「詠繫去離心人去情詩」, 「詠下廉詩」 등 많은 시가 들어 있다.

이 사본은 학자에 따라서 사문(詞文)류에 넣기도 하고, 민간부(民間賦)로 분류하기도 하나 사실상 문학작품으로 보기 어렵다. 아마도 이 사권(寫卷)은 신랑신부의 혼례의(婚禮儀)를 기록한 의례서식(儀禮書式)이었을 것으로 짐작된다. 이 사본의 구조는 다음과 같다. ① 대화문: 신부의 집을 찾아온 남자(신랑)과 여인과의 대화 ② 대화시(對話詩): 술을 올리며 남녀가 시를 읊는다. ③ 대화시: 말에서 내리기를 청하며 남녀가 시를 읊는다. ④ 대화시: 침상에서 내려오기를 청하며 남녀가 시를 읊는다. ⑤ 의식 순서에 따라 읊는 시(詩): 여자집 대문을 논하며 부르는 노래 → 중문(中門)에 이르러 부르는 노래 → 퇴(堆)에 이르러 읊는 노래 → 당기(堂基)에 이르러 부르는 노래 → 봉쇄시(逢鑠詩) → 당문(堂門)에 이르러 부르는 노래 → 장막을 걷으며 부르는 노래 → 부채를 제거하는 노래 → 동뇌반을 읊은 노래 → 사모관대를 제거하며 부르는 노래 → 꽃을 제거하며 부르는 노래 → 옷을 벗기며 부르는 노래 → 머리발을 합치며 부르는 노래→머리를 빗으며 부르는 노래→손가락 끝을 연계시키며 부르는 노래→사람들이 벗어나면서 부르는 노래→주렴을 내리며 부르는 노래.

榜題　北8670(洪字062)

敦煌本 講唱文學 變文類. 잔권. 원 사권은 수미 모두 잔결이며, 제목은 일실되었다. 본 사권은 如來의 本行에 대해 기록하고 있다.

失名變文　S.8544v

잔편. 수미 모두 잔결. 문헌의 정확한 명칭은 알 수 없으며, 11행이 잔존한다.

不知名變文(1)　ДХ02106

殘卷. 원 사권은 수미 모두 결락되어 있다. 러시아의 돈황학자인 멘시코프(Mensikov)은 본 사권이 아마 「地獄變文」일 것이라고 증하였다. 내용은 죄인이 지옥에서 받는 고통에 대해 이야기하고 있으며, 문자는 "……壞, 傷諸蟲蟻"에서부터 시작하여, "擾亂貞良或夜食頗齋不知曆足"에서 끝난다. 원 사권의 크기는 33cm×28cm이며, 모두 1장이고 평균 18행을 기록하고 있다. 每行은 20~24字이다. 옅은 황색지에 紙質은 얇으며 해서로 쓰여 있고, 字體는 조잡한 편이다. 많은 곳에 지우고 수정한 흔적이 있다. 이 사본은 어떤 경전에 의거한 것인지 알 수가 없다. 인생의 짧음과 생사의 무상(無常)함을 주 내용으로 하고 있는데, 육신은 질병의 뿌리이고 삶은 죽음의 근원인 까닭에, 육신과 삶이 없다면 질병이나 죽음도 없다는 도가(道家)의 이론도 보이고, 불보살만이 생로병사의 고통에서 벗어날 수 있다는 내용도 보인다.

不知名變文(2)　ДХ00684

殘卷. 러시아 학자 멘시코프는 본 寫卷이 「維摩詰講經文」의 卷首부분과 비슷하다고 고증하고 있다. 본 寫卷의 크기는 22cm×25cm. 모두 24行이 남아 있으며, 每行은 20~24字가 筆寫. 종이의 색깔은 백색이며, 종이의 질은 얇고 연하다. 楷書로 抄寫되어 있으며, 朱筆로 쓴 標記가 있다. 이 사본은 연등불이 세상에 오신다는 소문에 선혜보살이 한 여인으로브터 연꽃 일곱 송이를 구해 연등불 앞에 바침으로써 내세에 부처가 되리라는 수기를 받고, 몇 겁의 세월이 흐른 후, 선혜보살은 싯다르타태자로 태어나 석가모니부처가 되고, 연꽃을 바친 여인은 아소다라 공주로 태어나 태자비가 된다는 석가모니의 전생담을 다루고 있다. 본문에서는 선혜보살이 연등불에게 연꽃을 바치는 장면에서 끝난다.

不知名變文(3)　ДХ00393 + ДХ00394(合本)

殘卷. 수미 모두 결락. 러시아 학자 멘시코프는 본 寫卷이 아마도 「法華經講經文」일 것이라 고증하고 있다. 文字는 "穿之[卽難難得見水何以故以"부터 시작하여, "所見境界[悲皆"에서 끝나고 있다. 寫卷의 크기는 44cm×20.5cm. 寫卷은 모두 2장이지만, 모두 완전하지는 못하다. 26行. 종이의 색깔은 백색이며, 종이의 질은 얇고 연하다. 楷書로 抄寫되어 있다.

不知名變文(4)　ДХ01450

殘卷. 首尾 모두 殘缺. 러시아 학자 멘시코프는 講經文類의 작품이라고 고증하였다. 본문의 문자는 "非而死今日貧道隨順顚佛佛敎救度以去等努力劉"부터 시작하여 "弱人貧道與以去等同"에서 끝나고 있다. 크기는 17cm×28cm, 모두 12行, 每行은 24~25字. 종이의 색깔은 옅은 담황색이며, 紙質은 얇으며, 草書로 抄寫되어 있다.

不知名變文(5)　ДХ01227

殘卷. 본 寫卷은 首尾 모두 殘缺. 제1면은 講經文類의 작품을 抄寫. 文字는 "阿娘脹肚似刀"부터 시작하여, "兒身未出到門前"에서 끝난다. 제2면에는 부채 계약서가 抄寫. 크기는 54cm×15.5cm에 좁은 종이 쪽지. 모두 35行이 남아 있고, 每行은 8~11字. 종이의 색깔은 회색, 종이의 질은 조악하며, 楷書體. 字體는 크기가 불균등하다.

不知名變文(6)　ДХ00050

殘卷. 首尾 모두 缺落. 러시아 학자 멘시코프는 본 寫卷은 「唐太宗入冥記」의 일실된 부분인 듯하다고 고증하였다. 본문의 文字는 "更艶壯士未"句부터 시작하여 "細尋此狀亂入"에서 끝난다. 크기는 33cm×26.5cm

이며, 1장. 지면에는 파손된 구멍이 있으며, 모두 18行이다. 每行은 21~25字. 종이의 색깔은 白色. 종이의 질은 조악한 편이며, 楷書體.

不知名變文(7)　ДХ00514

殘卷. 首尾 모두 缺落. 러시아 학자 멘시코프는 본 寫卷은 變文類의 작품이라고 고증. 본문의 문자는 "[家婴]……"句부터 시작하여, "[是庚]……信龜去少時王言此人學讀金剛般[若]……"에서 끝나고 있다. 크기는 22cm×24cm이며, 1장 종이의 왼쪽 위 조각만 殘存. 紙面은 삼각형 형태이며, 모두 13行이 보존. 회색지에 종이의 질은 조악하며, 자체는 楷書體이다.

不知名變文(8)　ДХ00889

殘卷. 수미 모두 잔결. 러시아 학자 멘시코프는 변문류 작품이라 고증. 크기는 44cm×24.5cm이며, 모두 24行이 남아 있음. 회색지에 종이의 질은 조악하며, 자체는 楷書體이다.

不知名變文(9)　ДХ00890＋ДХ00891(合本)

잔권으로, 수미 모두 결락되어 있다. 러시아 학자 멘시코프는 변문류 작품으로 고증. 본문의 문자는 "……其樹……"부터 시작하여, "飮不……"에서 끝난다. 크기는 34cm×26.5cm, 모두 24行이 남아 있으며, 每行은 19~20字인데 그중 9行은 불완전하다. 갈색지에, 종이의 질은 두터우며 楷書體로 초사되어 있다.

不知名變文(10)　ДХ01064

敦煌本 講唱文學 變文類. 잔권이다. 수부는 결락이며, 미부에는 "會興題"가 있다. 러시아 학자 멘시코프는 變文類로 고증하고 있다. 본문의 文字는 "……作緣……"부터 시작하여, "會興題"에서 끝난다. 크기는 15cm×18cm. 1장의 冊頁紙이며, 모두 6행이 잔존한다. 楷書體로 초사되어 있다.

不知名變文(11)   ДХ01583

잔권이다. 러시아 학자 멘시코프는 본 사권이 變文類라 고증하고 있다. 본문의 文字는 "熟見成敗不同豈……"부터 시작하여 "……更成怨惡"에서 끝난다. 사권의 크기는 25cm×28cm. 모두 14행이 殘存하며, 每行은 22~26字임. 엷은 갈색지이며, 지질은 얇다. 楷書體로 抄寫되어 있으나, 字體는 조악하다.

不知名變文(12)   ДХ01583v

잔권이며, 미부는 결락. 러시아 학자 멘시코프는 變文類 작품으로 고증. 본문의 문자는 "……子像季人王敷……"부터 시작하여 "流沙境遇萬里無塵玉騫同關千秋晏若……"에서 끝난다. 원 사권은 정면에는 오언시가 필사되어 있으며, 배면에 본 變文이 필사되어 있다. 모두 14行에, 每行은 21字, 그 중 2行은 불완전. 해서체로 초사되어 있다.

不知名變文(13)   ДХ01699 + ДХ01700 + ДХ01701 + ДХ01702 + ДХ01703 + ДХ01704의 合本

잔권이다. 러시아 학자 멘시코프는 본 사권이 變文類 작품이라 고증. 본 변문의 내용은 자식의 효심이 부처의 지위에 이를 수 있는 필요조건임을 말하고 있다. 크기는 14cm×22cm. 모두 8장의 冊頁紙로 이루어져 있으며, 양면에 抄寫되어 있다. 전반부 6쪽은 서로 연결되며, 제7. 제8쪽은 서로 직접적으로 연결되지는 않는다. 매 쪽에는 6~7行이 抄寫되어 있으며, 매 행은 13~17자 내외이다. 옅은 황회색지이며, 종이의 질은 두터운 편이다. 楷書大字로 필사되어 있으나, 字體는 조악한 편이다.

不知名變文(14)   ДХ02588

잔권이다. 러시아 학자 멘시코프는 본 사권이 變文類 작품이라 고증. 본 작품의 문자는 "底眼生時不土上走死竟不……"부터 시작하여, "……[有]生皆有滅有始……"에서 끝난다. 크기는 29cm×26cm이며, 한 장의 종이로 이루어져 있다. 모두 15행이 잔존한다. 회색지에 종이의 질은 두터운 편이다. 楷書體 大字로 초사되어 있으나 字體는 균형감이 없다.

不知名變文(15)   ДХ00410
不知名變文(16)   ДХ01009
不知名變文(17)   ДХ03135 + ДХ03138의 합본.
不知名變文(18)   ДХ01304

2. 因緣〈緣·因緣·緣起 等〉

祇園因由記 P.2344v P.3784

敦煌本 講唱文學 因緣類. 現存 2種 寫本. ① P.2344: 수미 모두 완정한 사권이다. 그러나 사권에 수제, 미제는 모두 없다. 본사권의 배면에 본 변문이 초사되어 있으며, 四界가 있다. 행서와 초서체로 필사되어 있으며, 정면에는 『瑜伽師地論手記』가 필사되어 있다. ②P.3784: 사권의 상태는 수부는 잔결되었고, 미부는 온전하다. 미제는 '已上祇園圖記'이며 내용은 "須達獨自入城"부터 시작되고 있다. 사권의 정면에 본 인유기가 초록되어 있으며, 행서와 초서체로 쓰어져 있다. 붉은 붓글씨로 교감하고 고친 곳이 있다.

이 사권은 외로운 이에게 항상 옷과 음식을 베풀었다 하여 급고독(給孤獨)장자라 불린 사위국 대신 수달(수닷타)에 대한 이야기이다. 수달은 자신의 막내아들이 아직 장가를 들지 못해 고민하였다. 이에 수달의 친구는 왕사성 호미(護彌)장자의 딸을 소개하였고, 호미장자를 만나보러 왕사성으로 달려간 수달은 그곳에서 석가모니를 만나 깨달음을 얻는다. 부처에 귀의한 수달은 석가모니를 사위국으로 모시고 싶었고, 석가모니는 제자 사리불을 딸려 보내며 정사 건립을 돕도록 한다. 사리불의 도움으로 적당한 터를 발견한 수달은 땅을 뒤덮을 정도의 엄청난 황금을 들여 기타태자의 정원을 사들인다. 이 소식을 듣고 크게 분노한 외도는 정사 건립을 방해할 속셈으로 사리불과의 신통력 대결을 벌인다. 그러나 외도는 수 회합의 대결 끝에 사리불에게 패배를 당하고 그에게 항복하고 만다. 「항마변문」과 동일한 이야기이나 고사 전개의 치밀함 면에서 「항마변문」에 못 미친다. 순산문으로 이루어져 있다는 점도 산문과 운문이 조합된 「항마변문」과 다른 점이다. 이 사본은 『賢愚經』第10권 「須達起精舍品 第41」의 이야기에 바탕을 둔 것으로 기수급고독원(祇樹給孤獨園) 精舍의 건립 유래에 관한 이야기를 담고 있다. 기수급고독원은 기원정사(祇園精舍)라고도 하는데 부처님께 귀의한 신도 급고독 장자(長者)가 제타태자의 땅을 사서 승단에 절을 지어 올리고자 하였으나 급고독 장자의 신심에 감복한 제타태자가 땅을 희사하여 건립한 절. 급고독 장자는 항상 빈궁한 사람들에게 먹을 것을 보시하였으므로 고독한 사람들을 돕는(給孤獨) 장자라고 불린다.

歡喜國王緣 P.3375v 上圖016(入藏號812397) 上圖028(入藏號812406)

敦煌 講唱文學 因緣類. 3종 사본이 현존한다. ①上圖028(入藏號812406): 잔권으로 수미 모두 결락되어 있다. 上海市文物保管委

員會에 소장되었다가 현재는 上海圖書館에 소장되어 있다. 내용은 "謹案"부터 시작하여, "國主乍聞心痛切"에서 끝난다. 본 사권과 P.3375는 하나의 사본이 두 개의 斷片으로 나누어진 것이며, 사권의 배면에는 "卄二問"이라고 題하고 있다. 크기는 30.6cm × 43.6cm이며, 모두 3장이며, 86행이 남아 있다. 필사 시기는 五代로 추정된다. ②P.3375v: 殘卷. 首殘尾全. 內容은 "朝臣知了淚摧摧"句부터 시작되고 있으며, 사권 말미에 "乙卯年七月六日三界寺僧戒淨寫耳"라는 제기가 있다. 본 사권의 배면에 본 변문이 초사되어 있으며, 上圖028卷과 合綴할 수 있다. ③上圖016(入藏號812397): 잔권으로 수미 모두 잔결이다. 내용은 "若論舞"부터 시작되고 있으며, 전3행은 매 행마다 하단부에 7자 정도 잔결되어 있고 사권의 끝까지 필사되어 있다. 권말에는 "乙卯年六月六日三界寺僧戒淨寫耳"라는 제기가 있다. 26.5cm × 32.5cm이며, 모두 6장에 159행이 남아 있다. 필사 시기는 五代로 추정된다.

이 사본은 전형적인 강창체로 이루어져 있다. 환희국(歡喜國)의 환희왕(歡喜王)과 유상(有相) 왕비의 서정적 사랑을 불교의 공덕과 연계시킨 작품으로 구체적인 줄거리는 다음과 같다. 환희국왕의 부인 유상(有相)이 7일 후에 죽을 운명에 처하는데, 목숨이 끝나기 하루 전 그녀는 석실 비구니를 찾아가 계(戒)를 받고 부처에 귀의하고, 죽어 그 공덕으로 천상에 태어난다. 그리고 반년 후 천상의 유상부인은 하계에 내려와 환희국왕에게 현신 설법하니 환희국왕 역시 계를 수지하고 부처에 귀의한다는 내용이다.

金剛醜女因緣　S 2114 S.4511 P.2945 P.3048 P.3592

敦煌 講唱文學 因緣類. 5종의 사권이 현존한다. ①S.4511: 완정한 사권이다. 수제는 '金剛醜女因緣一本'으로 되어 있으며, 미제는 없다. 본 사권의 경우 시작부가 P.3048과 비교해 148자가 적다. ②P.3048: 완정한 사권이다. 수제는 '醜女緣起'라 되어 있으며, 사권 끝에는 "上來所說醜變"라는 글씨가 있다. ③S.2114: 잔권으로 수부는 온전하나 미부가 결락되어 있다. 수제는 '醜女金剛緣'이라 되어 있다. ④P.3592: 잔권으로 수미 모두 잔결되어, 고사의 중간부만 남아 있다. ⑤P.2945: 잔권으로, 사권은 수미 모두 잔결이다. 수제는 '金剛醜女緣'이며, 고사의 후반부가 잔결. 본 편은 사권의 배면에 필사되어 있으며, 字迹은 뚜렷하지 못하다. 『현우경(賢愚經)』권2 「파사닉왕금강품 제팔(波斯匿王金剛品第八)」의 이야기에서 유래한 작품이다. 작품 내용은 석가와 나이가 같고 석가가 성도하던 해에 왕위에 즉위한 파사닉왕(波斯匿王, Prasenajit)의 아내 마리부인이 낳은 추한 딸 파도라(波闍

羅: 晉言金剛)이 전생의 악업으로 추한 모습을 갖게 된 일을 이야기하고 있다. 구체적인 줄거리는 다음과 같다. 파사닉왕의 부인이 딸을 하나 낳았는데 그 용모가 몹시 추하였다. 크게 실망한 왕은 딸을 깊은 궁으로 보내 함부로 밖으로 나오지 못하게 하였다. 딸이 성인이 되어 결혼할 나이가 되자 왕은 관직과 재물로 사윗감을 사들이자는 왕비의 계책을 받아들여 가난한 사내 하나를 궁으로 불러들인다. 그리고 공주를 대면시키는데, 공주의 추한 모습을 본 사내는 깜짝 놀라 혼절하고 만다. 그러나 이미 돌이킬 수 없는 상황이라 사내는 마지못해 공주와 결혼한다. 부마가 된 사내는 조정 고관들의 모임에 초청되기도 하는데, 이번에는 자신이 고관들을 집으로 초청해야 할 순번이 되었다. 아내의 추한 모습을 고관들에게 내보여야 될 처지가 된 사내는 근심에 잠겼고, 아내가 거듭 그 까닭을 묻자 사내는 사실대로 고백한다. 남편의 말을 듣고 깊은 슬픔에 잠긴 추녀는 향을 사르며 부처님의 가호를 기원한다. 그러자 추녀는 부처님의 자비를 입어 추악한 모습을 벗고 남편조차 알아보지 못할 정도로 아름다운 여인으로 변한다. 부처님은 전생의 업인(業因)을 묻는 왕에게, 공주는 전생에 벽지불을 공양하면서 얼굴이 못 생겼다고 말한 적이 있었는데, 벽지불을 공양한 인연으로 왕가(王家)에 태어났으되 성자를 못 생겼다고 비방한 악업으로 추한 얼굴을 하게 된 것이라고 알린다.

善惠賣花憲佛因緣 S.3050

敦煌 講唱文學 因緣類. 잔권이며, 표제도 잔결되어 없다. 내용은 "昔時大雪山南面" 句부터 시작하여 "兩支僻着一面與行"에서 끝난다. 본 인연 고사는 『佛本行集經』과 『過去現在因果經』에도 보인다.

悉達太子修道因緣 S.3711 S.5892

P.2249v 龍谷大學藏本

敦煌 講唱文學 因緣類. 4종 사권이 현존한다. ①龍谷大學藏本: 수미 완정하다. 수제는 '悉達太子修道因緣'이며, 사권 말미에 '無常'詩 및 '壁畵和尙'詩가 있다. ②S.3711: 잔권으로 수부는 온전하나 미부는 잔결되어 있다. 수제는 '悉達太子修道因緣'으로 되어 있다. 내용은 수제부터 시작하여 "爲求無常菩提"句까지 기록되어 있다. ③S.5892: 잔권으로 수부는 온전하나 미부는 잔결되어 있다. 수제는 '悉達太子修道因緣'으로 되어 있다. 본사권은 단지 押坐文 일단만 남아 있는데, 79자이며 그 내용은 "迦夷比國淨飯王"부터 시작해 "慈母"에서 끝난다. ④P.2249v: 잔권이다. 수제는 '悉達太子修道因緣'으로 되어 있으며, 미제는 결락되어 있다. 운문 12행만 잔존한다.

'실달'은 '싯다르타'의 한자식 표기이다. 제목은 '싯다르타태자의 수도 이야기'란 뜻이다.

석가모니불의 일대기를 그린 팔상변(八相變) 중의 하나로 전체 줄거리에서 한 대목만을 강설한 작품이다. 이 텍스트는 압좌문→본강(本講)→게송(偈頌)의 순서로 강설된 전형적인 강창체 작품이다. 본강의 앞부분에서는 실달태자(悉達太子)가 도솔천에서 하강한 일부터 아들 라후라가 삭발하고서 불제자가 되는 장면까지의 내용을 담고 있고, 뒷부분에서는 실달태자가 성을 나서 출가하는 대목에서부터 그의 비(妃) 야수다라가 태자도 없는 사이에 수태하게 되자 부왕이 노하여 모자를 불덩이 속에 집어 넣으려하매 부처님께 구원을 청하는 내용을 담고 있다. 「태자성도경」과 유사한 이야기를 다루고 있고, 실제로 거의 동일한 내용의 운문이 다수 등장하기도 하지만, 출가 이후의 고사부터는「태자성도경」과 많은 차이가 있다.

須大太子好施因緣(1) ДХ02150a + ДХ02167a(合本)

敦煌 講唱文學 因緣類. 수미 모두 잔결이다. 題字는 없다. 내용은 "……延者太子言此大象是我父王之"句부터 시작해, "太子曰爲我布施大劇空虛國……"句까지 남아 있다. 본 사권의 장수는 2장, 크기는 32cm×30cm., 19行이 보존되어 있으며, 매 행은 19~22字. 종이의 색깔은 회색, 종이의 질은 조악하며, 楷書大字로 필사되어 있다.

제목은 '수대나태자가 보시를 좋아하는 이야기'란 뜻이다. 나라의 보물인 흰 코끼리를 적국(敵國)에게 보시한 죄로 산속으로 쫓겨난 수대나(Vessantāra)태자 이야기를 다루고 있다.『경율이상』 제31권「수대나가 보시하기를 좋아하며 남에게 흰 코끼리를 주게 되자 꾸지람을 받고 산중으로 내쫓기다(須大拏好施爲與人白象詰擯山中)」에 따르면, 섭파국(葉波國)이란 나라에는 흰 코끼리 한 마리가 있었는데, 이 코끼리는 외적 60개국이 쳐들어와도 능히 이겨낼 정도로 용맹하고 힘이 장사였다. 이 나라의 태자 수대나는 보시로 중생을 구제하겠다는 서원을 세운 터였는데, 인접국의 왕들은 이를 이용할 셈으로 사람을 태자에게 보내 흰 코끼리를 보시할 것을 청했다. 이에 태자는 아무런 망설임도 없이 코끼리를 보시했고, 이를안 부왕은 태자를 산중으로 내쫓는다. 산으로 향하던 중, 태자는 길에서 만난 범지(梵志)들에게 타고 가던 수레며 말, 옷, 그리고 지니고 있던 재물까지 모조리 보시한다. 그리고 마침내는 자신의 아들딸까지 늙은 범지에게 보시한다. 본 작품은 태자비가 산으로 내쫓기는 태자를 끝까지 따를 것을 맹세하는 대목까지 다루고 있다. 수대나태자는 석가모니불의 전신(前身)이다.

須大太子好施因緣(2) ДХ00285a ДХ03020 ДХ03123

敦煌 講唱文學 因緣類. 러시아 과학원 동방

학 연구소 페테르부르그 분소 소장. 原 사권은 세 조각으로 되어 있는데 서두와 말미가 모두 잔결된 까닭에 원 제목이 남아 있지 않다. 고사 내용에 비춰보아 『太子須大拏經』을 연역한 變文임을 알 수 있다. 本 ДХ 00285a는 "述者. 太子言 : 此大白像是我父王……"부터 "…… 曼坻(이하 缺)"까지 남아 있다. 사권의 장수는 1장이며, 크기는 32cm×30cm임. 19行이 남아 있으며, 每行은 19~22字. 종이색은 회색이며, 종이의 질은 조악하고, 楷書大字로 抄寫되어 있다. ДХ03020와 ДХ03123는 ДХ00285a와 동일한 사본의 잔권들이다.

須大拏太子變文 (3) ДХ02960

目連緣起 P.2193

敦煌本 講唱文學 緣起類. 사권은 수미 모두 완정하다. 수제는 '目連緣起'로 되어 있으며, 사권의 끝에 "界道眞本記"라는 제기가 적혀 있다. 배면에는 '大木蓮緣起'라는 제목이 적혀있다.

목련 고사를 이야기한 작품 중 완정한 체제를 갖추고 있다. 「목련연기」의 이야기 구조는 발단, 전개, 절정, 대단원 등 각 단계별로 명확히 구분되어 있다. 즉, 전체 구조는 ①목련의 집안 소개 및 인물 성격 묘사→②지옥의 편력→③어머니 상봉 및 어머니 구하는 방법→④중국 역대의 효자를 들며 목련의 효를 찬양하는 순서로 짜여져 있다.

이 사본은 동일 고사의 「대목건련명간구모변문」에 비해 편폭이 짧다. 모친의 구제 경로도 지옥과 아귀→축생(개)→천인으로, 지옥→아귀→축생→인간→천인의 경로를 거치는 「대목건련명간구모변문」보다 짧다.

難陀出家緣起 P.2324

敦煌本 講唱文學 緣起類. 수미 모두 완전하며 누락된 곳 없다. 前題나 後題는 없다. 사권의 초사한 字迹은 깨끗한 편이며, 간혹 초서체가 섞여 있다. 이 사권의 내용은 다음과 같다. 석가모니의 이복동생인 난타는 아내 손타라의 아름다움에 반하여 출가를 꺼려하고 자꾸만 사랑하는 아내와 함께 있으려고만 한다. 이에 석가모니가 한 방편으로, 난타에게 천궁과 지옥 구경을 시키는데, 천궁에서는 한 아름다운 천녀가 출가한 난타를 남편으로 삼고자 그를 기다리고 있었고, 지옥에서는 한 옥졸이 뜨거운 가마솥을 비워두고 육신의 쾌락에 연연하는 난타를 삶아 죽이려 하고 있었다. 이에 난타는 그간의 잘못을 뉘우치고 출가를 결심한다.

四獸因緣 P.2187

敦煌本 講唱文學 因緣類. 완정한 사권으로, 수미 모두 완전하다. 수제는 '四獸因緣'으로 되어 있으며, 「破魔變文」 뒤에 초사되어 있다. 전반의 강부(講部)와 후반의 창부(唱部) 두 단락으로 구성되어 있는 것이 「상문서(相問書)」, 「아가서(齖䶩書)」 등의 체재와 유

사하다. 이 때문에 반중규(潘重規)는 『신서(新書)』에서 이들 작품들과 함께 제7권에 수록하고 있다. 이 작품의 구조와 줄거리는 다음과 같다. ① 강부(講部): 가시(迦尸)라고 하는 나라는 오곡이 풍부하고 재난이 없이 태평성대를 누리고 있었다. 이 나라의 왕과 왕비, 태자는 나라가 태평한 것이 서로 자기의 공덕이라고 주장한다. 신선에게 물어본 결과 숲속의 가비라조, 토끼, 원숭이, 코끼리 네 마리의 짐승이 서로 은혜와 정의를 베푼 때문임을 알게 된다. (또 하나의 삽화적인 이야기가 전개된다.) 새, 코끼리, 원숭이, 토끼 네 마리 짐승이 나이의 서열을 定하게 되는 연유를 서술하고 있다. 이야기를 마치고 여래가 대중에게 은애(恩愛)와 의리(義理)를 실천할 것을 고한다. ② 창부(唱部): 네 마리 짐승처럼 은의를 베풀어 성불할 것을 음창(吟唱)한다.

禪師衛士遇逢因緣   S.3017 S.5996 P.3409 P.4094 P.4623v

敦煌本 講唱文學 因緣類 작품이며, 「常貴賤諸人問道詞文」으로도 불린다. 본 작품은 선사가 대중을 교도한 고사를 서술하면서 불법을 선양하고 있다. 내용은 □善府의 衛士常貴賤 등의 7인이 부모에게 인사를 드리러 고향으로 돌아가던 중 五蔭山에서 내려오던 六個 선사를 만났다. 7인이 산중생활의 의의를 물으니, 선사가 偈를 지어 답해주

고 뒤이어 五更轉 한 작품을 지어 그들을 깨우쳐주니, 7인이 모두 선사에 대해 경애하는 마음이 생겨 선사를 따라 수도하기를 원하며 각자 「行路難」1수씩을 지었다는 고사를 담고 있다. 5종 사권이 현존하며, 작자는 미상이다. ① P.3409: 사권은 수부가 약간 잔결이며, 제명은 일실되었다. 본 사권에는 90행이 남아 있음. ② S.5996: 잔권으로 수미 모두 잔결이다. 내용은 S.3017과 合綴이 가능하다. 본 寫卷에는 12行의 잔문이 남아 있다. ③ S.3017: 잔권. 본 사권은 수미 모두 잔결이며, 내용상 S.5996과 合綴이 가능. 모두 23행의 잔문이 남아 있다. ④ P.4623v: 「五蔭山中有一殿」과 「五蔭山中有一池」 두 偈詩만 잔존하며, 초록이 미완의 상태이다.

蓮花色尼出家因緣   北8416(脫字029)

敦煌本 講唱文學 因緣類. 본 사권은 수미 모두 완정하며, 사권 끝부분에 "稱號蓮花色尼"라는 말이 적혀 있다.

毗沙門緣起   S.4622

敦煌本 講唱文學 因緣類. 모두 61행이 남아 있으며, 수제는 '依毗沙門神母經及金光明經略說毗沙門緣起如后'이며, 그 아래로 毗沙門天이 부처를 통해 수기를 받은 일을 포함한 여러 고사가 서술되고 있다. 본 緣起는 불경 중에서 毗沙門天王의 고사를 모아서 이루어진 것으로, 설법을 할 때 사용하던 因緣故事의 원시 저본으로 보인다.

3. 講經文

長興四年中興殿應聖節講經文

P.3808

敦煌本 講唱文學 講經文類. 사권은 수미 모두 완정한 사권이다. 수제는 '長興四年中興殿應聖節講經文'으로 되어 있으며, 사권의 끝에 "仁王般若經抄"라는 말이 있다. 書法은 章草體로 쓰여져 있다. 「장흥사년중흥전응성절강경문」이란 제목은 앞에 붙어 있으며, 뒤에는 『仁王般若經抄』라는 다른 제목이 붙어 있다. 앞의 제목은 당시의 역사적 배경에 입각하여 붙인 것이며, 後題는 내용에 의거하여 붙인 것이다. 『인왕호국반야파라밀다경』序分 중의 다섯 가지 성취를 講述하고 있다.

이 사권은 후당(後唐) 명종(明宗) 장흥 4년에 중흥전(中興殿)에서 행한 강경 의식을 글로 옮긴 것이다. 제목에서 드러나듯이 황제의 탄신일에 궁궐에서 황제와 황후들을 축하하며 강경을 한 내용이며, 실제로 본문 안에는 황후와 숙비의 기원문도 나온다. 본문을 보면 『인왕호국반야바라밀다경(仁王護國般若波羅蜜多經)』의 경문을 강의한 것임을 알 수 있으며, 경문의 제목을 창하면 강경법사가 경문의 글자와 문구 하나하나를 해석하는 식으로 강경을 진행한다. 아울러 황궁에서의 강경인지라 황제의 선정(善政)에 대한 찬양과 축원의 내용이 많은 부분을 차지하고 있다.

金剛般若波羅密多經講經文 P.2133

敦煌本 講唱文學 講經文類. 본 講經文은 鳩摩羅什이 번역한 『金剛般若波羅蜜多經』에 근거하고 있다. 사권의 상태는 완정하며, 標題는 원래부터 缺落되어 있다. 사권의 끝에 "貞明六年正月○日, 食堂後面書抄, 淸密, 故記之爾"라는 제기가 있는데, 이를 통해 본편은 五代 後梁 시기의 사본임을 알 수 있다. 이 사권은 『금강반야바라밀다경(金剛般若波羅蜜多經)』 일체동관분(一體同觀分) 제18부터 끝까지의 내용을 강경한 것이다. 현존 『금강경』의 편폭을 고려하면 전체 강경문의 절반 정도 일 것으로 보인다. 경문의 각 문구에 대해 "앞에서 말한 것이다," "답하는 것이다" 등의 말로 친절하게 해석하고, 이에 대한 강경 법사의 설명을 더하고, 이해의 편의를 위해 경문의 내용을 여러 단락으로 나누어 강의하고 있다. 강경문 마지막에는 "정명(貞明) 6년 정월 모일 식당 뒤에서 초사했으며, 깨끗하고 조밀하여 이를 기록함"이라는 필사자의 기록이 있다. 후량(後梁) 정명 6년은 920년에 해당한다. 이처럼 초사의 시간과 장소, 배경이 상당히 생동적으로 묘사되어 있는 점이 주목할 만하다.

佛說阿彌陀經講經文(一)　P.2931

敦煌本 講唱文學 講經文類. 殘卷. 首尾 모두 殘缺, 제목은 산실. 내용은 "□宮振動皆驚怖"부터 시작하여, "我有端嚴一個女, 願所他門給事須"에서 끝나고 있다. 이 사권은 『아미타경』 도입부 70여 자에 대한 해설이다. 부처님이 사위국 기수급고독원에 계실 때 사리불, 목건련, 가섭, 가전연 등 아라한의 위치에 오른 천이백오십 인의 대비구가 한자리에 모였다는 내용이다. 경문은 사리불을 비롯하여 16인의 대비구 이름까지 인용하고 있으나 그에 대한 강창자의 해설은 사리불에서 그치고 있다. 좀 뜬금없어 보이는 후반부 마타라(摩陀羅)와 우파제사(憂波提舍)의 논변은 사리불에 대한 해설의 일부로 보아야 할 것 같다.

佛說阿彌陀經講經文(二)　S.6551

敦煌本 講唱文學 講經文類. 殘卷. 寫卷의 상태는 首全尾殘. 내용은 "昇坐已了, 先念偈, 焚香, 稱諸佛菩薩名"부터 시작하여 "淨土應無, 何以得知"에서 끝나고 있으며 그 이하는 결락이다. 이 사권 중간에 '성천가한 대회골국(聖天可汗大迴鶻國)'이란 문구가 있는데, 이 문구는 이 강경문이 작성된 시기와 지역, 작성인물을 밝히는 중요한 단서가 될 수 있다. 향달(向達)은 우전국이 9세기 이후 서방의 회골족에게 점령당한 사실을 거론하며 이 작품이 오대 시기 우전국

의 승려가 쓴 것이라 하였고, 장광달(張廣達)과 영신강(榮新江), 이정우(李正宇)는 여기서 말하는 '성천가한'은 투루판 일대의 서주회골(西州回鶻) 국왕을 가리킨다고 하였다. 경문의 직접적인 인용 없이 다만 서방극락세계의 장엄함을 약설하고 있다. 앞부분에 압좌문이 있고, 불·법·승 삼보(三寶)에의 귀의와 살생하지 말라·도둑질하지 말라·음행하지 말라·거짓말하지 말라·술 마시지 말라는 오계(五戒)에 대한 교설이 등장한다.

佛說阿彌陀經講經文(三)　P.2955

敦煌本 講唱文學 講經文類. 잔권으로 사권의 상태는 미부가 잔결이다. 標題는 원래 결여되어 있다. 내용은 "復次, 舍利弗, 彼國有種種奇妙雜色之鳥"부터 시작하여, "白鶴, 孔雀, 鸚鵡, 舍利迦陵頻伽共命之鳥"에서 끝나고 있으며 그 이하는 결락되어 있다. 아미타불이 법음을 널리 전하고자 화현으로 나타낸, 아름답고 기묘한 빛깔의 새들에 관한 내용을 담고 있다.

佛本行集經講經文　P.2459v

阿彌陀經講經文　P.3210.

妙法蓮華經講經文(一)　P.2305

敦煌本 講唱文學 講經文類. 잔권으로, 사권의 끝부분에 잔결된 곳이 있긴 하나 결락되거나 없어진 문자가 그리 많지는 않다. 標題는 없다. 내용은 "經：「擊鼓宣令四方求法,

誰能爲我說大乘者, 吾[當]終身供給走使"부터 시작하여, "不爲己身貪五欲, 爲諸含識唱將來"에서 끝나고 있다.

이 사본은「제바달다품」의 고사를 연역한 것이다. 제바달다(Devadatta)는 부처님의 사촌 동생으로 일찍이 출가하여 석존의 제자가 되었으나, 부처님을 시기하여 대항한 끝에 피를 토하고 죽은 인물이다. 그런데 이 품(品)에서는 그런 악인(惡人)인 제바달다가 과거세에서 석존에게 법화경을 가르친 인연으로 미래생에 부처가 되리라는 수기를 받는다. 이 강경문에서는 뒷부분이 잔결된 관계로, 석존의 전생인 대왕이 한 선인(仙人)으로부터 법화경을 배우는 내용만을 얘기하고 있을 뿐, 석존에게 법화경을 가르친 그 선인이 제바달다의 전생임을 밝히고 있지는 않다.

妙法蓮華經講經文(二) Φ.356

敦煌本 講唱文學 講經文類. 사권의 상태는 수부는 결락이나 미부는 온전한 편이며, 표제는 일실되었다. 내용은 "經雲 : 「諸寶臺上」乃至「以爲供養」"부터 시작하여 "又取香油灌注如臘獨雲去雲"에서 끝나고 있다. 본편은 사권의 정면에 초사되어 있다. 과거 무량겁 옛날에 일체중생희견보살(一切衆生喜見菩薩)이 일월정명덕불(日月淨明德佛)로부터 법화경을 듣고 나서 수행한 끝에 현일체색신삼매(現一切色身三昧)를 얻

고, 기쁜 나머지 몸을 태워 부처님께 공양하는 내용이다. 이 강경문에는 나와 있지 않지만, 소의경전인 「약왕보살본사품(藥王菩薩本事品)」에 따르면, 이 희견보살이 바로 지금의 약왕보살(藥王菩薩)이다.

妙法蓮華經講經文(三) P.2133

敦煌本 講唱文學 講經文類. 사권의 상태는 완정한 편으로 수미 모두 완전하다. 표제는 없다. 이 사본은「관세음보살보문품」 전반부 내용을 연역한 것이다. 경전에서 왜 관세음보살이라고 불리느냐는 무진의보살의 질문에 관세음보살은 고난 속에서 자기를 부르는 온갖 중생의 소리가 있을 때는 곧 모습을 나타내어 이를 구해주는 까닭이라고 부처님은 설명한다. 이 강경문에는 이 부분에 대해서는 언급되어 있지 않다. 경전은 계속해서 관세음보살의 이름을 수지 공양하는 공덕의 무량함을 얘기하는데, 이는 이 강경문이 다루고 있는 바이다. 즉 관세음보살의 이름을 수지해, 한때라도 예배하고 공양하는 사람의 공덕은 62억 항하사의 보살 이름을 수지하고 또 목숨 다하도록 음식이며 의복, 침구, 약품을 공양하는 사람의 공덕과 조금도 차이가 없다는 것이다.

妙法蓮華經講經文(四) Φ.365v

殘卷. 사권의 상태는 수부는 잔결이며 미부는 완전하다. 내용은 "恰似爐中洺餠, 吃來滿□馨香"부터 시작되고 있다. 본 편은 사

권의 배면에 초사되어 있다. 이 사본은「관세음보살보문품」 후반부 내용을 다루고 있다. 무진의보살은 부처님께 관세음보살은 어떻게 중생들에게 설법을 하는지를 묻고, 부처님은 부처님의 몸으로 제도해야할 자에게는 부처님의 몸으로 가르침을 설하고, 벽지불의 몸으로 제도해야할 자에게는 벽지불의 몸으로 가르침을 설하는 등, 중생의 필요에 따라 갖가지 모습으로 화하여 중생을 구제한다고 대답한다.

維摩詰經講經文(一)　S.3571

敦煌本 講唱文學 講經文類. 잔권이며, 사권의 상태는 수부는 잔결이나 미부는 온전하다. 표제는 원래 빠져있는데, 내용이『維摩詰所說經·佛國品』에 근거하고 있는 까닭에 임의로 제목을 달았다. 내용은 “□應, 所表何題?” 구절부터 시작하고 있다. 본 寫卷에는 절단된 페이지가 많고, 매 페이지의 수미 부분 모두에 정도는 다르나 잔결된 부분이 있다. 암라원에 계시는 부처님의 설법을 듣기 위해 수천수만의 범천과 천룡, 야차, 비구, 비구니들이 암라원으로 모여들고, 부처님의 설법이 임박했음을 안 유마힐이 비야리성 내 오백 명의 장자 아들들을 교화하여 함께 암라원으로 향하던 중 병이 들어 장자의 아들들만 부처님을 찾아뵙는다는 내용을 다루고 있다. 이 강경문의 소의경전인『유마힐경·불국품』에서는 유마힐은

등장하지 않고 보적은 이미 부처에 귀의한 인물로 나올 뿐 유마힐의 교화를 입었다는 얘기는 나오지 않는다.「불국품」은 비야리성에 사는 장자의 아들 보적이 하늘일산을 부처님께 받들어 올리는 것을 인연으로, 부처님께서 여러 부처님의 청정한 국토, 즉 정토를 나타내 보이고, 이어서 보살의 정토행을 설하는 내용이다.

維摩詰經講經文(二)　Φ.101.

敦煌本 講唱文學 講經文類. 잔권. 사권의 상태는 수부는 잔결이나 미부는 온전하다. 사권의 시작부는 잔결되어 있으며, 권말의 미제는 ‘維摩碎金一卷’로 되어 있다. 권말에는 “靈州龍興寺講經沙門匡胤記,” “被原宗堅來, 尤泥累日, 寫盡文書. 緣是僧家, 不欲奉阻. 朔方釋客派”라는 제기가 있다.「유마힐경강경문1」과 거의 동일한 경문을 연역했으나 그 내용면에서는 많은 차이가 있다. 특히 유마힐이 보적 등 오백 장자의 아들들을 교화하는 장면은 매우 구체적이다. 당시 보적은 “환락을 탐하고 미색과 명성에 물들어” “몸에는 키단옷을 걸쳤으되 베 짜는 아낙의 노고를 알지 못하고, 산해진미를 즐기되 농부의 고통을 생각지 않으며” “거문고 소리에 술에서 깨어나고 삼경(三更)의 빗소리에 꿈에서 깨어나는” 방탕한 생활에 빠져 있었다. 경전에 없는 보적의 이러한 타락한 생활상은 당시 지배계층에 대한

강창자의 불만이 표출된 것으로 보아도 무방할 것이다.

維摩詰經講經文(三) S.3872

敦煌本 講唱文學 講經文類. 殘卷. 사권의 상태는 수부는 온전하나 미부는 잔결이다. 題名은 원래 일실되어 있으며, 내용은 "所共合成"에서 끝난다. 본 사권은 S.3571 「維摩詰經講經文」(一)이 연역하여 얻은 經文 내용과 대체로 서로 이어붙일 수 있다. 「불국품」 후반부와 「방편품」을 다루고 있다. 석존은 보적 등에게 보살이 정토를 얻으려면 마땅히 그 마음을 청정하게 가져야 하고, 그 마음이 청정해지면 곧 부처님의 국토가 청정해진다는 가르침을 편다. 그리고 '석존께서는 일찍이 보살행을 닦으셨을 적에 마음의 청정함을 닦으셨을 것인데, 어찌하여 석존이 계시는 우리의 이 국토는 청정하지 못한가'라는 의문을 품은 사리불에게 이 국토는 본래 청정한 것이지만 중생들의 허물 때문에 국토의 청정함을 보지 못할 뿐이라고 설한다.(여기까지 「불국품」 후반부의 내용) 「방편품」에 의거하고 있는 이 강경문 후반부에서 유마힐은 한량없는 방편으로 모든 중생들을 잘 인도하며, 그가 몸에 병이 있음을 보여 문병 온 자들에게 우리 몸의 '덧없음(無常)'과 우리 몸에 '나라고 할 만한 것이 없음(無我)'을 설한다.

維摩詰經講經文(四) P.2292

敦煌本 講唱文學 講經文類. 사권의 상태는 완정하여 수미 모두 완전하다. 標題는 원래 없으며, 사권의 말미에 "廣政十年八月九日在西川靜眞禪院寫此等卅卷文書，恰遇抵黑，書了. 不知如何得到鄉地去. 年至四十八歲，於州中應明寺開講，極是溫熱"라는 제기가 있다. 본편의 所依經典은 「菩薩品第四」의 전반부이다. 부처님이 미륵보살과 광엄동자에게 유마힐의 병문안을 다녀오라고 명하는 대목을 다루고 있다. 「보살품」의 전반부 내용이다. 미륵은 석존으로부터 다음 차례에 성불할 것이라는 예언을 받은 자로, 지금은 도솔천에 머물며 천인들에게 설법을 하고 있다. 그런데 유마힐은 미륵이 받은 예언에 대해 대체 그 예언은 언제 들은 것이냐며 예언에 대한 미륵의 집착을 꾸짖는다. 그리고 미륵이 위없는 깨달음을 얻는다면 다른 모든 사람들도 그 깨달음을 얻을 것이고, 미륵이 열반을 얻는다면 다른 모든 사람들도 열반을 얻게 될 것이라고 말한다. 중생이 곧 보리의 모습이기 때문이다. 그리고 광엄동자는 도를 닦을 한적한 장소를 찾다가 유마힐을 만나는데, 유마힐은 그에게 도량이란 어느 절이나 산림과 같은 조용한 장소를 말하지 않고, 이 중생세계 속에서도 항상 정직한 마음 등을 가지는 것이 참다운 도량이라는 가르침을 편다.

維摩詰經講經文(五) P.3097

北8435(光字094)

敦煌本 講唱文學 講經文類. 동일한 계통의 사본 2종 현존. ① 北8435(光字094): 사권의 상태는 완정하며, 수미 모두 완전하다. 수제는 '持世菩薩第二卷', 사권 배면에 '持世菩薩第二卷'라는 제목이 달려 있다. 본편은 구마라집 역『維摩詰所說經』을 연역한 것이다. ② P.3097: 사권의 상태는 완정하며, 수미 모두 완전하다. 수제는 '持世菩薩第二卷'로 되어 있으며, 권자 배면에 '持世菩薩第二卷'라는 제목이 달려 있다. 본편은 구마라집 역『維摩詰所說經』을 연역한 것이다.「보살품」에서는 미륵보살과 광엄동자에 뒤이어 지세보살과 선덕동자에게 유마의 병문안을 명하는 내용이 나오는데, 이 강경문에서는 지세보살 부분을 다루고 있다. 어느 날 그가 있는 곳으로 마왕이 몸을 바꾸어 제석천 모습을 하고 일만 이천 명의 천녀를 데리고 나타나 천녀들을 시녀로 써 달라고 했고, 지세보살은 그가 마왕임을 알아보지 못하고 출가한 자신에게 여인을 보시하는 것은 도에 어긋나는 일이라고 나무란다. 이때 유마힐이 나타나 이것은 제석천이 아니라 마왕이라고 가르쳐준다. 그런데 본 강경문에서는 유마힐이 등장하기 전, 지세보살의 나무람으로 끝이 난다.

維摩詰經講經文(六) Φ.252

敦煌本 講唱文學 講經文類. 잔권으로 사권

의 상태는 수부는 결락이나 미부는 온전하다. 내용은 "經: 佛告長者子善德, 汝行詣維摩詰問疾"부터 시작되며, 구마라집이 번역한『維摩詰所說經』「菩薩品第四」의 선덕장자가 유마힐을 병문안하기를 사양하는 내용을 연역하고 있는데 완전한 것은 아니다. 크기는 323cm×25cm 혹은 28cm(紙型이 서로 다르다)이며, 모두 10장이다. 187행이 남아 있으며, 매 행의 글자수는 차이가 있다. 백색지이며, 종이의 질은 부드럽고, 行書로 초사되어 있다. 사권에 수정하고 지운 곳이 많다.「보살품」에서 부처님의 지명을 받은 네 명 가운데 마지막 인물인 선덕의 이야기를 다루고 있다. 선덕은 보적 등 오백 명의 장자의 아들들 가운데 한 사람이다. 그가 유마힐의 병문안을 감당하지 못하겠다고 사양하는 이유는 이러하다. 그가 일찍이 아버지의 집에서 큰 보시의 모임을 베풀어서 일주일 동안 사문과 바라문, 외도와 빈천한 사람, 의지할 데 없는 사람, 거지들에게 공양을 올렸는데, 유마힐은 그런 선덕에게 마땅히 법으로 보시하는 모임을 열어야 한다고 지적한다. 경전에서는 무엇을 법보시라 하는지 묻는 선덕에게 유마힐의 대답이 장황하게 이어지나, 본 강경문에서는 그 이전에 끝이 난다.

維摩詰經講經文(七) 羅振玉 舊藏本

敦煌本 講唱文學 講經文類. 사권의 상태는

韻散文結合(講唱文學)類 講經文 3

완정하여 수미 모두 완전하다. 미제는 '文殊問疾第一卷'로 되어 있다. 본 사권은 본래 羅振玉 『敦煌零拾』에 수록되어 있었는데, 지금은 『西陲秘籍叢殘』내에 본권의 영인본이 새롭게 교정되고 표점도 찍혀 실려 있다. 하지만 원 사권의 소재는 현재 불명이다. 제5품 「문수사리문질품」 전반부 내용을 다루고 있다. 『유마힐경』 제3품인 「제자품」에서는 부처님이 여러 제자들에게 유마힐의 병문안을 가기를 명했고, 제4품인 「보살품」에서는 부처님이 다시 여러 보살들에게 유마힐의 병문안을 명한다. 그러나 제자와 보살들은 모두 이전에 유마힐에게 혼이 났던 일들을 말하면서 자신들은 그 일을 감당할 수 없다며 사절한다. 이에 부처님은 문수사리보살에게 그 임무를 맡기고, 문수사리는 부처님의 성지(聖旨)를 받들어 문병을 가겠다고 답한다. 그리하여 그를 따르는 수많은 보살과 성문과 천인들과 함께 비야리성으로 들어간다.(강경문은 여기에서 끝이 남) 유마힐의 방에 도착한 문수사리는 먼저 부처님의 염려를 전한다. 그리고 '이 병은 무엇으로 인하여 생겼습니까', '이 병이 생긴 지는 얼마나 오래 되었습니까', '이 병은 어떻게 치료해야 나을 수 있습니까' 하고 묻고, 이에 대한 유마힐의 답변이 있은 뒤, 문수보살과 유마힐 간에는 높은 차원의 법 문답이 벌어진다.

維摩詰經講經文(八) S.8167

敦煌本 講唱文學 講經文類. 잔권으로 수미 모두 잔결이며, 사권이 훼손되어 있다. 내용은 "□……□久(?)金殿□……□"에서 시작하여, "□□□剡來減. 骨瘦寧□□劫佑"에서 끝나고 있다. 크기는 31cm × 27.6cm이며, 2장으로 이루어져 있다. 모두 17행이 남아 있으며, 매 행은 17~19字 내외이다. 楷書로 초사되어 있는데, 서체는 뛰어나지 못하다. 본 사권의 필사시기는 歸義軍 시대로 추정된다.

維摩詰經講經文(九) S.8774

敦煌本 講唱文學 講經文類. 殘卷. 首尾 모두 殘缺. 모두 13행이 남아 있으며 5행 이하부터는 하단부가 잘려 있다.

雙恩記 Φ.096

敦煌本 講唱文學 講經文類. 사본의 상태는 완정하여 수미 모두 완전하다. 사본 앞부분에 '雙恩記第三'이란 제목이 있고, 문장 중간에 '雙恩記弟七', '佛報恩經弟七', '報恩經弟十一' 등의 제목이 순차적으로 붙어 있다. 두루마리 말미에는 '佛報恩經弟十一'이란 제목이 달려 있다. 내용은 『大方便佛報恩經』을 부연 혹은 생략하면서 서술한 講經文이다. 원 사권의 크기는 1370cm × 27.5cm이며, 모두 16장에 237행이 남아 있다. 매 행의 글자수는 15~20자 내외이다. 두 번째 사권의 크기는 474cm × 27.5cm이며, 17장에 223

행이 남아 있으며, 매 행의 글자수는 18~20자 내외이다. 세 번째 사권의 크기는 449cm×27,5cm, 16장이다. 미부 2페이지는 문자가 없으며, 총 226행이 남아 있다. 매 행의 자수는 19~20자 내외이다. 백색지이며, 종이의 질은 부드럽다. 楷書로 초사되어 있으며, 字體는 조악하다.

『雙恩記』의 전체 줄거리는 다음과 같다. 바라나이국의 왕에게는 선우태자(善友太子)와 악우태자(惡友太子) 두 아들이 있었다. 한번은 선우태자가 궁전 밖으로 나가 농부, 직공(織工), 도살인, 수렵인 등을 보고는 중생들이 고통스럽게 노동하고 죄악을 짓는 것을 애달게 여겨 드디어 부왕의 창고를 열어 대중들에게 나누어 주었다. 또 시종 500인으로 하여금 바다 속에 들어가 여의주를 채취하여 모든 중생들에게 나누어주게 하였다. 그 때 악우태자도 함께 동행했다. 갖가지 위험을 거쳐 선우태자 혼자 용궁에 들어가 여의주를 얻어 돌아가는 길에 동생인 악우태자와 만났다. 악우태자는 야밤에 마른 대나무로 선우태자의 두 눈을 찔러 상하게 하고는 여의주를 훔쳐 귀국하여서는 선우태자가 이미 죽었다고 거짓말을 하였다. 선우태자는 두 눈을 잃고 여기저기 떠돌아다니다 이사발국(利師跋國)에 이르렀다. 그곳에서 한 목동이 소리나는 거문고를 주어 도성(都城) 안에서 거문고

연주로 걸식하면서 살아가게 해주었다. 그런데 그 나라 국왕의 정원지기가 선우태자를 고용하여 정원의 새들을 보호하게 하였다. 그 나라의 공주는 선우(善友)의 거문고 소리를 듣고 그를 매우 사모하여 드디어 선우(善友)와 동거(同居)하게 되었다. 두 사람의 간절한 바람은 기적을 만들어내어 선우태자는 두 눈을 뜨게 되고 자신의 신분을 드러낸다. 그리고 이사발국(利師跋國)의 왕은 공주가 선우태자의 배필이 되는 것을 허락한다. 이에 선우태자와 아내가 고국으로 돌아오자 부모가 지극히 기뻐하고 안보였던 눈도 뜨게 된다. 하늘에서 옷와 음식 등 일곱 가지 보물을 비 오듯이 내려주어 일체 중생들은 모두 충족하게 되고 악우태자(惡友太子)도 용서를 받는다.

潘重規는 「變文雙恩記試論」에서 다음과 같이 평한 바 있다. "『쌍은기』는 선우 형제 고사에 의거하여 쓴 것인데, 이 우여곡절 많고 특이한 이야기는 경이롭고 애절하면서 빼어나니 바다 속에 들어가 여의주를 구하는 대목에서 최절정을 이룬다. 이는 마치 괴이하고 신기한 소설 『서유기』를 읽는 듯하다. 우리들이 모든 강경문을 읽고나면, 『쌍은기』가 가장 빼어남을 느끼게 된다. 생사이별과 선악을 서글프게 노래함이 지극히 유려하면서 장중하여 참으로 천지를 뒤흔들고 귀신을 감읍케 하는 걸작이다."

佛說觀彌勒菩薩上生兜率天經講經文 P.3093

敦煌本 講唱文學 講經文類. 사권의 상태는
잔권으로 수미 모두 잔결되어 있으며 제목
은 내용에 따라 정명한 것이다. 講經文이 근
거한 經本은 宋 沮渠京聲의 역본으로 보인
다. 내용은 "上來別解彌勒二字已竟"구절
부터 시작해, "弟二光潔名天者, 諸天人等
各有身光, 以相照耀"에서 끝나고 있다. 주
소량(周紹良)은 '세(世)'자가 피휘되어 있
고 중당(中唐) 때 시인인 유우석(劉禹錫)과
성당(盛唐) 때 시인인 이초운(李稍雲)이 언
급된 것에 근거하여 이 사본을 만당(晩唐)
때의 것으로 추정한다. 현존 사본을 보면
'보살', '상생', '도솔', '천'으로 각각 나누어
경전 제목의 의미를 이야기하고 그에 해당
하는 경문을 설명하는 방식으로 구성되어
있다. 앞부분이 없어서 경문 제목 중 '미륵'
에 대한 설명은 빠져있다. '서시(西施)', '초
왕(楚王)', '장한곡(長恨曲)' 등 당시 대중들
에게 익숙했을 중국의 역사 인물과 작품을
언급하고 있는데, 이는 당시 청자들의 주의
를 환기시키는 역할을 했을 것이다.

父母恩重經講經文 (一) P.2418

敦煌本 講唱文學 講經文類. 사권은 완정하
여 수미 모두 온전하다. 標題는 없다. 사권
의 말미에 '誘俗第六'라는 標題가 있으며,
또한 "天成二年八月七日一常書"라는 제기

가 있다. 현재 전하는 『부모은중경』에 근
거하면, 이 강경문은 『부모은중경』 중 1/8
정도를 설명한 것으로 보인다. 따라서 『부
모은중경강경문』 전체는 대단히 긴 편폭
의 강경문이었음을 짐작할 수 있다. 지금은
전하지 않는 이 강경문의 앞쪽 내용은 부모
님이 우리에게 주는 열가지 은덕에 대한 자
세한 설명일 것이며, 부모님의 은덕과 고통
에 대해서는 현존 강경문에도 생생하게 묘
사되어 있다. 사본 마지막의 '유속제육(誘
俗第六)'이라는 기록을 통해 강경문이 여
러 부분으로 나뉘어 있었음을 알 수 있다.
"천성 2년 8월 7일 일상 쓰다(天成二年八月
七日一常書)"라는 사본 끝의 기록은 사본
의 정확한 연대를 말해준다. '천성(天成)'은
후당(後唐) 명종(明宗)의 연호이며, 천성 2
년은 서기 927년이다.

父母恩重經講經文 (二) 北8672(河012)

敦煌本 講唱文學 講經文類. 잔권이며 사본
의 상태는 수부는 잔결이나 미부는 온전한
편이다. 標題 역시 원래 결여되어 있다. 내
용은 "□□□□□□, 爭那於家不孝"구절
부터 시작하여, "漸離懷抱, 身作童子, 常繫
母心, 百般憂慮"에서 끝난다. 본 사권은
P.2418과 문자가 완전히 다르며, 이 두 사본
은 완전히 다른 2종의 「父母恩重經講經文」
사본이다. 앞뒤가 모두 떨어져나간 사본으
로 극히 일부만 남아 있다. 「부모은중경강

경문 1」과 중복된 부분을 강경하고 있으나 구사하는 문장과 형식은 차이가 크다. 다시 말해 같은 경문이라도 서로 다르게 강경을 했다는 것이다. 이 강경문은 「부모은중경 강경문」1과 달리 경문에 대한 직접적 해석이 보이지 않으며, 대신 운문으로만 해당 경문의 내용을 읊고 있다.

父母恩重經講經文(三)   ДХ03457

無常經講經文   P.2305v

敦煌本 講唱文學 講經文類. 사권의 상태는 수부는 온전하나 미부는 결락되어 있다. 수제 및 미제도 없다. "西方好, 卒難論, 實是奢華不省聞"부터 시작하여, "明日如來相伴" 구에서 끝나고 있다.

涅槃經講經文   S.4270v

敦煌本 講唱文學 講經文類. 21행이 잔존한다. 본문은 "爾時世尊與阿難陀于廣嚴城攝波臨別, 諸比丘安居已訖, □已夏中背痛, 幾將命終, 心念"구절에서 시작해, "樓頭取此不燒白緤灰細破, 分與大衆, 各令起塔供養, 城中先已遣匠造"(이하 결)에서 끝난다.

佛本行集經講經文   P.2459v

敦煌本 講唱文學 講經文類. 수미 모두 잔결되어 있다.

持世菩薩第二維摩詰經講經文

P.3079

본 사권의 수제는 '持世菩薩第二'로 되어 있으나, 문헌의 내용은 講經文으로 추정된다.

讚(贊)僧功德經   S.242 S.1549 S.2643 S.5912 S.5954 S.6115 北8260(淨078) 北8261(服062) 北8262(衣022) 北8263(昃070) 北8264(生040)

敦煌本 講唱文學 講經文類. 11종 사본이 현존한다. ① 北8263號(昃070): 완정한 사권이다. 수제는 '贊僧功德經', '詞辯菩薩譯'으로 되어 있으며 미제는 '贊僧功德經'으로 되어 있다. ② S.2643: 首尾 모두 완전한 완정한 사권이다. 수제는 '贊僧功德經', 미제는 '贊僧功德經'으로 되어 있다. ③ 北8260(海字078): 잔권으로 사권의 상태는 수부는 완전하나 미부는 결락되어 있다. 수제는 '贊僧功德經'으로 되어 있으며, 내용은 "應須志成逮求識"구절에서 끝난다. ④ 北8261號(服062): 잔권으로 사본의 상태는 수부는 잔결이나 미부는 온전하다. 내용은 "□□世尊弟子者"부터 시작되며, 미제는 '贊僧功德經'으로 되어 있다. ⑤ 北8262號(衣022): 잔권으로 사본의 상태는 수부는 잔결이나 미부는 완정하다. 내용은 "是人方可能堪任"부터 시작하며, 미제는 '贊僧功德經'으로 되어 있다. ⑥ 北8264號(生040): 잔권으로 사본의 상태는 수부는 잔결이나 미부는 완정하다. 내용은 '善心僧中施□□'부터 시작되며, 미제는 '贊僧功德經'으로 되어 있다. ⑦ S.1549: 잔권이며 사권의 상태는 수부는 잔결이나 미부는 온전하다. 내용은 "于僧勿起□慢心"句부터 시작되며,

미제는 '贊僧功德經一卷'으로 되어 있다. 원 사권의 배면에도 '贊僧功德經一卷'으로 되어 있다. ⑧ S.242: 잔권이며 사권의 상태는 수부는 잔결이나 미부는 완정하다. 내용은 "我來法中出家人" 구절부터 시작되고 있으며, 미제는 贊僧功德經으로 되어 있다. ⑨ S.6115: 잔권. 사권의 상태는 수부는 온전하나 미부는 잔결되어 있다. 수제는 '佛說贊僧功德經', '詞辯菩薩譯'으로 되어 있으며, 내용은 "謗毀無量世人間" 一句에서 끝나고 있다. 원 사권은 4구1행의 형태로 되어 있으며, 매 행마다 2구절 정도씩 잘려져 있다. ⑩ S.5912: 수제는 '讚僧功德經'으로 되어 있으며, 앞부분 7행만 잔존한다. ⑪ S.5954: 수부는 잔결이며, 미제는 '讚僧功德經'으로 되어 있다.

盂蘭盆經講經文　08701(原編戶는 23)

臺北國立圖書館 所藏. 잔권으로 사권의 상태는 수부는 잔결이나 미부는 온전하며, 중간에 교감하고 고친 곳이 많다. 미제는 '盂蘭盆經'으로 되어 있으며 마지막에 '邀觀故題' 칠언으로 된 偈詩 4구가 적혀 있다. 본 사권은 본편 다음에 「阿毘達磨俱舍論」34가 초사되어 있다. 사권은 백색지이며, 8장이 남아 있다. 『우란분경』은 『목련경』의 목련구모(目連救母) 고사와 우란분재(盂蘭盆齋)를 소재로 한 짧은 경전이다. 이 강경문은 『우란분경』의 첫 부분만 설명하고

있다. 경문을 소개하고 그에 대한 강의를 운문 위주로 한 것이 특징적이다. 강경을 하는 도중 『부모은중경』에 나오는 부모님의 열 가지 은혜를 소개하고 있어서 마치 『부모은중경강경문』을 읽는 느낌도 준다. 이를 통해 당시 강경 법사들은 필요한 경우 다른 경전의 내용들까지 가져와 강경을 진행했음을 알 수 있다.

河西節度在將軍功德會講經文

S.4341

본 사권은 전후로 5단락으로 나눌 수 있다. 제1단락은 功德會에서 功德을 頌揚하는 主文이며, 제2단락은 강경 화상이 維摩詰經의 六神通 및 열반경 중에서의 眞如佛性義에 대해 강론하는 것이다. 제3단락 역시 강경문이다. 제4단락은 독립된 편단으로, 모두 6행인데 二乘, 大乘文에 대한 문답이다. 제5단 역시 維摩詰經 중의 '立不思議解脫說' 및 '立死生涅槃平等義'에 대한 講經文이다.

失名講經文　S.9453

敦煌本 講唱文學 講經文類. 講經文의 일종으로 추정되나, 사권의 상태가 잔편이어서 정확한 문헌명은 미상이다.

4. 押坐文·解座文

八相押坐文 S.2440

원 사권은 잔권으로 사권의 중간부에 잔결된 곳이 있다. 首題는 '八相押坐文'으로 되어 있다. 압좌문은 강경을 시작하기 전에 청중을 집중시키기 위한 찬문(贊文)이다. '압좌'란 [청중] 좌석을 진정시킨다는 의미이다. 그래서 압좌문의 마지막은 일반적으로 다음에 나올 도강의 창을 소개하는 문구로 끝난다. 『팔상압좌문』은 석가모니의 탄생, 출가, 고행, 성도, 설법, 열반 등의 과정을 7언으로 송찬하고 있다.

三神押坐文 S.2440

완정한 사권으로, 수미 모두 완전하다. 원 사권은 押坐文 다음에 解座文이 초록되어 있다. 총 28구 중 여섯 구만 8~9언이고 나머지는 모두 7언의 운문이다. 선한 일을 행하고 악업을 저지르지 말고 오묘한 불법을 듣도록 권하는 내용이다.

維摩經押坐文 S.2440(1)

잔권이다. 本 押坐文은 동일한 사권에 2번 중복 필사되어 있다. 총 60구의 7언 운문이다. 유마 장자에 대한 소개와 『유마힐경』의 대략적 내용이 담겨 있다. '염보살불자(念菩薩佛子)'와 '불자(佛子)'가 구절 끝에 규칙적으로 표기되어 있는 것이 특징이다.

維摩經押坐文 S.2440(2)

사권의 상태는 완정. 수제는 '維摩經押坐文'으로 되어 있다.

維摩經押坐文 P.3210

사권의 상태는 완정. 수제는 '維摩經押坐文'으로 되어 있다.

維摩經押坐文 S.1441

사권의 상태는 완정. 수제는 '維摩經押坐文'으로 되어 있다.

維摩經押坐文 P.2122v

사권의 내용은 "三界去來生死苦"구절부터 시작해 "令其修學道衆生"구절에서 끝나고 있다.

溫室經講唱押坐文(一) S.2440

수미 모두 온전한 완정한 사권이다. 수제는 '溫室經講唱押坐文'로 되어 있다. 7언 42구의 압좌문으로 『불설온실세욕중승경(佛說溫室洗浴衆僧經)』의 대략적 내용을 담았다. 자비로운 석가모니가 출가 후 삼천(三千)의 세계를 비추고, 왕사성에서 부처님을 모시는 장면 등이 묘사되어 있다.

溫室經講唱押坐文(二) P.3210

사권에 본래 篇題가 없다. 앞부분 4구절과 뒷부분 6구는 S.2440과 대체로 상동하나, 그 나머지 부분은 서로 다르다.

故圓鑒大師二十四孝押坐文(一) S.7

寫本 完整. 寫卷의 首尾는 모두 완전하며,

首題는 '故圓鑒大師二十四孝押坐文'으로 되어 있다. 원 寫卷은 木刻本으로 되어 있다. 현존 세 사본 중 두 사본(S.3728, P.3361)에 오대(五代) 때 인물인 운변(雲辯)이 서술했다는 기록이 있어서 오대 때 압좌문 사본으로 추정된다. 불도(佛道) 중에서도 효(孝)의 중요성을 강조하고 있고, 뒷부분에서 공자와 여래(如來)를 함께 언급하며 효를 논한 것이 흥미롭다.

故圓鑒大師二十四孝押坐文(二)

P.3361

수미 모두 완전한 완정한 사권이다. 수제는 '押坐文'이며, 제목 아래 "左街僧錄圓鑒大師賜紫雲辯述" 1행이 題款되어 있다.

故圓鑒大師二十四孝押坐文(三)

P.3728v

잔권이며, 사권의 상태는 수부는 온전하고 미부는 결락이지만 마지막 1행만 결여되어 있다. 수제는 '押坐文'으로 되어 있으며 제목 아래에 "右街僧錄圓鑒大師賜紫雲辯述" 1행이 題款되어 있다.

故圓鑒大師二十四孝押座文(四)

ДХ01699 + ДХ01700 + ДХ01701 + ДХ01702 + ДХ01703 + ДХ01704의 합본

左街僧玦大師押坐文　S.3728v

수미 모두 완전한 사권이다. 수제는 '左街僧玦大師押坐文'으로 되어 있다. 원 사권은 본편 다음에 「故圓鑒大師二十四孝押坐

文」이 필사되어 있다. 이 사권은 인생무상을 깨닫고 윤회의 번뇌를 끝내라는 내용을 담고 있다. 어머니 뱃속에서부터 닥치는 괴로움과 살면서 겪게 되는 고통을 묘사한다. 본문은 계년(笄年)과 약관(弱冠)에서 끝나지만, 원래는 늙어 죽을 때까지의 인간사와 괴로움이 모두 포함된 내용이었을 것이다.

佛說阿彌陀經押坐文(一)　P.2122

완정한 사권이다. 사권의 수부와 미부는 모두 완전하나, 표제는 원래부터 없다. 본 사권의 정면과 배면에는 「維摩詰講經文」도 초사되어 있다. 『아미타경』 강의를 본격적으로 시작하기 전에 지옥을 묘사하고 효도를 역설하고 성불을 권하고 있다. 『돈황변문집』에서는 이 사본을 『불설아미타경강경문』으로 임시 제목을 붙이고, 『돈황변문교주』에서는 주소량(周紹良)의 의견을 따라 압좌문으로 제목을 붙였다. 여타 압좌문과 비교할 때 편폭이 훨씬 긴 점, 그리고 "경문의 창이 곧 나오겠습니다(唱將來)"라는 압좌문 문미의 전형적인 구절 다음에도 계속 찬문이 이어지고 있는 점에서 볼 때, 이 사본은 강경문의 일부에 압좌문이 덧붙여진 것으로 보인다. 현재 남아 있는 사본의 모습과 달리, 당시 강경문은 이처럼 압좌문이 붙여진 상태로 유통되었을 수 있다.

佛說阿彌陀經押坐文(二)　P.3210

殘卷. 寫卷의 상태는 首殘尾全이며, 標題는

본래 缺如되어 있다. 시작부 20行이 缺如되어 있으며, 내용은 "頂禮無變功德山"句부터 시작하며 卷末에 "天成元年二月十一日判官馬共□□同寫"라는 題記가 적혀 있다.

佛說阿彌陀經押坐文(三)

北8261(服字062)

寫本의 標檢題는 본래부터 缺如.

盂蘭分經押坐文　北大·D180v

敦煌本 講唱文學 押坐文類. 北京大學圖書館 所藏. 殘卷. 寫卷의 상태는 首殘. 내용은 "□□行孝世絶論, 循還□□救慈親"부터 시작되고 있으며, "努力修覓提路, 只這個便宜最勘靜"에서 끝나고 있다. 16행이 殘存하며, 매 행마다 아래 2구는 모두 잘려져 있다.

押坐文　S.4359v

잔권이며, 수부는 잔결이며 미부는 완정. 끝부분 4行만 잔존. 1행부터 3행까지는 20자 정도이고, 제4행은 4자이다.

押坐文　S.4474

잔권이다. 표제는 원래 결여되어 있으며, 그 하부에는 매 행마다 1, 2자로 되어 있다. 짤막한 편폭의 전형적인 압좌문 형식이다. 경문을 부지런히 듣고 생사의 바다를 건너 부처의 세상을 만날 것을 권면하고 있다.

講唱押座文　北8735(制083)

押坐文　Ф.109

완정한 사권이다. 사권의 수제는 '押坐文'으로 되어 있으며, 小標題 '作梵而唱'이 있으며,

미제는 '此下受齋戒'의 5자로 되어 있다. 그 뒤를 이어 「八關齋戒文」 및 칠언으로 된 發願文이 초사되어 있으며, 押坐文은 36구로 이루어져 있다. 사권의 크기는 442cm×28.5cm에 모두 9장, 총 239행, 매행은 25~27자 내외이다. 미황색 종이로 되어 있으며, 종이의 질은 조악하면서 두껍다. 楷書體로 쓰여져 있으나, 字體는 그리 뛰어나지 못하다. 부처님의 자비와 힘으로 악귀, 혼령, 항하의 모래알 같은 권속들, 부모님, 죽은 형제와 자매들이 모두 계를 받고 지옥으로 떨어지지 않기를 바라는 내용을 담고 있다. 본격적인 강경을 시작하기 전의 기도문으로도 볼 수 있다.

押坐文　ДХ02776

잔권. 사권은 수미 모두 잔결. 크기는 15.5cm×16cm에 모두 9장. 모두 12행이 남아 있으며, 종이의 색은 암갈색, 종이의 질은 두텁고 딱딱하다. 해서체로 초사되어 있다..

押坐文　P.2044

사권은 완정하며, 제목은 '押坐文'으로 되어 있음. 부처에 대한 찬양, 부처의 깨달음과 설법, 부처를 만날 것을 권면하는 내용 등이 지극히 짧은 찬문 안에 모두 들어가 있다.

押坐文　S.8167

잔권. 사권은 수부는 잔권이며 미부는 완정하다. 수제 및 미제는 없음. 21行이 잔존하며 각 행은 20字 내외이며, 매 행마다 상단 부분의 글자가 缺落.

押座文 P.3361

敦煌本 講唱文學 押坐文類. 首題: '押坐文'

解座文滙抄 P.2305

敦煌本 講唱文學 解座文類. 완정한 사본으로, 법회의 종결시에 사용된 解座文들을 모아놓은 사본이며, 모두 8단락으로 나누어진다. 사본의 標檢題는 원래 없다. '압좌문'과는 반대로 '해좌문'은 강경을 마무리할 때 자리를 해산하는 의미로 부르는 찬문이며, 일반적으로 "날이 저물었으니 집으로 돌아가라" 혹은 "게(偈)를 받고 돌아가라"는 말로 끝난다. 이 해좌문회초에는 총 8편의 해좌문이 포함되어 있다. 강경법사는 강경의 내용이나 현장의 분위기를 고려하여 적합한 해좌문을 그때그때 골라 사용했을 것이다. 서방정토에 대한 찬양, 인생의 무상함, 고통을 벗어나기 위한 수행, 경문의 학습을 권하는 내용 등으로 다양하게 구성되어 있으며, 특히 부인이 화내지 않도록 날 저물기 전에 들어가라고 하거나 은근히 보시를 요구하는 말 등은 상당히 해학적이다.

解座文二首 P.2128

敦煌本 講唱文學 解座文類. 사본은 완정한 편이며, 標檢題는 원래 결여되어 있음. 본 사권은 「太子成道經」의 강론이 끝난 뒤 사용된 解座文으로 보인다. 두 편의 해좌문이 들어가 있다. 첫 번째 작품에는 여래의 설법과 장엄의 장면이 환상적으로 묘사되어 있으며, 두 번째 작품은 남편이 가난한 신세를 한탄하는 아내를 달래는 장면이 대화 형식으로 표현되어 있어 다른 해좌문들과 상당히 다른 느낌을 준다.

押坐文滙抄 S.2440

완정한 사권이다. 唐代의 押坐文을 모아놓은 사권으로, 본 사권에 수록된 押坐文은 6종이다. 이중 명확하게 제명이 있는 것은 「維摩詰經押座文」, 「三身押座文」, 「八相押座文」, 「溫室講經唱押座文」 이며, 그 중 「維摩詰經押座文」은 중복 필사되어 있다. 그 밖에 「押座文」이라고만 되어 있는 押座文 1종이 하나 있다. 「三身押座文」 뒤에 解座文 4구가 부기되어 있으며, 사권의 미부에 「佛本行集經變文詩」61행이 있으나, 실제로는 「太子成道經」의 吟誦하는 운문들을 적취해놓은 것이다.

解座文 P.3128v

본 解座文은 「太子成道經」의 앞에 초록되어 있는 것으로 보아, 「太子成道經」의 강론이 끝난 다음에 사용되었던 解座文으로 보임.

俗講程式 S.4417

V

文學批評書, 詩文選集類

毛詩鄭箋(周頌臣工之什潛一雍) S.5705
7행만 남아 있으며, 臣工 潛一章 六句 '薦魚
春獻鮪也'에서 시작하여, 雍一章十六句天
子(穆穆)에서 끝난다.

毛詩小雅鄭箋 P.4072
詩經「小雅·谷北」에 대한 鄭箋.

詩經注 P.2660
詩經鄭箋의 일부이며, 8행만 잔존한다. 「螽
斯全」, 「樛木」, 「桃夭」 부분이 남아 있다.

毛詩正義 S.498 P.4634(B)
현존 2종 사권. S.498은 毛詩正義의 「大雅·
民勞」편에 대한 주석의 일부이며, P.4634(B)
는 毛詩正義의 卷一과 卷二 부분이다.

毛詩故訓傳(邶風匏有苦葉一旄丘) S.541v
毛詩 註釋書. 본 寫卷은 邶風 「匏有苦葉」에
서 「旄丘」 부분까지 抄錄.

毛詩詁訓傳(周南漢廣一鄘風干旄) S.789
毛詩 註釋書. 본 寫卷은 周南 「漢廣」에서 鄘
風 「干旄」까지 殘存.

毛詩故訓傳(幽風鴟鴞一遠戾) S.1442
毛詩 註釋書. 본 寫卷은 毛詩故訓傳 卷第十五
幽風 「鴟鴞」에서 「遠戾」 부분까지 殘存.

毛詩詁訓傳卷第一 S.1722
미제는 '周南之國十有一篇'으로 되어 있으
며, 「周南·關雎」에 대한 훈고임. 대략 3963
자 정도이다.

毛詩故訓傳(小雅庭燎一十月之交) S.3330
鴻雁之什 第三章 "□□劬勞"에서 시작하

여, "沔水天命不□, 我不敢效我友自逸"에
서 끝난다.

毛詩詁訓傳 S.6196v
본 사권은 모시훈고전의 잔편임.

毛詩詁訓傳 S.6346v
본 사권은 「雲漢·公劉」만 잔존.

毛詩詁訓傳卷第一至第十二(汝墳
至宛丘) P.2529
毛詩詁訓傳 卷第一에서 第十二, 「汝墳」에
서 「宛丘」까지 수록.

毛詩故訓傳第三 P.2538
「柏舟」부터 「匏有苦葉」 작품까지 초록.

毛詩詁訓傳 P.2669
「大雅文王」, 「大明」, 「緜」, 「文王有聲」 및
齊風과 魏風에 대한 훈고.

毛詩詁訓傳 P.3737
본 사권은 毛詩詁訓傳의 第廿九, 第卅 부분이
남아 있음. 대개가 시경의 원문인데, 아마도
鄭箋에 근거하여 초사한 것으로 보인다.

毛詩周南關雎詁訓傳卷第一
ДХ01640

文心雕龍 S.5478
사권은 수미 모두 결락이다. 서명은 적혀있
지않고, 편명만 나와 있음. 본 사권에는 『文
心雕龍』卷一 「徵聖篇第二」부터 卷三 「雜文
第十四」까지 초록되어 있다. 「原道篇第一」
의 경우 讚文 13자만 남아 있으며, 「諧讔篇」
의 경우에는 편명만 보인다. 현존하는 『文

心雕龍』초사본 중에서 가장 시기가 이른 것이다.

玉臺新詠 P.2503

본 사권은 『玉臺新詠』의 잔권으로 51행이 잔존하는데, 張華의 「雜詩」2수, 潘岳의 시 4수(「內顧」2수, 「悼亡」2수), 石崇의 「王明君辭一首幷序」가 초록되어 있다.

詩格一部 S.3011v.

수제가 詩格一部로 되어 있음. 본 사권에는 卷首의 子目 곧 第一的名對, 第二隔口對, 第三雙擬對, 第四連綿對, 第五□成對, 第六異類對, 第七賦體對만 초록되어 있으며, 그 다음은 결락. 본서의 원류는 알 수 없다. 다만 이 대우(對偶)들이 편조금강(遍照金剛)이 지은 『문경비부론(文鏡秘府論)』에서 논한 29종의 대우 가운데 앞 7종과 완전히 일치하여 기이한 느낌을 준다.

文選卷第九 S.3663

「嘯賦」편이 잔존하는데 "自然之至音, 非絲竹之所擬"구에서 시작하여, "乃知長嘯之極妙, 此聲音之至極"구에서 끝난다. 전편에 句讀가 있으며, 미제 아래에 "鄭□景點訖" 6글자가 적혀있다.

文選(顔延年陽給事誄) S.5736

顔延年의 「陽給事誄」의 7행만 잔존한다.

文選 (楊德祖答臨淄侯箋) S.6150

본 사권에는 楊德祖 「答臨淄侯箋」이 초록.

文選(陸士衡演連珠) P.2493

본 사권에는 陸機의 「演連珠」가 초록되어 있다.

文選卷第卅五 P.2525

사권의 미제는 '文選卷第卅五'이며, 沈休文의 「恩倖傳論」부터 「范曄光武紀贊」까지 초사되어 있다.

文選 P.2527

東方曼倩의 「答客難」부터 揚雄의 「解嘲」가 필사되어 있다.

文選卷第二 P.2528

본 사권은 미제가 '文選卷第二'로 되어 있으며, 張平子의 「西京賦」가 필사되어 있으며, "永隆年二月十九日弘濟寺寫了, 勘了"라는 제기가 있다.

文選殘卷 P.2542

任彦昇의 「王文憲集序一首」가 초록. P.2543, P.2707, P.3345, P.3778은 모두 본 사권과 동일한 사권이다.

文選殘卷 P.2543

본 사권은 54행이 남아 있으며, 1) 王元長의 「三月三日曲水詩序」의 후반부, 2) 任彦昇이 지은 「王文憲集序一首」(3行만 殘存)가 초록되어 있다.

文選 P.2554

66행이 남아 있으며, 謝靈雲의 樂府 「會吟行」과 鮑明遠의 樂府 「東武吟」, 「出自薊門北行」, 「結客少年塲行」, 「東門行」, 「苦熱行」, 「白頭吟」이 초록되어 있다.

文選李蕭遠命運論 P.2645

　본 사권에는 李蕭遠의「命運論」이 초록. 34행이 남아 있으며, 주는 없다.

文選 P.2658

　본 사권에는 揚雄의「劇秦美新」및 班固의「典引」의 앞부분이 초록.

文選(王元長三月三日曲水詩序) P.2707

　본 寫卷에는 文選 '王元長三月三日曲水詩序'의 일단이 抄錄.

文選卷第二十九 P.3345

　본 寫卷은 文選의 殘片이며, 54행이 남아 있음. 褚淵의 碑文의 후반부가 抄錄.

文選殘卷Ｖ P.3778

　본 寫卷은 35행이 남아 있으며, 顔延年의 陽給事誄의 일부 및 陶徵士誄의 篇題가 抄寫되어 있음. 본 사권은 P.2707, P.2543과 동일한 사권이다.

文選 殘卷 P.4884

　本 寫卷에는 文選에 실린 王元長 '三月三日曲水詩序'의 일부가 抄錄.

文選(陸佐公石闕銘并序) P.5036

　본 寫卷은 文選 陸佐公의「石闕銘」의 殘片임. 시작부 29행은 사권의 하단부가 찢겨져 나가 있으며, 후반부 16행은 온전하다. 今本 卷五十六에 해당.

文選 Ф.242

　본 寫卷에는 文選「曹植上責躬應詔詩表」

가 抄錄.

文選李善注卷三五 ДХ01551

　본 사권에는 文選 李善注 '卷三五'「七命」이 초록.

文選 吳都賦 ДХ01502

毛詩鄭箋音隱 S.10v

　毛詩 音義書

毛詩音(1)(關雎第一─蟋蟀第十) S.2729

　P.3383 ДХ01366

　본 寫卷은 毛詩 音義書의 일종으로, 晉 徐邈 찬. S.2729는 關雎第一에서 시작하여 蟋蟀第十에서 끝나고 있다. P.3383은 잔권으로 98행이 잔존하며, 詩經大雅 부분에 대한 음의서이다.

楚辭音 P.2494

　隋의 釋 道騫 찬.

文選音 S.8521 P.2833

　본 寫卷은 文選 音義書의 잔권들임.

東皋子集 P.2819v

　敦煌 詩文集 殘卷. 본 寫卷에는 왕적(王績)의「游北山賦」,「元正賦」,「三月三日賦并序」의 賦 3篇이 抄寫.

明詩論 S.6082

　본 사권은 9행만 남아 있는 잔권이라 정확한 문헌 명은 알 수 없으며, 그 내용은 '풍(風)'과 '아(雅)'에 관해 논하고 있다.

Ⅵ

其他

---

1. 類書類

失名類書 S.123v

문헌명을 알 수 없는 유서로, 본 사권에는 謝琨, 敬道, 楊修, 黃琬, 路婦人, 趙岐, 劉寬, 晋元帝, 南瑕, 郭準 등의 항목이 잔존하고 있다.

失名類書 S.545

年, 月, 日에서 모두 武周 시기의 새로운 한자를 사용하고 있다. 王三慶은 본 유서를 '歲華紀麗體甲'으로 정명하고 있다.

失名類書 S.610v

문헌명을 알 수 없는 유서의 잔편. 8행 잔존.

兔園策府 S.614 S.1086 S.1722

兔園策府는 童蒙書 겸 유서의 일종으로, 杜嗣先이 찬하였다. 『北夢瑣言』十九에 보면 "宰相馮道形神庸陋……北中村墅, 多以兔園策教童蒙, (劉岳)以是譏之, 然兔園策乃徐庾文體, 非鄙樸之談, 但家藏一本, 人多賤之也"라는 말이 있다. S.614 사권은 미제가 '兔園策府第一幷序'로 되어 있으며, 巳年四月六日學生索廣翼寫了. 高門出貴子, 好木不良才"라는 제기가 있다. S.1086 사권은 170행이 남아 있으며, 「議封禪」·「征東夷」 및 「天地陰陽者」 3편이 남아 있다. S.1722는 卷第一, 卷 第二가 초록되어 있음.

勵忠節抄 S.1441 S.1810 S.5615 P.2711 P.2980 P.3657 P.4026 P.4059 P.5033 P.3871v + P.2980v + P.2549v(合本)

돈황사본 유서의 하나로 王伯璵가 찬하였고, 총 10권으로 구성되어 있다. 『勵忠節抄』는 子史를 중심으로 제재를 취하고 있으며, 다른 경전과 문집도 함께 언급하고 있다. 편찬 체례는 서로 비슷한 것끼리 모으는 형식으로 전적들을 초록하고 있으며, 동시에 부류의 명목도 제시하고 있다. 본 유서의 서술의 핵심 내용은 忠,信,德,賢,孝,讓,智 등의 유가의 윤리 도덕 규범들이며 특히 군신간의 도덕준칙인 '충'을 우선적으로 강조하고 있다. 현존 12개 사본. ① S.1810: 卷子本, 수미 모두 잔결. 卷一의 서문 "……□□□之□□□□□□若能師前□□□□□□□□□□□□□□□□□今時遺爾子孫, 非敢聞諸達者, 勉之哉!"부터 시작하여 「德行部」의 "應世叔曰:逝不可追者時也, 往□□□……□□□宜與及時. 夫有言者不必有德, 有德者不必有□□□□□□"에서 끝난다. ② S.1441: 卷子本. 수미 모두 잔결. 卷一「忠臣部」의 마지막 一則 "有人評論朝政, 未嘗言人主□□, □□□□, □□□□□, □□□見, 卽流涕拯見, 此可謂忠信"부터 시작하여 중간에 "勵忠節抄卷二"라는 제목이 있으며, 「立身部」의 "子曰:夫狎甚則人不懼, 莊甚則人不親, 是故"에서 끝나고 있다. 사권의 앞부분에 모두 10部가 있는 것으로 보아, 「立身部」의 앞에 卷三이라는 표제가 누락된 것으로 보인다. ③ P.3657: 卷子本. 수미 모두 잔결. 「恃德部」의 "□, 君子恥之; 有其言而無□□……□□"부터 시작하여, 卷一의 끝부분인 「薦賢部」의 "『漢書』: 韓安國爲人多才大略, 所擧者皆廉士令德而賢於己者"에서 끝나고 있다. 자적이 P.2612와 유사하다. 배면에는 '大唐同光三年'이라는 잡사가 있는데, 본 초록은 아마도 이보다 앞선 시기에 쓰여진 것으로 보인다. ④ S.5615. 冊葉本이며, 4쪽이 잔존. 卷一「德行部第四」의 第十二則 "……[鄭當]時, 定律令則趙禹, 張湯"에서 시작하여, 같은 卷部의 第三十一則 "薛吏部云"에서 끝나고 있다. 본 사권은 冊葉으로 만들어진 것으로 보아, 모든 사본 중에서 가장 늦게 혹은 오대 시기의 사본으로 추정된다. ⑤ P.4059: 卷子本. 3개의 잔편으로 이루어져 있는데, 각각 善政部, 淸貞部, 立身部의 3부분에 속한다. 이 3부분은 서로 이어지는 부분은 아니지만, 글씨의 형체는 모두 동일하다. ⑥ P.4026: 卷子本. 수미 모두 잔결. 「諫諍部」의 "□□……□□義, 上無託史之翼, 下無□□□……□□"부터 시작되고 있으며, 「諫諍部」末則 "梁元帝『忠臣傳·諫諍篇』……蓋傷茫茫禹跡, 毀於一朝"에서 끝난다. 배면에는 시8수가 초록되어 있다. ⑦ P.5033: 卷子本. 수미 모두 잔결이며, 99행만 잔존. 「諫諍部」의 "信旣盡, 解網之仁已來, 徒以繼體所及□□□□"에서 시작하여, 「陰德部」第卅九則毛寶“□□……□□江中, 後寶十餘年 鎭守□□□”에서 끝나고 있으며, 그 안에 들어 있는 소제목으로는 「梗直部」, 「刑法部」, 「品藻部」, 「交友部」, 「言志部」, 「嘲謔部」, 「陰德部」 등이 있다. ⑧ P.2711: 卷子本. 수미 모두 잔결 「戒愼部」의 “□□□則有憍, 憍則有禍□□……□□”에서 시작하여, 「家誡部?」의 “顏延之『庭誥』曰:夫火含煙而煙妨火, 桂懷蠹而蠹殘桂”에서 끝나고 있다. 모두 202행이다. ⑨ P.3871v + P.2980v + P.2549v(合本): 卷子本. 수미 모두 잔결이며, 「孝親部」의 “[吳隱之]□□……□□悲不自勝”에서 시작하여, 「貞列部」의 “漆室女曰:吾豈爲不嫁之故而悲哉!”에서 끝나고 있다. 원 소장처에서 이미 이 세 사권을 결합하여, P.3871에 귀입하였다.

籯金 S.2053v S.5604 S.4195 S.7004 P.2537 P.2966 P.3363 P.3650 P.3650 P.3907 P.4873

類書. 少室山處士 李若立 찬. S.2053v에는 刺史第二十二, 別駕·長史·司馬第二十三이 남아 있음. S.5604는 수제가 ‘籯金卷第一’로 되어 있으며, 帝德篇第一에서 시작하여 東都篇第五에서 끝나고 있다. S.7004는 樓觀篇第六十五, 宮闕篇第六十六부분이다. P.3650은 잔권으로 佛法篇四十八에서 盜賊篇 五十八까지가 남아 있다.

琱玉集 S.2072

돈황본 통속 類書의 일종.

失名類書 S.3836v

鳥, 獸, 食物의 3류가 잔존.

失名類書 S.5725

역사 인물에 대한 그사를 기록하고 있다. 첫 번째 항목은 後漢의 趙李가 肥를 다투던 이야기이고, 마지막 항목은 東方朔이 西王母를 만난 이야기이다.

事林(1) S.5776 P.2621

類書의 일종이나, 닮은 인물들의 다양한 고사들을 담고 있어 소설적 가치가 큰 문헌이다. 현존 2종 사본. ① P.2621: 수부는 잔결이지만 미부는 온전하다. 靈輒報恩 故事의 “難而歸仕”句부터 시작하여, 미제 ‘事林’에서 끝난다. 그 후에 제기 “戊子年四月十日李郞員義寫書故記”1행 및 五言 打油詩 “寫書不飲酒, 恒日筆頭乾. 且作隨疑(宜)過, 卽與後人看” 1행이 기록되어 있다. 모두 198행이 남아 있으며, 매 행은 대략 20자 정도이다. 서법은 해서와 행서의 중간체이다. 본 사권에는 「廉儉篇」, 「孝友篇」 및 편명이 결여된 세 가지 類가 보존되어 있으며, 모두 합해 41칙의 고사가 초록되어 있다. 본 사권의 배면에는 書儀, 子虛賦, 貳師泉賦, 漁父歌滄浪賦, 占耳鳴耳熱心驚面熱目潤等法 및 잡사한 글들이 필사되어 있는데, 필적이 정면과 비슷한 것으로 보아 동일한 사람이 필사한 것으로 보인다. 필사 시기에 관해서는 정면에 "戊子年四月十日"라는 제기가 있고, 배면은 「漁父歌滄浪賦」 말행에 "長興伍年歲次癸巳八月五日燉煌郡淨土寺學士郎員義"라는 제기가 있는데, 이에 근거하여 추정해 볼 때 '戊子'는 928년, 後唐 明宗의 天成 3년이 된다. 배면에 잡사된 글자들 중에는 "庚子年卄月卄日洪潤鄉百姓," "甲辰年五月十三日"이라는 글자가 있는데, 이에 근거하여 차례로 추정을 하면 940, 944년이 된다. ②S.5776: 수미 모두 잔결. 포출(鮑出)고사의 "刀逐之"句부터 시작하여, 백이(伯夷)와 숙제(叔齊) 고사의 "不忠於湯"句에서 끝난다. 모두 24행이 남아 있으며, 각 행은 대략 24자 정도 된다. 글자의 필적은 다소 정돈되고 뛰어난 편이다. 순서대로 鮑出, 王修, 王詳, 王循, 王褒, 吳猛, 伯夷 등의 6칙의 고사가 초록되어 있으나, 편명은 없다.

이상 두 사권에는 모두 합해 47칙의 고사가 기록되어 있는데, 그 중 S.5776의 鮑出, 王修, 王詳, 王循, 王褒, 吳猛의 고사는 P.2621에도 보이므로 실제로는 42칙의 고사가 남아 있는 셈이다. 전체적으로 봤을 때는 P.2621이 상세하지만, 개별 조목에 있어서는 S.5776이 훨씬 뛰어나다. 그리고, 47칙 고사의 전후 순서, 분류정황, 구체적인 용자 등의 측면에서 보았을 때 이 두 사권은 동일한 저권을 바탕으로 해서 쓰여진 것은

결코 아니며, 응당 서로 다른 계통에 속하는 사본들로 보아야 한다.

新集文詞九經鈔 (1)　S.5754 S.8336v
P.2557 P.2598 P.2914v P.3368 P.3621 P.4525 P.4971 ДХ01368 ДХ02153(a,b,c) ДХ00247

新集文詞九經鈔는 敦煌本 類書이자 아동 교육용 訓蒙書의 하나이며, 통속 문학의 자료가 포함되어 있다. 현존 12개 사본 중 P.2557이 가장 완정한 편이다. 그리고 P.2557, P.2598, P.3621의 세 사권 들 중에 중복된 부분을 제거하고, 세 사권을 합치면 가장 완정된 『新集文詞九經鈔』 사본을 만들 수 있다.

失名類書　S.6078
사권의 파손이 매우 심하다. 위에는 典故를 나열하고, 아래는 2줄로 주를 달아놓고 있다. 예를 들면 甘泉之戎은 漢書를 인용하여 주를 달고 있으며, 褒氏 같은 것은 史記를 인용하여 주를 달고 있다. 유서의 일부로 추정되나, 아쉽게도 남아 있는 부분이 많지가 않다.

新集文詞九經鈔 (2)　P.3990 P.3615v
P.3469v P.3169v

위 4개의 사권은 서로 동일한 계통에 속하며, 新集文詞九經鈔(1)과는 다른 이본이다.

(佚名)類書　P.2502

語對　S.78 S.79 S.2588 P.2524 P.4636 P.4870
고대 유서의 일종. S.78은 잔편으로, 모두 93행에 送別, 客游, 舉薦, 報恩, 兄弟, 孝養,

喪養, 孝行의 항목이 남아 있음. S.79는 61행이 잔존하며, 婚姻, 重妻, 棄妻, 棄夫, 美男, 美女, 貞男, 貞婦, 醜男, 醜女 항목이 남아 있음. S.2588은 送別, 客游, 報恩 등의 항목이 남아 있다. P.2524는 왕(王) 항목부터 신선(神仙) 항목까지 모두 19 항목에 대한 단어와 설명이 적혀 있음. P.4636에는 孝養, □孝, 孝行, 孝感, 孝婦, □葬 등의 항목이 있다. P.4870은 P.4636과 동일한 사권이며, 報恩 항목에서 시작하여 孝養 항목에서 끝난다.

修文殿御覽 P.2526

북제(北齊)의 조정(祖珽) 등이 편찬한 類書.

新集文詞教林 P.2612

유가적 가르침의 내용을 담고 있는 동몽서이자 유서의 일종. 본 사권은 수제 '新集文詞教林卷上'부터 시작하여, "屋若崩頹, 人物何以庇; 成敗如斯, 熟(孰)可察也"에서 끝나고 있다. 수부는 완전하나 미부는 결락. 서문이 병기되어 있다.

兎園策府 P.2573

『兎園策府』는 자연명물, 사회명물, 인문의례, 정사(政事), 정복과 토벌 등과 관련있는 고사들을 모아놓은 종합적 성격의 유서이자 훈몽서이다. 杜嗣先이 칙명을 받아 지음. P.2573은 수제가 '兎園策府卷第一竝序'로 되어 있으며, 그 아래 "杜嗣先奉教撰"이라는 말이 있다.

類林(殘卷) P.2635 ДХ00970 + ДХ06116의 합본

『類林』은 唐 于立政이 찬한 유서이며, 중국 역대 인물에 관한 많은 고사를 담고 있어 소설 연구에 있어 가치가 큰 자료이다. P.2635는 『類林』의 잔권으로 사권 안에 '類林卷第九'라는 말이 보이며, 卷八의 후반부, 卷九, 卷十의 전반부가 남아 있다. ДХ00970 + ДХ06116의 합본은 원래는 동일한 사권이었으나, 찢어져 분리된 것이다. 각 사본에 26행씩 잔존하며 서로 이어붙이기가 가능하다. 이 사권에는 田眞, 曹娥, 荀倫, 靈輒, 魏果, 伍子胥, 韓信, 翟母, 楊寶, 孫鍾, 楊雍伯, 毛寶 등의 12인의 고사가 적혀 있다.

對語(1) P.2678 P.3956

두 사본은 원래 하나의 사본이며, P.2678에는 風雲第三, 雷電第四, 烟霧第五, 春第六, 夏第七, 秋第八, 冬第九, 帝德第十, 瑞應第十一의 7門目이 있다. P.3956은 天地第一, 日月第二, 王 등의 3門目이 있다.

對語(2) P.3890

수미 모두 잔결. "□□……□□[虹梁與門]柱爲對, 梁如虹形, 故曰:虹梁也"에서 시작하여, "五經者, 詩書禮樂也. 詩爲木, 主東方, 禮爲火, 主南方, 書爲金, 主西方; 易爲水, 主北方, 樂爲土, 主中央"까지 남아 있다. 대략 94則 정도 남아 있다. 전권은 분류 목록은 세우지않고, 조목을 나누어 편찬하고 있고 사조 아래에 설명이 있다.

失名類書 P.2682(P)

類句 P.3622

類書의 일부로 보이며,「任賢篇」에 관한 注임.

文賦體類書(1) S.6011 S.6160

S.6011과 S.6160 두 사권은 계통이 다른 중복 필사 사권이다. S.6011은 "因諮□□□ 精誠未著……樹□□□桑中之戲若不□……心宜□魯使"에서 시작하여, "興易 —鬻賤販貴, 能通四海□□□□□□□三農之利. 織文錦綺, 爰發濟□(河)□(之)□(闔)"에서 끝나고 있다. 이하로는 사권의 반 정도가 잘려져 결손이 심하며, 매행마다 대략 9자 정도 있다. 「馬第十五」, 「牛第十六」, 「津梁第十七」, 「關第十八」, 「市第十九」 등의 제목이 있으며, 이에 근거하여 그 앞에 잔결된 부분은 「□第十四」라는 것을 알 수 있다. S.6160은 "霧集闆閣, 逼仄簁百郡之才, 賢聞闍闈駢闐衆, 八方之遊俠. 興易 —鬻賤販貴"에서 시작하여, "□□……□□孟之儔出, 累都而連騎□□……□□軌之徒, 猶行險□□ ……□□罕唯行說……□□之□□"에서 끝난다. 매 편제 안에 소제목, 예를 들면 「馬第十五」 안에 軍馬, 傳馬, 馬疲 등이 있으며 「牛第十六」 에도 耕種, 轉運, □牛 등이 있다. 「津梁第十七」 에도 橋道가 있으며, 「關第十八」 에는 越度, 違禁物 등이 있으며, 「市第十九」 에도 興易 등의 소제목이 있다. 따라서 매편에 자체로 분류한 소제목이 있으며 또한 이러한 분류 제목에 따라 그 事類를 귀속시키고 사를 이루어 文賦體式의 문장을 만들고 있으며, 『兎園策府』식의 체제도 있는데 다른 점이라면 질문을 가하지 않고 있다는 점 뿐이다. 이 두 사권은 제19편 부분의 중간에 '興易'이라는 소제목이 있으며, 문자가 중복되고 있는데, 상호 교감과 보충이 가능하며 또한 두 사권이 동일한 내용의 複本이라는 것을 알 수 있다. 아쉬운 점이라면 작자와 서명을 알 수가 없고, 事類賦體의 白文만 남아 있을 뿐 주석문과 출전이 갖추어지지 않은 점이다. 필사의 흔적이 아름다워, 대략 中唐 시기의 사본으로 추정된다.

文賦體類書(2) P.3622v P.4034

유서의 잔권. P.3622v와 P.4034는 동일한 사권이 둘로 나누어 진 것. 네 글자로 한 구를 이루며, 「人類章第三」, 「職事章第七」, 「城郭章第八」 등의 편이 초록되어 있다.

(佚名)類書 P.3636 P.4022

P.3636은 이름을 알 수 없는 유서의 잔권이며, 良吏 張綱 항목부터 仙人 石井 항목까지 적혀있음. P.4022는 "『□(孝)□(子)』□□□□□爲侍中, 講書義不通者誼解之"부터 시작하여, "『井』: ……乃曰:有穴而行, 計可□□□□"에서 끝나고 있다. 두 사권은 필적이 상동하며, 서로 합칠 수 있다. 본 유서에서 인용하고 있는 서적들 중에 현재는 일실된 서적이 매우 많다.

(佚名)**類書**　P.3661

이름을 알 수 없는 유서의 잔권이며, 본 사
권에는 帝王第一, 政令第二만 잔존한다. 사
권의 앞부분에 총목록이 있다.

(佚名)**類書**　P.3665

이름을 알 수 없는 유서이며, 문답체로 되어
있는데, 문답은 작은 글자로 두 줄로 필사되
어 있다.

(佚名)**類書**　P.3715

(佚名)**類書**　P.3733

본 사권은 인용하고 있는 전적들이 晉代 이
전의 古書들이 매우 많으며, 편찬체례가
『藝文類聚』와 매우 흡사하다.

事林一卷(2)　P.4052

冊頁裝이며, 모두 4페이지. 첫 번째 페이지
위에 "君須(早)立身, 莫共酒家親. 員義此事
林一卷, 點注看□"라는 말이 있다. 그 다음
페이지에 또한 옅은 묵으로 '事林一卷'이라
고 제목이 쓰어 있다. 본 문헌에는 '好學條'
일부가 잡사되어 있다. 돈황 유서 연구가인
王三慶은 이 문헌은 제목과 내용이 서로 부
합하지 않는다고 하고 있다. 또한 事林(1)
과는 다른 문헌임.

(佚名)**類書**　P.4062v

본 돈황문헌은 이름을 확인할 수 없는 유서
의 일부이며, 판독이 가능한 편명으로는 孝
行第二, 友悌第三, 婚姻第四, 刺史第五가
있음.

(佚名)**類書**　P.4710

문헌명을 알 수 없는 유서의 잔편. 10행이
남아 있는데, 각 행으 상단부만 남아 있으며
하단부는 결락. 제목은 큰 글자로 써 놓았
는데, 남아 있는 제목들은 鳩居, 白鳩郞, 獻
鳩, 鳩詩, 捷廬鳩, 王衡□, 孔雀, 靑鳥이다.

小類書　P.4995v

본 사권에는 迎行章第八, 事夫章第九, 愼行
章第十, 辯舌章第十一, 辯仁章第十二, 愼
□章第十三, 모두 51행이 남아 있다.

(佚名)**類書**　P.5002

유서의 일부로 추정되나, 정확한 문헌명은
알 수 없다. 56행이 잔존하며, 注가 부기되
어 있다.

類書酷吏傳

문헌명을 알 수 없는 유서의 酷吏傳의 일부.
양면에 필사되어 있는데 한 면에는 李斯, 趙
高, 趙稚珪의 傳이, 다른 한면에는 朱穆, 薩
安, 王吉, 公孫軼의 傳이 초록.

(佚名)**類書**　ДХ00487 + ДХ00829 +
ДХ02771(B)(合本)

본 3개의 사권은 동일한 사본이 3개로 쪼개
어진 것임.

2. 儺文

兒郞偉驅儺文　S.329v S.6181 S.6207 P.2055 P.2058 P.2569v P.2612v P.3270 P.3270v P.3302 P.3468 P.3552 P.3555(BP4), P.3702 P.3753v P.3856 P.3909 P.4011 P.4055 P.4976 P.4995 Φ.247v ДХ01049 ДХ02235v

「兒郞偉」는 敦煌지역에서 유행했던 역귀를 쫓아내는 주술적 노래의 일종으로 문학 자료이다. 각 사권은 모두 작자의 서명은 없으며, 어떤 사권은 '兒郞偉' 앞에 '音聲'이라는 2글자가 있는 것도 있다. 또한 S.6207에는 "長興三年任辰歲三月二十六日晝寶員記"라는 題跋文이 있다. 본 「兒郞偉」는 내용상 크게 3부류로 나누어지는데, 1) 세모 송구영신할 시의 驅儺文, 2) 혼례를 축원할 때의 障車文, 3) 건축을 새로 지을 때의 上樑文으로 나눌 수 있다. 형식은 육언을 위주로 하지만, 사언, 오언, 칠언을 혼용하기도 한다. 시작부가 "驅儺是古之常法, 出自軒轅"로 시작하는 것이 특징이다.

除夕鍾馗驅儺文　S.2055v

「除夕鍾馗驅儺文」은 중국의 민간 고사인 鍾馗 고사의 변화와 발전 과정에서 중대한 전변을 차지한다.

駈儺二首　P.3468

본 사권에는 무명의 「駈儺」詞 중의 제2수, 제5수 두 수가 초록되어 있다.

한국 **돈황연구** 단행본·논문 목록 (2013年 6月 整理)

■ 單行本

『그림과 공연(Painting and Performance)』, Victor H. Mair, 金震坤·鄭廣薰 역, 소명출판,
　　2012.10.5.

『敦煌文獻總覽』, 李圭甲 外, 高麗大藏經研究所, 2011.7.31.

『당대(唐代) 변문(變文)』, Victor H. Mair, 鄭廣薰·全弘哲·鄭炳潤 역, 2012.5.10.

『敦煌 講唱文學의 理解』, 全弘哲, 소명출판, 2011.6.1.

『敦煌과 동아시아文學』, 全弘哲, 신성출판사, 2011.2.23.

『敦煌曲子詞集』, 王重民, 이태형 譯註, 학고방, 2011.3.

『敦煌』, 이노우에 야스시, 임용택 역, 문학동네, 세계문학전집(049), 2010.8.23.

『敦煌의 歷史와 文化』, 나가사와 카즈토시, 민병훈 譯, 四季節, 2010年 4月

『荷澤神會禪師語錄, 敦煌文獻 譯註1』, 박건주, 씨아이알, CIR, 2009.2.

『敦煌 이야기』, 마쓰오카 유즈루, 朴世旭·조경숙 譯, 연암서가, 2008.

『大乘起信論을 通해 본 敦煌本 六朝檀經』, 전종식, 예학, 2008.5.

『敦煌의 傳說』, 鄭炳潤, 文字香, 2006.

『敦煌: SILKROAD의 關門』, 全寅初 지음, 살림출판사, 2006.

『敦煌詞文學論考』, 車柱環, 서울대학교출판부, 2004.

『敦煌本 六朝檀經』, 六祖慧能, 鄭性本 譯註, 韓國禪文化研究院, 2004.

『佛敎와 敦煌의 講唱文學』, 曹明和, 이회문화사, 2003.10.

『앙코르·티베트·敦煌』, 최영도 변호사의 세계문화유산기행, 최영도, 創批, 2003.5.

『敦煌學이란 무엇인가』, 劉進寶, 全寅初 譯註, 아카넷, 2003.

『敦煌』, 敦煌研究院, 凡友社, 2001.6.

『敦煌 가는 길』, 정찬주, 김영사, 2001.

『敦煌石窟』, 타가와 준조, 박도화 譯, 개마고원, 1999.

『敦煌本六祖壇經』, 性徹 編譯, 藏經閣, 1993.

『敦煌文學과 藝術』, 李秀雄, 建國大學校出版部, 1990.

『中國大陸의 文化3 : 河西回廊.敦煌』, 東國大學校, 한언, 1990.11.

『敦煌文學』, 李秀雄 編著, 日月書閣, 1986.

『敦煌바람』, 權映弼, 嶺南大學校出版部, 1986.

『敦煌의 사랑』, 尹厚明, 文學과 知性社, 1983.

『敦煌』, 井上靖, 崔俊浩 譯, 韓振出版社, 1981.

■ **學位論文**

「중국 돈황막고굴(敦煌莫高窟)의 시각적 요소의 재현과 응용」, 허가명, 국민대 석사논문, 2012.

「『孝子 董永傳』研究」, 차준희, 순천향대 석사논문, 2011.

「The analysis of the use of the Dunhuang Murals in the clothes connotation」, 왕택휘, 韓國外大 博士論文, 2011.

「敦煌歌辭의 敍事構造 研究」, 이은주, 韓國外大 碩士論文, 2010.

「大乘說法圖像의 研究 : '觀經變相과 '靈山佛會'圖像의 起源과 傳播 大乘說法圖像의 研究 : '觀經變相과 '靈山佛會'圖像의 起源과 傳播」, 주수완, 高麗大 博士論文, 2010.

「慧超, 『往五天竺國傳』의 求法行路 研究」, 이춘희, 東國大 碩士論文, 2009.

「敦煌 石窟壁畵 技法의 研究」, 송유정, 弘益大 碩士論文, 2008.

「敦煌藝術에 나타난 現代 디자인의 콘텐츠 原型 開發」, 왕택휘, 韓國外大 碩士論文

「敦煌 莫高窟 彩色佛像에 對한 研究」, 이혜령, 東方大學院大 碩士論文, 2007.

「目連救母故事 類型變文 시역」, 고현미, 울산대 석사논문, 2007.

「文化遺産의 保存을 爲한 Web3D VR 技術의 活用에 關한 研究 : 敦煌壁畵 WEB3D VR 제작」, 劉向暉, 東西大 碩士論文, 2006.

「敦煌本 傷寒論에 關한 研究」, 박시덕, 大邱韓醫大 碩士論文, 2005.

「敦煌本『降魔變文』研究」, 임영숙, 成均館大 碩士論文, 2005.

「敦煌 莫高窟 天障畵의 裝飾文樣 研究」, 한연선, 中央大 碩士論文, 2003.

「敦煌 石窟 壁畵에 關한 研究 : 顔料를 中心으로」, 김혜경, 東國大 碩士論文, 2002.

「『維摩詰經講經文』研究」, 김용희, 濟州大 碩士論文, 2002.

「敦煌 變文의 口演特徵 研究」, 鄭廣薰, 韓國外大 碩士論文, 2001.

「北朝時代 敦煌 石窟壁畵와 高句麗 古墳壁畵에 나타난 一般服飾의 比較 研究」, 권혜영,

성신여대 碩士論文, 2001.

「荷澤 神會의 禪思想 研究 : 敦煌出土文獻을 中心으로」, 박인석, 延世大 碩士論文, 2000.

「『雲謠集』 研究」, 손환이, 전남대 석사논문, 2000.

「敦煌 變文과 그 後續文學 演變에 關한 考察」, 김현미, 公州大 碩士論文, 1999.

「印度·中國·韓國의 古代菩薩服飾에 관한 研究」, 최영순, 東國大 博士論文, 1999.

「高句麗 古墳壁畵와 敦煌壁畵 狩獵圖에 나타난 狩獵服飾에 關한 研究」, 박선미, 世宗大
　　碩士論文, 1998.

「敦惶 藏經洞 發見의 地藏十王圖 研究」, 이윤정, 國立SEOUL大 碩士論文, 1997.

「敦煌話本小說研究」, 朴完鎬, 全南大 博士論文, 1996.

「敦煌 莫高窟 제249·285窟 窟頂의 神仙·神獸圖 研究」, 張智盈, 國立SEOUL大 碩士論文,
　　1996.

「敦煌壁畵의 藝術的 價値」, 강미아, 祥明女大 碩士論文, 1995.

「敦煌 講唱文學의 敍事體系와 演行樣相 研究」, 全弘哲, 韓國外大 博士論文, 1995.

「敦煌民間詞研究 : 그 社會性과 形式을 中心으로」, 정태업, 한국외대 석사논문, 1995.

「敦煌本「季布罵陣詞文」研究 : 演行論的 接近」, 이정화, 梨花女大 석사논문, 1995.

「敦煌寫本「廬山遠公話」研究」, 鄭炳潤, 韓國外大 碩士論文, 1994.

「敦煌講史變文研究 : 春秋와 漢代의 歷史故事를 中心으로」, 兪泰揆, 成均館大 博士論文,
　　1994.

「敦煌 壁畵를 通해서 본 飛天 服飾에 關한 研究 : 天衣를 中心으로」, 吳文均, 世宗大 碩士
　　論文, 1993.

「敦煌石窟壁畵에 보이는 一般服飾의 研究」, 柳惠英, 梨花女大 博士論文, 1992.

「敦煌話本 研究」, 朴完鎬, 全南大 碩士論文, 1989.

「敦煌變文語法 研究 : 代詞와 疑問文을 中心으로」, 진용훈, 延世大, 석사논문, 1988.

「敦煌韓擒虎話本研究」, 朴賢植, 檀國大 碩士論文, 1986.

「唐代 敦煌壁畵에 表現된 衣服의 服飾史的 考察」, 李庭和, 淑明女大 碩士論文, 1986.

「敦煌寫本 葉淨能詩 研究」, 權寧愛, 淑明女大 碩士論文, 1985.

「敦煌變文研究 : 維磨詰經 講經文을 中心으로」, 曹明和, 國立SEOUL大 碩士論文, 1979.

■ **學術誌 論文**

「關於敦煌文學曆時性研究的若幹思考 = 敦煌文學의 通時的 研究에 대한 若干의 思考」,
　　顔廷亮, 『東亞人文學』 第20集, 2011.12.

「韓國과 敦煌의 交流 및 相互 認識」, 허경진·최영화, 『東亞人文學』 第20集, 2011.12.

「敦煌 變文의 敍事 創造에 대한 現代的 照明」, 張椿錫, 『中國小說論叢』, 2011.8.

「變文과 變相圖의 相關性 研究」, 李容宰, 『中國語文學論集』 第62號, 2010.6.30.

「敦煌本 太子須大拏經 言語 文字 比較」, 정연실, 『中國學研究』, 2010.6.

「吐魯番文獻의 流散과 整理」, 朴根七, 『中國古中世史研究』 第23輯, 2010.2.

「敦煌 義俠敍事의 民衆的 義俠觀」, 劉承炫, 『中國小說論叢』, 2010.3.

「敦煌講唱文學作品中「挿入詩歌」的機能」, 全弘哲, 『韓國現代中國研究會』, 2010.2.

「敦煌 維摩詰講經文의 抒情性 研究」, 張椿錫, 『中國人文科學』, 2009.12.

「敦煌本 『六祖壇經』 通假字 考察」, 金愛英, 『中國語文學論集』 第59號, 2009.12.

「敦煌 變文에 보이는 佛敎的 神通力 研究」, 張椿錫, 『中國小設論叢』 第30輯, 2009.9.

「敦煌本 『六祖壇經』 俗字例 考察」, 金愛英·李圭甲, 『中國語文學論集』 第58號, 2009.10.

「敦煌寫本과 高麗大藏經 『金剛經』의 異體字」, 鄭蓮實, 『中國語文學論集』 第56號, 2009.6.

「盂蘭盆齋의 淵源과 傳承 樣相 研究」, 張椿錫, 『東北亞文化研究』 제20집, 2009.9.

「文殊信仰과 敦煌의 文殊菩薩圖像」, 장준구, 『人文科學研究』, 2009.

「漢字構形要素로 본 敦煌寫本의 異體字 類型과 淵源, 그리고 그 特徵－敦煌 스타인본 妙
　　法蓮華經를 中心으로」, 이경숙, 『漢文學報』, 2009.

「범, 梵, 장, 藏, 敦煌本 『金剛經』 對照 研究」, 최종남, 『印度哲學』, 2009.

「敦煌文獻의 漢文佛敎經典 構成類型 考察」, 박상수, 『韓國佛敎學』, 2009.

「실크로드 東西文化交流」, 홍주희, 『國樂과 敎育』 제28집, 2009.12.

「唐代 敦煌地域 軍糧會計文書의 特徵」, 朴七根, 『韓國木簡學會』 定期發表, 2009.4.

「唐代 自然災害와 民間信仰」, 金相範, 『東洋史學研究』 第106輯, 2009.3.

「『伍子胥變文』 登場人物小考」, 鄭惠璟, 『中國語文學論集』 第56號, 2009.6.

「敦煌 講經文의 引經 方式 研究」, 張椿錫, 中國人文學會 2008년 『春季學術大會 發表論文
　　集』, 2008.6.

「敦煌 變文에 나타난 天上 研究」, 張椿錫, 『中國人文科學』 第40輯, 2008.12.

「敦煌 講唱文學 研究」, 劉承炫, 『中國小設研究會報』 第74號, 2008.12.

「敦煌 講經文의 引經 方式 研究」, 張春錫, 『中國人文科學』 第39輯, 2008.8.

「唐五代宋元時期敦煌의 基督敎 文獻 및 그 遺物」, 王蘭平, 釜山大中國研究所, 『CHINA研
　　究』, 2008.2.

「敦煌原本三種 『六祖壇經』 初探」, 金愛英, 『中語中文學』 第43輯, 2008.

「敦煌에서 出土된 『일명구방』에 對한 考察」, 황룡상, 『대한한의학원전학회지』, 2008.

「英國圖書館藏本 『六祖壇經』 異體字 研究」, 金愛英, 『中國語文學論集』 第53號, 2008.12.

「SILKROAD를 따라서 3-敦煌, 鳴沙山, 莫高窟, 銀河水, 駱駝」, 위평량, 『機械저널』 제47권 제10호, 2007.10.

「古代 敦煌人의 龍 觀念과 그 淵源」, 鄭炳潤, 세계문학비교학회, 『세계문학비교연구』, 2007.9.

「敦煌本 傷寒論 중 『輔行訣藏府用藥法要』에 關한 研究」, 박종현·박시력·신상우, 『韓國韓醫學研究院論文集』 제13권 제1호, 2007.4.

「敦煌 變文의 佛敎的 想像力 研究」, 張椿錫, 『中國語文學論集』 第42號, 2007.2.

「敦煌邊塞詞에 나타난 唐五代 西北民 歸唐意識 初探」, 金金南, 『中國文學研究』, 2007.

「佛典飜譯과 僞經-疑僞經과 研究의 意義」, 사이토류신, Saito Takanobu, 『원불교사상과 종교문화』, 2007.

「古代 敦煌人의 龍 觀念과 그 淵源」, 鄭炳潤, 『世界文學比較研究』, 2007.

「唐代 敦煌의 邊塞詞 研究」, 金賢珠, 『中國研究』, 2007.

「敦煌의 地域的 脈絡에서 본 初唐期 陰家窟의 政治的 性格」, 김혜원, 『美術史學研究』 第252號, 2006.12.

「論敦煌故事賦文本的演行可能性」, 朴完鎬, 『中國人文科學』 第34輯, 2006.12.

「敦煌石窟 壁畫의 植物紋樣에 드러난 文化的 受容」, 박현영, 『現代美術研究所 論文集』, 2006.

「敦煌寫本 『父母恩重經』의 校勘學的 研究」, 송일기, 『書誌學研究』, 2006.

「敦煌의 地域的 脈絡에서 본 初唐期 陰家窟의 政治的 性格」, 김혜원, 『美術史學研究』, 舊考古美術, 2006.

「韓國 現代小說 속의 敦煌」, 김명석, 『現代小說研究』, 2005.

「東, 西洋 精神文化의 만남: 敦煌藏經洞 佛籍 遺失과 往五天竺國傳 一考」, 강수균, 『東西精神科學』, 2005.

「敦煌 "藏經洞"의 生成 過程에 關하여」, 유태규, 『中國文化研究』 第7輯, 2005.12.

「敦煌 說唱類文書의 分類 基準」, 曺明和, 『中國學報』, 2004.

「敦煌本 「詠九九詩」와 「九九消寒圖」研究」, 朴世旭, 『中國語文學』, 2004.

「敦煌研究院 所藏 건무사년본 「金剛寫經」의 眞僞問題」, 송일기, Il Gi Song, 『서지학연구』, 2004.

「『佛敎와 敦煌의 講唱文學』을 읽고」, 안정훈, 『中國小說研究會報』 제60호, 2004.11.

「敦博本 『六祖壇經』의 몇 가지 虛詞, 1-副詞와 前置詞」, 송인성, 『中國語文學論集』 제27호, 2004.5.

「慧超의 西域紀行과 『往五天竺國傳』」, 정수일, 『韓國文學研究』 제27권, 2004.12.

「名士가 본 中國, 中國人 15：敦煌 莫高窟, 2」, 車柱環, Cha Ju Hwan,『한글한자문화』, 2003.

「高句麗 壁畵와 甘肅省 魏晉時期, 敦煌 包含 壁畵 比較 硏究」, 討論文, 박아림·권영필,
　　　『高句麗硏究』, 2003.

「敦煌歌辭에 나타난 唐代女性의 形象과 意識」, 金金南,『中國文學硏究』, 2003.

「敦煌石窟 初期壁畵에 描寫된 고습의 外部的인 要所－北魏 時代를 中心으로」, 장영수,
　　　『民族과 文化』, 2003.

「高句麗 壁畵와 甘肅省 魏晉時期, 敦煌 包含 壁畵 比較 硏究」, 朴雅林·權寧弼,『高句麗
　　　硏究』第16輯, 2003.12.

「孝感 諸 樣相－中國 孝子集을 中心으로」, 張椿錫,『中國小說論叢』제18집, 2003.9.

「無垢淨光大陀羅尼經의 文字異同 硏究」, 유부현,『韓國圖書館·情報學會誌』제34권 제
　　　3호, 2003.9.

「韓人과 古代 敦煌人과의 接觸에 關한 一考察」, 鄭炳潤,『中國學硏究』, 2002.

「敦煌에서 發見된 "賦"로 命名된 作品 硏究－「자영무」를 中心으로」, 朴世旭, 嶺南中國語
　　　文學會,『中國語文學』, 2002.

「SILKROAD上의 敦煌과 敦煌學－兼論敦煌民歌」, 金賢珠, 韓國外國語大學校 國際地域
　　　硏究센터 中國硏究所,『中國硏究』, 2002.

「敦煌民歌反映的禮俗硏究」, 金賢珠, 韓國外國語大學校 國際地域硏究센터 中國硏究所,
　　　『中國연구』, 2002.

「敦煌講唱文學을 징검다리로 說話에서 話本으로」, 朴完鎬,『中國小說論叢』제15집,
　　　2002.2.

「敦煌曲中的女性」, 金鮮,『中國文化硏究』第1輯, 2002.12.

「敦煌 變文의 口演特徵 硏究」, 鄭廣薰,『中國小說硏究會報』제45호, 2001.3.

「敦煌講唱文의 口碑文學的 特徵」, 鄭炳潤,『中國學硏究』第20輯, 2001.6.

「敦煌故事賦의 葛藤 解決 樣相」, 朴完鎬,『中國小說論叢』제13집, 2001.2.

「敦煌石窟 壁畵顔料에 關한 硏究」, 韓京淳,『美術史學硏究』第232號, 2001.12.

「敦煌樂譜와 敦煌民間歌辭와의 關係試探」, 金賢珠,『中國學硏究』第20輯, 2001.6.

「敦煌樂譜와 敦煌民間歌辭와의 關係試探」, 金賢珠,『中國學硏究』, 2001.

「近100年 主要 漢簡의 出土現況과 敦煌懸泉置 漢簡의 內容」, 김경호, 수선사학회, 사림,
　　　『성대사림』, 2001.

「河西回廊에서 敦煌으로－現地調査, 1999年에 依한 遺跡, 遺物 硏究」, 권영필,『中央亞細
　　　亞硏究』, 2001.

「敦煌石窟 壁畵顔料에 關한 硏究－顔料의 黑變原因을 中心으로」, 한경순,『美術史學硏

究』(舊『考古美術』), 2001.

「敦煌壁畫에 表現된 상, 군에 관한 연구-隋, 唐, 589-907時代를 中心으로_, 정하신, 建國
　　　大學校 造形研究所, 『造形研究』, 2001.

「『唐代變文, *Tang Transformation Texts*』, Harvard Univ. Press, 1989, Victor H. Mair」, 全弘哲·
　　　鄭廣薰 譯, 『中國小說研究會報』 제45호, 2001.3.

「中國 古代 白話小說의 韻·散 轉換 表記에 關한 考察」, 張椿錫, 『中國語文學論集』 第54
　　　號, 2009.2.

「韓國의 佛畫와 奏樂飛天圖에 關한 研究」, 尹明遠, 『韓國傳統音樂學』 제2호, 2001.12.

「平安朝 모노가타리, 物語와 唐代 小說의 比較」, 全弘哲, 『中國學研究』 第20輯, 2001.6.

「唐代 敦煌戶籍文書上의 "자전"」, 김성한, 『中國古中世史研究』(舊『中國古代史研究』),
　　　2000.

「敦煌 俗賦와 朝鮮後期 訟事型 寓話小說-韓·中 寓言의 比較的 觀點에서」, 윤승준, 『古
　　　小說研究』, 2000.

「敦煌壁畫에 表現된 상, 군에 관한 研究, 3-五代, 宋, 元代, 907~1368年를 中心으로」, 정하
　　　신, 建國大學校 造形研究所, 『造形研究』, 2000.

「『敦煌民間敍事文學』 序論」, Victor Mair, 全弘哲 譯, 韓國中國戲曲學會, 『中國戲曲』,
　　　2000.

「敦煌佛教性變文與佛教中國化過程」, 鄭炳潤, 『國際中國學研究』, 2000.

「敦煌 講唱文學의 起源 研究」, 金敏鎬, 『中國語文論叢』, 2000.

「唐代 敦煌戶籍文書上의 '自田'」, 金聖翰, 『魏晉隋唐史研究』 第6輯, 2000.8.

「中國 敦煌變文과 近代 通俗文學의 關係-伍子胥變文과 그 小說的 源流를 中心으로」, 최
　　　형욱, 『中國語文學論集』 제14호, 2000.6.

「敦煌本韓擒虎話本[擬名]」, 全弘哲, 『中國小說研究會報』 제41호, 2000.3.

「變文의 "反復"構造에 대한 機能上의 考察」, 鄭炳潤, 『中國小說論叢』 제12집, 2000.8.

「敦煌變文 代詞 研究」, 이병관, 『中國語文學論集』 제13호, 2000.2.

「唐五代敍事詩研究-특히 敦煌 詞文을 中心으로」, 金海明, 『中國語文學論集』 제11호,
　　　1999.2.

「敦煌 壁畫에 表現된 裳과 裙에 關한 研究, Ⅰ-五胡十六國, 南北朝 時代를 中心으로」, 정
　　　하신, 『韓服文化』 제1권 2호, 1998.10.

「敦煌民歌에 나타난 社會心理 民俗 考」, 金賢珠, 『中國學研究』 第15輯, 1998.12.

「敦煌民歌에 나타난 社會心理 民俗 考」, 金賢珠, 『中國學研究』, 1998.

「敦煌佛教歌辭 中의, 儒教性 作品考-"孝"倫理의 宣揚에 關하여」, 金金南, 『中國文學研

究』, 1998.

「敦煌文學 中의 母性愛」, 張椿錫, 『中國人文科學』 제17집, 1998.12.

「敦煌變文 附加式 複音節詞 硏究」, 이병관, 『中國語文學論集』 제10호, 1998.8.

「王梵志 詩의 敦煌 傳播와 變異 過程」, 구교현, 『中國語文學論集』 제9호, 1997.8.

「宋詞의 雅와 俗－艶情詞를 中心으로」, 李東鄕, 『中國語文學』, 1997.

「敦煌 講唱寫本은 果然 說唱藝人의 底本이었는가?」, 金敏鎬, 『中國小說論叢』 제6집, 1997.3.

「敦煌話本小說硏究」, 朴完鎬, 『中國小說研究會報』 제29호, 1997.3.

「敦煌本 『韓朋賦』」, 全弘哲, 『中國小說研究會報』 제30호, 1997.6.

「실크로드와 敦煌의 寶庫」, 제인 그리핀, 『美術史研究』 제10호, 1996.12.

「敦煌本 韓朋賦의 談論 構造」, 全弘哲, 『中國小說論叢』 제4집, 1995.3.

「敦煌 話本小說의 成立에 關한 考察」, 朴完鎬, 『中國小說論叢』 제4집, 1995.3.

「敦煌話本小說硏究 4－敍事構造 手段으로써 詩歌 및 騈麗文의 機能」, 朴完鎬, 『中國人文科學』 제14집, 1995.12.

「敦煌 講唱文學의 硏究 槪況」, 全弘哲, 『中國小說研究會報』 제21호, 1995.3.

「敦煌 講唱文學의 敍事體系와 演行樣相 研究」, 全弘哲, 『中國小說研究會報』 제23호, 1995.9.

「明代 擬話本에 끼친 唐 傳奇와 敦煌 講唱文學의 影響考」, 金敏鎬, 『中國小說論叢』 제4집, 1995.3.

「新羅 服飾과 위구르, 維吾爾 服飾의 關係 研究」, 한윤숙, 韓國服飾學會, 『服飾』, 1995.

「敦煌 藏經洞 閉鎖時期에 關한 考察」, 金敏鎬, 『中國語文論叢』, 1995.

「中國 敦煌大壁畵殿」, 김소형, 『美術世界』 1994년 8월호, 通卷 117호, 1994.8.

「敦煌本 孔子項託相問書의 敍事構造」, 全弘哲, 『中語中文學』 제15, 16합집, 1994.6.

「敦煌話本小說硏究 II－宗教思想을 中心으로」, 朴完鎬, 『中國人文科學』 제13집, 1994.12.

「敦煌飛天服飾이 現代服飾에 주는 意味」, 임영자, 韓國服飾學會, 『服飾』, 1994.

「古代 敦煌 歌辭 中의 服飾 研究」, 김은주, 韓國服飾學會, 『服飾』, 1994.

「敦煌 話本小說 研究 I」, 朴完鎬, 『中國人文科學』 제12집, 1993.12.

「敦煌變文 通假字 硏究」, 이병관, 『文境』 제5호, 1993.8.

「敦煌寫本 王梵志 詩와 그 倫理意識 考」, 유성준, 韓國外國語大學校 國際地域研究센터 中國研究所, 『中國研究』, 1993.

「敦煌古樂譜에 대한 推論」, 관야유·김정애, Jing Ai Jin 譯, 大邱가톨릭大學校 人文科學研究所, 『韓國傳統文化研究』, 1993.

「日本 屬의 韓國佛敎美術 ; 中國 敦煌 莫高窟, 17窟 發見의 觀經變相圖[Guimet 東洋博物
　　館 藏]와 韓國 觀經變相圖, 日本 서복사 藏 의 比較 考察－觀經變相圖의 硏究 1」, 류
　　마리, 韓國佛敎美術史學會(舊 韓國美術史硏究所), 『講座 美術史』, 1992
「敦煌壁畫硏究方法試探」, 권영필, 『美術史學』 제4권, 1992.12.
「敦煌故事賦 小考」, 朴完鎬, 『中國人文科學』 제11집, 1992.12.
「敦煌特輯 : 敦煌 俗文學 庶民情緒의 言語文字的 理解」, 김경일, 建國大學校 中國問題硏
　　究所, 『中國硏究』, 1991.
「敦煌特輯 : 飛天服飾에 關한 考察－敦煌 飛天과 高句麗 古墳壁畫飛天을 中心으로」, 임
　　영자, 건국대학교 中國問題硏究所, 『中國硏究』, 1991.
「敦煌特輯 : 敦煌俗曲三種」, 任二北, 建國大學校 中國問題硏究所, 『中國硏究』, 1991.
「敦煌特輯 : 佛敎와 中國文學－敦煌學의 提高를 爲하여」, 정규복, 建國大學校 中國問題
　　硏究所, 『中國硏究』, 1991.
「敦煌의 歲時風俗」, 윤광봉, 『韓國民俗學』 第24輯, 1991.10.
「東亞細亞 三國의 文化交流와 그 影響 : 發表;敦煌發見 漢文文書에 나타난 韓國關係 記
　　事에 關하여」, 토비의화, Dohi Yoshika Zu, 『大東文化硏究』, 1989.
「敦煌文書寺院經濟關係 十九種」, 李東潤, 『東洋史學硏究』 第12·13合輯, 1978.8.
「中國 敦煌 千佛洞」, 陳國寧·楊人從, 『古文化』 第14輯, 1976.6.

■ 韓國 「敦煌硏究」 專門學會誌

『東西文化交流硏究』, 1~8輯, 韓國敦煌學會 編, 1998~2013年.
국제둔황프로젝트(國際敦煌項目, IDP) SEOUL CENTER, 『News Letter』 (高麗大 民族文化硏
　　究院)

■ 韓國 「敦煌硏究」 主要 Site

韓國敦煌學會 Homepage, http : //cafe.daum.net/DUNHUANG
국제둔황프로젝트(國際敦煌項目, IDP) SEOUL CENTER, http : //idp.korea.ac.kr

ㅍ

ㅎ